www.ingramcontent.com/pod-product-compliance
Lightning Source LLC
LaVergne TN
LVHW090404051026
849518LV00006B/2235
9788198129437

ادبی مزاحمت کا نیا پیش لفظ

اشعر نجمی

Bright Books

Adbi Mazahmat Ka Naya Pesh Lafz
by Ashar Najmi
Bright Books, Thane, India
1st Edition : October 2024
ISBN: 978-81-981294-3-7

Bright Books

Mira Road East, Dist. Thane, India
nidabattiwala@gmail.com

فہرست

سب ٹھیک ٹھاک ہے!

اشعر نجمی

میرے احباب اور قارئین میرے بارے میں خوب اچھی طرح جانتے ہیں کہ 'مزاحمت' سے میرا رشتہ پرانا ہے۔ آپ میرا پورا نامہ اعمال پلٹ کر دیکھ لیجیے؛ بوقت ضرورت فاروقی ہوں یا نارنگ، سب کی مزاحمت کی، چاہے وہ جدیدیت ہو یا ترقی پسندی یا مابعد جدیدیت، میری مزاحمت سے کوئی محفوظ و مامون نہ رہ سکا۔ سوشل میڈیا (بطور خاص فیس بک) میں مجھے اسی مزاحمتی مزاج کے سبب مغرور، جھگڑالو، خود پسند اور جانے کیا کیا کہا گیا، چونکہ فی زمانہ مزاحمت کو انھیں ناموں سے یاد کیا جاتا ہے۔ مصنوعی مزاحمت صرف اپنی سہولت کے مطابق اپنا ہدف طے کرتی ہے۔ مثلاً گزشتہ دنوں اسی فیس بک پر ریختہ اور اس کے بانی سنجیو صراف پر اردو رسم الخط کو ختم کرنے کے الزام میں اردو والے ان پر ٹوٹ پڑے چونکہ جشن ریختہ میں دیوناگری اور رومن رسم الخط کا استعمال زیادہ نظر آیا تھا۔ اس virtual lynching میں وہ لوگ بھی شامل تھے، جو سوشل میڈیا پر اپنی اردو شاعری رومن رسم الخط میں پوسٹ کرتے ہیں اور اکثر و بیشتر کمنٹ بھی رومن میں ہی کرتے ہیں۔ لیکن تھوڑے ہی دنوں بعد جب مرکزی اردو ساہتیہ اکیڈمی کے کنوینر چندر بھان خیال صاحب سے خورشید اکرم نے فیس بک پر انھی کی ایک ہندی پوسٹ پر حالیہ ایوارڈ کے جیوری ممبران کے بارے میں استفسار کیا تو خیال صاحب نے نہایت ہی حاکمانہ رعونت اور حقارت آمیز انداز میں خورشید اکرم کو جواب دیا۔ مجھے یہ دیکھ کر حیرت ہوئی کہ اس پوسٹ پر موجود ایک دو لوگوں کو چھوڑ کر کسی نے اس غیر ذمہ دارانہ جواب پر ردعمل نہیں دکھایا بلکہ کچھ تو چندر بھان خیال کا دفاع کرنے لگے۔ کیوں؟ کیا فرق ہے سنجیو صراف اور چندر بھان خیال میں؟ جی، فرق تو ہے۔ سنجیو صراف کسی سرکاری ادارے کے کنوینر نہیں ہیں بلکہ ریختہ ان کا ایک نجی ادارہ ہے، جب کہ چندر بھان خیال ایک جمہوری ادارے کے کنوینر منتخب کیے گئے ہیں۔ لہٰذا، اصولاً چندر بھان خیال سے سوال کرنا کسی کا بھی جمہوری حق ہے اور اس کا جواب دینا ان کی ذمہ داری، لیکن انھوں نے جس

طرح کا ہتک آمیز رویہ دکھایا، اس کی مزاحمت کرنی ضروری تھی۔ خیر، میری اور خورشید اکرم کی تحریک پر مزاحمت بھی ہوئی جس میں کچھ لوگ خوشی سے اور کچھ لوگ چار و ناچار شامل ہوئے۔ یہاں اس لفظ "سہولت' کی کارفرمائی دیکھی جا سکتی ہے۔ سنجیو صراف کے خلاف بلا تحریک مزاحمت شروع ہوگئی چونکہ ظاہر ہے وہ ادیبوں کو ایوارڈ وغیرہ مرحمت نہیں کرتے، سوان سے کوئی خطرہ نہیں تھا لیکن اس کے برعکس چندر بھان خیال کے رویے کے خلاف مزاحمت کرنے میں وہ 'خطرہ' موجود تھا، اور مستقبل قریب میں سرکاری انعامات کے موہوم توقعات سے بھی ہاتھ دھو لینے کا رِسک تھا۔ دوسری مثال بھی دیکھ لیجیے، فاروقی صاحب کے انتقال کے کچھ دنوں بعد ہی ساہتیہ اکیڈمی نے ایک آن لائن تعزیتی نشست رکھی جس میں نارنگ صاحب کے مقرب خاص خلیل مامون نے ایک نظم 'ایک نقاد کی موت' سنائی جس کے پہلے مصرعے میں ' خدا مر گیا ہے' کے انتہائی سخت استہزائی انداز کے سبب عین تابش صاحب کو بہت برا لگا، لگنا بھی چاہیے تھا۔ انھوں نے اس نظم کے جواب میں 'خدا نہیں تھا وہ آدمی تھا' کے عنوان سے ایک نظم لکھی جو کافی مقبول ہوئی۔ یہ مزاحمت کا ایک تخلیقی اظہار تھا۔ لیکن میری حیرت اس وقت دو چند ہوگئی کہ خورشید اکرم کی مرکزی اردو ساہتیہ اکیڈمی کے خلاف فیس بک پر لگی پوسٹ کو عین تابش نے فساد یا شر سے منسوب کر دیا۔ جب میں نے اس پر سخت احتجاج کیا تو انھوں نے مجھ پر ذاتی ریمارکس پاس کرنے شروع کر دیے۔ ایک ہی شخص کے نزدیک دو ایک ہی جیسے واقعات پر ایسے فکری تضاد کو فکری منافقت سے تعبیر کیوں نہ کیا جائے جس میں ظاہر ہے اسی 'سہولت' کا دخل شامل ہے جن سے بہت کم لوگ محفوظ رہ پائے ہیں۔ ہمارے کچھ ادیب تو اتنے معصوم واقع ہوئے ہیں کہ وہ مزاحمت کو' پگڑی اچھالنا' تک کہتے ہیں، ایسا محسوس ہوتا ہے کہ ان کے نزدیک ادب ایک وقت گزاری کا ذریعہ یا' اسٹیٹس سمبل' ہے اور بس۔ معاشرے میں اپنی ادبی شخصیت کی دھونس جمانے کے لیے 'ادبی' کہلانا کافی ہے۔ انھیں کیا خبر کہ ادب پناہ گاہ نہیں ہے بلکہ رزم گاہ ہے جہاں گارسیا لورکا کے سینوں میں گولیاں اتار دی جاتی ہیں اور اس کی لاش غائب کر دی جاتی ہے تو دوسری طرف سارتر ہے جو نوبل انعام کو آلو کی بوری کہہ کر اسے قبول کرنے سے انکار کر دیتا ہے۔ ہمارے ہاں تو یہ حال ہے کہ ریاستی اکیڈمیوں اور معمولی سے معمولی ایوارڈ کو حاصل کرنے کے لیے اتنے جوڑ توڑ کیے جاتے ہیں، کمر اتنے خم کیے جاتے ہیں اور عزت نفس کا اتنا خون بہایا جاتا ہے کہ آدمی یہ سوچنے پر مجبور ہو جاتا ہے کہ شاید یہ لوگ اسی لیے ادیب بنے ہیں کیوں کہ ان کے پاس سماج میں عزت کمانے یا اپنی شناخت قائم کرنے کے لیے کوئی دوسرا راستہ نہیں تھا۔

یہ رویہ صرف اردو کے بیشتر ادیبوں تک محدود نہیں بلکہ معاشرے میں بھی عام ہے۔ اس کی ایک جھلک آپ سوشل میڈیا پر بھی دیکھ سکتے ہیں۔ مثلاً جب حجاب کا معاملہ سامنے آتا ہے تو مسلمان بڑی شدت کے ساتھ اس کی حمایت کرتے ہوئے مسلم عورتوں کی 'چوائس' (انتخاب کے حق) کا جواز پیش کرتے ہوئے بڑے جذباتی ہو جاتے ہیں لیکن جب کوئی مسلم لڑکی اسی 'چوائس' کا استعمال کرتے ہوئے کسی غیر مسلم لڑکے کو اپنے جیون ساتھی کے طور پر منتخب کرتی ہے تو یہی مسلمان اسے 'دین سے دوری' سے تعبیر کرتے ہیں، حالاں کہ جب پڑوسی ملک کے

مدرسوں سے آئے دن نوخیز بچوں سے 'دین سے قریبی لوگ' کی جنسی زیادتی کی خبریں باہر آتی ہیں تو خاموشی اختیار کرلینا بھی انھیں مسلمانوں کا طرہ امتیاز ہے۔ ایک اور واقعہ اس وقت یاد آرہا ہے۔ کچھ برسوں پہلے دہلی کے شاہین باغ میں CAA/NRC کے خلاف ایک پُراثر مزاحمتی تحریک چلی تھی جو صرف عورتوں کے دم سے ممکن ہو پائی تھی۔ یہ عام عورتیں تھیں اور ان میں غالب تعداد مسلم عورتوں کی ہی تھی۔ شاہین باغ کی اس تحریک نے ایوان حکومت کو ہلا کر بلکہ تلملا کر رکھ دیا تھا اور اس تحریک کو عالمگیر شہرت ملی۔ آپ کو یاد ہوگا کہ تحریک کا غیر مسلم خصوصاً سکھ برادری کے لوگوں نے دامے، درمے، سخنے، قدمے سب طرح سے تعاون کیا، بلکہ ہریانہ اور پنجاب سے ٹرک بھر بھر کر سکھ برادری ان خواتین کی حوصلہ افزائی کرنے کے لیے دہلی پہنچے، حتیٰ کہ دہلی کے ہی ایک سکھ بزنس مین نے ان خواتین کے لیے تین وقت کا لنگر کھول دیا حتیٰ کہ اس طویل احتجاج کے دوران انھیں اس لنگر کو جاری رکھنے کے لیے اپنا ایک فلیٹ تک فروخت کرنا پڑا۔ اب اس کے برعکس دوسرا منظر ملاحظہ فرمائیں۔ پنجاب اور ہریانہ کے کسانوں نے اقتدار کے خلاف مزاحمت کی، کئی کسان شہید ہوگئے، دہلی اور ہریانہ بارڈر پر حکومت نے انھیں کانٹوں کی باڑ اور سنگینوں کے سائے میں روک دیا۔ وہ وہیں بھوکے پیاسے پڑے مزاحمت کرتے رہے۔ کیا آپ مجھے بتا سکتے ہیں کہ دہلی کے کتنے مسلمانوں نے اس مزاحمت میں ان کا ساتھ دیا؟ تو کیا یہ سمجھ لیا جائے کہ ہندوستانی مسلمان صرف اسی وقت مزاحمت کرتا ہے جب اس کی مذہبی شناخت پر ضرب پڑتی ہے یا اس کے مفاد پر، باقی اسے مشترکہ مسائل سے کوئی غرض نہیں ہے؟ لیکن اس رویے کو تو ہم سب خود غرضی یا خود پسندی کے نام سے جانتے ہیں۔ اسی لیے میں کہتا ہوں کہ مزاحمت کا سہولتی رویہ ہمارے ہاں عام ہے، پھر چاہے وہ مذہبی معاشرہ ہو، ادبی یا فکری۔

ان تمام مثالوں کو عرصہ دراز سے برداشت کرنے کے باوجود میں نے یہ خطرہ مولا، اس لیے میں یہ خاص نمبر نکالتے ہوئے کسی خوش گمانی کا شکار نہیں ہوں کہ اس کی اردو کے کچھ باشعور اور باضمیر لوگوں کے سوا پُرجوش پذیرائی کی جائے گی۔ نہ کی جائے،، مجھے فرق نہیں پڑتا، میں انجام کی پرواہ کیے بغیر کام کرنے والوں میں سے ہوں۔ جب فحش نگاری نمبر کا اعلان کیا تھا، تو اس وقت بھی لوگوں نے میرا مذاق اڑایا تھا اور کچھ نے تشویش بھی ظاہر کی، تشویش ظاہر کرنے والوں میں ایک نام فاروقی صاحب کا بھی تھا۔ لیکن اس کے باوجود پوری ذمہ داری کے ساتھ وہ شائع ہوا اور ہندوستان کے علاوہ پاکستان میں بھی اس کے دو ایڈیشن چھپ گئے۔ اسی طرح سرقہ نمبر اور احیائے مذاہب نمبر کی اشاعت کے وقت بھی یہ خطرہ موجود تھا لیکن شائع ہونے کے بعد ہندوستان اور پاکستان میں یہ خاص نمبر ہاتھوں ہاتھ لیے گئے۔ اور پھر اثبات ہی کیوں، میرے پہلے ناول کا موضوع ہی ہم جنسیت تھا جب کہ دوسرے ناول کا موضوع لامذہبیت تھا، لیکن اس کے باوجود دونوں ملکوں میں آج بھی ان دونوں ناولوں پر گفتگو جاری ہے۔ پہلے ناول پر تو ہندوستان اور پاکستان کی یونیورسٹیوں میں ایم۔فل کے لیے مقالے بھی لکھے جاچکے ہیں۔ جب کہ آپ خوب اچھی طرح جانتے ہیں کہ میرے دونوں ناولوں کے موضوعات کے تعلق سے ہمارے

معاشرے کا مرغوب بیانیہ کیا ہے، اس بیانیے کے خلاف میں نے تخلیقی مزاحمت کی چونکہ بقول شخصے، جو تحریر اپنے پڑھنے والوں کے تحفظات اور ان کے ضمیر پر ضرب نہیں لگاتی، اسے لکھنا بے کار ہے۔ ان تمام باتوں کے ذکر کا مقصد یہی ہے کہ میرے مزاج میں مزاحمت رچی بسی ہوئی ہے، سو اس شمارے کو نکالتے ہوئے کسی اجنبیت کا احساس نہیں ہوا۔ یہ میرا ہی علاقہ ہے، شاید مزاحمت میری گھٹی میں پڑی ہوئی ہے۔

اب جو یہ کہا جاتا ہے کہ مزاحمت صرف اقتدار کے خلاف ہی کی جا سکتی ہے، یا یہ کہ وہ صرف سیاسی ہوتی ہے، میں اس سے متفق نہیں ہوں۔ جیسا کہ مقبول عام فقرہ ہے کہ لکھنا بذات خود مزاحمت ہے، تو پھر ہم صرف اقتدار اور سیاست کے خلاف ہی تو نہیں لکھتے بلکہ ہر بالا دست طبقے اور رجحان کے خلاف بھی لکھتے ہیں۔ لیکن پھر یہ کہا جاتا ہے کہ صاحب مزاحمت عملی ہوتی ہے یعنی جو عوام الناس پر براہ راست اثر انداز ہو جائے۔ یہ بھی کہا گیا کہ تخلیقی مزاحمت عوامی تحریک سے وابستہ ہوتی ہے، بالفاظ دیگر کوئی عوامی تحریک ہی تخلیقی مزاحمت کو جنم دیتی ہے، جب کہ دنیا میں کئی ایسی مثالیں موجود ہیں کہ تخلیقی اور فکری مزاحمت نے عوامی تحریک کا بیج بویا۔ دو مثالیں دیتا ہوں۔ پہلی مثال ہارپر لی کی ہے، اس امریکی ادیب کے ناول *To Kill A Mockingbird* کی اشاعت کے بعد امریکہ میں سیاہ فاموں کے حقوق کی جدوجہد نے مزاحمت کی شکل اختیار کر لی۔ دوسری مثال خالد جاوید نے میرے ایک سوال کے جواب کی صورت میں دی ہے؛ "Upton Sinclair کا ناول '*The Jungle*' ہے جو 1906 میں شائع ہوا تھا، یہ ناول امریکہ کی گوشت مارکیٹ میں کام کرنے والے مزدوروں کی قابل رحم اور خراب حالت کے خلاف لکھا گیا تھا۔ سماجی مزاحمت کے حوالے سے اس ناول کو '*Uncle Tom's Cabin*' کے برابر میں رکھا جا سکتا ہے۔ اس ناول نے یورپ کے کئی ممالک میں گوشت مارکیٹ اور اس میں کام کرنے والے مزدوروں اور ان کی صحت کے حوالے سے، نیز حفظان صحت کے حوالے سے جدید قانون پاس کرائے۔"

تو یہ کہنا کہ ہمیشہ عوامی تحریک ہی فکری و ادبی مزاحمت کا سبب بنتی ہے، غلط ہے بلکہ اس کا بالکل اُلٹ ہے اور مجھے کہنے دیجیے کہ جس عوامی احتجاج میں فکری مزاحمت کی رسد شامل نہ ہو، اس کے گمراہ ہو جانے بلکہ اس کے منتشر ہو جانے کا امکان زیادہ ہے۔ بلا شبہ اس سے کسی کو انکار نہیں ہے کہ عوامی تحریکیں مزاحمتی تخلیق کاروں کو مہمیز کرتی ہیں، مفکروں کو اپنی طرف راغب بھی کرتی ہیں لیکن بہر حال اس کی آبیاری مفکر اور ادیب ہی کرتے ہیں۔ دور کیوں جائیے، اگر گاندھی نہ ہوتے اور تن تنہا اس ایک شخص نے انگریزوں کے خلاف مزاحمت نہ کی ہوتی تو تحریک آزادی کا کونپل ہی ہندوستان میں نہ پھوٹتا، اس ایک شخص کی فکری مزاحمت نے لاکھوں لوگوں کو سڑکوں پر مزاحمت کرنے کے لیے اتار دیا۔ اس طرح کی مثالیں پوری دنیا میں موجود ہیں، بس ان کا بغور مطالعہ اور ناقدانہ تجزیہ ضروری ہے۔

جن لوگوں کو اس بات پر اب بھی اصرار ہے کہ سڑکوں پر جب تک جھنڈا، پمفلٹ اور ہینڈ بل لے کر نعرے لگاتے ہوئے نہ اُترا جائے تو اسے مزاحمت نہیں کہا جا سکتا، ان صاحبان دانش کے حضور عرض ہے کہ آپ جن

مزاحمتی تحریکوں کو سڑکوں اور جلسے جلوسوں میں دیکھ رہے ہیں، وہ برسوں کی فکری مزاحمت کی انتہا ہے۔ یہ فکری مزاحمت برسوں تک 'زیر زمین' سلگتی رہی ہے۔ مزاحمت کوئی ایسی چیز نہیں کہ راتوں رات اس کی تیاری کر لی جائے کہ کل صبح اس کی مزاحمت کرنی ہے اور دوسرے دن وہ تحریک مزاحمت بن جائے۔ نہیں صاحب، ایسا فکشن میں بھی نہیں ہوتا۔ تحریک نسواں کو کیا سڑکوں پر اترنے والی ایکٹیویسٹوں کے حوالے سے پوری دنیا میں جانا جاتا ہے یا پھر اس تھنک ٹینک یعنی فکری مزاحمت نے برسوں تک اس کی آبیاری کی تب جا کر اس نے عام لوگوں کے اندر شعور بیدار کیا اور انھی رہنما خطوط پر سوچتے ہوئے جب ان کا سامنا کچھ حادثات اور واقعات سے ہوا تو اس نے تحریک کی شکل اختیار کر لی، فوری واقعات یا حادثے صرف 'Trigger' کا کام انجام دیتے ہیں، فصل تو پہلے ہی پک چکی ہوتی ہے۔ لیکن آپ اس فصل کی بیج، اس کے بونے والوں کو نظر انداز کرنا چاہ رہے ہیں جو میرے خیال میں نا انصافی ہے۔ مثلاً جس نے خلائی جہاز بنایا، وہ ظاہر ہے ایک سائنٹسٹ یا انجینئر ہی ہوگا اور اس میں اس کی برسوں کی ریاضت شامل ہوگی، لیکن ہماری نظروں کے ہالے میں صرف وہ تیار شدہ خلائی جہاز اور اس کا پائلٹ ہی آتا ہے چونکہ اس کے بغل میں یا اس جہاز میں اس کا بنانے والا انجینئر موجود نہیں ہے، تو کیا ہم یہ کہنے کی حماقت کر سکتے ہیں کہ جہاز تو دراصل اس کے پائلٹ کی دین ہے؟ بالفاظ دیگر آپ چاہتے ہیں کہ انجینئر بھی پائلٹ کی حیثیت سے جہاز کو اڑانے میں تعاون کرے، ظاہر ہے اس صورت میں جہاز کا ایکسیڈنٹ لازمی ہے۔ پائلٹ اپنے کام کا ماہر ہے، سائنس داں اور انجینئر اپنے اپنے کام کے، دونوں کی ذمہ داریاں بھی الگ ہیں اور ان کے میدان بھی لیکن یہ دونوں مل کر ایک ہی کام کر رہے ہیں اور دونوں میں کسی کا کام اعلیٰ اور ادنیٰ نہیں ہے۔ جب لوگ کہتے ہیں کہ مزاحمتی شاعر تو وہی ہے جو اسٹیج پر کھڑے ہو کر، سڑکوں پر جھنڈا پکڑے ایسی نظموں سے لوگوں کو کسی مزاحمت کے لیے جوش دلائے، یعنی وہ یہی کہہ رہے ہوتے ہیں کہ سائنس دان یا انجینئر کو پائلٹ کی ذمہ داری بھی قبول کر لینی چاہیے تبھی وہ جہاز اپنی منزل تک پہنچے گا۔ کچھ لوگ کہتے ہیں کہ مزاحمتی ادب اسی کو کہا جائے گا جو عوام پر اثر انداز ہو۔ اس اعتبار سے دیکھیے تو یہ اسی مطالبے کی بدلی ہوئی شکل ہے جس کے تحت ایک طبقہ مشکل ادب اور آسان ادب میں تفریق پیدا کرتا رہا ہے، خواص کے ادب اور عوامی ادب کے درمیان خط امتیاز کھینچتا رہا ہے، رسائل کی شاعری اور مشاعرے کی شاعری میں فرق کرتا رہا ہے۔ اگر ایسا ہی ہے تو پھر ویب سیریز یا ٹیلی فلموں میں پیش کی گئی کہانیوں کو ہم مزاحمتی ادب کیوں نہ کہیں؟ چونکہ عوام تو سب سے زیادہ انھیں ذرائع کا استعمال کرتی ہے۔ گزشتہ کچھ برسوں سے کئی ویب سیریز اور شارٹ فلموں نے اقتدار اور فرقہ وارانہ تعصّبات کے خلاف جو مزاحمت کی ہے وہ قابل تعریف ہے، یوں بھی فلم اور ٹیلی ویژن کے شعبے نے سب سے زیادہ ظلم اور نا انصافی کے خلاف مزاحمت کی ہے لیکن انھیں دیکھ کر تو ناظرین ہاتھوں میں اس ایشو کے خلاف جھنڈا لے کر سڑکوں پر نہیں اترے اور نہ ہی ان ویب سیریز کے پروڈیوسر یا ڈائریکٹر نے ایسا کرنے کی ضرورت سمجھی (اس کی ایک بڑی وجہ یہ بھی ہے کہ مزاحمت کو کارپوریٹ ورلڈ نے تفریح کا ذریعہ بنا کر اسے بے اثر کر دیا ہے)، البتہ کچھ فلم سازوں اور ڈائریکٹروں نے ملک کے ذمہ دار شہری کے طور پر کبھی کوئی بیان

دے دیا یا کسی جلسے اور جلوس میں شرکت کرلی، لیکن کسی نے ان سے یہ مطالبہ نہیں کیا کہ جب تک تم CAA/NRC پر کوئی اسکرپٹ عوام کے بیچ میں کھڑے ہو کر نہیں سناؤ گے، ہم تمھارے میڈیم سے کی گئی مزاحمت قبول نہیں کریں گے۔ یہ کتنی مضحکہ خیز بات ہے کہ ایسا مطالبہ صرف ادیبوں سے ہی زیادہ کیا جاتا ہے جب کہ کسی راج مستری، مزدور، کسان، نقشہ نویس، انجینئر، پلمبر وغیرہ سے نہیں کیا جاتا۔ میرا ماننا ہے کہ مزاحمت اپنے اپنے علاقے میں رہ کر کی جاتی ہے اور ہر مزاحمت پُراثر ہوتی ہے۔ فکری مزاحمت ہو یا ادبی مزاحمت، صحافتی مزاحمت ہو یا تحریکی مزاحمت؛ یہ سب ایک مزاحمت نام کی مشین کے الگ الگ پُرزے ہیں، ان میں ایک بھی کام کرنا بند کردے تو مشین بند ہو جائے گی یا وہ خراب کہلائے گی۔ لیکن اس خراب مشین کو درست کرنے کے لیے ایک پرزے کو آپ دوسرے پرزے کی جگہ نہیں لگا سکتے، مشین چلنا تو درکنار کوئی حادثہ بھی ہوسکتا ہے۔ اس طرح میں مانتا ہوں کہ فیض کی مزاحمت اپنی جگہ اہم ہے اور حبیب جالب کی اپنی جگہ، نوم چومسکی اور ایڈورڈ سعید کی مزاحمت اپنی جگہ اہم ہے اور 'میرا جسم میری مرضی' کی تحریک چلانے والی پاکستانی خواتین کی مزاحمت اپنی جگہ اہم ہے۔ ہمیں اس پر غور کرنا چاہیے کہ مزاحمت کرتے وقت ہم ایک دوسرے کی جگہ غصب کرنے کی کوشش نہ کریں اور نہ اس پر اصرار کریں۔ اگر کوئی ادیب، فنکار، مفکر یا صحافی اپنے اصل منصب کے علاوہ بطور انسان یا شہری کوئی بیان دیتا ہے یا جلسے جلوس میں شامل ہوجاتا ہے یا کوئی انعام لینے سے انکار کر دیتا ہے تو اسے اس کا پورا اختیار حاصل ہے اور یقیناً یہ اس کے باضمیر ہونے کا ثبوت بھی ہوگا، لیکن اسے اس بات پر مجبور نہیں کیا جاسکتا اور نہ کرنا چاہیے اور نہ اس سے اس کی تخلیقی یا فکری مزاحمت پر کوئی آنچ آئے گی جو وہ اپنی سطح پر مسلسل کرتا رہا ہے۔ آپ کو یہ حق حاصل نہیں ہے کہ عملی مزاحمت (ایکٹیوزم) کے نام پر کسی کی فکری یا تخلیقی مزاحمت کو مسترد کریں۔ دراصل کچھ لوگوں کے نزدیک مزاحمت کا تصور کچھ طے شدہ علامتوں کی گرفت میں ہے۔ سڑک، مورچہ بندی، دھرنا، پمفلٹ، ہینڈ بل، مائک، اسٹیج، نعرے اور لوگوں کا ہجوم اور اگر ممکن ہو تو کچھ گرفتاریاں، کچھ گولیاں، کچھ ڈنڈے اور اذیت کدے وغیرہ؛ ان علامتوں کے بغیر انھیں 'مزاحمت' مزاحمت نہیں لگتی۔

اب آخر میں ایک دو باتیں جلدی جلدی کرلوں۔ دیکھیے، ہمارے ہاں ایک اور غلط فہمی عام ہے کہ مزاحمت صرف اقتدار کے خلاف ہی ہوتی ہے، یہ تصور بھی بالکل غلط ہے۔ ایک مثال پہلے ہی دے چکا ہوں کہ گوشت مارکیٹ کے خلاف تک مزاحمت ہوئی ہے جس نے بعد میں تحریک کی صورت اختیار کرلی۔ میں مزاحمت کے باب میں اس لفظ 'اقتدار' کو وسیع معنوں میں دیکھتا ہوں۔ میں اس سے صرف برسر اقتدار حکومت مراد نہیں لیتا بلکہ ہر وہ معاشرتی نظریہ، ثقافت، رجحان، بیانیہ وغیرہ سبھی کو اس لفظ 'اقتدار' میں شامل سمجھتا ہوں جو لوگوں پر تھوپی جائے، پھر چاہے وہ حجاب ہو یا لوَ جہاد، وہ برسر اقتدار حکومت ہو یا کھاپ پنچایت، مختصر یہ کہ ہر بالا دست ادارہ، طبقہ، گروہ، نظریہ، رجحان سب کے خلاف مزاحمت کی جاسکتی ہے اور ہوتی بھی رہی ہے۔ دوسری بات یہ کہ مزاحمت کو تعداد کی ضرورت نہیں، صرف جرات کی حاجت ہوتی ہے۔ مزاحمت کوئی ایک فرد بھی کرسکتا ہے اور ایک پورا

معاشرہ بھی، بلکہ اکثر یہی دیکھا گیا ہے کہ مزاحمت کسی ایک شخص یا دو چار لوگوں سے ہی شروع ہوتی ہے جو دھیرے دھیرے کارواں کی شکل اختیار کرتی جاتی ہے۔ میرے نزدیک مزاحمت وہ بھی ہے جب پورا شہر بادشاہ کے 'خیالی لباس' کی تعریف میں قصیدے پڑھ رہا تھا، اس وقت ایک معصوم بچے نے انگلی اٹھا کر کہہ دیا کہ 'بادشاہ ننگا ہے۔'

انھیں رہنما خطوط پر یہ شمارہ ترتیب دیا گیا ہے اور ہر ایسے گوشے کو ان دو جلدوں میں، میں نے سمونے کی کوشش کی ہے جس پر یا تو مزاحمت ہو چکی ہے یا جس پر مزاحمت کی گنجائش موجود ہے۔ اسے سمجھنا ضروری ہے، کیوں کہ فی زمانہ جس صورت حال سے اس وقت وطن عزیز ہندوستان دو چار ہے، اسے کسی خاص مذہبی فرقے کے چشمے سے دیکھنے کی بجائے میں نے ایک باشعور اور باضمیر ہندوستانی شہری کے طور پر دیکھنے کی کوشش کی ہے اور آپ سے بھی یہی گزارش ہے۔ یاد رکھیے، فاشزم یا تانا شاہی کا سب سے تر نوالہ وہ لوگ ہوتے ہیں جو معاشرے سے خود کو الگ تھلگ کر لیتے ہیں۔ ہٹلر نے یہی کیا تھا۔ یہودیوں نے خود کو عام معاشرے سے الگ تھلگ کر لیا تھا، اس لیے انھیں اپنا شکار بنانا ہٹلر کے لیے آسان تھا۔ اکثریت کو اقلیت کے خلاف اسی طرح مشتعل کیا جا رہا ہے جیسا کہ ماضی میں ہم کئی بار دیکھ چکے ہیں۔ اس لیے اپنی تحفظ گاہ کے قبر بننے سے پہلے آپ کو 'سب ٹھیک ٹھاک ہے' کہنا چھوڑنا ہوگا اور حکمت عملی سے کام لینا ہوگا۔ مزاحمت کرنا آپ کا حق ہے لیکن اس کے اصول و مبادیات کو بھی جاننا ضروری ہے۔ اسے آپ اکیلے نہیں لڑ سکتے، برادران وطن کی ایک کثیر جماعت آپ کے ساتھ ہے، لیکن کیا آپ مشترکہ مسائل میں ان کے ساتھ ہیں؟ چونکہ صرف اپنی بقا اور شناخت کے لیے آپ کسی جمہوری معاشرے میں مزاحمت نہیں کر پائیں گے، اس کے لیے آپ کو ایک ایسے نقطہ اشتراک کی ضرورت ہے جس میں سب کے ساتھ آپ ہوں اور سب آپ کے ساتھ۔ فاشزم اور تانا شاہی اسی اتحاد سے ڈرتی ہے اور اتحاد مشترکہ بنیادوں پر ہی قائم ہوتا ہے۔

آخر میں صرف اتنا کہ میں نے بطور ادیب، شہری اور انسان فرض کفایہ ادا کر دیا ہے، اب آپ کی باری ہے کہ اس کا کیا اثر قبول کرتے ہیں، اسے پڑھتے بھی ہیں یا نہیں، یا پھر حسب سابق یہ کہہ کر چلتے پھرتے نظر آتے ہیں کہ 'چلو یار، ہمیں کیا، میرے ساتھ سب ٹھیک ٹھاک ہے۔'

مزاحمتی ادب اور اس کی تشریحات

نعیم بیگ

بیسویں صدی میں بعد از جنگِ عظیم دوئم ایک ایسے دور کا آغاز ہوا جہاں دنیا بھر میں نوآبادیاتی نظام نے دم توڑنا شروع کر دیا تھا۔ یورپی اقوام، بالخصوص اتحادیوں کی جملہ مقتدر سیاسی جماعتوں کو جنگ کی ہولناک تباہیوں کے پیشِ نظر ان اندیشہ ہائے فکر کا سامنا تھا کہ اب انھیں ان کالونیز سے مزاحمت کا شدید سامنا کرنا ہوگا، جہاں استعمار کی لوٹ مار اور بداعمالیوں سے معاشی و سیاسی بدحالی اپنے عروج پر پہنچ چکی تھی۔ یورپی جنگوں نے نوآبادیاتی نظام کی ریڑھ کی ہڈی میں ایک ایسا زخم لگایا تھا جس سے امپیریلزم کا اعصابی سسٹم انتشار و انتقاض کی لپیٹ میں آ گیا تھا۔ اس سے پہلے بھی استعماریت اپنے طور پر کالونیل دور میں کمزور سیاسی، ثقافتی و سماجی مزاحمت کا سامنا تو کر رہی تھی، لیکن ان کی مائٹی طاقت کے سامنے علاقائی اور مقامی قوتیں ہیچ تھیں۔ اس تناظر میں چالیس کی دہائی کے آخری برس بہت اہم تھے۔ تین بڑے براعظم ایشیا، افریقہ اور لاطینی امریکہ بالواسطہ طور پر نوآبادیاتی نظام کی جکڑ میں تھے، جہاں سیاسی و ادبی مزاحمت نوآبادیاتی ثقافتی پیراڈاکسز کو لیے ابھر رہی تھی لیکن قطعیت قبول عام نہ تھی۔ ایسی صورت میں جب 1947 میں ایک طرف ہندوستان کی تقسیم اور آزادی کا اعلان ہوا، اور پاکستان کا قیام وجود میں آیا، وہیں مشرقِ وسطیٰ میں 1948 میں اسرائیل کا قیام ایک اہم پیش رفت تھی۔

برصغیر میں ہر دو ممالک تقسیم و آزادی سے پہلے چونکہ سلطنتِ انگلیشیہ کے تحت تھے، لہٰذا یہاں پر مابعد نوآبادیاتی مسائل کی شاخیں ابھی نئی کونپلوں سے آشنا نہیں ہوئی تھیں، انھیں پھوٹنے کے لیے مسلسل کنفلکٹ اور مزاحمت جیسے جوہر کی آبیاری کی ضرورت تھی۔ آزادی کے بعد ہندوستان میں کانگریس نے ایک دبیز ریاستی پردہ اوڑھ لیا اور فوری طور پر آئین سازی کی اور اس کے بعد اپنی زرعی و دیگر سوشل اصلاحات کی طرف متوجہ ہو گیا، جبکہ نومولود پاکستان مابعد تقسیم نہ صرف لیڈرشپ کے بحران کا شکار ہو گیا بلکہ اپنے معاشی مسائل اور شمال مشرقی اور

شمال مغربی سرحدوں کی غیر متعینہ صورت حال سے دوچار رہا۔

دوسری طرف اسرائیل کے قیام کے بعد فلسطین کی تقسیم سے فلسطینیوں کا ایک اکثریتی حصہ محروم الآرث کا شکار ہوگیا۔ جغرافیائی محرومی سے قطع نظر مذہبی اور متبرک مقامات، بیت المقدس کی غیر اعلانیہ تقسیم اور بعد ازاں اسرائیل کی انانیت مزاحمت کی تحاریک کا ہراول دستہ ثابت ہوئیں چونکہ وہاں قیادت اپنی فکری سوچ کے ساتھ جواں تھی، یوں مزاحمت اپنی جڑیں مضبوط کرنے لگی۔

تاہم ادب میں مزاحمتی اصطلاح کے طور پر 'ادب المقاومۃ' کی تاریخی اصطلاح اس وقت رائج ہوئی

،تاہم ادب میں مزاحمتی اصطلاح کے طور پر 'ادب المقاومۃ'' کی تاریخی اصطلاح اس وقت رائج ہوئی۔

Adab ul Muqawama meaning thereby (Literature of resistance) which later termed as doctrine of Muqawma۔

جب 1966 میں فلسطینی ادیب و نقاد غسان کنفانی نے 'فلسطین میں مزاحمتی ادب 66-1948' (1) کے عنوان سے ایک مضمون لکھا۔ غسان نے یہ مضمون 1967 کی جنگ سے پہلے لکھا جس میں فلسطینی مجاہدین اور اسرائیل کے کنفلکٹ کو نہ صرف نمایاں عالمی ادب کا حصہ بنایا بلکہ ہم عصر تحاریک جو اس وقت آزادی کی جدوجہد میں لاطینی امریکہ، مشرقِ بعید اور افریقہ میں جاری تھیں، کے ساتھ لا کھڑا کیا۔ اس مقالے میں مغربی استعماریت کے خلاف ایک پوری تاریخ درج ہونے کے ساتھ ہی مزاحمتی ادب کا کردار، اس کے بنیادی عناصر اور وسیع تر مابعد نوآبادیاتی رجحانات، تفاوت کو زیر بحث لایا گیا۔ غسان نے ایک کام اور کیا کہ انھوں نے علامتی ابلاغیات (سیمیوٹک) سے ہٹ کر مزاحمت کے وسیع تر معنیاتی نظام کو بھی تشکیل دینے کی صراحت کی۔ مزاحمتی متون کی تثلیث کاری 'سیاق، تناظر و ثقافت' کو یکجا کرتے ہوئے اسے تجارب کی دنیا سے نکال کر ایک حقیقت کا روپ دینے کی بے مثال کوشش کی جو بعدازاں مزاحمتی محرکات کی متصورہ صورت متعین کرنے مددومعاون ثابت ہوئی۔

جب 1966 میں یہ مقالہ لکھا گیا تب اسرائیل نے مقبوضہ علاقوں میں سنسر شپ لگایا ہوا تھا، لہٰذا ایک عرصہ تک عرب دنیا اور عالمی دنیا مقبوضہ فلسطین میں لکھے جانے والے ادب سے ناآشنا تھی۔ اس زمانے میں غسان نے زیادہ تر ادبی ملفوظات کو محفوظ کرنے اور انھیں یک جا کرنے میں وقت گزارا۔

اس کا خیال تھا کہ مزاحمت ہمیشہ مقبوضہ اور غیر مقبوضہ علاقوں میں کسی ایک قوم کے منقسم ہوجانے پر منصۂ شہود پر آتی ہے۔ جہاں ثقافت اور لسانی بنیادیں یکساں ہوں لیکن ایک حصہ تارک الوطن ہوجائے یا جلاوطن اور دوسرا مقبوضہ حصہ میں اپنی ثقافت وعقائد کے چھینے جانے پر اس کا محافظ بن جائے۔ غسان کے فکری مزاحمتی نظریے کے مطابق مقبوضہ حصے میں ثقافتی اور ادبی سرگرمیاں 'جبری ثقافتی حصار' یا 'کلچرل سیج' کی صورت اختیار کر جانے کی وجہ سے اپنی اسی حیثیت سے پہچانی جائیں گی، اور یہی وہ مقام ہے جہاں سے مزاحمتی ادب جنم لیتا ہے۔ یہ کہتے ہوئے غسان بظاہر اس بات سے لاتعلقی اور ترک دعویٰ کا اظہار کرتا ہے لیکن درحقیقت یہ بنیادی حقائق ہیں

جہاں وہ مزاحمتی ادب کے ان جوہری عناصر کی نشان دہی کرتا ہے، اور ایسا کرتے ہوئے عالمی نقادوں کو ایک ایسا خلا (ویکیوم) مہیا کر دیتا ہے جسے پُر کرنے کے لیے عالمی دانشور اپنے عمودی اور افقی تحقیقی و فکری سطح کے نئے خیالات تجسیم کریں۔ دراصل یہ حقیقت پسندانہ عمل خود اس بات کی گواہی دیتا ہے کہ غسان کا ترک تعلق کا یہ بیان بذاتِ خود ادبی تنقید و تحقیق کے ان ضوابط کے تحت ان تمام مضامین کو جو مزاحمتی ادب کے دائرہ کار میں آتے ہوں پر بھرپور توجہ اور اضافت کا اظہار ہے۔

غسان کہتا ہے:

The attempts at a history of the resistance literature of a given people are usually, for reasons that are self-evident, accomplished after liberation. With respect to the literature of resistance in occupied Palestine, however it is necessary that the Arab reader is general and the Palestinian emigrant in particular study its persistent continuation, because it is fundamentally to be found in the language itself and speech of the Arabs of occupied Palestine. The resistance springs from these linguistics initiatives working together with the rigidity of conditions of the situation.

اس پس منظر میں یہ قرین از قیاس ہے کہ کوئی بھی عمومی نظریاتی فلسفہ اپنی اضافت اور قطعیت کے ساتھ اس وقت تک مکمل نہیں ہوتا، بالخصوص مزاحمتی ادب کے حوالے سے جب تک کہ متعلقہ تنقید نگار اس نظریاتی و فلسفیاتی معنیاتی نظام کے تفاوت کو جغرافیائی طور پر اپنی ذاتی موجودگی سے خود پرکھ نہ لے۔ مزاحمتی ادب میں قلمکار دور بیٹھ کر فکشنل انداز سے اپنی تحریر کو ضوابط سے مُرصّع تو کر سکتا ہے لیکن ان انتقادی تشکیلات کی حدود کو چھو نہیں سکتا جو موجوداتِ خارجی سے پیدا ہوتی ہوں۔

معروف نقاد میلڈ وناڈ وڈینس اپنے مزاحمتی ادبی کے مقالے 'انٹیلکچوئلز رول ان پیرور یکوٹوڈے' میں رقم طراز ہے کہ "مزاحمتی ادب دانشوروں کا ایک مخصوص ادبی انداز ہے جس سے وہ سماجی و ثقافتی جبر کو آسولیشن میں دیکھتے ہیں۔" (2)

تیسری دنیا کی قریبی تاریخ اپنے مزاحمتی منظر کو اپنے عدم وجودیت کی تناظر میں نہیں دیکھتی بلکہ اسے ممکنہ حد تک کالونیلزم کے اثرات کے ابتدائی رول سے دیکھتی ہے۔ 'گلوبل رفٹ' میں ایل۔ ایس۔ اسٹاورنوس اس جملے سے اپنی بات شروع کرتے ہیں کہ "نوآبادیاتی نظام درحقیقت پندرہویں صدی سے اٹھارویں صدی تک عالمی سرمایہ دارانہ تجارتی ظہور کی ایک شکل تھی جس نے جغرافیائی حدود کو اپنی لامحدود طاقت سے مقبوض کیا اور ان مقبوضہ سوسائٹیز کے ساتھ نئے اختلاط کی شروعات نتائجیت کی پروا کیے بغیر اختصام کی راہ پر مَنتج کیں۔"

ایسی ہی صورت حال برصغیر کو اس وقت پیش آئی جب تقسیم ہند کے وقت کشمیر و دیگر سرحدی تنازعات کو حل طلب چھوڑ کر سلطنت برطانیہ یہاں سے نکل گئی۔ ان کے ابتدائی خیال میں ہندوستان کو چھوڑ کر چلے جانے کے بعد یہ مُنقسم ممالک بوجہ اپنے سرحدی تنازعات رہنے کے قابل نہ ہوں گے۔ دوسرے لفظوں میں انھوں نے وہی صورتِ حال پیدا کی جو غسان مزاحمتی ادب کے حوالے سے سیاسی تجزیہ کرتے ہوئے کہتا ہے۔ کشمیر کی حق خودارادیت اور بعدازاں تقسیم کا تنازع درحقیقت ایک ایسی ہی صورتِ حال تھی جس کی بنیاد پر ایک بڑے طبقے نے جلاوطن ہوکر پاکستان میں پناہ لی اور پھر یہاں سے مزاحمتی تحریک کا احیا ہوا۔

مزاحمت درحقیقت ان آزاد سماجی و ثقافتی رویوں کے جبری استحصال سے انکار کا نام ہے جو سیاسی و عمرانی دباؤ کے تحت انسانی زندگی میں در آتا ہے۔ اِسی جبری برتاؤ اور دستور کو جب ایک ادیب و شاعر اپنے الفاظ میں ایک جدوجہد کا نام دیتا ہے تو اسے ہم مزاحمتی ادب کی شرح میں قبولیت بخشتے ہیں۔ اس کی بنیادی وجہ یہ ہوتی ہے کہ آزادی کا حصول ایک مرحلہ وار اور ہمہ جہت جنگ کی شکل میں ہوتا ہے۔

امریکہ کے معروف ادیب و مورخ اور جنوب مغربی ایشیا کے سیاسی و سماجی علوم پر دسترس رکھنے والے پروفیسر سٹینلے وولپرٹ نے اپنی کتاب 'شیم فل فلائٹ' میں رقم طراز ہوتے ہیں۔(3)

> I must say, Bengal's Secretary John Dowson Tyson wrote from Calcutta on July 1533; Mountbatten is a hustler; ever since he came out he has pursued shocked tactics. He made his plan{and]soon after that the blitz began. And since the time when he launched his blitz, he has given no one any rest...the Indian leaders least of all. He has kept them so busy...so much on the run that they have not had the time to draw breath and criticize. Before they know where they are we shall be out...and I believe now, we shall withdraw in fairly peaceful conditions.... whatever may happen after we have gone, I think there will be very unsettled conditions in India for some time to come, but the trouble will be primarily between Hindus and Muslims...not anti European. The India of after August 15 will not be the kind of country I should want to live in.

اس اقتباس سے یہ بخوبی اندازہ لگایا جاسکتا ہے کہ ہندوستان سے نکلتے ہوئے سلطنت برطانیہ نے کس تیزی کے ساتھ مسائل کے انبار کو بالعموم اور سرحدی تنازعات کو بالخصوص دانستہ پیچھے چھوڑا، کہ کئی دہائیوں تک مقبوضہ اور غیر مقبوضہ اقوام اس کنفکلٹ (Conflict) سے باہر نہ نکل سکیں۔ ایسی ہی صورت انھوں نے اسرائیل

میں پیدا کی تھی۔ اور یہی وہ بنیادی سیاسی وجوہات ہیں جن سے تارک الوطن اور جلاوطنی کا انکھوا پھوٹتا ہے، یوں مزاحمت اپنی پوری اخلاقی و مادی طاقت سے ابھر کر جنم لیتی ہے، اور پھر مزاحمتی ادب کا سورج طلوع ہوتا ہے۔

ان حقائق کے پیشِ نظر اس حقیقت سے بھی نظریں نہیں چرائی جاسکتیں کہ دنیا بھر میں اکیسویں صدی کے آغاز سے اَن دیکھی عالمی طاقتوں نے ایک نیا منظر نامہ لکھنا شروع کیا ہے جس کے ابھی ابتدائی باب لکھے جا رہے ہیں۔ وہیں ادب کا نظریاتی وجدلیاتی پس منظر تیزی سے بدلتا جارہا ہے۔ سائنس کی ترقی وترویج میں دنیا بھر کا انسان جس تیزی سے پہیہ کے دور سے نکل کر مکینیکل دور میں داخل ہوا اور پھر الیکٹرونک دور سے ڈیجیٹل دور میں داخل ہوتے ہوئے اس نے تسخیرِ کائنات میں ایسے ایسے علم بلند کیے کہ انسانی عقل دنگ رہ گئی۔

اس سے پہلے چونکہ فکری وعلمی سطح پر انقلاب فرانس اور انقلابِ روس اور پھر کہیں بہت پہلے سولہویں صدی کی اولین دہائیوں میں مارٹن لوتھر کی مذہبی روایات سے روگردانی کے ڈانڈے بہرطور ان نظریات سے متصادم نہ تھے، جو کسی بھی انسانی حقیقت کو اس کے علاقائی، لسانی اور ثقافتی جوہر سے الگ کر کے دیکھے جاتے ہوں۔ دنیا بھر کے ادبی حلقوں میں ان نظریات اور ان کے فکری پہلوؤں پر اس طرح مباحث ہوئی کہ گلوبل ادب کارل مارکس کی داس کیپٹل سے سارتر کے وجودیت کے فلسفے تک، کامیو کے اگیزسٹلزم سے لیکر جیکس لیکن (اسٹرکچریلزم) اور ژاک دریدا (پوسٹ اسٹرکچریلزم) تک کے ان نظریات کو ہمیشہ دنیا بھر میں نہ صرف ادبی نقطۂ نظر سے مقبولیت ملی بلکہ یہ عالمی نظریات ایشیا سے لیکر دور دراز لاطینی امریکہ تک پہنچے اور اینلا ٹنمنٹ کی ابتدا ہوئی۔ انسان جاگ گیا اور اس سے کہیں زیادہ اُن ادبا وشعرا پر اثرات آئے جو طلسماتی یا جادوئی دنیا کی فینٹاسی میں مبتلا ادب تخلیق کررہے تھے۔ ہمارے ہاں یہ روایت حقیقت نگاری کے جد امجد منشی پریم چند کی دیہی اور شہری مسائل پر مبنی تحریروں سے اپنے قدموں پر کھڑی ہوئی تھی، جسے بعد میں ایک بڑے قافلے نے پروان چڑھایا۔ گو اس سارے کھیل میں مغرب میں فوکو اور ہمارے ہاں سبھاش چندر بوس جیسے سیاسی مینار مزاحمت کے علم برداروں کی صورت سامنے آئے لیکن انھیں صرف منتخب پذیرائی ملی۔

لیکن اس بحث میں الجھے بغیر کہ کہاں کس نے انسان پرستی کی کون سی کڑی کو ملایا یا اسے زنجیر سے الگ کیا، یہ دیکھنا زیادہ اہم ہے کہ عمرانی وسماجی وثقافتی ارتقائی مدارج طے کرتے ہوئے مزاحمتی ادب کی معنوی تشکیلات کیا، وہی رہیں جہاں سے اس کے سُوتے پھوٹے تھے یا پھر مابعد جدیدیت میں بکھر کر نئے تناظری متون نے جنم لیا۔ ایشیا میں اور خاص طور پر برصغیر پاک وہند میں عالمی مزاحمتی ادب اور اس کے اثرات کہاں کہاں تک پہنچے، انسانی زندگی میں جہاں ادب اس کی حقیقی تصویر دکھاتا ہے وہیں ایک خاص نہج پر معاشرے کے اندر پنپنے والی برائیوں کو ایک ایسے آئینہ کے ذریعے منعکس بھی کرتا ہے جسے ہم ادب پارے کہتے ہیں جس کے ادبی وثقافتی اثرات معاشرے پر بالعموم، اور سماجی زندگی میں بالخصوص نظر آتے ہیں۔ تاہم مزاحمتی ادب ایسے منظر نامہ کی تصویر کشی کرتا ہے جو مخصوص سیاق وتناظر سے ہی دیکھے جاسکتے ہیں۔

اب اس سارے تقویمی اور ارتقائی ادبی مدارج کو اگر کوئی عمل سبوتاژ کرتا ہے تو وہ مذہب کی اَن دیکھی وہ روایات ہیں جو صرف ایک خاص مذہبی طبقے نے حقیقی وفطری بیانیوں سے کشید تو کیں تھیں لیکن رفتہ رفتہ ان قانون پاروں اور صحیفوں کو فلسفہ اور منطق سے دور رکھے جانے پر، اور کسی بھی سوال کو پیدا ہونے کے عمل سے پرے رکھے جانے پر وہ کسی بند جوہڑ کے کائی زدہ پانی کی طرح بدبودار، ناقابل استعمال اور ماحولیاتی آلودگی کا باعث بن گئیں۔

یہی وجہ تھی کہ مارٹن لوتھر نے اپنی تحریروں اور تقریروں سے سولہویں صدی میں بڑھتی ہوئی انسان دشمن کیتھولک فرقہ کی پاپائیت کو شدید مزاحمت سے روکا۔ بعینہ بیسویں صدی میں مغرب نے کمیونزم کے خطرے سے نبٹنے کے لیے جنگ عظیم دوئم، بالخصوص سرد جنگ کے بعد مسلمانوں کو جو عرصۂ دراز سے ملوکیت کی ریشہ دوانیوں کی وجہ سے کسی حد تک مذہب سے بیزاری کی طرف مائل تھے، انھیں کمیونزم کے خلاف جہاد کا نعرہ دے کر کھڑا کر دیا گیا۔ یہ مزاحمت کی وہ ابتدائی اور خام شکل تھی جسے عملی طور پر کمیونزم کے خلاف استعمال کرنے میں استعماریت نے ذرا بھر تامل نہیں کیا، جس کا نتیجہ یہ نکلا کہ علم وفکر وعمل سے دوری کے باعث ایشیائی ثقافت کا اکثریتی مسلمان حصہ اس جہادی تنظیموں کا دلدادہ ہو گیا کیونکہ یہاں انھیں شکم پروری کی فکر نہ تھی اور محنت سے عاری ایک ایسی سہل زندگی کا نقشہ نظر آتا تھا جو بعد از حیات ایک نئی خوبصورت زندگی کا سندیسہ بھی لاتا تھا۔ اکیسویں صدی کے اوائل میں جب یہ مبینہ جہادی مزاحمتی تنظیمیں دنیا بھر کے انسانوں کے لیے ایک عذاب بن کر اتریں تو عالمی طاقتوں نے انھیں روکنا چاہا لیکن خاطر خواہ حتمی کامیابی کی امید پر جنگ ابھی تک جاری ہے۔ یہاں مروجہ جمہوری اقدار کے پس منظر میں اس خام مزاحمت کی توجیہہ کا رِ دارد اور طویل تشریح کی متقاضی ہے۔ تاہم یہ کہا جاسکتا ہے کہ اس یک رخی عملی مزاحمت نے مزاحمتی ادب کی تشکیل میں کوئی اہم کردار ادا نہیں کیا، جیسا ہندوستان کی سرزمین میں تصوف کے علماء کرام فرید الدین شکر گنج، بابا بلھے شاہ، سچل سرمست، لال شہباز قلندر نے اپنے دور میں اپنی شاعری اور نثری تحاریر و تقاریر سے کیا۔

یہاں ہم لحہ بھر کو رکتے ہوئے اس عرصہ میں برصغیر، بالخصوص پاکستان میں پیدا ہونے والے دیگر نظریاتی مزاحمتی محرکات کا ایک سرسری جائزہ بھی لیتے ہیں۔

پاکستان کے ابتدائی حالات میں ہی ایک بڑی امپیریلسٹک اسٹرائک نے اس مزاحمتی تحریک کو دم توڑنے پر مجبور کر دیا جو ابھی جاگتے خواب کی تشریح تھی۔ اشتراکی انقلاب کی کونپلیں ابھی اپنے انکھوا میں ہی تھیں کہ ان شاخوں کو تنوں سے علیحدہ کر دیا گیا۔ ریاست کے خلاف سازش کا نام دے کر ادیبوں وشاعروں ودیگر کرتا دھرتاؤں کو پابند وسلاسل کر دیا گیا اور کہیں جلاوطن کر دیا۔ بعد ازاں ایبڈو اور اگرتلہ سازش کے سیاسی بینر تلے ان اقدامات کو کچلنے کی کوشش کی جو حقیقی طور پر استعمار (مابعد نوآبادیاتی عکسِ استعمار) کے ظلم وجبر کے خلاف ایک مزاحمت کا روپ دھار رہی تھیں۔ یہی وہ وقت تھا جب انقلابی ومزاحمتی ادب نے باقاعدہ پاکستان میں ایک نئی فضا

قائم کی۔فیض احمد فیض، حبیب جالب، جوش ملیح آبادی، سبط حسن سمیت دیگر کئی ایک دانشوروں اور ادیبوں نے انسانی روحوں کو گرما دینے والے فن پارے جنم دیے اور مزاحمتی ادب کا ابتدائی باب لکھا جانے لگا۔

معروف شاعر اور دانشور ڈاکٹر ابرار احمد اپنے مضمون 'مزاحمتی ادب' میں لکھتے ہیں (4) ''دوسری طرف ژاں پال سارتر کہتا ہے، 'ادیب کا قلم اس کا ہتھیار ہے بلکہ فرانسیسی ادیبوں نے تو دوسرے ہتھیاروں کے استعمال سے بھی گریز نہیں کیا، کہ وہ بحیثیت ادیب عملی جدوجہد کی ذمہ داری سے اپنے آپ کو آزاد خیال نہیں کرتے تھے اور آزادی کا حصول ان کا حق تھا، جس کے لیے انھیں ہر محاذ پر لڑنا تھا، لیکن ایسی جدوجہد ایک ایسے معاشرے میں ہی ممکن ہے جہاں آزادی کی کوئی نہ کوئی شکل پہلے سے موجود ہو یا پھر استحصالی قوتیں اپنی بالا دستی کی نتیجے میں محکوم طبقوں کو 'تنگ آمد، بجنگ آمد' کی سطح پر لے جائیں۔''

یہ وہی صورت حال ہے جیسے حبیب جالب نے ایوب خان کے عہد میں نئے نظام کے خلاف اپنی معرکتہ الآرا نظم کہی۔

ایسے دستور کو، صبح بے نور کو
میں نہیں جانتا، میں نہیں مانتا

ڈاکٹر ابرار آگے چل کر لکھتے ہیں۔ ''دوسری طرف فیض احمد فیض اپنے مخصوص کلاسیکی اور دھیمے لہجے میں جبر و استبداد کے خلاف جہاد میں مصروف تھے۔ وہ خاموش رہنے والوں کو بول اٹھنے کا درس دیتے رہے۔

بول یہ تھوڑا وقت بہت ہے
جسم و زباں کی موت سے پہلے
بول کہ سچ زندہ ہے اب تک
بول جو کچھ کہنا ہے، کہہ لے
اور پھر
چشمِ نم جانِ شوریدہ کافی نہیں
تہمتِ عشقِ پوشیدہ کافی نہیں
آج بازار میں پا بجولاں چلو

ایسی صورت میں ہم سیاسی جبر کے نتیجے میں پیدا ہونے والے مزاحمتی ادب پر ایک طائرانہ نظر ڈالتے ہیں۔ ایوب خان کے عہدِ امریت میں ادیب نے علامت اور تجریدیت کا سہارا لیا، لسانی تجربات ہوئے، مزاحمت کا عنصر غیر ملکی تراجم کی طرف مڑ گیا۔ پابلو نیرودا، ناظم حکمت، محمود درویش کی تخلیقات کے تراجم سامنے آئے۔ خصوصی طور پر فروغ فرخ زاد جنھیں بعد ازاں موت کی سزا ملی۔ اسی طرح ن۔م راشد نے ایران کے باغی شاعروں کا ترجمہ کیا۔

ڈاکٹر ابرار احمد اپنے مقالے میں آگے چل کر رقم طراز ہیں۔

''ایوب خانی مارشل لا نے یحییٰ خانی مارشل لا کو جنم دیا اور ملک ایک اندھیرے سے دوسرے اندھیرے میں اتر گیا۔ ایک خونریز اور خوفناک جنگ کے بعد مشرقی پاکستان ہم سے علیحدہ ہو گیا... یہ بھی کہا جاتا ہے کہ ناصر کاظمی، مختار صدیقی، مجید امجد، یوسف ظفر اور باقی صدیقی اس صدمے کی تاب نہ لا کر اس جہان فانی سے کوچ کر گئے۔''

اس سانحہ پر جن نثر نگاروں نے مزاحمتی ادب کے فن پارے تخلیق کیے، ان میں انتظار حسین کا مجموعہ 'شہر افسوس'، مسعود اشعر کا افسانہ 'اپنی اپنی سچائیاں'، 'ابابیل' اور 'بیلا نائی رے جولدی جولدی'، اے حمید کا 'جاگتے رہنا'، میرزا حامد بیگ کا 'تربیت کا پہلا دن' اور 'رہائی' شہزاد منظر کا 'یوٹوپیا' و دیگر بے شمار نثری تخلیقات مزاحمتی ادب کا حصہ بنیں۔

لیکن یہ ایک اتفاق ہے کہ ہندوستان میں مابعد تقسیم ایک عرصے تک خاموشی رہی۔ تاہم عالمی منظر میں مڈل ایسٹ، وسطی ایشیا اور جنوب مغربی ایشیا میں ہوتی ہوئی غیر حقیقی مزاحمتی مذہبی تحاریک نے ہندوستان کی ہندو آبادی جو تقسیم پاک و ہند کے بعد کسی حد تک سیاسی بالیدگی اور عمرانی و سماجی شعور سے بازیافت ہو رہی تھی، کو شدید متاثر کیا جس کا اندازہ ان کے ہاں اٹھنے والی مخصوص ذہن کی ہندومت سیاسی پارٹیوں کے انتشار پسند رویوں سے کیا جا سکتا ہے۔ تحریر سے زیادہ تقریر کے ذریعے انسانی ذہن کی پیداوار روایات، جو اس اگلے وقتوں کے سماج میں رائج تھیں کو ایکسپلائٹ کرتے ہوئے ہندومت انتہاپسندی کو مزاحمت کا روپ دینے کی کوشش کرنے لگا۔ یہ انسانی زندگی کا وہ تاریک پہلو ہے جس نے برسوں سے دیکھے گئے انسانی ترقی کے خوابوں کو زمین بوس کر دیا ہے۔ وہی خواب، جو اس سرزمین کے انسان نے استعماری فسطایت سے چھٹکارا پانے کے دیکھے تھے، انھوں نے یہ نہ سوچا کہ کیا یہ ممکن ہے کہ اس خطے میں دو سو کروڑ کی آبادی کے چند ممالک جس کی اقلیتیں بھی دنیا کے نقشے پر ابھرنے والے کئی ایک ملکوں سے بڑی ہیں، اپنی سلامتی و پر امن حیات کی ضمانت اپنی ریاست سے لے پائیں گی جس کی اساس میں آزادی کا ترانہ اقلیتوں کے ساتھ لکھا اور پڑھا جاتا ہے؟ نتیجتاً آج بھی اکثریتی اسٹیٹس میں گائے کا ذبیحہ قانونی طور پر ممنوع ہے اور یہ قانون ۱۹۵۵ سے لاگو ہے۔ لیکن آج مزاحمت کے نام پر وہاں دانستہ اس ایشو کو اٹھایا جا رہا ہے۔ دلتوں کی بستیاں صرف اس بنیاد پر تہ تیغ کی جا رہی ہیں کہ وہ معاشی طور پر اور روایتی ہندومت کے مطابق شودر اور نیچ ذات ہیں۔ انھیں انسانوں کی فہرست سے نکالا جا رہا ہے۔ کیا ایسا ممکن ہے کہ چالیس کروڑ سے زائد دلت معاشرے کا حصہ نہ رہیں۔ (6)

یوں معاملہ اس حد تک پہنچ گیا ہے کہ مزاحمت اپنی نئی جہت کی بازیافت کے مرحلہ میں آ گئی، ایک عام ہندو بھی اس انتہاپسند برہما چاری سوچ سے بیزار نظر آنے لگا، ایشور کا متلاشی ہونا الگ بات ہے اور اس تلاش میں برہمو سماج کی بنیاد رکھنا الگ بات ہے۔ اسے ہندو دانشور مزاحمت نو کے نام سے دیکھ اور سوچ رہا ہے اور اس کی

مزاحمت کر رہا ہے۔ اب تک اس انتہا پسندی کے رویوں کے خلاف ایک احتجاج کی صورت میں معروف ادیبوں و شاعروں نے اپنے سرکاری اعزاز اور تمغے سرکار کو واپس لوٹا دیے۔ مقبول افسانہ نگار جی ایس بھلر نے اپنا ایوارڈ واپس کرتے ہوئے کہا وہ ایسا ان انتہا پسندوں قوتوں کے خلاف بطور احتجاج کر رہے ہیں جو ادب اور ثقافت کو گہنا رہے ہیں۔ اس کا واضع مطلب یہ ہے کہ ہندوستان کی اکثریتی آبادی جوان اقلیتیوں کی تعداد کا تعین بھی کرتی ہے اور لبرل و متوازن خیالات کے حامل ہندو آبادی کا احاطہ بھی کرتی ہے، اس احتجاج میں ایک ساتھ کھڑی ہے۔ یوں یہ کہا جا سکتا ہے کہ ہندو انتہا پسندوں کا نیا مزاحمتی بیانیہ تشکیل ہی نہیں ہو پایا ہے۔

بالکل اس طرح جیسے پہلے عرض کیا، گزشتہ دو دہائیوں سے پاکستان اور افغانستان میں جنم لینے والی کئی ایک خام مذہبی مزاحمتی تحاریک نے دنیا کو اپنی طرف متوجہ تو کیا لیکن 'مقبوضہ اور غیر مقبوضہ' اور 'کلچرل سپیچ' کی معنوی اصطلاح کے دائرہ کار میں واقع نہ ہونے کی وجہ سے اپنے قومی بیانیہ کو تشکیل نہ دے سکی ہیں اور یوں مزاحمتی تحریک سے زیادہ دہشت گردی کی عالمی تعریف کی زد میں آگئیں۔

دوسرا انھوں نے مزاحمت کے معنیاتی نظام میں صرف عقائد کی بنیاد پر نئے متن کو جنم دینے کی کوشش کی، جس میں نسلی و لسانی تفرقہ بندی بھی سرفہرست رہی۔ یوں ان کے ہاں بھی مزاحمتی قومی بیانیہ کی تشکیل نو نہ ہو سکی۔ چونکہ یہاں مزاحمت سیاسی و جغرافیائی گروہ بندی اور انتشار کا شکار ہو چکی تھی، جو حقیقی طور پر نتائجیت سے بظاہر بے پروا ایک کثیر لیکن خاموش پاکستانی آبادی، بوجہ اس کی ثقافتی طرز بود و باش، روایتی، فکری و لسانی وابستگی (اگرچہ سیاسی طور پر کمزور) کو سماج کی سطح پر متاثر نہ کر سکی۔ چنانچہ اٹھنے والی مزاحمتی مذہبی تحریک باوجود اپنی سخت ترین و مسلسل عملی مزاحمت کی قوت رکھنے کے ہر دور ریاستوں کے معاشرتی ریاستی بیانیہ و نظریات کو شکست دینے میں بری طرح ناکام ہوگئی، اور اس کی ایک بڑی وجہ ان کے ہاں مزاحمتی ادب کا فقدان بھی ہے جس پر وہ غیر یقینی تناؤ کا شکار ہیں۔ (6)

حوالہ جات:

اس مضمون کی تیاری میں مندرجہ ذیل عالمی میڈیا، اخبارات و جرائد و کتب سے مدد لی گئی ہے۔

(1) کتاب 'ریزسٹنس لٹریچر' از باربرا ہارلو۔ میتھیون لندن، نیویارک۔

(2) الف: مقالہ 'اے ریزسٹنس ٹو تھیوری' از پال ڈی مین۔ تھیوری اینڈ ہسٹری آف لٹریچر یونیورسٹی آف منیسوٹا۔ امریکہ۔

(2) ب: 'انٹیلکچوئلز رول اِن پیرو ریکو' از میلڈ ونا ڈو ڈینس۔

(3) کتاب 'شیم فل فلائٹ' از سٹینلے وولپرٹ یونیورسٹی آف کیلی فورنیا۔ امریکہ۔

(4) مقالہ 'مزاحمتی ادب' از ڈاکٹر ابرار احمد (ادبیات ۹۶۔ ۱۹۹۴) اکیڈمی آف لیٹرز

پاکستان۔دیباچہ مزاحمتی ادب انتھالوجی مرتب رشید احمد۔
(5)بی۔بی۔سی یونائٹڈ کنگڈم۔
(6)وال سٹریٹ جرنل۔نیویارک،امریکہ۔

[بشکریہ'اک روزن'،19 اکتوبر2016]

احتجاجی ادب کے مسائل

(شاعری کے حوالے سے)

ابوالکلام قاسمی

ادب اپنی ماہیت اور مزاج کے اعتبار سے ان محرکات کا زائیدہ ہوتا ہے جو انسانی ردعمل کی شدت پر مبنی ہوتے ہیں۔ عام تجربہ اپنی مخصوص صورتوں میں ہی ادبی یا شعری تجربہ بن پاتا ہے۔ اس عمل میں تجربے کی نوعیت اور اس سے ادیب پر وارد ہونے والے تاثر کی شدت، دونوں کا دخل ہوتا ہے۔ مگر یہ بات بھی بڑی اہم ہے کہ جذبے یا حواس پر اثر انداز ہونے والے مظاہر یا معاملات، تخلیقی عمل کی، جن پُر پیچ وادیوں سے گزر کر شعری متن کی صورت اختیار کرتے ہیں، ان کی بڑی حد تک قلب ماہیت ہوجاتی ہے۔ اس مرحلے پر غور طلب سوال یہ سامنے آتا ہے کہ ردعمل کی شدت، تخلیقی عمل کی تقلیب سے گزرنے کے بعد اپنا کیا کچھ کھودیتی ہے اور اس بدلی ہوئی صورت میں احتجاج یا بغاوت یا انقلاب یا برہمی، اپنی اصل شکل میں قابل شناخت بھی رہ پاتی ہے یا نہیں؟ ظاہر ہے کہ اس کا جواب سوائے نفی کے اور کچھ نہیں، تو اس کا مطلب یہ ہوا کہ احتجاج یا انقلاب کی نفسیات، شاعری کے تخلیقی عمل کی جدلیات سے بڑی حد تک مختلف ہوتی ہے۔ اس لیے توجہ کا ارتکاز اس نکتے پر ہونا چاہیے کہ احتجاج اور تخلیقیت کو مجتمع کرکے ایک ایسے آمیزے کی تشکیل کیوں کر ممکن ہے جو ردعمل کی سطح پر مزاحمت کے مفہوم کی نمائندگی بھی کرے اور شعری یا ادبی اظہار کے تقاضوں کی تکمیل بھی کرتا ہو۔

احتجاجی شاعری محض مزاحمت کے عنصر کی نمائندہ بھی ہوسکتی ہے اور انقلابی رویے کی حدوں سے ماورا ہو کر فنی پیرایے کا متبادل بھی بن سکتی ہے۔ ادب میں نقطۂ نظر کی اہمیت یا فکری دبازت سے انکار صرف وہ لوگ کر سکتے ہیں جو آج بھی 'ادب برائے ادب' کا موقف رکھتے ہوں۔ مگر جس طرح شعروادب کو انسانی اور تہذیبی ذمہ داریوں سے یکسر لاتعلق بھی قرار نہیں دیا جاسکتا، اس لیے کہ شدت جذبات جس طرح شعری اظہار کے توازن کو

درہم برہم کرسکتی ہے، اسی طرح ہیئت پرستی کی انتہا، پر پہنچ کر شاعری جذبے اور احساس سے عاری بھی ہو سکتی ہے۔ یوں تو عالمی ادب میں لایعنیت کا ایک طاقتور رجحان بھی روبہ عل رہ چکا ہے مگر اس لایعنیت کا پس منظر اگر معاصر صورت حال سے بے اطمینانی، اور گفتار کی لاحاصلی کی صورت میں ایک معاشرتی اور تہذیبی رویہ نہیں بن پاتا تو وہ لایعنیت یا اہمال بھی ہوا میں معلق ادبی یا شاعرانہ کرتب بازی کے علاوہ کچھ اور قرار نہیں دیا جا سکتا۔

اس بات میں کسی شک وشبہ کی گنجائش نہیں ہونی چاہیے کہ اگر احتجاجی شاعری پر شاعری کی تعریف کا اطلاق نہیں ہوسکتا تو وہ ہمارے معرض بحث کا حصہ نہیں۔ اس لیے کہ شاعری کے حوالے سے احتجاج صرف دانشورانہ نقطۂ نظر کی وضاحت نہیں ہوتا بلکہ اس کی شاعرانہ پیشکش کا ایک اسلوب بھی ہوتا ہے۔ یہ بات بھی درست ہے کہ شاعری سپاٹ طرز اظہار اور خطابت سے ان معنوں میں ہی ماورا ہو پاتی ہے کہ اس میں نقطۂ نظر کی دانشورانہ دبازت، شاعرانہ اظہار کی تہہ داری سے ہم آہنگ ہو جائے۔ دنیا کی بڑی زبانوں کی شاعری کو جانے دیجیے، اگر اردو شاعری کی تاریخ میں محدود رہ کر بھی بات کی جائے تو نظریاتی وابستگی تخلیقی رویے کی شدت کے کئی انتہا پسندانہ میلانات پر ہماری نگاہ رکتی ہے۔ زیادہ عرصہ نہیں گزرا کہ ہمارے ادب میں کبھی سماجی اور معاشرتی وابستگی کو ہی سب کچھ سمجھ لیا گیا اور کبھی ادب کو سماجی اور تہذیبی ذمہ داریوں سے یکسر عاری اور Isolation میں پیدا کی جانے والی ہنرمندی کے نمونوں کی صورت میں قبول کر لیا گیا۔ اطمینان بخش بات یہ ہے کہ ہمارا ادبی عہد انتہا پسندی کے مراحل سے نکل کر اعتدال، تناسب اور میانہ روی کی شائستگی کی حدوں میں داخل ہو چکا ہے۔ اس لیے آج ہیئت اور مواد کی یک طرفہ بحث تقریباً لایعنی ہو کر رہ گئی ہے۔ اور آج ہی کیا، بیسویں صدی کے وسط میں البیر کامیو اور ژاں پال سارتر جیسے Absurdity کو ایک اہم وجودی رویہ قرار دینے والے ادیبوں کے یہاں بھی انسانی صورت حال سے نبرد آزما ہونے اور ادب کے ادبی تقاضوں کو پورا کرنے کی تلاش بہت واضح نظر آتی ہے۔ وہی کامیو 'متھ آف سیسیفس' میں انسان کو اس کے وجودی تجربے کے ہاتھوں لایعنیت کے اسطور اور استعارے میں پیش کرتا ہے، جب وہ تخلیق کی آزادی کے ساتھ ادیب کی ذمہ داری کو ہم آہنگ کرنے کا ذکر کرتا ہے تو دونوں کے مابین توازن کی جستجو کو اپنا ماحصل قرار دیتا ہے۔ وہ وابستگی کے حوالے سے لکھتا ہے کہ:

> آج تخلیق کا مطلب ہے خطرناک طور پر تخلیق کرنا۔ ہر ادبی اظہار ایک عمل ہے، اور یہ عمل ہمیں اپنے دور کے شدید جذبات کے روبرو لا کھڑا کرتا ہے جو کسی کو معاف نہیں کرتا۔ یہ سوال ان تمام لوگوں کے لیے اہم ہے جو فن اور فنی اقدار کے بغیر ایک قدم آگے نہیں بڑھتے۔ سوال صرف یہ جاننے کا ہے کہ احتسابی قوت کی موجودگی میں تخلیق کی حیرت انگیز آزادی کیوں کر ممکن ہے۔

اس حقیقت سے انکار مشکل ہے کہ ہر زمانے کی بلند پایہ شاعری میں ایک نوع کی اقدار پسندی کی نشاندہی ضرور کی جاسکتی ہے اور یہ اقدار پسندی ظالم کے خلاف مظلوم کی اور کہنہ روایات کے برخلاف نئے نظام یا

شاعر کے خوش آئند خوابوں کی نمائندگی کرتی ہے۔ اس بات کو یوں بھی کہا جا سکتا ہے کہ شاعری میں آدرش پسندی کی زیریں لہریں ہی اسے مستقبل کے قاری کے لیے بامعنی بناتی ہیں۔ اردو کی کلاسیکی شاعری میں مذہبی انتہا پسندی کے بجائے صوفیانہ رواداری، رسومیات کے برخلاف اعلیٰ انسانی اور اخلاقی اقدار اور ناپسندیدہ معاصر صورت حال کے مقابلے میں خواب وخیال کی دنیا میں پناہ لینے پر اصرار، دراصل آدرش پسندی کی ہی مختلف صورتیں ہیں۔ طنز و تعریض کے لہجے، ہجو ملیح کی نمائندگی کرنے والی اصناف اور اپنے عہد سے بے اطمینانی جیسے رویے آدرش اور اقدار کی تلاش وجستجو کے علاوہ اور کچھ نہیں۔ اردو میں ہجو یہ شاعری یا شہر آشوب کی پوری روایت اقدار کی اسی کشمکش کی نمائندگی کرتی ہے مگر اس حقیقت کو بجا طور پر محسوس کرنے کی ضرورت ہے کہ اردو کی ہجو یہ شاعری اور شہر آشوب کے نمونوں میں ایسے مقامات کثرت سے آتے ہیں جب ہجو ہجو کی سطح سے آگے نہیں بڑھ پاتی اور شہر آشوب بسا اوقات شاعر کی جھنجھلاہٹ اور نفسیاتی برہمی میں الجھ کر رہ جاتا ہے، شاعری کی دائمی قدر اور فن کاری کے نقطۂ ارتفاع تک رسائی حاصل نہیں کر پاتا۔ عموماً موزونیت، اس سحر کاری کی طلسم کو ٹوٹنے نہیں دیتی، جس کی وجہ سوائے اس کے اور کچھ نہیں کہ ہماری شعری روایت میں وزن وآہنگ کی ناگزیریت نے اکثر شاعری میں موجود برہمی برائے برہمی کو بھی واشگاف انداز میں بے نقاب نہیں ہونے دیا ہے۔

اگر ہم احتجاجی شاعری کی تاریخ مرتب کرنے بیٹھیں تو عین ممکن ہے کہ احتجاج، بغاوت یا انقلاب کی موضوعاتی کھتونی کرتے ہوئے اپنی تاریخ میں موجود رطب و یابس کو چھان پھٹک کر ان کی شاعرانہ اور ہنگامی قدر وقیمت کے مابین حد فاصل قائم نہ کر سکیں مگر نظریاتی شدت اور نقطۂ نظر کی ادعائیت یا قطعیت کی انتہا پسندی کی فضا سے باہر آ کر شعری تقاضوں کو اگر ہم فراموش نہ کریں تو ہم احتجاجی اور انقلابی شاعری کے صرف ان نمونوں کو قابل اعتنا گردانیں گے جو انقلاب اور نقطۂ نظر کی سنجیدگی کے ساتھ شعری اظہار کی تہہ داری کی حامل ہو۔ اگر معاصر تہذیبی صورت حال میں ادبی اور نظری مباحث ہماری بالغ نظری کی نمائندگی کرتے ہیں تو ہمیں نظریاتی اور فنی خیموں میں تقسیم ہونے کے بجائے فکر کے ساتھ فن اور فن کے ساتھ فکر کے تقاضوں کے اعتدال وتوازن پر اپنی توجہ مرکوز کرنی پڑے گی۔ نظریے کی قطعیت اکثر ہم سے معروضیت اور غیر جانب داری سے دستبردار ہونے کا مطالبہ کرتی ہے۔ غربت وافلاس کے مسائل ہوں یا اقتصادی پسماندگی، ان کے شاعرانہ اظہار کو معاشرتی اور تہذیبی اقدار پر اصرار کی صورت میں نمودار ہونا چاہیے، اسے ہماری نفسیاتی الجھن یا پیچیدگی نہیں بننا چاہیے۔ اگر اس نکتے کو نظر انداز کر دیا جائے کہ سماجی صورت حال انسانی رشتوں پر کیوں کر اثر انداز ہوتی ہے تو اس صورت حال کا شاعرانہ اظہار بھی اپنا بڑا دائرۂ کار نہیں بنا پاتا۔ وارث علوی نے اپنے ایک مضمون میں انسانی رشتوں کے حوالے سے اکہری وابستگی کے مسئلے کو بڑے معنی خیز الفاظ کی شکل دی ہے:

کیا یہ حقیقت نہیں کہ انسان کی خوشی کا سرچشمہ محض اقتصادی آسائشیں نہیں بلکہ بھرپور انسانی تعلقات ہیں۔ ایک وہ ہیں جو سنجاب وسمور کی چادر پر بے قرار راتیں گزارتے ہیں، اور

دوسرے وہ ہیں جو اپنی بانہوں میں کائنات کا غم لیے ایک دوسرے سے لپٹ کر پیار کی نیند سوتے ہیں۔

ہم نے اپنی معاشرتی صورت حال کے پس منظر میں، ماضی میں بعض ادبی رجحانات کے زیر اثر اقتصادی پسماندگی کو بجا طور پر غیر معمولی اہمیت دی ہے۔ اقتصادیات انسانی تہذیب کی ریڑھ کی ہڈی سہی، مگر اس کے ساتھ ہی اس حقیقت کا احساس ضروری ہے کہ انسانی جدوجہد کی تاریخ طبقاتی نابرابری کے ساتھ ساتھ جبر و استحصال، غلامی، رنگ، نسل، زبان اور جنس کی بنیادوں پر قائم تفریق سے بھی عبارت رہی ہے، ہمیں مزاحمت اور احتجاج کے ان مختلف النوع منظر ناموں کو بھی نظر انداز نہیں کرنا چاہیے۔ اگر حبشی فن کاروں کی بلیک پوئٹری یا بلیک لٹریچر کی تاریخ پر سرسری نگاہ بھی ڈالی جائے تو یہ اندازہ لگانے میں کوئی دشواری نہیں ہوتی کہ کالے ادیبوں کا تحریر کردہ ادب برہمی کی شدت اور ردعمل کی نفرت کے باعث جب ادبی اور شعری حدوں کو پار کر جاتا ہے تو خود ان کے درمیان سے ہی بعض ادیب اٹھ کر اس کی ہنگامی نوعیت اور ادبی اقدار کے نظر انداز کیے جانے کی بحث شروع کر دیتے ہیں۔ واضح رہے کہ حقارت اور نسلی منافرت پر مبنی گوروں کی تفریق کا ردعمل نثر اور شاعری میں اکثر کالے ادیبوں کی مزاحمت اور احتجاج سے آگے بڑھ کر انتقام کا ادب بن جاتا ہے۔ تاہم حبشی ادیبوں کا انتقامی ادب ہو یا احتجاجی ادب، وہ اس ادب سے بڑی حد تک مختلف ہو جاتا ہے جو انسان کو صرف اقتصادی تفریق کے آئینے میں دیکھتا اور دکھاتا ہے۔ بعض حبشی ادیبوں کا کہنا ہے کہ معاشی پسماندگی کے خلاف بغاوت پر اصرار، انسان کو اندر سے بدلنے کے بجائے باہر سے بدلنے کی کوشش کے مترادف ہے۔ اس ضمن میں ایک ممتاز حبشی ناول نگار جیمس بالڈون، پورے آدمی کے ادب کی وکالت کرتا ہے۔ وہ احتجاج اور ردعمل کی شدت کا طرف دار ہونے کے باوجود اپنے معاصر رچرڈ رائٹ کے راست اظہار کو منفی جذبات کے عمل دخل پر محمول کرتا ہے اور منفی جذبات کو ادبی تخلیق کے لیے مہلک قرار دیتا ہے۔ اس کا کہنا ہے کہ:

> آدمی کو اپنی زندگی میں ناانصافیوں کو کبھی معمولی چیز سمجھ کر قبول نہیں کرنا چاہیے بلکہ اپنی پوری طاقت سے اس کے خلاف جنگ لڑنی چاہیے لیکن جنگ کا آغاز بہر حال دل سے ہوتا ہے اور یہ ایک ادیب کی ذمہ داری ہے کہ وہ اپنے دل کو نفرت اور مایوسی سے پاک رکھے، اس لیے کہ منفی جذبات کی شدت ادبی توازن کے نظام کو متزلزل کر دیتی ہے۔

حبشی ادیبوں کے یہاں احتجاج اور باغیانہ ردعمل کی عام شدت کے برخلاف جذباتی توازن اور نفرت و حقارت کا جواب نفرت و حقارت سے نہ دینے کی تلقین، دراصل بلند انسانی اقدار کی ادبی صورت گری پر اثر انداز ہوتی ہے۔ بالڈون نے ادبی تخلیق میں مایوسی سے بلند ہونے پر جو اصرار کیا ہے، اس کا رشتہ حقیقت کی دریافت اور اس کے بارے میں ادب لکھنے سے بھی ہے۔ وہ جولوکاچ نے حقیقت نگاری کے تین مدارج بتائے ہیں، ان میں سے اس نے عام حقیقت نگاری سے زیادہ اس انتقادی حقیقت نگاری کو اہمیت دی ہے جس میں موجودہ حقیقت کو

تنقیدی نظر سے دیکھا جاتا ہے اور غیر تسلی بخش قرار دیا جاتا ہے مگر وہ انتقادی حقیقت نگاری سے بھی زیادہ اہم حقیقت نگاری کو قرار دیتا ہے جس میں غیر اطمینان بخش حقیقت پر مایوسی کا اظہار نہیں ہوتا بلکہ اس حقیقت کو بدلنے کی آرزو بھی حقیقت نگار کے مدعا کا حصہ ہوتی ہے۔ تاہم ادبی اظہار کے امتیازی رکھ رکھاؤ کا معاملہ پھر بھی بحث طلب رہتا ہے۔ اس لیے کہ انقلابی یا مزاحمتی جمالیات کی تشکیل ہی اپنے ہر مرحلے میں حقیقت نگاری کی دیرپا اور ہمہ گیر قدر و قیمت کا وسیلہ بن پاتی ہے۔ اس ضمن میں سردار جعفری نے ایک جگہ احتجاج اور بغاوت کی شاعری کے لیے زبان اور لغت کی تشکیل نو کا ذکر کیا ہے اور کہا ہے کہ ''شاعری میں زبان اور لغت کی تبدیلی نثر کے مقابلے میں زیادہ دشوار ہے۔'' ان کا یہ بھی کہنا ہے کہ موضوع کی وجہ سے اسٹائل اور جمالیاتی رویے تبدیل ہوجاتے ہیں لیکن بات خواہ موضوع کو ترجیح دینے کی ہو یا جمالیاتی رویے کو ترجیح دینے کی، جو ادیب بھی مواد اور ہیئت کے توازن کی بات کرتا ہے، خواہ وہ ادب کی افادیت پر ہی کیوں نہ اصرار کرے، قابل قدر ہے۔ فیض احمد فیض نے اپنے ایک اہم مضمون 'شاعری کی قدریں' میں ادب کے جمالیاتی اور افادی کردار کو ہم آمیز کیا ہے، اس سے اندازہ ہوتا ہے کہ ان کی تحریکی وابستگی بھی ان کے جمالیاتی احساس اور فنی نظم وضبط کی بالادستی سے ان کی نگاہ کو ہٹنے نہیں دیتی۔ ادب کو تخلیق جمال کا عمل قرار دیتے ہوئے وہ اس میں افادیت کے پہلو کو اس طرح اہمیت دیتے ہیں۔

> حسن کی تخلیق صرف جمالیاتی فعل نہیں، افادی فعل بھی ہے۔ ہر وہ چیز جس سے ہماری زندگی میں حسن یا لطافت یا رنگینی پیدا ہو، جس کا حسن ہماری انسانیت میں اضافہ کرے، جس سے تزکیۂ نفس ہو، جو ہماری روح کو مترنم کرے، جس کی لو سے ہمارے دماغ کو روشنی اور جلا حاصل ہو، صرف حسین ہی نہیں، مفید بھی ہے۔ اس لیے جملہ غنائیہ ادب ہمارے لیے قابل قدر ہے۔

ان جملوں سے اندازہ ہوتا ہے کہ ادبی قدر، افادی قدر کیسے بنتی ہے اور افادی قدروں میں فنی اور جمالیاتی پہلو کیے بغیر کیوں کر ادبی اور شعری اسالیب ہمہ گیری اور آفاقیت سے ہم آہنگ نہیں ہوسکتے۔ اس سلسلے میں اگر خود فیض احمد فیض کی نظم 'انتساب' کے چند بند یاد کر لیے جائیں تو شاید یہ نامناسب اور بے محل بات نہ ہو، اس نظم میں ایک نئی شعریات ملتی ہے، جس میں احتجاج اور مزاحمت نے ایسے جمالیاتی لہجے کی تشکیل کی ہے جو گہرے مضمرات اور دیرپا اثرات کا بدل بن گیا ہے:

آج کے نام اور آج کے غم کے نام
آج کا غم جو ہے زندگی کے بھرے گلستاں سے خفا
ان دکھی ماؤں کے نام
رات میں جن کے بچے بلکتے ہیں اور
نیند کی مار کھائے ہوئے بازوؤں سے سنبھلتے نہیں
دکھ بتاتے نہیں

منتوں زاریوں سے بہلتے نہیں
بیسواؤں کے نام
کھڑکیوں اور گلیوں محلوں کے نام
جن کی ناپاک خاشاک سے
چاندراتوں کو آآ کے کرتا ہے اکثر وضو
جن کے سایوں میں کرتی ہے آہ وبکا
آنچلوں کی حنا
چوڑیوں کی کھنک
کاکلوں کی مہک
آرزو مند سینوں میں اپنے پسینے میں جلنے بُو
طالب علموں کے نام
وہ جو اصحاب طبل و علم کے دروں پر
کتاب اور قلم کا
ہاتھ پھیلائے پہنچے
گھر لوٹ کر گھر نہ آئے
وہ معصوم جو بھولپن میں وہاں
اپنے ننھے چراغوں میں لو کی لگن
لے کے پہنچے جہاں
بٹ رہے تھے گھٹاٹوپ بے انت راتوں کے سائے

ان مصرعوں میں شدید جذبات اور برہمی نے رکھ رکھاؤ اور شائستگیٔ جذبات کا جو رنگ اختیار کیا ہے، اس نے ردعمل اور احتجاج کی شدت کو سبک 'نرم رو' گوارہ اور ہشت پہلو بنادیا ہے، جو ہنگامی ہونے کے باوجود دائمی اقدار کی نمائندگی کرتا ہے اور جو ایسی شعریات کی تشکیل کرتا ہے جہاں تخلیق حسن تزکیۂ نفس بن جاتی ہے۔ احتجاج کی اس شاعرانہ تشکیل سے اس بات کا بھی اندازہ لگایا جاسکتا ہے کہ شاعرانہ تشکیل سے اس بات کا بھی اندازہ لگایا جاسکتا ہے کہ شاعری کی تہہ داری اور ہمہ جہتی صرف رائج استعاراتی اسلوب کی مرہون منت نہیں ہوتی۔ کبھی کبھی ایسا بھی ہوتا ہے کہ احتجاج کی لے کسی بڑے فکری نظام سے مربوط ہو کر بھی بڑا اسیاق وسباق اختیار کر لیتی ہے۔ اس طریق کار سے ایک ایسا اسلوب تخلیق کیا جاسکتا ہے جو فن کے لوازم کی پابندی کے ساتھ فکر کی دبازت اور ہمہ گیری کی بھی نمائندگی کرتا ہو۔ بڑا فکری نظام اپنے آپ میں اقداری نظام کا متبادل بن جاتا ہے۔ اس لیے بغاوت خواہ

افکار کے خلاف ہو یا تفریقی طریق کار کے خلاف، اگر اس کی بنیاد منفی اقدار کے ردعمل پر قائم ہے، تو وہ اپنے دانشورانہ حوالے خود پیدا کر لیتی ہے اور یہی فکری یا دانشورانہ دبازت اس کی معنی خیزی کا جواز بن جاتی ہے۔ اردو میں اس نوع کی شاعری کی مثال اقبال کی احتجاجی شاعری کے نمائندہ نمونوں سے دی جا سکتی ہے۔ یوں تو اقبال کے یہاں علی العموم احتجاجی رویہ ملتا ہے لیکن 'ضرب کلیم' کی شاعری کا بڑا حصہ ان کے احتجاجی نکات کو ایک جگہ مجتمع کرتا ہے لیکن اس بات کو نظر انداز نہیں کیا جا سکتا کہ اقبال جیسا استعاروں میں سوچنے والا شاعر بھی اپنے کمزور لمحوں میں اپنے احتجاج اور بغاوت کو شاعری میں بدلنے میں کامیاب ہو پاتا۔ اس طرح کی شاعری واعظوں اور خطیبوں کے زور بیان میں ضرور معاون ہوتی ہے مگر اقدار کے اس نظام کو، جو اقبال کے بڑے فکری سیاق و سباق میں بہت معنی خیز ہے، یک رخی اور وقتی معنوں کی حامل بنا دیتی ہے۔ اسی باعث ایسی سپاٹ اور یک رخی شاعری نہ تو اس نظام فکر کی سنجیدگی کا ساتھ دے پاتی ہے اور نہ ہنگامی صورت حال سے ارتفاع حاصل کر کے دیر پا ہونے کی صفت سے متصف ہو پاتی ہے۔ اس کے برخلاف اقبال کی نمائندہ نظموں اور غزلوں میں ان کے احتجاج کی لے دائمی قدر کی حیثیت بھی اختیار کرتی ہے اور ایک بڑے نظام فکر کا حصہ ہونے کے باعث دور رس اثرات کی حامل بھی بن جاتی ہے۔ ہنگامی ادب کا سب سے بڑا جواز یہ ہوتا ہے کہ اگر قافلہ سست گام ہے تو حدی کی آواز تیز کر دی جائے اور اگر ذوق نغمہ کم ہو گیا ہے تو بانگ درا کا آہنگ تیز تر کر دیا جائے:

حدی را تیز تر می خواں چوں محمل را گراں بینی
جرس را تیز تر می زن چوں ذوق نغمہ کم یابی

مگر یہ رویے سماجی اصلاح یا معاشرتی جدلیات کے پس منظر میں کتنے ہی اہم کیوں نہ ہوں، شاعری کے پُراسرار تخلیقی عمل کا حصہ اسی وقت بن پاتے ہیں جب اس کی تہہ داری اسے بعد کے زمانے کے لیے بھی معنی خیز بنائے رکھے۔

احتجاج اور شاعری کے رشتے جس تخلیقی سریت پر مبنی ہوتے ہیں، وہی سریت شاعری میں احتجاج کو دور رس اثرات کا حامل بناتی ہے اور اسی سریت کی بدولت شاعری، صحافت، خطابت اور بلند آہنگ نعروں سے مختلف ہی نہیں ممتاز بھی ہو جاتی ہے۔ سماجی نابرابری کا معاملہ ہو، جبر و استحصال کے خلاف علم بغاوت اٹھانے کی بات ہو، یا نسلی یا جنسی تفریق پر قائم معاشرتی بے اعتدالی کا، یا دلت ادب۔ دنیا کے ایک عالمی گاؤں میں سمٹ آنے کے بعد تفریق کے ہر معاملے کو نشان زد کرنے اور چھوٹی چھوٹی سماجی اکائیوں پر توجہ صرف کرنے کی گنجائش ادب کے بعد، مابعد جدید رویوں نے بخوبی پیدا کر دی ہے۔ اس لیے نسلی، لسانی، علاقائی اور مذہبی اکائیوں سے لے کر تانیثیت تک؛ انحرافی اور مزاحمتی ادب کو بالعموم اور مزاحمتی شاعری کو بالخصوص ایک نیا سیاق و سباق مل گیا ہے۔ یہ سیاق و سباق ایک مرحلے پر ثقافتی اور تہذیبی اقدار سے جا ملتا ہے اور اس طرح یہ ایک بڑے اقداری اور ثقافتی دائرہ کار کی تشکیل کرتا ہے۔ اسے یوں بھی کہا جا سکتا ہے کہ مابعد جدیدیت نے احتجاج اور مزاحمت کے مفہوم

میں مزید وسعت اور معنی خیزی پیدا کردی ہے۔

رابندر ناتھ ٹیگور نے ایک جگہ لکھا ہے کہ ''ادب حق کے ساتھ جمال کی تلاش کا نام ہے۔'' یہ جمالیاتی پہلو ادب کو دیر پا بناتا ہے اور حق یا صداقت کی تلاش اس میں فکری عمق پیدا کرتی ہے۔ بس اس بات کی احتیاط لازم ہے کہ مخصوص ہنگامی حالات سے گزرنے کے بعد مزاحمتی شاعری اپنی معنویت اور اطلاق سے محروم نہ ہو جائے۔ تاہم یہ سوال کہ شاعری میں دیر پا ہونے کا عنصر اس کی سریت سے پیدا ہو، اقدار کے نظام کی تخلیق سے ہو یا دوسرے انگنت شعری وسائل میں سے کسی اور وسیلے سے، اس کا انحصار شاعر کی اپنی توفیق اور شعری طریق کار پر ہے، ورنہ حقیقت یہی ہے کہ شعر وادب کی تخلیق بذات خود ایک مزاحمتی عمل ہے۔ اس لیے مزاحمت کا نام لیے بغیر بھی ہر زمانے کے شعر وادب میں اس کی کارفرمائی دیکھی جاسکتی ہے۔ اس لیے محمد حسن عسکری جیسے ہیئت پرست نقاد تک کو ادب کے انقلابی کردار کا یہ اعتراف کرنا پڑا کہ:

> بنیادی تبدیلیوں کی ضرورت کا احساس سب سے پہلے ادب ہی دلاتا ہے۔ اپنے آپ کو انقلابی کہے بغیر ادب ہر بڑے اور بنیادی انقلاب کا نقیب ہوتا ہے۔ چونکہ ادب ایک آلہ ہے، نئے توازن کی جستجو کا، اس لیے تبدیلیوں کی حمایت ادب کے لیے ناگزیر ہے۔

[بشکریہ 'احتجاج اور مذمت کے رویے'، مرتبہ: ارتضیٰ کریم، اردو اکادمی، دہلی، 2004]

مزاحمت کا نیا پیش لفظ (مذاکرہ)

محرک: اشعر نجمی

شرکائے مذاکرہ

خالد جاوید، اُدین واجپئی، ناصر عباس نیر
پنکج سبیر، محمد حمید شاہد، رضوان الحق

ایک بہت پرانا انگریزی مقولہ ہے کہ سارا ادب ہی مزاحمت ہے، گویا ادب میں ایک بنیادی عنصر مزاحمت کا بھی ہے۔ لیکن ہم اب بھی اس لفظ کے تعلق سے بہت سی الجھنوں میں نظر آتے ہیں چونکہ ماضی میں اپنی اپنی سہولتوں اور افکار کی بنیاد پر لوگ اس کی باگ موڑتے رہے ہیں۔ لہٰذا ضروری ہوجاتا ہے کہ آج جب کہ ترقی پسند نعروں کی گرد بیٹھ چکی ہے اور جدیدیوں کا منتقمانہ جوش بھی سرد پڑ چکا ہے، اس پر از سرِ نو غور و فکر کیا جائے۔ زیرِ نظر مذاکرے میں ہم کچھ سوالوں کے ذریعہ ادبی مزاحمت اور اس کے مبادیات کا از سرِ نو جائزہ لینے کی کوشش کریں گے کہ کیا امتدادِ زمانہ نے مزاحمت کے تصور کا کوئی نیا پیش لفظ متعین کیا ہے چونکہ مسائل یا چیلنجز کی شکلیں بھی بدل چکی ہیں۔

خیر اتنی سی ابتدائی باتیں تو ہم سب جانتے ہیں کہ مزاحمت کی کئی قسمیں ہوتی ہیں۔ ثقافتی، ادبی، سیاسی، مذہبی اور فکری۔ ثقافتی یا ادبی مزاحمت کا تعلق تخلیقی احتجاج، انکار اور استرداد سے ہوتا ہے جو سوالات کی شکل میں عوامی ذہن کو ہموار کرتے ہیں لیکن ضروری نہیں کہ ہر مزاحمتی فن پارہ کوئی ادبی مزاحمت، تحریک یا عوامی احتجاج بھی جنم دے دے، لیکن کبھی کبھی ایسا ہوتا بھی ہے، مثلاً ہارپر لی کے ناول *To Kill A Mockingbird* کی اشاعت کے فوراً بعد ہی پورے امریکہ میں سیاہ

فاموں کے حقوق کی جدوجہد زور پکڑ گئی اور کئی انسانی حقوق کی تحریکیں اس کے زیر اثر رہیں۔ اس لیے ہمارے خیال میں مزاحمتی ادب کسی سماجی تحریک کے زیر اثر ہی ہو، ضروری نہیں، بلکہ وہ اکثر تحریکوں کے لیے 'تھنک ٹینک' کا کام بھی کرتا ہے، جیسے مارکس وغیرہ لیکن اس کے باوجود علمی اور ادبی مزاحمت لینن کی انقلابی تحریروں کو اہمیت نہیں دیتی۔ ادب کا مزاج نرالا ہے، وہ کارل پوپر کو بھی اتنی ہی اہمیت دیتا ہے حالاں کہ وہ مارکسزم کے خلاف ہے۔ یہاں دو اہم چیزیں ہیں جنھیں سمجھنا ضروری ہے۔ اول، استحصال کے خلاف فزیکل احتجاج اور دوم اس کے پس پشت کارفرما استحصال کا شعور۔ مزاحمت ادبی حوالوں سے ہو یا سڑک پر نعروں کے ساتھ؛ مزاحمت ہے اور اس کے پس پشت استحصال کا اعلیٰ شعور شامل ہے۔ مزاحمت اور استحصال کا شعور دو مختلف چیزیں نہیں ہیں۔ مزاحمتی ادب، سیاسی جھکاؤ سے قطع نظر، ادب ہی ہے جو جبر واختیار، یا ناانصافی کو چیلنج کرتا ہے۔ یہ کسی فکری منطقے کا حصہ ہوسکتا ہے اور اس کا مقصد گہری تنقیدی اور سماجی بصیرت کو فروغ دینا، استحصالی صورتحال کے منظر نامے میں تبدیلی لانا، یا سماجی، سیاسی اور انسانی سطح پر حاشیے پر دھکیل دیے گئے افراد کی زندگی کو پیش کرنا ہے۔ حقیقی مزاحمتی ادب تخلیقی سطح پر نعرے بازی نہیں، یہ ادب صورتحال میں تخیل اور کرافٹ کے ذریعہ مزاحمت کی لے کو پُر اثر بناتا ہے۔ مزاحمتی ادب علی سردار جعفری کی نظمیں نہیں بلکہ منٹو کے افسانے اور میر کے اشعار ہیں۔ ہر طرح کی ناانصافی چاہے وہ کمیونسٹ اتھارٹی کی دین ہو یا دائیں بازو کی 'شناختی سیاست' کی؛ ادب میں جبر کی علامتیں ہیں۔ ہم مزاحمتی ادب کو کسی ازم کے بجائے منفی قوتوں کی شناخت کا ذریعہ مانتے ہیں جس میں وہ چیخ و پکار برپا کرنے یا نعرہ لگانے کی بجائے اقداری سطح پر ادب ہی رہتا ہے جس کے اظہار کے پیرائے مختلف بھی ہوسکتے ہیں اور اختراعی بھی۔

یہ تو ہمارا موقف تھا جسے ہم نے مختصراً پیش کر دیا اور جس سے کسی کا متفق ہونا ضروری نہیں ہے۔ اس سے پہلے کہ ہم اپنے معزز شرکا سے اس بابت کچھ سوال کریں، کچھ شرکا کا مختصر تعارف کرانا ضروری ہے۔ اردو کے تمام شرکا ادیبوں سے اردو کے قارئین خوب اچھی طرح واقف ہیں۔ ہندی سے دو اہم ادیب ہمارے درمیان تشریف رکھتے ہیں جن میں سے ایک اُدین واجپئی ہیں جنھیں اردو قارئین کا سنجیدہ حلقہ خوب اچھی طرح جانتا ہے؛ شاعر، نقاد اور ناول نگار کے علاوہ سنسکرت شعریات کا اتنا اچھا گیانی میری نظروں سے نہیں گزرا۔ پنکج سبیر اثبات میں پہلی بار شامل ہورہے ہیں۔ معاصر ہندی ادب میں یہ نام کافی محترم ہے۔ چار ناول، نو افسانوی مجموعوں کے علاوہ طنز و مزاح اور دیگر اصناف پر کئی کتابیں شائع ہوچکی ہیں۔ معروف ہندی رسالہ 'ہنس' کے ایک شمارے کی ادارت بھی کی ہے۔ پنکج سبیر کو درجنوں اعزازات نوازا جاچکا ہے جن میں کتھا سمان، گیان پیٹھ یوا پرسکار بھی شامل ہیں۔ پنکج فی الحال سیہور (مدھیہ پردیش) میں مقیم ہیں۔

اب ہم سوال و جواب کا سلسلہ شروع کرتے ہیں۔

سوال:1

عالمی ادب اور ہندوستانی ادب میں مزاحمت کا تصور کیا ہے اور ان کے درمیان کیا فرق ہے؟

ناصر عباس نیر: عالمی ادب کی اصطلاح اپنی جگہ ایک مسئلہ ہے۔ میں تو اس کی جگہ 'عالم کا ادب' کی ترکیب استعمال کرنا پسند کرتا ہوں۔ 'عالمی ادب' کا تصور رومن ایمپائر کے ساتھ تشکیل پانا شروع ہوا۔ انیسویں صدی کے اوائل میں گوئٹے نے اسے قومی ادب کے مقابلے میں واضح کیا۔ اس نے چینی، فارسی اور دوسری زبانوں کے ادب کو پڑھا اور ان کی تحسین کی۔ خود اپنی شاعری کو فرانس میں پڑھے جانے پر خوش تھا۔ وہ قومی ادب کی جگہ عالمی ادب کا مستقبل دیکھ رہا تھا۔ اسی تصور کو بعد میں مارکس اور اینگلز نے بڑھایا۔ ان کا مئوقف تھا بورژوازی طبقات عالمی اشیا کی خواہش کے ساتھ عالمی ادب کی خواہش بھی کریں گے۔ گویا ثقافت و ادب بھی، سرمایہ دارانہ معیشت کا حصہ ہوں گے۔ یہ بات درست ثابت ہوئی۔

نو آبادیاتی عہد میں یورپی ادب ہی کو عالمی ادب کے طور پر پیش کیا گیا۔ یورپ اپنی تہذیب اور اس کے تمام مظاہر اور صورتوں کو آفاقی کہتا تھا۔ آفاقیت انیسویں صدی کی اہم اصطلاح تھی۔ یہاں تک کہ ابتدا میں عالمی ادب کی جو انتھالوجیز شائع ہوئیں، ان میں صرف یورپی اور کسی حد تک امریکی ادب شامل کیا گیا۔ نورٹن کی 1856 کی انتھالوجی میں صرف مغربی ادب تھا۔ گویا گوئٹے نے جس عالمی ادب کا خواب دیکھا تھا، وہ نو آبادیات کے عہد میں باقی نہ رہا۔ بیسویں صدی کے دوسرے نصف میں تیسری دنیا کے ادب کی اصطلاح وضع ہوئی، جو بہ ظاہر توضیحی ہے مگر حقیقت میں آئیڈیالوجیکل ہے۔ سرد جنگ کے خاتمے کے بعد، ترقی پذیر ممالک کی اصطلاح رائج ہوئی اور اب عالمی شمال اور عالمی جنوب کی اصطلاحیں ہیں۔ عالمی جنوب کی اصطلاح بھی، پہلی اصطلاحوں کی مانند اپنے اندر تحقیر لیے ہوئے ہے۔ کہنے کا مقصود یہ ہے کہ جدید مغرب، ہر ہر سطح پر خود کو دوسروں (ایشیا و افریقا بہ طور خاص) سے جدا اور فائق رکھنا پسند کرتا ہے۔

اگرچہ ورلڈ لٹریچر کے وہ انتخابات جو بیسویں صدی کے نصف کے بعد سامنے آئے، ان میں لاطینی امریکی، افریقی اور ایشیائی ادب کو شامل کیا گیا ہے، مگر آج بھی بہ حیثیت مجموعی اس میں مغرب ہی کی چند زبانوں کے ادیبوں کو عظیم عالمی ادیبوں کے طور پر شامل کیا جاتا ہے۔ سب سے دل چسپ بات یہ ہے کہ اس ادب میں ہمیں مزاحمت کی جو مثالیں ملتی ہیں، وہ زیادہ تر لاطینی امریکی، افریقی اور ایشیائی ادب کی ہیں۔ یورپ نے ان تینوں براعظموں میں اپنی نو آبادیاں قائم کیں۔ انھیں اپنی زبانوں سے محروم کیا یا پسپا کیا۔ ان کی تاریخ، ثقافت، فنون، روایات، اساطیر کو مسخ کیا اور حقیر ٹھہرایا۔ اس سب کے ردّعمل ہی میں مذکورہ نو آبادیوں میں مزاحمت کی

تحریکیں چلیں۔ مزاحمتی دانشوری ہی سامنے نہیں آئی، مزاحمتی ادب بھی سامنے آیا۔ ایمی سیزارے، فرانز فینن، ایڈورڈ سعید، اقبال احمد مزاحمتی دانشوری کی مثال ہیں۔ جب کہ چنوا اچیبے، وول سوینکا، گوگی واتھیونگ، ندین گوڈیمر، مارکیز، پریم چند، منٹو (اور بعد میں انتظار حسین، جوش، فیض، جالب) کے یہاں مزاحمت مختلف اسالیب کے ساتھ ملتی ہے۔ اس مزاحمتی ادب میں سیاسی استحصالی روشوں پر سوال اٹھانے کے ساتھ ساتھ، قومی وثقافتی شناخت کی بحالی وباز یافت کی کوشش ملتی ہے، اور یہ کوشش استعمار سے سیاسی ہی نہیں، ذہنی وثقافتی آزادی کا منشا بھی رکھتی ہے، نیز یہ ان منفی اساطیری شناختوں کو چیلنج بھی کرتی ہے، جنھیں یورپی استعمار نے تشکیل دیا اور پھر نصابات وذرائع ابلاغ کی مدد سے رائج کیا۔ یہ مزاحمتی ادب مذکورہ نوآبادیوں کی مقامی زبانوں اور استعمار کی زبانوں: انگریزی، ہسپانوی، فرانسیسی میں بھی لکھا گیا۔ ان نوآبادیوں کے مزاحمتی ادب کو ایک نئی جہت وتحریک اشتراکیت اور اشتراکیت سے متاثر دانشوروں کی تحریروں سے ملی، جن میں اٹلی کے گرامشی خاص طور پر قابل ذکر ہیں۔ ہمارے یہاں مزاحمتی ادب کی ابتدائی مگر واضح مثالیں ترقی پسند ادیبوں ہی نے پیش کیں۔ کلاسیکی ادب میں مزاحمت منتشر اور علامتی ہوا کرتی تھی۔ جعفر زٹلی استثنا ہیں۔

میرے نزدیک استعمار کی زبانوں اور مقامی زبانوں میں لکھے گئے مزاحمتی ادب میں فرق کرنے کی ضرورت ہے۔ آپ جب انگریزی، فرانسیسی، ہسپانوی میں لکھتے ہیں تو آپ کے اصل مخاطب وہ قارئین ہوتے ہیں جن کی یہ مادری زبانیں ہیں، یعنی استعماری ممالک کے لوگ۔ یا پھر مٹھی بھر آپ کے وہ ہم وطن جو ان زبانوں کو سمجھتے ہیں اور جو عام طور پر آپ کے سماج کے مراعات یافتہ طبقے سے تعلق رکھتے ہیں۔ لہٰذا آپ کی مزاحمت، زبان کے انتخاب ہی کے لمحے میں کمپرومائز ہوجاتی ہے۔ یہ بات گوگی واتھیونگ نے سب سے زیادہ سمجھی تھی۔ اس نے انگریزی میں (Weep not Child, The River Between, A Grain of Wheat) لکھے، پھر سب کچھ اپنی مقامی زبان گیکو ا میں لکھا۔ اس نے اپنا یورپی نام جمیز گوگی سے مقامی نام گوگی واتھیونگ کیا۔ وہ اپنے لوگوں تک، اپنی مقامی اسمی ولسانی شناخت کے ساتھ لوٹا۔

یہیں خود مزاحمت کے تصور کو بھی سمجھنے کی ضرورت ہے۔ اس عربی لفظ کے لغوی مطالب میں روک ٹوک، تعرض، ممانعت شامل ہیں۔ جب آپ کسی بات، روش، تصور، قانون، فیصلے، حکم، نظریے، قدر کو قبول کرنے کی بجائے، روک ٹوک اور انکار سے کام لیتے ہیں تو یہ مزاحمت ہے۔ چیزوں کے سلسلے میں ہمارے تین طرح کے طرز عمل ہوسکتے ہیں: مفاہمت، مقاومت اور بیگانگی۔ مقاومت، مزاحمت ہی ہے۔ یہ انفرادی بھی ہوسکتی ہے اور اجتماعی بھی۔ اس کی صورتیں سیاسی عوامی، نظریاتی دانشورانہ، ادبی، ثقافتی ہوسکتی ہیں۔ چونکہ مزاحمت اپنی بنیاد ہی میں فعال (dynamic) ہے، اس لیے یہ انکار ومقاومت سے آگے بڑھ کر نافرمانی اور عدمیت (nihilism) تک جاسکتی ہے۔ کوئی شخص ہر شے کا کلی انکار کرسکتا ہے۔ یعنی وہ صرف کسی مقتدرہ کے اقدامات ونظریات ہی کے خلاف مزاحمت نہیں کرسکتا، ان اقدامات ونظریات کی بنیادوں کا انکار بھی کرسکتا ہے۔ مزاحمت کی یہ انتہائی صورت،

اپنی اصل میں فلسفیانہ ہے۔ اہم بات یہ ہے کہ یہ بعض جدید ادیبوں کے یہاں ظاہر ہوئی ہے۔

چونکہ مفاہمت، مقاومت اور بیگانگی کے رویے نئے نہیں ہیں؛ یہ اس وقت سے ہیں، جس وقت سے ایک طبقہ مقتدر اور دوسرا محکوم بنا، اس لیے ہم یہ نتیجہ اخذ کر سکتے ہیں کہ مزاحمت نئی چیز نہیں ہے۔ یہ ادب میں اس وقت سے ہے، جس وقت سے ادب لکھا جا رہا ہے۔ تاہم یہاں دو باتوں کی وضاحت ضروری ہے۔ پہلی یہ کہ ادب اپنی نہاد میں مزاحمتی نہیں ہے، جیسا کہ اکثر لوگ سمجھتے ہیں۔ ادب میں مقاومت کے ساتھ مفاہمت اور بیگانگی کے رویے بھی موجود ہیں۔ مقتدرہ کی روشوں پر سوال اٹھانے والوں کے پہلو بہ پہلو، اس کا ساتھ دینے والے اور اس کی روشوں پر سکوت اختیار کرنے والے بھی موجود رہے ہیں اور ہمارے زمانے میں بھی ہیں۔ دوسری بات یہ کہ مزاحمت ادب میں قدیم سے ہے، مگر مزاحمت کا تصور اور ادب میں اس کی اہمیت کا نظریہ نوآبادیاتی عہد کے ادیبوں اور بعد ازاں اشتراکی مفکروں کے یہاں تشکیل پذیر ہوئے۔ مزاحمت کے اس تصور کے دو رخ ہیں۔ ردّ استعماری تناظر میں مزاحمت کا ثقافتی رخ نمایاں ہوتا ہے، جب کہ اشتراکی تناظر میں سماجی وسیاسی رخ۔ یہی دو رخ پاکستان و ہندوستان کے اردو ادیبوں کے یہاں ظاہر ہوئے ہیں۔

مزاحمت کے اس تصور میں دو نئے زاویے گزشتہ چند دہائیوں میں شامل ہوئے ہیں۔ تانیثیت اور ماحولیاتی تنقید۔ یہ دونوں اپنی اساس ہی میں مزاحمتی ہیں۔ تانیثیت، پدرسری سماجی وثقافتی اقدار وتصوارت کے خلاف مزاحمت کرتی ہے اور ماحولیاتی تنقید، اس بشر مرکزی تصورِ دنیا کے خلاف، جس کے مطابق آدمی کو باقی اشیا پر شرف حاصل ہے اور اس بنا پر وہ ان اشیا کو اندھا دھند تسخیر کیے چلا جاتا ہے۔ مزاحمت کی یہ دونوں صورتیں ہمیں مغربی ادب میں بھی ملتی ہیں اور پاکستان و ہندوستان کے ادب میں بھی۔

رضوان الحق: مزاحمت عربی زبان کے لفظ 'زحمۃ' سے ماخوذ ہے، جس کے لغوی معنی حریف سے ٹکرانا یا مدافعت کرنا ہے۔ عام طور پر انگریزی لفظ Resistance کو مزاحمت کا مترادف سمجھا جاتا ہے۔ انگریزی لغت Collins Cobuild میں اس کے معنی اس طرح بیان کیے گئے ہیں۔ ''کسی چیز کی قبولیت کو رد کرنے کا عمل، مثال کے طور پر تبدیلی اور اسے ہونے سے روکنے کی کوشش کرنا۔'' مشرق ومغرب دونوں جگہوں پر مزاحمت کی اصطلاح چاہے نئی ہو، لیکن مزاحمت کا تصور بہت قدیم ہے۔ کہا جاتا ہے کہ جب خدا نے حضرت آدم کو بنایا اور ابلیس کو ان کا سجدہ کرنے کا حکم دیا تو اس نے سجدہ کرنے سے انکار کر دیا تھا، مزاحمت کی ابتدا وہیں سے سمجھی جا سکتی ہے۔ گریک اساطیر میں پرومیتھس (Prometheus) نے دیوتاؤں سے انسانوں کے لیے آگ چرا کر بھی انسانوں کے لیے سب سے بڑی مزاحمت کی تھی۔

مزاحمت کے یہ قصے اساطیری ہیں، لیکن انسانی تجربات واحساسات کو بنیاد بنا کر جس نے سب سے پہلی مزاحمت کی وہ شخص تھیلس تھا، جسے عام طور پر دنیا کا پہلا فلسفی بھی مانا جاتا ہے، اس نے اساطیری کہانیوں سے

انکار کرتے ہوئے دنیا کی تشریح کو قدرت کے مطابق کی اور اس کی بنیاد 'پانی' کو قرار دیا۔ ادب میں اس طرح کے واقعات و تجربات کو مزاحمت کے طور پر دیکھا جاتا ہے لیکن مزاحمتی ادب کی اصطلاح بہت قدیم نہیں ہے۔ اسے سب سے پہلے فلسطینی ادب کے لیے 1966 میں استعمال کیا گیا۔ غسان کنفانی کے مقالے Literature of Resistance in Occupied Palestine: 1948-66 سے اس اصطلاح کی ابتدا مانی جاتی ہے۔
لیکن ادب میں مزاحمت کا تصور ہمیشہ سے تھا، دراصل ادب کا آغاز ہی اسی وقت ہوتا ہے جب عام روش سے ہٹ کر جب کوئی سوچتا ہے، یا وہ خارجی یا داخلی طور پر کسی ایسی فکر یا تجربے سے گزرتا ہے جو عام رواج سے مختلف ہو۔

قدیم ہندوستان میں ویدک تصورات میں عام طور پر نو فلسفے مانے جاتے ہیں، جن میں سے تین فلسفے 'ناستک' ہیں، یہ تین فلسفے تھے بدھ، جین اور چارواک کے تصورات۔ اس وقت ناستک سے مطلب خدا پر یقین نہ رکھنا نہیں تھا بلکہ ویدوں پر یقین نہ رکھنا تھا۔ چارواک کے علاوہ باقی سبھی خدا پر کسی نہ کسی طور پر یقین رکھتے تھے، اور موکش حاصل کرنا انسانی زندگی کا سب سے بڑا مقصد سمجھتے تھے۔ چارواک نہ خدا پر یقین رکھتے تھے، نہ روح میں۔ یہ لوگ جنت یا جہنم میں بھی یقین نہیں رکھتے تھے۔ پُنر جنم میں بھی ان کا وشواس نہیں تھا۔ ان کا ماننا تھا کہ جو کچھ ہے بس یہی دنیا ہے، اس سے پرے کچھ بھی نہیں ہے۔ چارواک کی اصل تحریریں کہیں نہیں ملتی ہیں۔ البتہ برہمنوں کی تحریروں میں ان پر تنقید و طنز کیا گیا ہے، ان سے چارواک فلسفے کے بارے میں معلوم ہوتا ہے۔ یہ چارواک دراصل اپنے زمانے کے دہریہ اور باغی تھے۔ اور یہی مزاحمت کے سب سے بڑے علمبردار تھے۔ چارواک کسی شخص کا نام نہیں تھا بلکہ ایک فلسفے کا نام تھا اور اس فلسفے کے ماننے والے چارواک کہلاتے تھے۔ البتہ اس فلسفے میں دو شخصیتوں کے نام بہت نمایاں ہیں۔ ایک اجیت کیش کمبلی اور دوم واتسیاین (کام سوتر کے مصنف) یہ سبھی بنیادی طور پر مزاحمت پسند لوگ تھے، یہ لوگ بہت مدلل بات کرتے تھے انھیں دلیلوں سے ہرانا تقریباً ناممکن تھا۔

ادب میں مزاحمت سے اکثر سیاسی و سماجی مزاحمت لیا جاتا ہے، لیکن مزاحمت کے بے شمار موضوع ہو سکتے ہیں۔ مثلاً دلت ادب، نسائی ادب، اقلیتی ادب، پوسٹ کولونیل ادب، ضبط شدہ ادب، ترقی پسند ادب یہ سبھی کسی نہ کسی طور پر مزاحمتی ادب ہی ہیں۔ لیکن مزاحمتی ادب یہیں تک محدود نہیں ہے۔ مثلاً اگر خالد جاوید کے یہاں عورت اکثر ہمارے روایتی جمالیاتی تصور کو توڑتی ہے اور زندگی کی جدو جہد میں لڑتی ہے، صرف ظلم سہتی ہی نہیں کبھی کبھی ظلم کرتی بھی ہے تو عورت یا یہ تصور بھی ایک قسم کی مزاحمت ہی ہے۔

عالمی روایت ہو یا ہندوستانی روایت یہ سارے واقعے تاریخ و اساطیر پر مبنی ہیں۔ یہ واقعے یا تصورات مزاحمتی کے لیے کارآمد ہیں، ان کی لیگسی قبول کرتے ہیں لیکن اپنے آپ میں یہ واقعے یا تصورات مزاحمتی 'ادب' نہیں ہیں۔ ان تصورات سے تحریک پاکر جب کوئی ادب تخلیق ہوتا ہے، اسے مزاحمتی ادب کہہ سکتے ہیں۔ مثلاً شیخ سرمد نے اورنگ زیب کے جبر کے خلاف مزاحمت کی تو اورنگ زیب نے اس کا قانونی قتل کروا دیا۔ اس واقعے پر پروفیسر محمد مجیب نے ایک ڈراما لکھا 'خانہ جنگی' جس میں اورنگ زیب کے جبر اور شیخ سرمد کی مزاحمت کو

دکھایا گیا ہے۔ یہ ڈراما مزاحمتی ادب کی ایک اچھی مثال پیش کرتا ہے۔

خالد جاوید: ہندوستانی ادب اور مغربی ادب میں مزاحمت کا ایسا کوئی واضح فرق تو نہیں مگر اتنا ضرور ہے کہا جا سکتا ہے کہ مغرب میں مزاحمت کے رنگ اور اسلوب بہت ہیں اور ان کے ادیبوں کی حساسیت اور فکر کا دائرہ بھی ہم سے وسیع ہے۔ کبھی کبھی تو ایسا بھی ہوا ہے کہ ادب کے خلاف بھی مزاحمت کا رویہ اپنایا گیا ہے۔ مثلاً پلیٹو جو اپنی فطرت کے اعتبار سے شاعر تھا، اس نے اپنی ریاست سے شاعروں کو ہی در بدر کر دینے کا نظریہ پیش کیا تھا۔ بہر حال یہ تو ایک جملہ معترضہ تھا، لیکن اگر ہم باقاعدہ مغربی ادب کا ایک سرسری جائزہ لیں تو سب سے پہلے دستوئفسکی کے ناول '*Possessed*' کا ذکر کرنا ضروری ہے، جس میں انیسویں صدی کے اواخر میں روس میں پے در پے ان باغی نوجوانوں کے خلاف مزاحمت کی ایک صاف لہر دیکھی جا سکتی ہے جو آگے چل کر اسٹالن کے پیروکاروں میں شامل ہوئے، یعنی بہت بعد میں جب بورس پاسترناک نے اسٹالن کے آمرانہ عہد کے خلاف 'ڈاکٹر ژواگو' لکھا اس کے بعد الیکزینڈر سلزینسٹائن نے 'کینسر وارڈ' اور 'گلاگ الجزائر' لکھے۔ اس کے ابتدائی نقوش دستوئفسکی کے ناول '*Possessed*' میں بہت پہلے سے موجود تھے۔ میخائل بلگاکوف کا شہرہ آفاق ناول 'دی ماسٹر اینڈ مارگریٹا' کا ذکر کرنا بھی بہت ضروری ہے۔ یہ ناول اسٹالن کے عہد کے خلاف مزاحمت کی سب سے بڑی مثال ہے۔ یہ 1928 سے 1940 کے درمیان لکھا گیا، مگر پہلی بار ماسکو میں 1967 میں شائع ہوا، وہ بھی سنسر شدہ متن تھا جو بلگاکوف کی موت کے بہت بعد شائع ہوا۔ مارکیز کے ناول 'تنہائی کے سو سال' لکھنے کا ایک بہت بڑا محرک 'دی ماسٹر اینڈ مارگریٹا' بھی رہا ہے۔ امریکی ادیب H.B. Stowe کا ناول تو مزاحمتی ادب میں ایک سنگ میل کی حیثیت رکھتا ہے جس کا نام '*Uncle Tom's Cabin*' ہے۔ یہ ناول غلامی کے خلاف ایک زبردست آواز تھا۔ 1852 میں شائع شدہ یہ ناول آج بھی Anti Slavery کے حوالے سے بہت اہم ہے۔

میں نے عرض کیا ہے کہ مغرب میں مزاحمتی ادب کی varieties بہت ہیں۔ مثال کے طور پر انگریزی ادیب Anna Sewell کا 1857 میں شائع ہونے والے ناول '*Black Beauty*' کو ہی لے لیجیے۔ اس ناول نے یورپ میں جانوروں کے تئیں بے رحمی کے خلاف قانون بنانے کی مہم چھیڑ دی تھی۔ آج بھی یہ ناول Anti cruelity against women کے حوالے سے ایک دستاویزی اہمیت کا حامل ہے۔ اسی طرح Upton Sinclair کا ناول '*The Jungle*' ہے جو 1906 میں شائع ہوا تھا۔ یہ ناول امریکہ کی گوشت مارکیٹ میں کام کرنے والے مزدوروں کی قابل رحم اور خراب حالت کے خلاف لکھا گیا تھا۔ سماجی مزاحمت کے حوالے سے اس ناول کو '*Uncle Tom's Cabin*' کے برابر میں رکھا جا سکتا ہے۔ اس ناول نے یورپ کے کئی ممالک میں گوشت مارکیٹ اور اس میں کام کرنے والے مزدوروں اور ان کی صحت کے حوالے سے، نیز حفظان صحت کے حوالے سے جدید قانون پاس کرائے۔ ہمارے ہاں صرف ترقی پسند ادب کو کسی حد تک

مزاحمتی ادب کے خانے میں رکھا جاسکتا ہے۔ ہمارا وژن اتنا بڑا نہیں ہے۔ مغرب کی تنقید تک میں مزاحمتی ادب صاف نظر آتا ہے۔ مثلاً آپ فوکو کی تنقید کو ہی دیکھیے جو مکمل طور پر مقتدرہ کے خلاف ہے اور طاقت (Power) کی مبادیات کو ہر تحریری متن میں کارفرما دیکھتی ہے۔ یہی حال Athusser کا ہے جو ہر تحریری متن میں آئیڈیالوجی کے جہت کا سراغ لگاتا ہے۔ کیا یہ سب مزاحمتی ادب کے دائرۂ کار میں نہیں آتا۔ مزاحمتی ادب کے دائرہ کار میں تو ژاک دریدا کی تنقید بھی آتی ہے جو کسی ایک معنی کی 'ڈکٹیٹر شپ' کی نفی کرتی ہے اور ہم یہ بھی دیکھتے ہیں کہ ان ادیبوں کو کلاسیکی نقادوں کی طرف سے کتنی گالیاں پڑتی ہیں۔ مارکیز کے تمام ناول مزاحمتی ادب کے دائرے میں آتے ہیں، بلکہ اس نے تو دوطرفہ مزاحمتی رویہ اپنایا ہے۔ ایک طرف تو اس نے وسطی امریکہ کی ڈکٹیٹر شپ کے خلاف 'تنہائی کے سوسال' یا 'سردار کا زوال' جیسے ناول لکھے اور دوسری طرف روایتی ادبی اسلوب کے خلاف بھی مزاحمت کرتے ہوئے جادوئی حقیقت نگاری کا اسلوب اختیار کیا۔ یہی کام وسطی امریکہ کے بیشتر ادیبوں، مثلاً حوان رلفو، کورتازار، الفانتے اور بولینو وغیرہ نے بھی کیا۔ لیکن غور کرنے کی بات یہ ہے کہ مغرب میں مزاحمتی ادب کی چاہے کوئی بھی قسم ہو، اس میں ادب کے بنیادی تقاضوں کو کبھی نظر انداز نہیں کیا گیا۔ وہاں صحافتی ادب اور خالص ادب کے درمیان کے فرق کو ہمیشہ شدت کے ساتھ محسوس کیا گیا ہے۔ ہمارے ہاں صرف content یا تھیم کے حوالے سے مزاحمتی ادب کا فیصلہ صادر کر دیا جاتا ہے مگر مغرب کے مزاحمتی ادب میں 'ادب' کے لفظ پر بھی شدت کے ساتھ زور دیا جاتا ہے۔ مثلاً امریکہ میں دوسری جنگ عظیم کے بعد Beat Poetry کی شروعات ہوئی، اس میں روایت سے تمام تر بغاوت کے باوجود شاعری کے یا ادب کے بنیادی عناصر اور حسیت سے کوئی سمجھوتہ نہیں کیا گیا، چاہے آپ گنز برگ کی '*Howel*' پڑھیں یا جیک کیروک کا '*On The Road*' پڑھیں، بیٹ نسل کے تمام شاعر صحافیانہ اسلوب کے تو خلاف ہیں ہی، وہ اصل میں روایتی یا معیاری بیانیہ کے خلاف بھی مزاحمتی رویہ اپناتے ہیں۔

امریکی کلچر اور امریکی سیاست پر Beat Poets نے بہت گہرے اثرات مرتب کیے ہیں۔ ہندوستانی ادب میں ایسی کوئی مثال آپ پیش نہیں کر سکتے۔ یہاں جدیدیت کے رجحان کے تحت لکھی جانے والی تحریروں نے ہندوستانی تہذیب یا سیاست پر کوئی اثر مرتب نہیں کیا۔ اصل میں دیکھنے والی بات یہ بھی ہے کہ مزاحمتی ادب کو receive کرنے والا معاشرہ کون سا ہے۔ ہر زمانے کا معاشرہ فوکو کے لفظوں میں کہیں تو Epitome الگ الگ ہوتے ہیں۔ منٹو نے ایک ہی عمدہ مزاحمتی افسانہ لکھا؛ ٹوبہ ٹیک سنگھ۔ اردو معاشرے یا ہماری politics پر اس کا کیا اثر پڑا ہے؟ میرے کہنے کا مطلب یہ ہے کہ مزاحمتی ادب کو معاشرہ receive کس طرح کرتا ہے، اور میں یہاں صرف ادبی معاشرے کی بات نہیں کر رہا ہوں۔

آپ یہاں Dystopian ادب کی بات بھی کر سکتے ہیں۔ مغرب میں جس طرح جارج آرویل کے ناول '*1984*'، Ray Bradbury کے ناول '*Fahrenheit 451*' اور مارگریٹ ایٹ وڈ کے ناول

'The Handmaid's Tale' اور Cormac Mc Carthy کے ناول 'The Road' کا خیر مقدم کیا گیا، اردو میں اس کا تصور بھی نہیں کیا جا سکتا۔ ہم لوگ یہ جانتے ہی نہیں کہ Dystopia بھی مزاحمت ہے، ہر قسم کی Utopia کے خلاف ایک زبردست مزاحمت ہے۔ ہمارے ہاں تو Dark اور Bleak ہونے کو ادب کے خلاف ہی سمجھا جاتا ہے۔ ہمارا افسردہ جمالیاتی رویہ، سیموئل بیکٹ جیسے مزاحمتی ادیب کو بھی نہیں سمجھنے دے گا اور لورکا جیسے شاعر کو بھی جسے جنرل فرانکو کے زمانے میں قتل کر دیا گیا تھا۔ مغرب میں مزاحمت کے ہزاروں رنگ ہیں۔ میں کافکا، جیمس جوائس، البیئر کامیو، سارتر، ژاں ژینے، برونو، شلز اور یہاں تک کہ نطشے کو بھی مزاحمتی ادیبوں میں شامل کرتا ہوں۔ ہمارے ہاں مگر بڑی یکسانیت ہے اور جو تحریریں مزاحمتی ادب کے دائرے میں آتی ہیں، وہ بے اثر نہیں۔ کیا ساراماگو کے ناول 'Blindness' کی گندگی کو ہمارا معاشرہ خوشدلی سے قبول کرے گا؟

اُدین واجپئی: عالمی ادب جس میں ہندوستانی ادب بھی شامل ہے، میں مزاحمت کے ایک سے زائد تصورات ہیں۔ پہلا تصور تو یہی ہے کہ ادب کو مزاحمت کی سیاست کا ہتھیار بن جانا چاہیے۔ یہاں یہ یاد کر لینا شاید بہتر ہوگا کہ جدید یورپ کی اجداد یونانی ثقافت میں سیاست کو اعلیٰ ترین علم مانا جاتا ہے۔ یورپ اور ان کے ہندوستانی پیروکاروں کے لیے ادب کا سیاست کا ہتھیار بن جانا ادب کے لیے افضل ہی ہے۔ اس تصور کو ماننے والے یہ حقیقت آسانی سے بھول جاتے ہیں کہ ادب اپنے آپ میں بھی کچھ ہے اور وہ ایسا ہمیشہ سے رہا ہے۔ ادب کے سیاست کا ہتھیار بنتے ہی ادب یک طرفہ ہو جاتا ہے، یہ بات فراموش کر دی جاتی ہے۔ یہ بات بھی بھلا دی جاتی ہے کہ ادب انسانی اقدار کا بنیادی سرچشمہ ہے، وہ ایک ایسی جگہ ہے جہاں انسانی قدریں پیدا ہوا کرتی ہیں۔ فرانسیسی شاعر گلوک نے کہا تھا کہ اگر شاعری عشق کی ایجاد نہیں کرتی تو انسانوں نے عشق نہ کیا ہوتا۔ مزاحمت کا دوسرا تصور یہ ہے کہ ادب کو اس کے لیے سیاست کا ہتھیار بننے کی ضرورت نہیں ہے۔ چونکہ وہ انسانی اقدار کا بنیادی ماخذ ہے، اس لیے وہ اپنی شناخت کھوئے بغیر ہی انسانوں میں ایسی انسانی اقدار کو بیدار کر سکتا ہے جو کسی بھی نظام پر، خواہ وہ سیاسی ہو یا اخلاقی، سوال اٹھا سکیں اور ان کے خلاف کھڑے ہونے کی جرأت اپنے اندر محسوس کر پائیں۔ اس تصور کو ماننے والے یہ کہتے نہیں تھکتے کہ سچا ادب چاہے وہ سیاسی لفظیات میں لکھا گیا ہو یا نہیں، یقیناً وہ انسان کے اندر نظاموں پر سوالیہ نشان لگاتا ہے۔ کنڑ کے دلت ادیب سدھ لِنگیّا اگر مزاحمتی ادب لکھ رہے تھے تو ان سے بالکل مختلف کنڑ ناول نگار یو آر اننت مورتی کے ناول بھی نظام پر سوال اٹھا رہے تھے، اور سیاسی نظام پر یہ دباؤ ڈال رہے تھے کہ وہ اپنی اخلاقی قدروں پر نظر ثانی کریں بلکہ وہ اپنی اخلاقی قدروں پر مسلسل غور و فکر کرتے رہیں۔

پنکج سبیر: میرا ماننا ہے کہ عالمی ادب ہو یا ہندوستانی ادب، مزاحمت کا تصور ہر جگہ ایک جیسا ہے۔ اگر ہم سائنس کی زبان میں بات کریں تو کسی بھی سرکٹ میں مزاحمت کا کام سب سے اہم ہوتا ہے اور یہ کام بہاؤ

کے راستے میں ضروری رکاوٹیں پیدا کر کے بے قابو اور بے لگام توانائی کو کنٹرول اور اسے متوازن ہے۔ کسی بھی دور میں، کسی بھی ملک میں، اقتدار اور نظام ہمیشہ بے لگام اور غیر متوازن ہوتا ہے۔ جس کی وجہ سے عوام کا، جمہور کا، لوگوں کا نقصان ہوتا ہے۔ ہر دور اور ہر زمانے میں ادب طاقت اور نظام کے خلاف ضروری مزاحمت پیدا کرنے کا کام کرتا ہے۔ وہ عوام کا حامی ہے، اس کا کام صرف عوام کے حق میں سوچنا ہے۔ عالمی ادب اور ہندوستانی ادب میں فرق صرف یہ ہے کہ جب دنیا میں مزاحمتی ادب لکھا جارہا تھا، ہندوستان میں بادشاہوں، اوتاروں، اقتداروں کو عظیم بنانے کی کہانیاں لکھی جارہی تھیں۔ اقتدار کا پٹا گلے میں ڈال کر حکومت کے خلاف نہیں بھونکا جا سکتا۔ ہندوستانی ادب میں عوام کا ساتھ چھوڑ کر حکمرانوں کے ہم قدم بنے رہنے کی روایت آج بھی قائم ہے، یہی وجہ ہے کہ ہندوستانی مزاحمتی ادب میں لازمی پختگی کا فقدان نظر آتا ہے۔ اسی لیے سردار بھگت سنگھ جو کبھی ہندوستان میں مزاحمت کی سب سے بڑی علامت بنے تھے، عالمی ادب کا زیادہ مطالعہ کیا۔

محمد حمید شاہد: 'ریزسٹنس' کو ہم نے اردو میں 'مزاحمت' سے تعبیر دے رکھی ہے۔ کوئی سی انگریزی/اردو فرہنگ اٹھا کر دیکھ لیجیے، دونوں کے ہاں ایک سا مفہوم نکلتا ہے۔ یہی کہ یہ ایک ردعمل کی صورت ہے، اس عمل کی جو آپ پر حملہ آور ہے۔ یا یوں بھی کہا جا سکتا ہے کہ یہ انکار ہے اُس کا جسے تسلیم کر لینے کو کہا جارہا ہے۔ انگریزی لغت اٹھائیں گے تو اس لفظ کے سامنے لکھا ہوگا:

> The act of fighting against something that is attacking you, or refusing to accept something.

ہندوستان میں اردو والوں کو بھی ابتدا ہی سے مزاحمت کا یہی مفہوم سوجھتا رہا ہے۔ مثلاً دیکھیے سید احمد دہلوی کی مرتبہ اردو کی قدیم ترین اور مکمل لغت 'فرہنگ آصفیہ'، جسے وہ 1878 سے مرتب کر رہے تھے؛ وہاں اس لفظ کے مقابل لکھا ہوا ہے:

> روک، تعرض، اٹکاؤ، ممانعت، روک ٹوک۔

دنیا بھر کے ادیبوں اور شاعروں کے ہاں بھی یہ مفہوم بدلتا نہیں تاہم مزاحمت کار میں اور حملہ آور میں فرق کیا جاتا رہا ہے۔ اگرچہ فری ڈکشنری والے مزاحمت کو ایسی سرگرمی بھی کہہ رہے ہیں جو ایک زیرزمین جماعت کی طرف سے قومی آزادی یا مطلق العنان قابضین کے خلاف ہوتی ہے اور شاید اس طرح کی تشریحات کو پا کر ہی سمجھا جانے لگا ہے کہ ایک ادبی تخلیق کار کا کام بھی لگ بھگ ویسا ہی ہے جس میں کوئی گوریلا زیرزمین متشدد تحریک کا حصہ بن کر تلوار سونتتا ہے اور 'بزن' کہتا، اپنے پرے کو لیے دشمن کے کشتوں کے پشتے لگا دیتا ہے۔ اچھا پہلے فری ڈکشنری سے عین مین مقتبس کیا گیا مفہوم بھی دیکھ لیجیے:

> Often resistance an underground organization engaged in a struggle for national liberation in a country under

military or totalitarian occupation.

اس میں مزاحمت صرف وہ نہیں رہی جو محض ردعمل دیتی ہے، روک ٹوک اور ممانعت کا فریضہ نبھاتی ہے، کسی عمل کے سفر کو روکنے کے لیے راہ میں رکاوٹیں کھڑی کرتی ہے، یہ تو باقاعدہ ایک قوت بن کر اور جماعتی نظم کے تحت حملہ آور بھی ہو رہی ہے۔ ایسا سوچنے والوں کے ہاں ایک ادیب اور ایک متشدد مزاحمت کار کے درمیان کوئی فرق نہیں رہتا؛ دونوں کی حکمت عملی ایک جیسی ہو جاتی ہے۔ گویا ادیب کا اپنے تخلیقی عمل کے ساتھ مخلص ہو کر لکھنا ثانوی ہوا اور ایسی جنگ ہو گیا ہے جس میں سب کچھ جائز ہو جاتا ہے۔

یہ دونوں رویے آپ کو پوری انسانی تاریخ میں مل جائیں گے۔ جی، کسی خاص صورت حال کے پیدا ہونے پر ردعمل (جو روک ٹوک اور تعرض کی صورت میں ہوتا ہے) تخلیقات کا حصہ بنا ہو یا ایسی انقلابی تحریروں میں جو اپنے طبقے، جماعت یا گروہ کے پیش قدمی کے منشور کے تحت سامنے آتی رہی ہیں۔

تخلیقی عمل کی آزادی جہاں بھی مجروح ہو، وہ علاقہ اگر کوئی تخلیق کار منتخب کرتا ہے تو یقین جانیے، اسے وہاں کچھ نہ کچھ رہن رکھنا پڑتا ہے۔ میرے نزدیک ذہنی آزادی کے ساتھ، پوری یکسوئی سے تخلیقی عمل کے مقابل ہونا ہی ایک سطح پر مزاحمتی ہونا ہے۔ جو کچھ سماج کے اندر ہو رہا ہوتا ہے اگر ایک ادیب کے وجود میں کوئی ردعمل پیدا نہیں کر رہا اور وہ اسٹیٹس کو سے مطمئن ہے تو وہ قلم نہیں اٹھاتا مگر جہاں کہیں اس کے اندر ردعمل پیدا ہوتا ہے تو اسے کسی اور طرف سے کوئی 'ہدایت نامہ' ملے نہ ملے، اس کی تخلیق کا ہیولا بننے اور قلم چلنے کا وقت ہو جاتا ہے۔ دنیا بھر کی کسی زبان کا ادب اٹھا لیں، مزاحمت کا یہ مفہوم بھی مل جائے گا اور ہم دیکھیں گے کہ وہاں تخلیقی تقاضوں پر کوئی سمجھوتہ نہیں کیا گیا ہوگا اور نہ ہی اس کے پیچھے کوئی سیاسی محرک ہوگا۔

خیر، بات دوسری طرف نکل رہی ہے واپس ہوتا ہوں اور یاد دلاتا ہوں کہ عالمی سطح پر مزاحمتی ادب والی اصطلاح اب تیسری دنیا کے ساتھ چپک کر رہ گئی ہے۔ یونیورسٹی آف میڈیسن، وسکانسن کی ایک پروفیسر میری لائیون نے اپنے ایک مضمون میں تو یہاں تک کہہ رکھا ہے:

> Resistance Literature is a wide-ranging and impressive critical study of the literatures of contemporary "Third World" liberation movements as they confront and alter the literary and political categories of the "West".
>
> (Resistance Literature-Mary Layoun,Harlow)

یہ مضمون باربرا جین ہارلو کی تحریروں کے حوالے سے ہے جن کے بارے میں یہ بھی کہا جاتا ہے کہ مزاحمتی ادب بطور اصطلاح، انھوں نے ہی پہلی بار برتی تھی۔ وہ کلیولینڈ، اوہائیو سے تھیں اور انھوں نے 1970 میں بوسٹن کے سیمنز کالج سے فرانسیسی زبان کے علاوہ فلسفے کی تعلیم پائی تھی اور کچھ برس پہلے یعنی 2017 میں اڑسٹھ برس کی عمر میں چل بسی تھیں۔ یوں دیکھا جائے تو مزاحمتی ادب (بطور اصطلاح) حال ہی کی چیز لگتا ہے جب کہ ادبی

تخلیقات کا مطالعہ کیا جائے تو ادب کی معلوم ابتدائی تاریخ میں بھی اسے دیکھا جاسکتا ہے۔ شاید یہی سبب رہا ہوگا کہ جب ہم مزاحمت کو کسی لکھنے والے کے تخلیقی وجود کے آہنگ کی عطا کے طور پر دیکھتے ہیں تو یہ فن پارے کا جوہر ہو جاتی ہے ورنہ یہ تنقید نگاروں کا مسئلہ ہے، تخلیق کاروں کا نہیں۔ میری لائیون کے مطابق یہ اصطلاح ' کرٹیکل اسٹڈی آف لٹریچر ' تھی اور ہمارے ہاں بھی تنقید کا محبوب موضوع رہی ہے۔ اس عنوان کے تحت اچھی بری ساری تحریروں کو ایک موضوع کے تحت سمیٹ کر خوب خوب مباحث اٹھائے جاتے رہے ہیں۔

باربرا جین ہارلو نے مزاحمت کی بات فلسطینیوں کی جدوجہد سے جوڑی تھی۔ فلسطینی تب سے اب تک مزاحمت میں ہیں۔ اب جب کہ میں یہ سطور لکھ رہا ہوں ان کی نسل کشی میں شدت پیدا ہو چکی ہے، لہٰذا وہاں کے لکھنے والوں کا یہ وجودی مسئلہ ہو کر سامنے آیا ہے۔ باربرا جین ہارلو نے غسان کنفانی کی مزاحمتی تحریروں کا حوالہ دیا جنھیں موساد نے ایک کار دھماکے میں اڑا دیا تھا۔ وہ آزادیٔ فلسطین کے پاپولر فرنٹ کے ترجمان رہے تھے۔ سیاست سے اپنی اس گہری وابستگی کے باوجود اگر انھوں نے فلسطین کے ادیبوں میں اپنی متعدد فکشن کی کتب کے ذریعے مقام بنایا تو اس کا سبب یہ تھا کہ وہ بنیادی طور پر ایک تخلیق کار تھے اور اپنے وجودی سچ کے ساتھ اس صورت حال کے مقابل ہو رہے تھے جس میں انھیں اور ان کے ہم وطنوں کو پھینک دیا گیا تھا۔

پاکستان میں مزاحمتی ادب کی اصطلاح کا غوغا اٹھنے کی بات کل ہی کی لگتی ہے؛ یہ الگ بات کہ ذرا مختلف معنوں میں۔ حالاں کہ اس کی روایت ہماری ادبی تاریخ کے آغاز سے نشان زد کی جاسکتی ہے۔ مجھے یاد ہے جب اپنے ایک پارٹی عہدیدار ادیب فخر زمان کو اس وقت کی پیپلز پارٹی کی حکومت نے صدرنشین بنایا تو انھوں نے اس باب میں بہت کام کیا تھا۔ یاد رہے اسی پارٹی کے سربراہ اور اب تک کے سب سے مقبول سیاسی رہنما اور وزیر اعظم کو ایک فوجی ڈکٹیٹر نے ایک عدالتی فیصلہ حاصل کر کے پھانسی چڑھا دیا تھا؛ یہ عدالتی فیصلہ حال ہی میں سپریم کورٹ نے باطل قرار دیا ہے اور اپنے فیصلے میں لکھا ہے کہ یہ قتل کا ایسا مقدمہ تھا جس میں ملزم کو درست طور پر اپنا دفاع ہی نہیں کرنے دیا گیا تھا۔ فخر زمان نے اکادمی کے تحت ' مزاحمتی ادب ' کی دستاویز تیار کرنے کا ایک منصوبہ معروف افسانہ نگار ڈاکٹر رشید امجد کے حوالے کیا جنھوں نے محمد علی صدیقی، ضیا ساجد اور ستار سید جیسے جید ادیبوں کی مشاورت سے مزاحمتی تحریروں کو جمع کر کے مرتب کیا تھا۔ مزاحمتی ادب پر یہ کتاب اکادمی نے بہت اہتمام سے شائع کی تھی۔ فخر زمان نے اس کتاب کے ابتدائیے میں مزاحمت کا دائرہ کار یوں متعین کیا تھا:

> مزاحمتی ادب کا یہ انتخاب جبر کے ایک عہد کے خلاف تحریری جدوجہد کو محفوظ کرنے کی ایک کوشش ہے۔ 1977 کا مارشل لاء اور پھر ذوالفقار علی بھٹو کی شہادت ہماری قومی تاریخ کے دو ایسے بڑے المیے ہیں جنھوں نے ہر سطح پر ہماری قومی زندگی کو متاثر کیا ہے۔ فکری اور تحقیقی سطح پر ان کا گہرا ردعمل ہوا ہے اور مزاحمتی ادب کے حوالے سے ایک نئی سوچ اور فکر سامنے آئی ہے۔ ہمارے ادیبوں کی اکثریت نے اپنی تاریخی ذمہ داری کو محسوس کرتے ہوئے نہ صرف

اس دورِ سیاہ کو ریکارڈ کیا ہے، بلکہ اس کے خلاف اپنے ردعمل کا اظہار کرتے ہوئے پاکستانی ادب کو ایک نئے شعور سے متعارف کروایا ہے؛ آزادی، مساوات کے لیے جہاد اور جبر کے خلاف سینہ سپر ہو جانے کا یہ نیا شعور ہمارے مستقبل کا منشور ہے۔

(مزاحمتی ادب: اردو، اکادمی ادبیات پاکستان، 1995)

اس کتاب کے مرتب نے اپنے ابتدائیے کی ابتدائی سطور میں ذرا مختلف بات کی۔ ڈاکٹر رشید امجد کے الفاظ نقل کیے دیتا ہوں:

مزاحمت پاکستانی ادب کی مرکزی روایت ہے۔ پاکستان بننے کے بعد 1947 سے 1958 تک غیر مستحکم نظام اور طبقاتی تقسیم کی خرابیوں نے پاکستانی معاشرے کو کئی سماجی سیاسی اور فکری بحرانوں سے دوچار کیا۔ 1958 میں پہلا مارشل لاء لگا لیکن اس نے ابتر معاشرے کو سنبھالا دینے کی بجائے مزید کھوکھلا کیا اور ایک بڑا سیاسی و فکری خلا پیدا ہو گیا۔ ہر میدان میں بے سمتی کا احساس ابھرا۔ اس مارشل لاء کے خلاف بہت کچھ لکھا گیا اور علامت و تجرید کو استعارے کے فروغ کی بنیادی وجہ بھی یہی تھی، پھر 1998 کی عوامی تحریک اور دوسرا مارشل لاء (1973) کے بعد پہلی بار ایک منتخب حکومت قائم ہوئی لیکن 1977 میں تیسرے مارشل لاء نے اس کی بساط لپیٹ دی۔ اسی مارشل لاء کے دوران 1979 میں ذوالفقار علی بھٹو کو پھانسی دے دی گئی۔

(مزاحمتی ادب: اردو، اکادمی ادبیات پاکستان، 1995)

اپنے اس مقدمے میں ڈاکٹر رشید امجد پہلے مارشل لاء کے لیے ایک کمزور سا استدلال بھی ڈھونڈ لائے ہیں۔ ان کے مطابق اس وقت تک کوئی آئین موجود نہ تھا اور نیا آئین جس کا مسودہ تیار تھا ابھی منظور نہ ہوا تھا۔ لہٰذا جو ادیب اس وقت ایک ردعمل میں تخلیق کر رہے تھے، وہ اہم نہ رہا تھا اور نہ ہی اس مزاحمتی ادب کا حصہ ہو سکا حالاں کہ اس زمانے میں حبیب جالب کہہ رہے تھے: بیس روپیہ من آٹا/ اس پر بھی ہے سناٹا/ گوہر، سہگل، آدم جی/ بنے ہیں برلا اور ٹاٹا/ ملک کے دشمن کہلاتے ہیں/ جب ہم کرتے ہیں فریاد/ صدر ایوب زندہ باد۔ وہ نہیں بھولے ہوں گے کہ جالب کو ایوب خان کی مخالفت کے سبب ہی گرفتار کیا گیا تھا۔ اور یہ ایوب خان ہی تھا جس کے غیر جمہوری اقدامات نے ملک کو تقسیم کی نہج پر پہنچایا تھا۔ اس عہد میں ترقی کے چرچے تو بہت ہوئے مگر ملک اندر سے کھوکھلا ہو گیا تھا جو 1971 میں دولخت ہو گیا۔ اس عہد میں ادیبوں نے بہت کچھ لکھا تھا۔ تفصیل میں نہیں جاتا، وجاہت مسعود کی تحریر کا ایک ایسا ٹکڑا مقتبس کر دیتا ہوں جس میں اس زمانے میں ادیبوں کے مزاحمتی رویوں کو نشان زد کیا گیا ہے:

1951ء سے ایوان صدر کے مقتدر ترین اہلکار قدرت اللہ شہاب محلاتی سازشوں کے بے تاج بادشاہ تھے۔ حفیظ جالندھری نے لکھا تھا۔ جب کہیں انقلاب ہوتا ہے/ قدرت اللہ شہاب

ہوتا ہے۔ اکتوبر 1958 میں ادیب اور صحافی کہلانے والے میجر ابن الحسن فوج کے شعبہ تعلقات عامہ کے سربراہ تھے۔ قدرت اللہ شہاب اور ابن الحسن میں مسکوٹ ہوئی کہ وردی پوش انقلاب کے حق میں عوامی ذہن سازی کیسے کی جائے۔ چنانچہ پاکستان رائٹرز گلڈ کی بنیاد رکھی گئی جس کا پہلا اجلاس جنوری 1959 میں کراچی میں منعقد ہوا۔ مولوی عبدالحق، شاہد احمد دہلوی، مرزا محمد سعید جیسے حاضر باش ادیب گانٹھے گئے۔ ممتاز مفتی، اشفاق احمد، ممتاز شیریں، ابن انشا، محمد طفیل، قتیل شفائی اور قرۃ العین حیدر بھی زیر دام لائے گئے۔ ادیبوں کے لیے انعامات نیز سیاحتی دوروں کا اعلان ہوا۔ ذہن سازی کے اس ریاستی منصوبے کو مولانا صلاح الدین احمد کے ایک جملے نے خس وخاشاک کر دیا۔ فرمایا۔ 'کبھی پیغمبروں نے بھی گلڈ بنائے ہیں'۔ میجر ابن الحسن دعوت نامہ لے کر محمد حسن عسکری کے پاس پہنچے تو اس مرد درویش نے کہا۔ 'پولیس بھیج کر بلوا لیجیے گا'۔ لاہور سے کراچی جانے والوں میں انتظار حسین اور ناصر کاظمی بھی شامل تھے۔ دوران سفر ناصر کاظمی نے انتظار حسین سے کہا۔ 'انتظار، کیا ہم شام کے دربار میں جا رہے ہیں'۔ فیض صاحب ملک سے باہر تھے لیکن احباب کے منع کرنے کے باوجود لوٹ آئے اور سیدھے جیل پہنچ گئے جہاں غزل لکھی، 'جمے گی کیسے بساط یاراں / کہ شیشہ و جام بجھ گئے ہیں۔ ن۔ م راشد نے بھی آوازہ لگایا۔ 'اے تمام لوگو، کہ میں جنھیں کبھی جانتا تھا، کہاں ہو تم۔ جو نہیں ہیں قید غنیم میں، وہ پکار دیں'۔ انجم رومانی کا اپنا رنگ تھا: 'اس دور کی بساط پہ ہر شہ کو مات ہے/ گھبرایئے نہ دیکھ کے پیدل گھرا ہوا۔ ادب کی جڑیں مزاحمت کی مٹی میں پیوست ہوتی ہیں۔ گل خان نصیر، شیخ ایاز اور حبیب جالب جیسے ادیبوں کی دھرتی پر رائٹرز گلڈ جیسی خود کاشتہ جڑی بوٹی کیا وقعت رکھتی تھی۔ قدرت اللہ شہاب کے بعد الطاف گوہر ٹولے نے بھی ایفروایشین رائٹرز کا ڈول ڈالا مگر وہ دس سالہ عشرہ ترقی کے ملبے تلے دب گئے۔

(آمریت ادیب سے کیوں ڈرتی ہے/ وجاہت مسعود)

آمریت ادیب سے پہلے بھی ڈرتی تھی کہ ادیب اپنے ضمیر کے مطابق اور اپنے تخلیقی تقاضوں کے تحت لکھتا رہا ہے مگر تب تک ان کی ایسی تخلیقات کو مزاحمتی ادب کے عنوان کے نیچے نہ رکھا گیا کہ تب تک ادیبوں کی مزاحمت کے لیے یہ سیاسی ادبی اصطلاح لائق اعتنا نہ ہوئی تھی۔

ماننا ہوگا کہ ادیب کی مزاحمت محض سیاسی نہیں ہوتی اس کی کئی تہیں ہوتی ہیں۔ یہ مزاحمت سماج میں مختلف سطحوں پر موجود ہوتی ہے جسے اردو ادب کی قدیم ترین تاریخ سے آج تک کے ادب میں بہ سہولت شناخت کیا جاسکتا ہے۔ یہاں پاکستان یا ہندوستان کا حوالہ اس لیے نہیں دے رہا کہ ⃞ دونوں طرف ہے آگ برابر لگی ہوئی۔ یہ مزاحمت ہے:

-- ایسی روایات کے خلاف جو سماج میں جمود کا باعث ہو رہی ہوتی ہیں۔
-- عالمی اور مقامی سامراج کے خلاف، خالص آزادی کے حصول کے لیے۔
-- ہر نوع کی سماجی گھٹن اور گروہی منافرت کے خلاف کہ فرد کا تخلیقی وجود بہ سہولت نمو پا سکے۔
-- مذہب اور خدا کے نام پر شدت پسندی کو فروغ دینے والوں کے خلاف۔
-- ریاستی جبر کے خلاف، جہاں بھی اور جب بھی انسانی بنیادی حقوق سلب ہو رہے ہوں۔
-- ایسی طبقاتی تقسیم کے خلاف جو سماجی سطح پر عدم مساوات کا سبب بن جائے۔
-- ایسے ادبی رویوں کے خلاف بھی جن میں زبان تخلیقی سطح سے گر کر کلیشے کو جنم دیتی ہے اور ایسی تحریروں کے خلاف بھی جو تخلیق بننے کی بجائے گونجتا ہوا نعرہ ہو جاتی ہیں۔
-- ان تمام تنقیدی اور سماجی رویوں کے خلاف جن میں ادب تخلیق پارے کے منصب سے گر کر محض ایک پراڈکٹ یا متن ہو جاتا ہے۔ اور اس کے بعد وغیرہ وغیرہ ایزاد کیے دیتا ہوں کہ یہ فہرست کہیں رکنے والی نہیں۔ تاہم یہیں یہ وضاحت بھی لازم ہے ایک تخلیق کار نیت باندھ کر موضوعات پر نہیں لکھتا، نہ ان پر جن کی فہرست میں نے بنا ڈالی، نہ ہی ان پر جو اس میں جگہ پانے کے انتظار میں ہیں۔ ایک لکھنے والا تو اپنے کرداروں کو ایک خاص وقت اور خاص مقام پر موجود صورت حال میں ڈال دیتا ہے؛ اپنے کرداروں کو اور اپنے وجود کو بھی اور جو کچھ ان کے ساتھ چپکتا چلا جاتا ہے، اسے ناقدین موضوعات کی صورت الگ الگ خانوں میں ڈالتے چلے جاتے ہیں۔

سوال 2:

عموماً ادبی معاشرہ ایکٹیوزم کو گالی سمجھتا ہے جب کہ البیئر کامیو، سارتر، اروندھتی رائے اور جیسنتا کریکیٹا وغیرہ جیسے سینکڑوں سنجیدہ ادیب نے دونوں کا امتزاج پیش کیا۔

خالد جاوید: میرے خیال میں ایسا نہیں ہے۔ کامیو کا ایکٹیوزم (جو زیادہ تر Capital Punishment کے خلاف تھا) اس کے ناولوں سے الگ ہے۔ کامیو کہتا ہے کہ ادیب کا فرض ہے کہ وہ اپنے عہد کے مصائب میں شامل رہے مگر قالب کی تعمیر کے لیے اس سے کچھ دور بھی رہے۔ سارتر کے ناولوں مثلاً *Nausea* اور *Age of the Reason* میں اس کے ایکٹیوزم کی کوئی جھلک نہیں پائی جاتی۔ اروندھتی رائے کا پہلا ناول خالص ادبی ناول ہے، مگر بعد میں انھوں نے جو ایکٹیوزم کے تحت لکھا، وہ بالکل الگ ہے۔ امتزاج اگر ہے تو لاشعوری طور پر ہوگا۔ اسی لیے میں کہتا ہوں کہ لکھنا بجائے خود ایک مزاحمت ہے، ایک داخلی جبر ہے جو خود سب سے پہلے مصنف کی ذات کے خلاف ہوتا ہے۔ یہ Identity criticism سے پیدا ہوتا ہے، کیوں کہ تخلیقی عمل ادیب کی عام شخصیت کے خلاف پہلی مزاحمت کا دوسرا نام ہے۔

اُدین واجپئی: ادبی معاشرے کو یہ حق نہیں ہے کہ وہ ایکٹیوزم کو لعن طعن کرے اور نہ ہی ایکٹیوسٹ ادیبوں کو یہ حق حاصل ہے کہ وہ نان ایکٹیوسٹ ادیبوں کو کمتر ادیب یا انسان سمجھیں۔ یہ دونوں عمل الگ الگ ہیں۔ میں ایک مثال دیتا ہوں۔ اروندھتی رائے نے اپنے پہلے ناول کے بعد اپنی ایکٹیوسٹ سرگرمیاں بہت بڑھا دی تھیں۔ انھوں نے اسی کے ساتھ کئی بہت خوبصورت اور کئی غیر ذمہ دارانہ مضامین بھی لکھے۔ لیکن اس کے بعد جب ان کا دوسرا ناول شائع ہوا، وہ عام سے بھی گیا گزرا تھا۔ اس کے برعکس البیر کامیو نے اپنی ایکٹیوسٹ سرگرمیوں کو اپنی تحریروں پر اثرانداز نہیں ہونے دیا۔ انھوں نے لکھنا اور ایکٹیوزم دونوں کو ایک ساتھ جاری رکھا اور بہترین ناول بھی لکھتے رہے۔ میں یہ کہنے کی کوشش کر رہا ہوں کہ میں نے ایسی بہت کم مثالیں دیکھی ہیں جہاں ادیب نے ایکٹیوزم اور اپنی تحریروں کو ملا دیا ہو اور تب بھی بہتر لکھا ہو۔

محمد حمید شاہد: مجھے بھی ان ہی لوگوں میں شامل جانیے جو ایسے لوگوں کے ایکٹیوزم کو گالی سمجھتے ہیں جو ادیب شاید ہی ہوں مگر سیاسی ورکر زیادہ ہوتے ہیں۔ کامیو، ارندھتی رائے یا سارتر پہلے ادیب کے طور محترم ہیں، بالکل ایسے ہی جیسے ہمارے ہاں کے ترقی پسندوں میں فیض تھے اور فیض نے 'شاعر کی قدریں' میں تسلیم کر رکھا ہے کہ شاعر چاہے کچھ ہی کیوں نہ ہو اگر اس کا کلام جمالیاتی نقطہ نظر سے کامیاب ہے تو ہمیں اس پر حرف گیری کا حق نہیں ہے۔ اسے ماننے کے بعد انھوں نے اضافہ کیا تھا کہ شاعر کی جمالیاتی قدر کے پیچھے بھی کچھ اقدار ہوتی ہیں۔ تو یوں ہے کہ جن اقدار کو کوئی ادیب اپنے اسلوب حیات کے لیے چن لیتا ہے، ان میں رہتا بستا ہے اور وہ وجودی مسئلہ ہو کر اس کی تخلیقات کا محرک ہو جاتی ہیں، اس کے لیے مزاحمتی لحن بھی دوسری اقدار کی طرح ایک تخلیقی قدر ہو کر آتا ہے۔ یہاں وہ کسی تخلیقی التباس کا شکار نہیں ہوتا نہ ہی اسے کسی منشور کی پیروی میں ایکٹیوسٹ ہونا پڑتا ہے۔ میں مزاحمت کو بطور تخلیقی تحرک کے قبول کرتا ہوں اور اسے تخلیقی عمل کی ذیل میں رکھتا ہوں مگر تخلیقی عمل کو کسی مزاحمتی تحریک/منشور کے حوالے کر دینے سے متفق نہیں ہو سکتا۔ کیا یہاں دہرانا ہوگا کہ جبر اور مزاحمت کا ماحول بطور سیاسی موضوع ایک تخلیق کار کا مسئلہ ہو کر نہیں بلکہ انسانی صورت حال کے طور پر سامنے آتا ہے۔ ادیب ہر حال میں اپنی نوع کی ایک آئیڈیل صورت حال میں موجودی اور ظلم سے پاک معاشرے کے خواب کے ساتھ وابستہ رہتا ہے۔ جہاں جہاں یہ خواب ٹوٹتا ہے، اس کا تخلیقی عمل جاگتا ہے کہ یہی ادب کا بنیادی وظیفہ ہے۔

ناصر عباس نیر: جس ادبی معاشرے کی طرف آپ کا اشارہ ہے اور جو مزاحمت اور ادیب کے سیاسی کردار کو گالی سمجھتا ہے، وہ دراصل 'جدیدیت پسند ادبی معاشرہ' ہے۔ آپ جانتے ہیں کہ بیسویں صدی کی چوتھی دہائی میں ہمارے یہاں ترقی پسندی اور جدیدیت ایک دوسرے کے مدمقابل آئیں۔ سرد جنگ کے زمانے میں دونوں میں نہایت گرما گرم بحثیں ہوئیں۔ چوتھی دہائی میں ترقی پسندوں کے پاس مارکس اور جدیدیت پسندوں کے پاس فرائیڈ تھا۔ چنانچہ بڑا جھگڑا نفسی لاشعور و جنس اور سماجی شعور و انقلاب میں تھا۔ لیکن سرد جنگ کے

زمانے میں امریکی ہیئت پسندی، اشتراکی ادبی فکر کے مقابل سینہ تان کے کھڑی ہوئی۔ اس نے صرف مزاحمت ہی کے موضوع کو نہیں، سرے سے موضوع ہی کو اپنی بحث سے خارج کیا۔ ساری توجہ لسانی ہیئت اور اس سے پیدا ہونے والی جمالیات پر رکھی۔ سوانحی ونفسیاتی موضوع سے لے کر تاریخی وسماجی موضوع، ادبی جمالیات کی بحث سے خارج سمجھا جانے لگا۔ ادبی معیارات کی بحث میں موضوع کو غیر اہم قرار دیا گیا۔ اس کی انتہا فاروقی صاحب کے یہاں نظر آتی ہے جو ادب کے کسی بھی سماجی کردار کو یکسر فریب خیال کرتے ہیں۔ ظاہر ہے وہ ادب کو جس تنقیدی عدسے (ہیئت پسندی) سے دیکھتے تھے، اس عدسے میں سماج یا فرد کی بھی کوئی جگہ نہیں، صرف زبان اور اس کے ادبی استعمالات کی ہے۔ نیز ان ادبی معیارات کو بھی معروضی کہا گیا۔ امریکی ہیئت پسندی نے منشائے مصنف کا مغالطہ (Intentional fallacy) اور اثر کا مغالطہ (Affective fallacy) کی اصطلاحات وضع کیں، جن کا مقصود ادب میں مصنف کے نقطہ نظر (جو مزاحمتی ہوسکتا ہے) اور قاری پر ادب کے اثر کی نفی تھا۔ یہ کہ قاری کی اثر پذیری، ادب کے چھوٹے بڑے ہونے کی بنیاد نہیں بن سکتی۔

اسی تناظر میں، ادیبوں کے لیے سیاسی ایکٹوازم گالی بنا۔ حقیقت یہ ہے کہ جدیدیت اور ترقی پسندی دونوں میں شدت پیدا ہوئی تھی۔ ایک دوسرے کا حریف بننے کا یہ نتیجہ نکلنا ہی تھا۔ اس تصادم میں کئی اہم باتیں فراموش ہوئیں۔ سب سے اہم بات یہ کہ ترقی پسندی وجدیدیت، ادب لکھنے اور پڑھنے کے دو طریقے تھے۔ دونوں کے مرکز میں تو ادب ہی تھا۔ خیر اسی عہد میں ایسے ادیب سامنے آئے، جنھوں نے تصادم کی اس فضا کو محسوس کیا اور اعتدال پیدا کرنے کی کوشش کی۔ انھوں نے ترقی پسندی وجدیدیت میں سرمئی علاقوں کی تلاش کی، اور نو مارکسی تنقید کا دبستان بھی سامنے آیا، جس نے ادبی جمالیات کو بھی موضوع کی مانند اہمیت دی۔ ان میں اڈورنو، والٹر بنجامین، التھیوسے، ٹیری ایگلٹن اہم ہیں۔ خود ہمارے یہاں علی سردار جعفری اور ممتاز حسین جیسے ترقی پسندوں کے یہاں آخری دنوں میں تبدیلی رونما ہوئی۔ ان سب نے ادبی جمالیات اور مزاحمت کے امتزاج کی حمایت کی۔ اردو میں انتظار حسین (مورنامہ جیسے افسانے)، انور سجاد، اور سریندر پرکاش کے یہاں بھی کم یا زیادہ امتزاج ملتا ہے۔ انور سجاد کے یہاں تو خاص طور یہ امتزاج ملتا ہے۔ ان کے مضامین کے مجموعے 'تلاش وجود' میں بھی ان مسائل کو چھیڑا گیا ہے۔ ۱۹۸۰ء کے بعد ہمیں امتزاجی روش ہی غالب دکھائی دیتی ہے۔

پنکج سبیر: میں اس بات سے اتفاق نہیں کرتا کہ ادبی معاشرہ ایکٹیوزم کو گالی سمجھتا ہے۔ درحقیقت تین قسم کے ادیب ہر وقت پائے جاتے ہیں، پہلا وہ جو اقتدار کے حق میں ہوں، چاہے کوئی بھی اقتدار میں ہو۔ دوسری بات یہ کہ جو لوگ ہمیشہ حکومت کے خلاف عوام کے شانہ بشانہ کھڑے ہوتے ہیں، انھیں اس بات کی بھی پرواہ نہیں ہوتی کہ اقتدار میں کون ہے۔ تیسرے وہ جو غیر جانبدار ہیں۔ (اگرچہ وہ غیر جانبدار بھی نہیں ہیں بلکہ وہ اپنی سہولت کے اقتدار کی آمد کے انتظار میں خاموش رہتے ہیں۔ پہلے والوں کی طرح ہر اقتدار کے حق میں اور

دوسرے والوں کی طرح ہر ایک اقتدار کے خلاف نہیں کھڑے ہوتے) جو دوسری قسم کے ادیب ہیں، انھی میں سے ایکٹوسٹ نکلتے ہیں، ظاہر ہے کہ پہلے والے کھلم کھلا اور تیسرے والے دبی زبان میں ہمیشہ انھیں گالیاں دیتے رہتے ہیں۔ لیکن میں پہلی اور تیسری قسم کے لوگوں کو ادیب نہیں مانتا اور نہ ہی انھیں ادبی معاشرے کا حصہ سمجھتا ہوں، اس لیے میں ان کی گالیوں کو ادبی معاشرے سے آنے والی گالی نہیں سمجھتا۔ ہاں یہ سچ ہے کہ ہمارا معاشرہ ایسا ضرور مانتا ہے۔ جن لوگوں کے حق میں لڑنے کے لیے ایک ادیب ایکٹیوسٹ بنتا ہے، وہی لوگ اسے گالیاں بکتے ہیں۔ خلیل جبران نے لکھا ہے کہ ''انسانی تہذیب اس بیمار کی طرح ہے جو چادر اوڑھ کر درد سے کراہنے کا ڈرامہ کرتا ہے لیکن جب کوئی اس کے علاج کے لیے آتا ہے اور اس کی نبض تلاش کرتا ہے تو چادر کے نیچے سے دوسرا ہاتھ نکلتا ہے اور اپنا علاج کرنے والے ڈاکٹر کی گردن مروڑ کر مار دیتا ہے۔

میرا یہ بھی ماننا ہے کہ جسے ہم حمایت اور اپوزیشن کہتے ہیں، وہ مل کر اقتدار بناتے ہیں۔ جو اپوزیشن میں ہے وہ بھی حکومت کا حصہ ہے۔ ایسے میں عوام کے ساتھ کون کھڑا ہوگا؟ عوام کی حمایت میں کھڑا ہوتا ہے ادیب جو عوام کی جنگ لڑے گا۔ اور اگر اس جنگ کو لڑنے کے لیے اسے ایکٹیوسٹ بھی بننا پڑے تو وہ بنے گا۔

رضوان الحق: ایکٹیوزم اور ادب دونوں میں تھیوری اور پریکٹیکل والا رشتہ ہے، اگر کوئی صرف ادب میں مزاحمتی تصورات یا تجربات پیش کرتا ہے تو کہہ سکتے ہیں وہ تھیوری دے رہا ہے، اب ضروری نہیں ہے کہ وہ تجرباتی یا عملی زندگی میں بھی مزاحمت کرے، اس نے اپنا کام کر دیا، اب دیگر لوگ اسے عملی زندگی میں لے جائیں۔ اس میں کوئی برائی نہیں ہے لیکن اگر وہ عملی زندگی میں بھی مزاحمتی رویہ اختیار کرتا ہے تو یہ ایک بہتر صورت حال ہے۔ اس سے قول و فعل کی دوئی ختم ہو جاتی ہے۔ لیکن ادب اپنے آپ میں خود مختار حیثیت رکھتا ہے اس لیے اگر اس میں ایکٹیوزم نہیں ہے تو اس سے ادب کی اہمیت کم نہیں ہو جاتی۔ البتہ اس بات کا خیال رکھا جانا چاہیے کہ ادب اور عمل میں تضادات نہ ہوں۔ اگر تصور اور عمل ایک دوسرے کے مخالف ہوں گے تو ادیب کی شخصیت اور ادب دونوں مشکوک ضرور ہو جاتے ہیں لیکن ادبی حیثیت ختم ہو جائے یہ ضروری نہیں ہے۔ کئی بار ایسا بھی ہوتا ہے کہ ادبی تخلیق تو زندہ رہتی ہیں لیکن وقت کے ساتھ ساتھ ادیب کی عملی زندگی لوگ بھول جاتے ہیں تو قول و فعل میں تضادات بھی ضائع ہو جاتے ہیں۔ اگر قول یعنی ادب میں اس کے یہاں مزاحمت ہے لیکن فعل میں خاموشی ہے تو بھی اس کے مزاحمتی ادب کی اہمیت اپنی جگہ قائم رہتی ہے۔ اس طرح ایکٹیوزم کو گالی نہیں سمجھا جا سکتا۔ اروندھتی رائے، کامیو، سارتر اور جیسینتا کریکیٹا وغیرہ کی ایکٹیوزم انھیں مشکوک نہیں بلکہ معتبر بناتی ہے۔

سوال: 3

یہ درست ہے کہ ادب، زبان کے ساتھ ساتھ اپنے مافیہ میں بھی مزاحمتی ہے اور اسی سے یہی نتیجہ بھی اخذ کیا جاتا ہے کہ ہر ادیب کے یہاں محض ادیب ہونے کے ناطے مزاحمت موجود ہوتی ہے۔ لیکن کیا یہ بھی درست نہیں ہے

کہ ہم اسی ادب کو مزاحمتی کہیں گے، جو ان سب اقتداری تشکیلات، علامتوں، مظاہر اور حکمت عملیوں پر سوال اٹھاتا ہو، ان کے خلاف احتجاج کرتا ہو، انھیں مسترد کرتا ہو، ان کی مسلط کردہ تاریکی کو پیش کرتا ہو، جن سے عام انسانوں کی زندگی (سیاسی، معاشی، خاندانی، اخلاقی، جذباتی، تخیلی، نیز عزت نفس اور وقار) منفی انداز میں متاثر ہوتی ہو۔ دوسرے لفظوں میں مزاحمت کے اسالیب مختلف ہو سکتے ہیں مگر ہدف کے سلسلے میں کوئی ابہام نہیں ہوتا؟

اُدین واجپئی: آپ کے سوال میں ایک جواب دینے کی کوشش گئی ہے۔ میں اس سے متفق ہوتے ہوئے بھی پوری طرح متفق نہیں ہوں۔ مزاحمت کا مقصد ایک نہیں ہوتا۔ ایک طرح کا لکھنا ایسا ہو سکتا ہے جو سیاسی طاقتوں پر سیدھے حملہ آور ہو۔ اسے ہم عام طور پر سیاسی ادب کہتے ہیں لیکن ایسا ادب بھی مزاحمتی ہوتا ہے جو براہ راست سیاسی نہیں ہوتا۔ وہ اپنے قارئین میں ایک ایسا گہرا اخلاقی شعور بیدار کرتا ہے جس سے وہ یعنی اس کے قارئین اپنے سماجی، اقتصادی اور سیاسی مقام کے لیے نسبتاً زیادہ بیدار ہو جاتے ہیں اور اسی بیداری کی وجہ سے وہ انسانیت مخالف طاقتوں پر سوال اٹھانے لگتے ہیں۔ سوویت آمریت کے دوران روسی زبان میں انا اخماتوف (Anna Akmatova)، مارینا تسوتائیوا (Marina Tsvetaeva) اور اوسپ مینڈل اسٹام (Osip Mandelstam) وغیرہ نے بہت کم سیاسی نظمیں لکھیں، مگر پھر بھی ان کی نظموں نے ان کے عہد کے سوویت سماج میں سوال اٹھانے کی جرات کی ترسیل کی تھی۔ میں سمجھتا ہوں کہ بڑا مزاحمتی ادب وہ ہوتا ہے جو اپنی تہذیب سے مکالمہ کرتے ہوئے اپنی ثقافت کو ثروت مند کرتا ہے اور اس طرح اسے سیاسی بد کرداریوں، سیاسی نظام کے ہتھ کنڈوں وغیرہ کے تئیں کہیں زیادہ مزاحمتی بناتا ہے۔

پنکج سبیر: چاہے آپ ایک طاقتور ملک کی طرف سے دوسرے پر مسلط کردہ جنگ کے خلاف مزاحمت میں کھڑے ہوں، یا کسی طاقتور فرد یا افراد کے گروہ کی طرف سے کچھ غریب کسانوں کی زمینوں پر قبضہ کرنے کی کوشش کے خلاف مزاحمت میں کھڑے ہوں، آپ کی مزاحمت کا تعین قدر ایک ہی طرح سے کیا جائے گا۔ اگر آپ کمزور ذاتوں کو ان کے حقوق سے محروم کرنے کی اعلیٰ ذات کی گھناؤنی سازشوں کے خلاف لٹریچر بھی لکھ رہے ہیں، تب بھی آپ کا تعین قدر اسی طرح کیا جائے گا۔ طاقت کے ساتھ ہمیشہ تکبر آتا ہے، چاہے وہ طاقت کسی ملک کی ہو، لوگوں کے ایک گروہ کی، یا کسی ایک فرد کو۔ یہ تکبر، یہ بے ضابطگی کسی نہ کسی کو نقصان پہنچانے کے لیے بے چین ہے۔ ایسی صورت حال میں اس سے کوئی فرق نہیں پڑتا کہ مزاحمتی ادب کس حد تک اثر انداز ہو رہا ہے، اہمیت یہ ہے کہ وہ اثر کر رہا ہے۔

جو کچھ بھی لکھا جا رہا ہے، اگر وہ اپنے عہد اور معاشرے کو بہتر بنانے کے لیے نہیں لکھا جا رہا تو پھر اسے جو کچھ بھی کہا جائے، لیکن اسے ادب نہیں کہا جا سکتا۔ بہتر بنانے کے لیے جمود کو توڑنا ہوتا ہے۔ جو کچھ بھی غلط ہو رہا ہے اور ہوتا چلا آ رہا ہے اس سے انکار کرنے کے لیے ہمیں آواز بلند کرنی ہوتی ہے۔ جب آپ کسی غلط کو روکنے یا

اسے تبدیل کرنے کے لیے لکھتے ہیں تو آپ ادب تخلیق کر رہے ہوتے ہیں۔ اس کے لیے ضروری نہیں کہ آپ صرف اقتدار اور نظام کو ہی موضوع کے طور پر منتخب کریں۔ دراصل، نظاموں کی اپنی اپنی سطحیں ہیں۔ کچھ نظام پوری دنیا پر اثر انداز ہوتے ہیں، کچھ کسی ملک پر، کچھ کسی ایک شہر پر، تو کچھ معاشرے کے بہت چھوٹے سے حصے پر۔ آپ کا ہدف کچھ بھی ہوسکتا ہے، لیکن آپ کا مقصد ایک ہی ہوگا اور اس مقصد کا اظہار دشینت کمار کے اس مصرعہ میں بہت اچھے انداز میں پیش کیا گیا ہے؛' میری کوشش ہے کہ یہ صورت بدلنی چاہیے۔ 'مصنف کو ہمیشہ صورت بدلنے کی کوشش کرنی چاہیے۔ کسی ملک کی عزت نفس ہو یا اس ملک کے شہری کی عزت نفس، اگر قلمکار اس کے حق میں کھڑا ہے تو اس کا ہدف صاف نظر آتا ہے۔

سوال: 4

کیا اردو شعر و ادب میں وہ زمانہ ختم ہوگیا، جب ادیب اپنے عہد کے مسائل دیکھتا تھا، انھیں محسوس کرتا تھا اور اپنا فرض سمجھتا تھا کہ وہ گواہی دے۔ گواہی، مزاحمت ہے۔ ایک زمانے میں لوگوں کا اصرار تھا کہ ادیب کو گواہی بروقت دینی چاہیے، بعد میں جدیدیوں نے اسے ہنگامی ادب سے تعبیر کیا۔ سوال اٹھتا ہے کہ ہنگامی ادب سے کیا مراد ہے؟ منٹو اور عصمت نے اپنے زمانے کی مقتدرہ کو ناراض کیا اور نتیجے میں مقدمات کا سامنا کیا۔ تقسیم کے بعد ابتدائی مزاحمتی افسانے بھی منٹو نے لکھے۔ کیا وجہ ہے کہ معاصر اردو ادب ایسے مزاحمتی ادب سے خالی ہے؟

خالد جاوید: جی ہاں، وہ زمانہ ختم ہوگیا۔ آج کا معاشرہ ادب کو ہی سنجیدگی سے لینے کے لیے تیار نہیں تو پھر مزاحمتی ادب کیا چیز ہے۔ اب تو تفریح کے لیے بھی ادب نہیں پڑھتا کوئی۔ مزاحمت کے لیے دوسرے channel وجود میں آچکے ہیں۔ فلمیں، ویڈیوز، موسیقی وغیرہ۔ میرا خیال ہے کہ مزاحمت کے لیے آج ادب سب سے کمزور چینل ہے۔ اس کا اثر محدود ادبی معاشرے پر وقتی طور پر پڑسکتا ہے مگر وسیع تر معاشرے میں کوئی اس کا نوٹس نہیں لیتا اور سیاست میں تو بالکل بھی نہیں۔ ابھی حال ہی میں لکھی گئی بلڈوزر نظموں کا حال ہمارے سامنے ہے۔

ناصر عباس نیر: بہت اہم سوال ہے۔ پہلے یہ سمجھنے کی ضرورت ہے کہ منٹو اور عصمت کا زمانہ کون سا تھا؟ وہ زمانہ استعماریت کے خلاف راست جدوجہد اور تحریکوں کا تھا۔ اس زمانے کی مقتدرہ بیرونی تھی جس کے بارے میں یقین عام تھا کہ وہ لوٹ مار کرنے آئی ہے۔ اس کے خلاف لوگ تقریریں کرتے تھے، جلسے کرتے تھے اور جیل میں جاتے تھے، مارے بھی جاتے تھے۔ منٹو نے تو پہلا افسانہ 'تماشا' ہی جلیاں والا باغ پر لکھا۔ گویا اس عہد میں صرف ادیب ہی نہیں، لیڈر بھی مقدمات کا سامنا کر رہے تھے۔ تب مزاحمت کی فضا بنی ہوئی تھی۔ ترقی پسند ادیب مزاحمت کو ادیب کی لازمی ذمہ داری کے طور پر پیش کر رہے تھے۔ اس فضا میں مقتدرہ پر سوال اٹھانا آسان اور فطری تھا اور ایک اجتماعی عمل تھا۔ تقسیم کے بعد، کم از کم، ہمارے ملک میں ترقی پسندوں پر مشکل وقت

آیا۔ انھیں نہ صرف حکومتی عتاب کا سامنا کرنا پڑا (حسن ناصر کی موت اور راولپنڈی سازش کیس بہ طور خاص قابل ذکر ہیں)، بلکہ دائیں بازو اور ہیئت پسند تنقید کی یلغار کا مقابلہ بھی کرنا پڑا۔ ہمیں یہ تسلیم کرنا ہوگا کہ بیسویں صدی میں مزاحمت کے تصور کو تشکیل دینے، اسے پھیلانے اور اس تصور کی بقا کی جدوجہد میں ترقی پسندوں کا بنیادی کردار تھا۔ لیکن کون سے ترقی پسند؟ حبیب جالب آخری دم تک اپنے مزاحمتی مئوقف پر قائم رہے اور انھوں نے ہر صاحب اختیار کے زمانے میں صعوبتیں برداشت کیں، جب کہ باقی بیش تر ترقی پسند، بہ شمول فیض نے کمپرومائز کیا۔ فتح محمد ملک نے درست لکھا ہے کہ فیض نے انقلاب روس کے نتائج سے مایوس ہو کر انقلاب ایران سے توقعات وابستہ کر لی تھیں۔ یہ معمولی تبدیلی نہیں تھی۔ یہ ایک سیکولر یوٹوپیا سے مذہبی یوٹوپیا کی جانب جست تھی۔ مذہبی یوٹوپیا کس قدر داخلی تضادات کا حامل ہوتا ہے، اس کا عمدہ محاسبہ، غلام عباس نے اپنے افسانے دھنک میں کیا تھا، جس میں یہ دکھایا گیا کہ پاکستان میں ملاؤں کی حکومت قائم ہوگئی ہے اور جدیدیت و مغربیت کی سب نشانیاں مٹادی گئی ہیں۔ آخر میں خود مملکت اسلامیہ بھی کھنڈر بن جاتی ہے۔ غلام عباس کی طرف سے یہ انوکھی طرز کا مزاحمتی افسانہ تھا، جسے ہمارے یہاں بہت کم اہمیت دی گئی۔ فیض کی مذہبی یوٹوپیا کی جانب جست کی پذیرائی زیادہ ہوئی، 'دھنک' میں اسی یوٹوپیا کے اندر مضمر ڈسٹوپیائی عناصر کی جانب دھیان نہیں گیا۔

اکثر ترقی پسند این جی اوز میں چلے گئے۔ اروندھتی رائے نے ان این جی اوز کے کردار پر بہت عمدہ لکھا ہے۔ بنیادی نکتہ یہ ہے کہ ان این جی اوز کے ذریعے عالمی معاشی اداروں یا عالمی استعمار کے خلاف جذبات کو ٹھنڈا کرنے کا کام لیا جاتا ہے اور وہ بھی زیادہ تر ترقی پسندوں کی مدد سے۔

معاصر اردو ادب مزاحمت سے یکسر خالی نہیں ہے؛ اس میں کچھ نہ کچھ مزاحمت تو ضرور ہے مگر مقتدرہ کو ناراض کرنے والی مزاحمت نہیں ہے۔ منٹو کے زمانے میں ایسے کئی لیڈر تھے جو مقتدرہ کو ناراض کرتے تھے، اب ایسے لیڈر کم از کم ہمارے یہاں تو بالکل نہیں ہیں۔ وہ سب مقامی اور عالمی اسٹیبلشمنٹ کی رضا کے لیے مرے جارہے ہوتے ہیں۔ جیل میں قید لیڈر بھی اسٹیبلشمنٹ ہی کی طرف دیکھ رہے ہوتے ہیں۔ ہم کہہ سکتے ہیں کہ اب مزاحمت سے زیادہ مفاہمت و بیگانگی کی فضا کا غلبہ ہے۔

جو تھوڑی بہت مزاحمت ہمیں معاصر اردو ادب میں نظر آتی ہے، ان میں سے کچھ تو 'مذہبی سیاسی' شدت پسندی کے خلاف ہے؛ کچھ مزاحمت عورتوں، خواجہ سراؤں، ہم جنس پرستوں کے خلاف روایتی مردانہ سماج کے جبر کے خلاف ہے یا ماحول کو برباد کرنے کے عمل کے خلاف ہے، مگر ان عالمی و مقامی مقتدر قوتوں کے خلاف نہیں ہے، جن کے معاشی وسیاسی اقدامات سے دنیا جہنم بنی ہوئی ہے۔ ہمارے یہاں جنرل ضیا کے زمانے میں تو اسی نوع کی مزاحمت ہوئی، جس نوع کی استعماری عہد میں ہوئی؛ اس زمانے میں کتابوں پر پابندیاں عائد ہوئیں، ادیبوں نے کوڑے کھائے، جیلیں کاٹیں، مگر اس کے بعد ہمارے ادیبوں نے سختیاں جھیلنے سے توبہ کر لی۔ یہ کڑوا سچ ہے کہ اب ادیب سیلف سنسر شپ کے تحت لکھتا ہے۔ وہ ان منطقوں میں قدم ہی نہیں رکھتا، جہاں خطرات ہیں۔

تاہم یہ بات پاکستان کے اردو ادیبوں کے ضمن میں درست ہے۔ بلوچی، سندھی، سرائیکی، پنجابی، پشتو کی معاصر شاعری میں بالخصوص خطرناک منطقوں میں قدم رکھا جاتا ہے۔

رضوان الحق: میرا خیال ہے کہ معاصر اردو ادب ایسے مزاحمتی ادب سے خالی نہیں ہے بلکہ اس طرح کی چیزیں اب بھی عام ہیں، تیسرے درجے کے مصنف کے یہاں بھی مزاحمتی ادب ملتا ہے اور اول درجے کے ادیبوں مثلاً سید محمد اشرف، خالد جاوید، صدیق عالم، خورشید اکرم اور اشعر نجمی کے یہاں بھی مزاحمت کی آوازیں ہیں۔ البتہ مزاحمت کا مطلب صرف سیاسی مزاحمت نہیں ہوتا۔ وہ سماجی مزاحمت بھی ہو سکتی ہے، فلسفیانہ بھی اور جمالیاتی مزاحمت بھی، بلکہ زندگی کے ہر شعبے میں مزاحمت ممکن ہے اور وہ جاری بھی ہے۔ جہاں تک منٹو اور عصمت پر چلے مقدموں کا سوال ہے تو وہ اقتدار کے خلاف سوال اٹھانے کی وجہ سے نہیں چلے تھے، بلکہ فحاشی کے الزام میں مقدمے چلے تھے۔ آپ کہہ سکتے ہیں کہ فحاشی بھی ایک طرح کی مزاحمت ہے۔ سچائی یہ ہے کہ اب حکومت فحاشی کے خلاف مقدمہ نہیں چلا سکتی، فحاشی اب اربوں روپے کی تجارت بن چکی ہے، جو حکومت کے زیر نگرانی چل رہی ہے۔ آج کل ہر شخص اپنے موبائل میں انٹرنیٹ کے ذریعے پورن فلمیں لیے گھوم رہا ہے، اس میں ادبی زبان میں کچھ فحش جملے لکھ دینے پر مقدمہ کون کرے گا؟ یہ صحیح ہے کہ منٹو کے یہاں اقتدار سے بھی سوال ہیں، مثلاً ٹوبہ ٹیک سنگھ لیکن ان افسانوں پر مقدمے نہیں چلے تھے۔

محمد حمید شاہد: صاحب! یہ کیسے ہو سکتا ہے کہ ادب تو لکھا جا رہا ہو اور جس عنصر سے وہ تحریک پا کر لکھا جا رہا ہے وہی اس میں سے عنقا ہو جائے۔ منٹو اور عصمت کے زمانے کی مزاحمت کا چلن اور تھا؛ ادب بھی سماج کے حاشیے پر نہ تھا۔ کوئی غیر معمولی تخلیق چھپتی تو سب متوجہ ہوتے تھے، کتاب چھپنا بھی ایک خبر تھا لہٰذا وہ حکومتوں کا بھی مسئلہ ہو جاتا تھا مگر اب میڈیا کے کئی روپ ہیں اور دکھانے سنانے کو اور بہت کچھ؛ ادیب حاشیے پر دھکیل دیا گیا ہے۔ لوگوں کے مصروف رہنے، دیکھنے، سننے اور ردعمل دینے کے فوری مواقع میں ادب نہیں رہا، لہٰذا ادیب کا لکھا اس وقت تک حکومتی اداروں کو چونکاتا نہیں ہے جب تک عوامی سطح پر کسی اشتعال کا خدشہ نہ ہو۔ یا اس پر انگلیاں نہ اٹھائی جانے لگیں کہ دیکھو جی، یہ کیسی حکومت ہے کانوں میں انگلیاں ٹھونسے آنکھیں میچے بے خبر بیٹھی ہے؛ اس کتاب میں تو اقدار کا جنازہ نکل گیا، توہین کی مرتکب ہوئی وغیرہ وغیرہ۔ تب وہ انگڑائی لے کر اٹھتی ہے اور کتابوں کو سونگھنا شروع کر دیتی ہے۔ حال ہی میں ایسا محمد حنیف کی کتاب کے ساتھ ہوا تھا۔ 2008 میں لکھی گئی انگریزی کتاب 'اے کیس آف ایکسپلوڈنگ مینگوز' ہر کہیں موجود رہی مگر اس کا اردو ترجمہ جو سید کاشف رضا نے 2020 میں 'پھٹتے آموں کا کیس' کے عنوان سے کیا تھا، ایک خطرہ ہو کر حکومتی اداروں کو جگانے کا سبب ہو گیا۔ لہٰذا اس کی تمام کاپیاں ضبط کر لی گئیں۔ اس کے بعد ہر کہیں یہ بحث چھڑ گئی تھی کہ آخر اصل کتاب کی اشاعت کے ایک دہائی سے زیادہ عرصے بعد اب ایسی کارروائی کیوں ہوئی؟ تو یوں ہے کہ سوشل میڈیا پر ایسے ردعمل کی وسیع

اور سریع پھیلاؤ سے بھی حکومتی ادارے ڈرتے ہیں۔ اچھا آپ کے سوال کا ایک جواب یہ بھی ہے کہ معاصر ادب سے مزاحمتی مضامین تو ہیں مگر انھیں الگ کر کے نمایاں دکھانے والے نقاد نہیں رہے۔ مثلاً دیکھئے قریب ترین زمانے کی سب سے بڑی مزاحمت تو ہمارا لکھنے والا اوروں کی جنگ کو اپنے ہاں کھینچ لانے اور ملک کو دہشت گردی کی آگ میں جھونک لینے والوں کے خلاف کر رہا تھا، مگر اس طویل عہد کی تخلیق پاروں کو اس نظر سے کوئی دیکھتا بھی، کہ یہی وہ زمانہ بنتا ہے جب نئی تنقید ہماری تخلیقات سے الگ ہو کر اپنے آپ کو سمجھنے کے جتن میں خود پہیلی ہو گئی تھی۔ بس گنتی کی کتب ہیں اور وہ بھی ایسے ناقدین کی جو نقاد ہونے دعویٰ نہیں رکھتے۔ ان میں ڈاکٹر نجیبہ عارف کی کتاب '9/11 اور پاکستان اردو افسانہ' یوں نمایاں ہے کہ اس میں افسانوں کا ایک انتخاب بھی شامل کر دیا گیا تھا۔ یہی افسانے اٹھا کر دیکھ لیجیے آپ کو مزاحمت ہر سطح پر ملے گی؛ اس کے خلاف بھی جو اوپر سے بارود برسا کر سب کچھ تباہ کر رہا تھا اور ان دہشت گردوں کے خلاف بھی جو مزاحمت کاری کی آڑ میں اپنے پیٹ پر بارود باندھے بے گناہوں میں موت تقسیم کر رہے تھے۔ جنگ، مذہبی انتہا پسندی، عدم برداشت، مایوسی، فوری صدمات، آبادی کے انخلا، کاروبار کی بندش وغیرہ جیسے ان گنت پھوٹ پڑنے والے مسائل تھے جو ادیبوں کے ہاں مزاحمت کی ذیل میں تہ در تہ متن ہو رہے تھے۔ مجھے ایک بار اکادمی ادبیات نے اس موضوع پر کام کرنے کو کہا۔ میں نے کیا بھی مگر بوجوہ وہ کتاب آج تک نہ چھپ سکی؛ میں نے تب پاکستان بھر کے ان فکشن لکھنے والوں سے رابطہ کیا تھا جن کی تخلیقات میں یہ موضوع جگہ پا گیا تھا تو مجھے حیرت ہوئی تھی کہ یہ اس تعداد سے کہیں زیادہ اور موثر تھے جتنی تعداد میں مزاحمتی ادب نامی کتاب میں جمع ہوئے تھے۔

سوال:5

کیا تعزیری قوانین کے خوف سے علامتی یا تجریدی مزاحمت کا سہارا لینے میں ایک ادیب یا فنکار عافیت سمجھتا ہے جیسا کہ انور سجاد، بلراج مین را اور سریندر کاش وغیرہ نے کیا؟

خالد جاوید: جی بالکل یہی بات ہے۔ آپ اس میں خالدہ حسین کا نام بھی شامل کر سکتے ہیں جن کے افسانے 'سواری' اور 'ہزار پایہ' کا تجریدی بلکہ علامتی اسلوب انھیں مشکلات سے بچنے کے لیے اختیار کیا گیا تھا، مگر یہ علامتی اسلوب ہے، تجریدی نہیں۔

محمد حمید شاہد: ایسا علامت نگاروں نے دعویٰ ضرور کیا مگر ایسا تھا نہیں۔ ہر زمانے کا لکھنے والا گزر چکے چلن سے الگ رہ کر اپنی پہچان بنانا چاہتا ہے، انھوں نے بھی ایسا ہی کیا۔ کچھ اپنے دستخط کر گئے کچھ 'شرلیاں' چھوڑ کر نکل لیے۔ اب ان کے لکھے کو کوئی کسی کھاتے میں نہیں ڈالتا حالاں کہ ایک زمانے میں وہ سرخیوں میں رہتے تھے۔ یہ تخلیقیت کے ساتھ اخلاص ہی ہے جو فن پارے کو آنے والے زمانوں میں لائق اعتنا بناتا ہے۔

رضوان الحق: مجھے نہیں لگتا ہے کہ ہندستان میں کسی تخلیق کار نے تعزیری قوانین کے خوف سے علامتی یا تجریدی افسانے لکھے تھے۔ انور سجاد، بلراج مینرا اور سریندر پرکاش وغیرہ نے تجریدی یا علامتی افسانے تعزیری قوانین کے خوف سے نہیں لکھے تھے بلکہ افسانے کی اسی شعریات میں ان کا یقین تھا اس لیے ایسے افسانے لکھے۔ انھیں لگتا تھا کہ اس سے ان کے افسانوں میں کئی معنی پیدا ہو جاتے ہیں، اور نئے زمانوں میں بھی ان افسانوں کی معنویت قائم رہے گی، کچھ نیا لکھنے کی کوشش میں اور کچھ شمس الرحمن فاروقی کی حمایت کی وجہ سے بھی علامتی اور تجریدی افسانے لکھے گئے تھے۔ ہندستان کی حد تک تو میں پورے یقین کے ساتھ کہہ سکتا ہوں وہ تعزیری قوانین کے خوف سے نہیں لکھے گئے تھے۔ ادب اور خاص طور سے اردو ادب اتنا اہم ہے بھی نہیں کہ اس سے حکومتیں ڈرنے لگیں۔

سوال 6:

ناصر عباس نیر کا کہنا ہے، ''انتظار حسین کا افسانہ، حقیقت نگاری کے مغربی کینن کے خلاف مزاحمت کرتا ہے، جسے پریم چند نے اس کی آخری حدوں میں لے جا کر استعمال کیا۔ یہی وجہ ہے کہ انتظار حسین اور ان کے بعد کا علامتی افسانہ، 'پریم چندی افسانہ' کو ایک تحقیری اصطلاح بناتا ہے۔'' کیا آپ اس سے متفق ہیں؟ اگر ہیں یا نہیں ہیں تو کیوں؟

رضوان الحق: یہ بات صحیح ہے کہ انتظار حسین نے حقیقت نگاری کے مغربی کینن کی بجائے قصہ گوئی کی مشرقی روایتوں مثلاً داستان، جاتک، پنچ تنتر اور حکایتوں سے استفادہ کیا لیکن یہ ایک ادھوری حقیقت ہے، افسانے میں حقیقت نگاری سے بالکل انحراف انتظار حسین بھی نہیں کر سکے، اور نہ یہ ممکن ہے۔ ان کے افسانے بنیادی طور پر افسانے کی مغربی روایت پر ہی قائم ہیں، البتہ انھوں نے مشرقی روایتوں سے بھرپور استفادہ کیا ہے۔ اسے مزاحمت کہنا مشکل ہے بلکہ یہ افسانے کی شعریات اور روایت کو تبدیل کرنے کا معاملہ زیادہ تھا۔ یہ ایک طرح کی رومانویت تھی کیونکہ یہ روایت بعد میں زیادہ مستحکم نہ ہو سکی۔ کچھ اثرات تو بعد میں ضرور باقی رہے۔ دوسری بات یہ کہ پریم چند نے حقیقت نگاری کو آخری حدوں تک نہیں پہنچایا بلکہ یہ کام اردو میں سعادت حسن منٹو نے کیا تھا، آخری زمانے میں منٹو کچھ افسانوں میں حقیقت نگارے سے آگے بھی بڑھ گئے تھے۔ میرے خیال میں 'پریم چندی افسانہ' تحقیری اصطلاح کچھ وقت اور کچھ لوگوں کے لیے ضرور بنی تھی لیکن بعد میں خود انتظار حسین کو اپنی غلطی کا احساس ہو گیا تھا۔ ساہتیہ اکادمی نے 2005 میں پریم چند فیلوشپ کا آغاز کیا تھا جو جنوبی ایشیا کے کسی بڑے ادیب کو دی جاتی ہے۔ یہ فیلوشپ سب سے پہلے انتظار حسین کو دی گئی تھی۔ اس سلسلے میں انتظار حسین ہندوستان کی مختلف یونیورسٹیوں میں گئے تھے اور وہاں کے طلبا و اساتذہ سے مخاطب ہوئے تھے۔ اس سلسلے میں جب وہ مولانا آزاد نیشنل اردو یونیورسٹی، حیدر آباد گئے تھے تو ان سے ڈاکٹر فیروز عالم نے سوال کیا تھا کہ آپ نے پریم چند کو اردو

افسانے کی روایت میں 'ٹیڑھی اینٹ' کیوں کہا ہے؟ تو انھوں نے اقرار کیا تھا کہ ہاں میں نے ایک زمانے میں ایسا کہا ضرور تھا لیکن اب میں ایسا نہیں مانتا، اور ان کے کئی افسانوں کو اردو افسانے کی روایت میں شاہکار افسانہ مانتا ہوں، کفن کو تو سبھی لوگ مانتے ہیں، میں بھی مانتا ہوں لیکن میں خاص طور سے 'پوس کی رات' کو اردو افسانے کی روایت میں ایک سنگ میل مانتا ہوں۔ وہ بہت بڑا افسانہ ہے۔ میرا خیال ہے فکشن میں حقیقت نگاری کو نظر انداز نہیں کیا جاسکتا ہے چاہے وہ 'جادوئی' حقیقت نگاری ہی کیوں نہ ہو۔ اس لیے میں پریم چندی افسانے کو تحقیری اصطلاح تو نہیں مانتا ہمارے افسانے کی بنیاد وہی ہے البتہ اس میں کئی ہندوستانی اور بیرونی روایتیں بھی شامل ہو چکی ہے۔

خالد جاوید: ادب کی تشریح ہر دور میں الگ الگ طریقے سے ہوتی ہے۔ یہ بند گلی کا آخری مکان نہیں ہے۔ جدیدیت کے زمانے میں پریم چند کے افسانوں کو یقیناً اسی نظر سے دیکھا گیا تھا، مگر آج مابعد جدید دور میں ان چیزوں پر از سرِ نو بات کی جارہی ہے اور پریم چند کے فکشن کو احترام کی نظروں سے دیکھا جارہا ہے۔ میں نے کہا ناں کہ معاشرے کا موڈ اور اس کا ذہنی پس منظر بدلتا رہتا ہے۔ اس طرح کی باتیں اسی سیاق میں سمجھی جاسکتی ہیں۔

محمد حمید شاہد: ناصر عباس نیر نے کوئی نادرست بات نہیں کی۔ اسے درست تناظر میں رکھ کر ہی دیکھنا چاہیے۔ رہی یہ بات کہ علامت نگاروں نے پریم چندی افسانہ کو ایک تحقیری اصطلاح بنایا تو اب یہ اصطلاح بنانے والے ہی نہیں رہے تو ان کا کیا مذکور۔ رہی مزاحمت تو یہ کئی سطحوں پر پریم چند کے ہاں تلاش کی جا سکتی ہے۔ یہ دو طرفہ مزاحمت تھی؛ سماجی رویوں کے خلاف بھی اور سماج کو اس نہج پر پہنچانے والوں کے خلاف بھی ؛ تاہم پریم چند نے اپنی تخلیقی کریز سے باہر کہیں بھی قدم نہیں نکالا۔

ناصر عباس نیر: پہلے میں نے سوچا کہ اس سوال کا جواب مجھے نہیں لکھنا چاہیے۔ یہ سوال ہی میری ایک رائے پر مبنی ہے، اور میں اس رائے پر قائم ہوں۔ اس پر احباب کو مکمل آزادی کے ساتھ اپنی رائے دینے کا حق ہے۔ پھر اس خیال سے اس سوال کا جواب لکھنے کا فیصلہ کیا کہ اس سے کچھ غلط فہمی پیدا ہوسکتی ہے۔ مجھے اس کی وضاحت کر دینی چاہیے۔

حقیقت نگاری ہمارے یہاں مغرب سے آئی۔ اس سے تو کسی کو اختلاف نہیں ہوگا۔ ہمارے یہاں داستان وقصوں میں تمثیل، فنتاسی، طلسم، علامت وغیرہ تھے۔ مغرب میں ثبوتیت کے زیر اثر حقیقت نگاری رائج ہوئی۔ ہمارے یہاں نوآبادیاتی عہد میں اس کا رواج ہوا۔ پریم چند کا فن ہے ہی حقیقت نگاری کا۔ اگرچہ وہ سماجی کے ساتھ نفسیاتی حقیقت نگاری بھی کرتے ہیں، مگر غلبہ سماجی حقیقت نگاری کا ہے۔ سماجی حقیقت نگاری کیا ہے؟ وہ سب جو سماج سے متعلق ہمارے عمومی شعور اور تجربے کا حصہ ہے۔ پہلے سجاد ظہیر، پھر منٹو نے فرشتہ اور پھندنے میں، بعد میں انتظار حسین نے پریم چند کے عمومی اسلوب سے انحراف کیا؛ یہ انحراف ثقافتی و جمالیاتی مزاحمت کی ایک

صورت ہے۔ انھوں نے اپنے افسانے میں قصہ، حکایت، اسطور کو شامل کیا۔ یعنی یہ اعلان کیا کہ فکشن لکھنے کا صرف ایک اسلوب نہیں ہے جو مغرب میں حقیقت نگاری کے نام سے رائج ہے، بلکہ دوسرے، مشرقی اسالیب بھی ہیں۔ زرد کتا، آخری آدمی، کچھوے، کشتی، کایا کلپ جیسے افسانے پریم چند کی افسانوی شعریات سے باہر کی چیزیں ہیں۔ جہاں تک پریم چندی افسانے کی اصطلاح ہے، یہ میری نہیں، انتظار حسین سمیت باقی جدید علامتی افسانہ نگاروں نے استعمال کی ہے۔ واضح رہے، اس سے پریم چند کے فکشن کی تحقیر ہرگز مقصود نہیں، نہ اس کی اہمیت کا انکار ہے، بلکہ جدید علامتی افسانے کے تناظر میں اس کی تفہیم ہے۔ میرے نزدیک مزاحمت ایک وسیع تصور ہے، اور وقت کے ساتھ ساتھ اس میں تبدیلی وارتقا دیکھے جاسکتے ہیں۔ یہ سیاسی، سماجی بھی، ثقافتی وقومی بھی ہے، دانشورانہ و فلسفیانہ بھی ہے۔ اس کا اسلوب سادہ، اکہرا بھی ہے، علامتی اور مُبہم بھی۔ اس دوسری قسم کی مزاحمت کو سمجھنے کے ضمن میں مجھے ایڈ روڈ سعید کا دہرے تناظر میں مطالعہ (Contrapuntal reading) یاد آتا ہے۔ یہ ایک ایسا مطالعہ ہے، جس میں ایک دوسرے کی تردید کرنے والے عناصر، آرا، خیالات، تاثرات، کہانیوں، استعاروں کو سامنے لایا جاتا ہے۔

لفظ contrapuntal اطالوی لفظ contrapunto سے ماخوذ ہے۔ اس کا مفہوم ہے: مخالفانہ نکتے سے تعلق رکھنے والا۔ یہ دو لفظوں سے مل کر بنا ہے۔ contra جس کا مطلب ہے: مخالف اور point یعنی نکتہ۔ یہ اصطلاح موسیقی میں بھی استعمال ہوتی ہے۔ ایسی دھن جس میں کئی، آزادانہ سر بہ یک وقت استعمال ہورہے ہوں، جو اپنے وزن میں مساوی ہوں، اور کوئی دوسرے پر غالب نہ آتا ہو۔ یہ تصور باختن کی اصطلاح dialogism سے مماثل محسوس ہوتا ہے۔ باختن نے دستوفسکی کے ناولوں کے ضمن میں یہ اصطلاح برتی تھی۔ اس کے مطابق دستوفسکی کے ناول کسی ایک کردار کی آواز کو نہیں، مختلف ومتضاد کرداروں کی آوازوں کو جگہ دیتے ہیں۔ سعید کے مطابق، ادبی متون میں بھی ایک دوسرے کی مخالف آوازیں شامل ہوسکتی ہیں، اور ہمیں بہ طور قاری، ان مختلف آوازوں کو سننے کی اہلیت پیدا کرنی چاہیے۔ اس کے بعد ہم ادب میں مزاحمت کی ان صورتوں کو بھی دیکھ سکتے ہیں، جو سادہ اکہرے اسلوب والی مزاحمت پر ہمارے حتمی یقین کے سبب، ہماری نظروں سے اوجھل رہتی ہیں۔ میرا خیال ہے کہ اس وضاحت کی روشنی میں آپ کے اگلے سوال کا بھی کچھ جواب آگیا ہے۔ سریندر پرکاش کا دوسرے آدمی کا ڈرائنگ روم ہو یا بجوکا، ان میں مزاحمت کے عناصر موجود ہیں۔ بجوکا تو ہم پاکستانیوں کو اپنا ترجمان افسانہ معلوم ہوتا ہے۔ انور سجاد کے افسانوں میں سیاہی کا ذکر فراواں، مزاحمتی معنی ہی رکھتا ہے۔ خود ہمارے زمانے میں اصغر ندیم سید کے ناول 'جہاں آباد کی گلیاں' میں جنرل ضیا کے عہد کو موضوع بنایا گیا ہے اور کئی باتیں جرأت سے لکھی گئی ہیں۔ رحمٰن عباس کے یہاں سیاسی مذہبی نوعیت کی، جب کہ خالد جاوید کے یہاں فلسفیانہ نوعیت (عدمیت پر مبنی) کی مزاحمت نشان زد کی جاسکتی ہے۔ 'اس نے کہا تھا' بھی مزاحمتی عنصر کا حامل ناول ہے۔ لیکن یہ حقیقت اپنی جگہ ہے کہ یہ مزاحمت معاصر مقتدرہ کو سیخ پا کرنے والی بہ ہر حال نہیں ہے۔ سیاسی مقتدرہ تو

سادہ اکہری مزاحمت پر ہی سیخ پا ہوتی ہے۔ وہ راست سوال اٹھانے اور اس کے اقتدار (جو محض سیاسی نہیں، اخلاقی بھی تصور کیا جاتا ہے) پر کھلے لفظوں میں جرح کرنے پر لوگوں کو غائب کرتی یا مقدمات چلاتی ہے۔

سوال :7

ادب کا رشتہ ظاہر ہے براہ راست یا بالواسطہ سماجی سروکاروں سے ہوتا ہے، تو کیا ایک ادیب کے لیے ضروری نہیں کہ وہ اپنے لکھے کو جیے بھی، مثلاً جن سماجی اقدار کی وہ اپنے ادب میں وکالت کرتا ہے؟ کیا اس کا کام صرف ان اقدار کو حاصل کرنے کی دوسروں کو ترغیب دینا ہے جس سے خود اس کی ذات استثنیٰ ہے؟

اُدین واجپئی: آپ کا یہ کہنا صحیح ہے کہ ادب کے بالواسطہ یا براہ راست سماجی سروکار ہوتے ہیں۔ مگر ادب کی اپنی فطرت کی وجہ سے کوئی بھی قلمکار کسی مخصوص سماجی قدر کو نہ تو بڑھاوا دے سکتا ہے اور نہ ہی اسے غیر موثر کرسکتا ہے۔ ادب انسان کے لیے فطرت کا عطیہ ہے۔ وہ کس طرح قلمکار کے ذریعے لفظوں میں ڈھلتا ہے، اس عمل کو آج تک کوئی بھی قلمکار صاف طور پر نہیں بتا پایا ہے۔ ادب وہ عمل ہے جس کا سبب واضح نہیں ہے۔ اگر ایسا ہے تو پھر کوئی بھی ادبی تخلیق یہ دعویٰ کیسے کرسکتی ہے کہ وہ کن ادبی اقدار کی وکالت کر رہی ہے۔ لیکن یہ بھی سچ ہے کہ ادب ہی انسانی اقدار کی سرچشمہ ہے۔ اور سچ یہ بھی ہے کہ یہ انسانی اقدار ہمیشہ سے ہی انسانی ثقافت کو ثروت مند کرتی آئی ہیں۔ میں سمجھتا ہوں اس کی وجہ یہ ہے کہ ہمیں ادب نام کے عمل کا سبب بھلے ہی پتہ نہ ہو، مگر یہ ضرور ہے کہ وہ کسی ایسی جگہ سے وجود میں آتا ہے جس میں وسیع انسانی معاشرے کی خوشحالی کی فکر ہے۔ آپ چاہیں تو اسے فطرت کہہ لیں، یا چاہیں تو کچھ اور۔

آپ کا یہ کہنا بھی بالکل درست ہے کہ جو قلمکار اپنی تحریروں کو جیتا نہیں ہے، وہ کچھ غلط کر رہا ہوتا ہے۔ میں تھوڑی گہرائی میں جا کر کہنا چاہوں گا کہ دراصل ادب یا فنون صرف ذائقے کی اشیا نہیں ہیں، وہ جینے کا ڈھنگ ہیں۔ آپ ایک ناول نگار صرف اس لیے نہیں ہوتے کہ آپ گاہے گاہے ناول شائع کرتے ہیں۔ آپ ناول نگار اس وقت ہوتے ہیں جب ناول کی اخلاقیات (Novelistic ethos) کو جیتے ہیں۔

پنکج سبیر: قلمکار کو سب سے پہلے خود ویسا ہی ہونا ہوگا جیسا وہ اپنی تحریروں میں دنیا کو دیکھنا چاہتا ہے۔ یہاں قول و فعل میں کوئی فرق نہیں ہونا چاہیے۔ لیکن ہم پند و نصائح کو ادب نہیں کہہ سکتے۔ مصنف کو اس دنیا اور اس زندگی کو خود جینا چاہیے، جس دنیا کا وہ تصور کر رہا ہے۔ کبیر نے بھی کہا ہے ' جو گھر پھونکے آپنو چلے ہمارے ساتھ '، تو یہ وہی گھر پھونکنا ہے جس کی طرف کبیر اشارہ کر رہے ہیں۔ اگر لکھنے والا خود ان اقدار پر عمل نہیں کرتا جن کے بارے میں وہ بات کر رہا ہے تو اس کا لکھنا بیکار ہے اور وہ تحریر کہیں پہنچنے والی نہیں۔

سوال :8

ابتدائی ترقی پسند ادیبوں نے اپنے ادب کے لیے بھی 'باغیانہ ادب' کی اصطلاح استعمال کی تھی۔ وہ احتجاج کی اصطلاح بھی اکثر استعمال کرتے۔ اس کے برخلاف 'مزاحمت' کی اصطلاح مابعد نوآبادیاتی عہد میں مقبول ہوئی۔ آپ کی نظر میں دونوں میں کیا حد فاصل ہے؟

اُدین واجپئی: باغی یا احتجاجی ادب ایک سیاسی حکومت کو ہٹا کر دوسری سیاسی حکومت کو قائم کرنے کی کوشش کرتا تھا۔ اس کے پاس اس سیاسی حکومت کا بلیو پرنٹ تیار رہتا تھا جسے متعارف کرانے کی وہ کوشش کرتا تھا۔ یہ مزاحمت کا بہت تنگ مفہوم تھا، خاص کر اس لیے کیونکہ ترقی پسند ادب جس سیاسی حکومت کو قائم کرنے کی کوشش میں لکھا جاتا تھا، سیاسی حکومت کا وہ ماڈل دنیا کے کئی ملکوں میں بری طرح ناکام ہو چکا تھا۔ آپ دھیان دیں کہ ہمارا ترقی پسند ادب جس کمیونسٹ سیاسی حکومت کی وکالت 1990 تک بلکہ کچھ حصوں میں آج تک کر رہا ہے، اس سیاسی حکومت کا سچ سوویت یونین کی 1953 میں ہوئی کمیونسٹ کانگریس میں سامنے آگیا تھا۔

مزاحمت کا مفہوم بہت وسیع ہے۔ میری نظر میں ایسا کوئی قلمکار نہیں جس کی تحریر کسی نہ کسی معنی میں مزاحمتی نہ ہو۔ ادب اپنی فطرت سے ہی مزاحمتی ہوتا ہے۔ ہر قلمکار جیسے ہی ایک نئے اخلاقی نظریے کی دعوت دیتا ہے، یا قارئین میں ان کی اپنی مخصوص اخلاقی نظر کو بیدار کرتا ہے، وہ قائم شدہ اخلاقی قدروں پر سوالیہ نشان لگانا شروع کر دیتا ہے۔ اس مزاحمت کا کوئی محدود ہدف نہیں ہوتا۔ وہ یہ مان کر چلتا ہے کہ جب تک انسان ہے، تب تک سماج کی روایتی اقدار پر سوال اٹھانا ہوگا۔ وہ کسی سیاسی حکومت کو متعارف نہیں کرواتا بلکہ وہ ہر سیاسی حکومت پر سوال اٹھانے کے شعور کو بیدار کرتا ہے۔

پنکج سبیر: اگر ہم ایک بار پھر سائنس کی طرف رجوع کرتے ہیں تو ہمیں دونوں کے درمیان بہت واضح فرق نظر آتا ہے۔ لفظ 'احتجاج' درحقیقت کسی عمل کے وقوع پذیر ہونے پر اپنا اختلاف درج کرنا ہے، یہ اختلاف بعض اوقات اس عمل پر اثر انداز بھی نہیں ہوتا۔ جب کہ مزاحمت کا مطلب ہے اس عمل کے وقوع پذیر ہونے کی راہ میں رکاوٹیں پیدا کرنا، یا اس عمل کو سست کرنا۔ فزکس میں یہ مزاحمت جسے انگریزی میں resistance کہا جاتا ہے، سرکٹ کا ہی حصہ ہوتا ہے، لیکن کرنٹ کے بہاؤ کو سست کرنے کا کام کرتا ہے۔ ہم دونوں کے درمیان فرق کو ہندوستان کی آزادی کی دو تحریکوں سے سمجھ سکتے ہیں۔ 1920 کی سول نافرمانی کی تحریک دراصل مزاحمت کی تحریک تھی، جس کے ذریعے گاندھی نے برطانوی اقتدار اور نظام کے پہیے کو سست کر دیا۔ 1857 کی جدوجہد آزادی ایک قسم کی بغاوت یا احتجاج تھی۔ بغاوت پہیوں کو یکدم روک دیتی ہے، جب کہ مزاحمت پہیوں کو سست کرتے ہوئے انھیں روکتی ہے۔ گاندھی کا ستیہ گرہ مزاحمت کی ایک مختلف شکل تھی۔ اگر ہم تحریر کی بات کریں تو یہ استعمار کے بعد ہی ہم نے طاقتوں کے تنظیمی ڈھانچے کو صحیح طور پر دیکھا۔ اس لیے ہم دیکھتے ہیں کہ اب انقلاب نہیں آتے، اب تحریکیں چلتی ہیں۔ معاشرے میں جو کچھ بھی ہو رہا ہے، فن کے تمام اصناف اپنے

آپ کو اسی کے مطابق ڈھال لیتے ہیں، تو لکھنا بھی اس سے الگ کیسے رہ سکتا ہے۔ دنیا کے اکثر ممالک کسی نہ کسی شکل میں جمہوریت کی طرف بڑھ چکے ہیں، ایسی صورت حال میں صرف مزاحمت ہی کام آئے گی۔

سوال:9

اردو تخلیقی ادب بالخصوص فکشن 1980 کے بعد مغربی ادب کے مقابلے میں کون سے منفرد ثقافتی اور تاریخی، سماجی، اجتماعی نفسیات سیاق وسباق ہیں جو مزاحمتی آوازوں کو تشکیل دیتے ہیں؟ کیا مزاحمت کی نئی زبان اور تخلیقی آہنگ نے جنم لیا؟

خالد جاوید: مزاحمت کی نہ تو نئی زبان تخلیق ہوئی اور نہ کوئی نیا آہنگ۔ سماجی حقیقت نگاری اور مزاحمت کے لیے ہمارے پاس وہی ایک پرانا ماڈل ہے یعنی پریم چند ماڈل۔ اگر کوئی اِکا دُکا کوشش ہوئی بھی تو اس کی سراہنا نہیں کی گئی۔ اس کی وجہ اردو معاشرے کی نئی چیزوں کے تئیں بے حسی ہے، سیاسی اور مذہبی نافہمی ہے اور تجربوں سے خوف ہے۔ میں یہ بھی قبول کرتا ہوں کہ جس دور کا آپ نے ذکر کیا ہے، اس کی بیشتر تحریروں سے میں ناواقف ہوں۔ ممکن ہے کہ کوئی دوسرا اس کا بھرپور یا کم از کم تسلی بخش جواب دے سکے۔

رضوان الحق: میرا خیال ہے مزاحمتی ادب کا بنیادی تصور اردو ادب اور مغربی ادب کا ایک ہی ہے، اس کے معیار میں فرق ہوسکتا ہے۔ سب سے بڑا فرق سماجی، سیاسی اور تاریخی پس منظر کا ہے۔ اردو ادیب مذہبی جبر پر لکھے گا تو مسلم، ہندو یا سکھ وغیرہ مذہب پر لکھے گا۔ مغربی ادیب شاید اپنے مذہب کے جبر کے بارے میں لکھے گا۔ اردو ادیب منصور حلاج کو یا گاندھی، گوتم بدھ اور ایک لویہ کو ہیرو بنائے گا، یا چارواک کو ہیرو بنائے گا۔ مغرب کے ادیب اسپارٹکس کو ہیرو بنائے گا، پرومیتھس کو ہیرو بنائے گا۔ یہاں ذات کا نظام زیادہ منظم ہے تو وہ اس کے خلاف مزاحمت کرے گا۔ وہاں طبقاتی نظام زیادہ اہم ہے تو اس کے خلاف مزاحمت ہوگی۔ لیکن یہ ساری تقسیم ایک حد تک ہی ہیں، ایک مقام پر اگر دنیا کے سارے ادیب ایک انسانی جذبے سے ہی لکھتے ہیں۔

جہاں تک زبان واسلوب کا سوال ہے، تو اس کا تعلق ادیب کے ذاتی انتخاب اور پسند وناپسند سے ہے، عہد اور زمانے سے کم۔ ایک زمانے میں خاص طور سے ترقی پسند عہد میں ایک نئی زبان تشکیل دینے کی کوشش ضرور کی گئی تھی مثلاً انقلاب، سرمایہ داری، صبح، طبقاتی کشمکش، زنداں ان سب الفاظ کی زیادتی اتنی ہوگئی تھی کہ پورے عہد کا ادب ایک سا محسوس ہونے لگا تھا، اور اس زمانے کی تخلیقیت متاثر ہونے لگی تھی۔ یہ کوئی کامیاب تجربہ نہ تھا۔ اس لیے آج کے زمانے میں لوگ اس طرح کی کسی مخصوص زبان کی تشکیل سے گریز کرتے ہیں۔

آج کے زمانے میں مزاحمتی اردو ادیبوں کا سب سے بڑا چیلنج یہ ہے کہ مزاحمت کے ساتھ اپنی تخلیقیت کو کیسے قائم رکھیں؟ مزاحمت عام طور پر اجتماعی عمل ہوتا ہے اور ادب ذاتی کاوش کا نتیجہ، ایسے میں اجتماعی اور ذاتی

تجربے کے درمیان میں اپنی انفرادیت کیسے قائم رکھیں؟ ادب کا ہمیشہ سے یہی سب سے بڑا چیلنج رہا ہے۔ ادیب سماجی، سیاسی یا کسی بھی قسم کی مزاحمت میں اپنے نقطۂ نظر کو کیسے قائم رکھے؟ اپنے تجربے کو اس میں کیسے شامل کرے؟ یہی وہ سوال ہیں جس سے ہر مزاحمتی ادب کو گزرنا پڑتا ہے۔ اور اسی کی کشمکش سے گزرنے کے بعد ہی کوئی معنی خیز مزاحمتی ادب پیدا ہوتا ہے۔

محمد حمید شاہد: میرا خیال ہے آپ کے اس سوال کا کسی حد تک اوپر جواب آچکا ہے۔ آخر میں پھر سے دہرانے دیجیے کہ ادب نام ہی مزاحمت کا ہے۔ ایک جینوئن لکھنے والا ہر نوع کی ثقافتی، تاریخی، سماجی، اجتماعی نفسیات کو مدنظر رکھ کر ہی انسانی صورت حال کے موجود تناظر کے مقابل ہوتا ہے اور جہاں جہاں تصادم اور رگڑ کی کیفیت پاتا ہے اس کے محرکات کو پرکھتا اور اپنے تخلیقی آہنگ میں رہ کر فن پارے میں ڈھال لیتا ہے۔ ہر تخلیق کار کے پاس اس کا اپنا آہنگ اور اپنا قرینہ ہوتا ہے جو اسے دوسروں سے مختلف شناخت دیتا ہے۔ گزشتہ تین دہائیوں میں بہت کچھ لکھا جا چکا، اس میں سے مزاحمت کے رنگ اور آہنگ کو موضوع بنانا تنقید کا کام ہے؛ آپ نے یہ بیڑا اٹھایا ہے تو شاید وہ بھی ادھر متوجہ ہو جائیں۔

سوال:10

کچھ لوگوں کا ماننا ہے کہ دانشورانہ مزاحمت سچائی پر اجارے یعنی Epistemic authority کو چیلنج کرتی ہے۔ اگر یہ درست ہے تو پھر کن بنیادوں پر سچائی کا حتمی تصور ممکن ہے؟

اُدین واجپئی: یہ سچ ہے کہ تخلیقی مزاحمت Epistemic authority پر سوالیہ نشان لگاتی ہے۔ اس کی وجہ یہ ہے کہ ہر انسان کی حکومت، دوسرے انسان بلکہ ہر دوسرے جاندار سے وابستہ ہونے کے باوجود اپنے آپ میں یگانہ ہوتی ہے۔ ادب کا فرض اسی یگانگت کو ہر قاری میں بیدار کرنا ہوا کرتا ہے۔ ہر انسان ایک بے مثل شعور لے کر ہی پیدا ہوتا ہے۔ یہ بے مثل شعور سماج کے اوسط شعور کے آگے یا تو ہتھیار ڈال دیتا ہے اور اگر اسے ادب کا ساتھ مل گیا تو وہ اس پر سوال اٹھاتا ہے۔ یہ سوال اٹھانا کبھی ختم نہیں ہوگا، کیونکہ ٹیکنالوجی کچھ بھی کرلے، بازار کچھ بھی کرلے، نظریات جو چاہیں کرلیں، انسان کے بے مثال شعور کا لگاتار پیدا ہونا بند نہیں ہوسکتا، کیونکہ یہ فطرت کا ایک ایسا عمل ہے جسے ختم کرنے کی اوقات کسی انسان کی نہیں ہے۔ میں ہر انسان کے شعور کو ہی سچ مانتا ہوں۔ اس سچ کی خاصیت یہ ہے کہ یہ بے نظیر ہوتے ہوئے بھی اپنے اندر تمام دوسرے بے نظیر شعوروں کو منعکس کرتا ہے۔ ہر شعور اپنی طرح سے لامتناہی ہوتا ہے۔ یہاں 'اپنی طرح سے' سب سے اہم ہے۔ میں سوچتا ہوں کہ ایسا کوئی وقت نہیں آئے گا، جب ہم یہ کہہ سکیں گے کہ اب ہم آخری سچ میں سانس لے رہے ہیں۔

پنکج سبیر: اگر آپ البرٹ آئن سٹائن کے نظریہ اضافیت پر یقین رکھتے ہیں تو کوئی حتمی سچائی نہیں

ہے، جو کچھ بھی سچ ہے وہ کسی نہ کسی شکل میں اضافی سچ ہے۔ مثال کے طور پر یہ حتمی سچائی سمجھی جاتی ہے کہ سورج مشرق میں طلوع ہوتا ہے اور مغرب میں غروب ہوتا ہے، لیکن سائنس نے ثابت کیا ہے کہ سورج نہ طلوع ہوتا ہے نہ غروب ہوتا ہے، وہ مستحکم رہتا ہے، زمین گھومتی ہے۔ مثال کے طور پر، میں ایک بہت ہی پیچیدہ مثال دینا چاہوں گا کہ آپ اور میں ایک دوسرے کے بالکل سامنے کھڑے ہیں، ہمارے درمیان ایک کاغذ پر انگریزی نمبر لکھا ہوا ہے۔ آپ اسے 9 کہہ رہے ہیں، میں اسے 6 کہہ رہا ہوں۔ ہم میں سے کون جھوٹ بول رہا ہے؟ کوئی نہیں ہم دونوں سچ کہہ رہے ہیں، لیکن ہماری سچائیاں دراصل اضافی سچائیاں ہیں، جو ہماری صورتحال سے پیدا ہوتی ہیں۔ اس لیے کوئی حتمی سچائی نہیں ہے۔ آپ جس Epistemic authority کی بات کر رہے ہیں اگر وہ وقت کی وجہ سے جمود کا شکار ہو کر بے سمت ہوتی جا رہی ہے تو اس کے بارے میں فکری مزاحمت پیدا کرنے کی ضرورت ہے۔ اگر دنیا کے تمام فلسفے، علم کی تمام شاخیں کسی نہ کسی طے شدہ سچائی کے گرد گھوم رہی ہیں، تو اگر ادب بروقت ایسی اتھارٹی کے خلاف کھڑا نہیں ہوگا تو اور کون ہوگا؟ اس کے بعد، اضافیت کے اصول کو استعمال کرتے ہوئے، میں یہ کہنا چاہوں گا کہ روشنی کی رفتار سے خلائی جہاز میں سفر کرنے والے شخص کی عمر بڑھنے کی رفتار گھر میں بیٹھے اس کے جڑواں بچوں کی نسبت بہت کم ہوگی، جب وہ دونوں ملیں گے، ایک بہت بوڑھا ہو چکا ہوگا اور ایک جوان ہوگا۔ ایسے میں حتمی سچائی کس کی تسلیم کی جائے گی؟ دونوں کی، کیونکہ دونوں کے پاس وقت، رفتار اور حالات کے مطابق اضافی سچ ہے۔ Epistemic authority کسی نہ کسی حتمی سچائی کی تلاش میں مصروف ہے، جب کہ حتمی سچائی نام کی کوئی چیز نہیں ہے، جو کچھ ہے وہ صرف اضافی سچ ہے۔

زبان کا شاعرانہ ٹارچر چیمبر

سلاوج زیزیک

ترجمہ: اشعر نجمی

فسادات اور تشدد زبان کے غلط استعمال کی طرف بھی اشارہ کرتے ہیں کہ ادب نے اپنا کام ٹھیک طریقے سے نہیں کیا، وہ لازمی شعور اور حساسیت پیدا کرنے سے قاصر رہا ہے۔ کئی بار تو اس نے اپنے مقبول رویے میں اس کی حمایت کی ہے اور اُکسایا بھی ہے۔ آج کسی بھی مشاعرے یا کوئی سمّیلن میں آپ کو اس کے دائیں بازو نظریے کی شکل نظر آجائے گی۔ شجاعت اور دلیری دکھانے والے شاعر بڑی آسانی سے جنون پیدا کرنے پر قادر ہیں اور مزاحیہ شاعر برداشت اور رواداری کے کسی بھی استعارے پر تھوک سکتے ہیں۔

70 سالہ فلسفی، ثقافتی نقاد، سماجی تجزیہ کار اور سلووینیا کے یونیورسٹی آف لوبیانا میں پروفیسر سلووج زیزیک کے مضمون 'The Poetic Torture-House of Language' کا ترجمہ پیش خدمت ہے۔ یہ مضمون آج ہمارے لیے بہت معنی خیز ہے۔

افلاطون کی شہرت ان کے اس بیان سے اکثر متاثر ہوتی ہے: انھوں نے کہا تھا کہ سبھی شاعروں کو ریاست سے باہر پھینک دینا چاہیے۔ حالاں کہ یہ مشورہ دور اندیشی سے بھرا ہوا ہے، پوسٹ یوگوسلاویہ تجربے کی روشنی میں، جہاں پر ثقافتی پیورٹزم (خالصیت پرستی) کی زمین شاعروں کے دکھائے خوفناک خوابوں میں تیار ہوتی ہے۔ یہ درست ہے کہ سلوبودن میلوسیوچ نے قوم پرستانہ جنون کے ساتھ ساز باز کیا لیکن یہ شاعر ہی تھے جنھوں نے اس ساز باز کے لیے مواد فراہم کرایا۔ وہ ذہین شاعر تھے نہ کہ بدعنوان سیاست داں ان سب کے سرچشمہ تھے۔ اسّی اور نوے کی حساس دہائیوں میں، وہ نہ صرف سربیا میں بلکہ مشرقی یوگوسلاو جمہوریہ میں بھی جارح راشٹر

واد کے بیج بونے لگے تھے۔ شمالی یوگوسلاویہ میں صنعتی ملٹری کامپلیکس کی بجائے پوئٹک ملٹری کامپلیکس تھا، جس کے سوتر دھار رادووان کراچ اور راتکو ملد یچ یگل تھے۔ کراچ نہ صرف ایک بے رحم سیاست داں تھا بلکہ ایک شاعر بھی تھا۔ اس کی شاعری کو ہم مضحکہ خیز کہہ کر خارج نہیں کر سکتے، بلکہ ہمیں اس کی شاعری کو دھیان سے پڑھنا ہوگا کیوں کہ یہ شاعری یہ سمجھنے کے لیے اہم ہے کہ ثقافتی خالصیت کا کام کیسے ہوتا ہے۔

اخلاقی ممنوعات کی انتہائی انا پرستانہ نفی 'پوسٹ ماڈرن' قوم پرستی کی ایک خاص خصوصیت ہے۔ یہاں، ہمیں اس کلیشے سے قطع نظر کرنا ہوگا کہ پُرجوش ثقافتی شناخت عالمی سیکولر معاشرے کے مبہم عدم تحفظ کے خلاف اقدار اور عقائد کے ایک مضبوط سیٹ کو بحال کرتی ہے، بلکہ قوم پرستی 'بنیاد پرستی' کے ایک پر اسرار آپریٹر کے طور پر کام کر سکتی ہے جو ہم سے بمشکل پوشیدہ ہے۔ آج کی قوم پرستی کے اس مسخ شدہ نام نہاد آزادانہ اثر کو پوری طرح سمجھے بغیر کہ یہ کیسے فحش رعایتی خود پسند معاشرے کے علامتی قانون کے واضح ڈھانچے کی تکمیل کرتی ہے۔ ہم اس کی حقیقی حرکیات کو سمجھنے سے قاصر ہونے کے سبب اس کی مذمت کرتے ہیں۔

'فینومینولوجی آف اسپرٹ' میں ہیگل روح کی خاموش، متحرک ساخت کے بارے میں بات کرتا ہے: نظریاتی نکات میں تبدیلی کا ایک زیر زمین عمل، جو زیادہ تر لوگوں کے لیے پوشیدہ ہے، جو ایک دن اچانک پھٹ جاتا ہے اور سب کو حیران کر دیتا ہے۔ مشرقی یوگوسلاویہ میں ستر اور اسی کی دہائی میں یہی کچھ ہو رہا تھا، پھر اُسی دہائی کے اواخر میں جس وقت دھماکہ ہوا تب تک بہت دیر ہو چکی تھی، تب تک پرانا نظریاتی اتفاق بالکل بوسیدہ اور منہدم ہو چکا تھا۔ ستر اور اسّی کی دہائی کا یوگوسلاویہ اس ضرب المثل کارٹون بلی کی طرح تھا جو گڑھے کے کنارے چلتی رہتی ہے، لیکن وہ اسی وقت گرتا ہے جب وہ نیچے دیکھتا ہے اور اسے احساس ہوتا ہے کہ اس کے پیروں کے نیچے ٹھوس زمین نہیں ہے۔ Milosevic وہ پہلا شخص تھا جس نے ہمیں اس سوراخ کو دیکھنے پر مجبور کیا۔

Karadzic اور اس کے ساتھیوں کو برے شاعروں کے طور پر مسترد کرنا تو بہت آسان ہے: دیگر مشرقی یوگوسلاو کی دیگر اقوام (بشمول سربیا) میں ایسے شاعر بھی تھے جنھیں عظیم اور مستند ادیبوں میں شمار کیا جاتا تھا، وہ بھی قوم پرست ادب تخلیق کرنے کے پروجیکٹ میں پوری طرح مصروف تھے۔ آسٹریا کے پیٹر ہینڈ کے کے بارے میں کیا کہا جائے، جو عصری یورپی ادب کا ایک کلاسک ہے، جس نے ڈنکے کی چوٹ پر سلوبودان میلوسیوچ کے جنازے میں شرکت کی۔ تقریباً ایک صدی قبل، جرمنی میں نازیوں کے عروج پر، کارل کراؤس نے مشاہدہ کیا کہ جرمنی، جو کبھی Dichter und Denker (شاعروں اور مفکرین) کی سرزمین تھا، اب Richter und Henker (ججوں اور جلادوں) کی سرزمین بن چکا ہے۔ شاید اس طرح کی تبدیلیوں سے ہمیں حیران نہیں ہونا چاہیے، اور اس غلط فہمی سے بچنے کے لیے کہ پوئٹک ملٹری کمپلیکس بلقان قوموں کی خصوصیت ہے، ہمیں کم از کم حسن نگزی کا نام ضرور لینا چاہیے، جو روانڈا کا کراز چ تھا، جس نے اپنے رسالہ 'کنگورا' میں توتسی مخالف دشمنی کا پرچار کیا اور نسل کشی کا مطالبہ کیا۔

لیکن کیا شاعری اور تشدد کے درمیان یہ تعلق حادثاتی ہے؟ زبان اور تشدد کا آپس میں کیا تعلق ہے؟ والٹر بنجمن نے اپنی کتاب 'Critique of Violence' میں سوال اٹھایا ہے: ''کیا کسی بھی تنازعہ کا عدم تشدد سے حل ممکن ہے؟'' وہ اس سوال کا جواب یہ کہتے ہوئے دیتے ہیں کہ اس طرح کے عدم تشدد کا حل ''دو لوگوں کے درمیان ذاتی تعلقات میں ممکن ہے، جہاں شائستگی، ہمدردی اور اعتماد کا رشتہ ہو۔'' انسانوں کے درمیان باہمی رضامندی کا ایک ایسا دائرہ بھی ہے جو اس حد تک غیر متشدد ہے جہاں تشدد بالکل بھی نہیں پہنچ سکتا: جو زبان ''کو سمجھنے کے معقول دائرہ کار میں آتا ہے۔'' یہ مقالہ مرکزی دھارے کی روایت سے تعلق رکھتا ہے جس میں زبان اور علامتی ترتیب کا مروجہ خیال پرامن بقائے باہمی اور ثالثی میں سے ایک ہے، جو فوری اور قبل از وقت تصادم جیسے متشدد ذرائع کے برخلاف ہے۔ زبان میں، ایک دوسرے کے خلاف براہ راست تشدد کی بجائے ہمیں بحث کرنا ہوگا، الفاظ کا تبادلہ کرنا ہوگا؛ ایک ایسا تبادلہ جو خواہ جارحانہ ہو، لیکن مقابل کو کسی حد تک قبولیت فراہمی کی راہ ہموار کرے۔

کیا ہوگا، اگر انسان تشدد کے معاملے میں جانوروں سے آگے نکل جائے، صرف اس لیے کہ اس کے پاس زبان ہے؟ فلسفیوں اور ماہرین عمرانیات نے، بورڈیو سے لے کر ہائیڈیگر تک، زبان کے بہت سے متشدد پہلوؤں پر موضوعاتی طور پر غور کیا ہے۔ تاہم، ہائیڈیگر کے ادب میں زبان کا ایک متشدد پہلو موجود ہے، جس پر ژاک لاکاں نے اپنی علامتی ترتیب کے نظریہ کو فوکس کیا ہے۔ اپنے لٹریچر میں، لاکاں نے ہائیڈیگر کی زبان کے موقف کو جگہ جگہ dasein (وجود/انسان) کے گھر کے طور پر کثرت سے استعمال کیا ہے: زبان انسان کی ایجاد اور آلہ نہیں ہے، بلکہ انسان زبان میں گھر کرتا ہے: ''نفسیاتی تجزیہ موضوع کے ذریعہ قائم کردہ علم لسانیات ہونا چاہیے۔'' لاکاں کا 'Paranoic' 'ٹوئسٹ'، پیچ کا اضافی فرائڈین موڑ، ان کے اس گھر کے ایک ٹارچر چیمبر کی کردارکشی سے نکل کر سامنے آتا ہے۔ ''فرائڈ کے نقطہ نظر سے زبان کے ذریعہ توہین اور تشدد موضوعی ہے۔''

ارجنٹائن میں 1976 سے 1983 تک کی فوجی آمریت نے ایک عجیب وغریب گرامر تخلیق کیا، فعال فعل کا ایک نیا استعمال غیر فعال فعل کے طور پر: جب ہزاروں بائیں بازو کے سیاسی کارکن اور دانشور غائب ہو گئے اور دوبارہ کبھی نظر نہیں آئے، فوج نے انھیں ایذائیں دیں اور قتل کیا، ان کے بارے میں کسی قسم کی جانکاری دینے سے انکار کر دیا، انھیں لاپتہ یا گمشدہ قرار دے دیا گیا۔ یہاں فعل اس سادہ معنی میں استعمال نہیں کیا گیا کہ وہ غائب ہو گئے ہیں، بلکہ ایک فعال عبوری معنوں میں کیا گیا کہ وہ 'غائب' ہو گئے (فوجی خفیہ خدمات کے ذریعے)۔ اسٹالینی حکومت میں، اسی طرح کا ایک فعل استعمال کیا گیا، 'استعفیٰ'۔ 'نومین کلاتورا' (Nomenklatura) کا کوئی ممبر جب اپنا عہدہ چھوڑنے کا عوامی اعلان کرتا تھا تو لوگ کہتے تھے کہ اس نے 'استعفیٰ' دے دیا ہے، (صحت کے سبب)، اور سب جانتے تھے کہ اصل میں کیا ہوا تھا کہ وہ 'نومین کلاتورا' کے اندر مختلف گروہوں کی باہمی لڑائی میں شکست کھا گیا لیکن لوگوں نے کہا اس نے استعفیٰ دے دیا۔ ایک بار پھر وہی مسئلہ، ایک واقعہ جس کی ذمہ داری متاثرہ شخص پر ڈال دی گئی (استعفیٰ، گمشدگی)۔ اسے پھر سے متعارف کراتے ہوئے ایک غیر شفاف ایجنٹ

کی حرکتوں کا نتیجہ مانا گیا (خفیہ پولیس نے اسے غائب کر دیا، نو مین کلاتورا میں اکثریت نے اسے ہرا دیا)۔ اور کیا ہمیں لاکاں کے اس مقالہ کو اس طرح نہیں پڑھنا چاہیے جس میں وہ کہتے ہیں کہ انسان بولتا نہیں بلکہ اس سے بلوایا جاتا ہے؟ بات یہ نہیں ہے کہ اس کے بارے میں 'بات ہوئی' دوسرے انسان کی زبان کے موضوع کے طور پر، بلکہ یہ کہ جب (ایسا لگتا ہے) کہ کوئی بول رہا ہے تو یہ 'بولنا' ویسا ہی ہے جیسے بد قسمتی سے کمیونسٹ نگراں 'استعفیٰ' دیتا ہے۔ یہ ہومولوجی زبان کی حیثیت کی طرف اشارہ کرتی ہے، ایک 'بڑے بھائی' کی طرف، جو موضوع کا ٹارچر چیمبر ہے۔

ہم عام طور پر کسی موضوع کی زبان کو اس کے تمام تر تضادات کے ساتھ اس کے اندرونی انتشار، مبہم احساسات وغیرہ کے اظہار کے طور پر لیتے ہیں۔ یہ آرٹ کے ادبی کام پر بھی لاگو ہوتا ہے: نفسیاتی مطالعات کا مقصد اندرونی نفسیاتی انتشار کو ظاہر کرنا ہوتا ہے جو فن پارے کے کوڈ شدہ تاثرات میں پایا جاتا ہے۔ اس کلاسک خیال میں کچھ تو کمی ہے: زبان نہ صرف دردناک ذہنی زندگی کا اندراج یا اظہار کرتی ہے بلکہ زبان میں داخل ہونا اپنے آپ میں ایک تکلیف دہ حقیقت ہے۔ اس کا مطلب یہ ہے کہ ہمیں زبان کے تکلیف دہ اثرات کو ان چیزوں کی فہرست میں شامل کرنا چاہیے جن کا مقابلہ زبان خود کرتی ہے۔ ذہنی انتشار اور زبان میں اس کے اظہار کے درمیان تعلق بھی اس طرح ہونا چاہیے؛ زبان محض ذہنی انتشار کا اظہار نہیں کرتی بلکہ ایک خاص نازک موڑ پر، ذہنی انتشار 'زبان کے ٹارچر چیمبر' میں رہنے کا ایک تکلیف دہ ردعمل بھی ہے۔

یہ اس لیے بھی ہے کیوں کہ سچ کہنے کے لیے، موضوع کی فعال مداخلت کو معطل کر کے محض زبان میں اس کا اظہار کرنا کافی نہیں ہے، جیسا کہ الفریڈ یلینیک نے غیر معمولی وضاحت کے ساتھ کہا: ''زبان کو سچائی کی خاطر اذیت دی جانی چاہیے۔'' اسے خود کے خلاف کام کرنے کے لیے توڑنا مروڑنا، اسے غیر فطری کرنا، اسے وسعت دینا، دبیز کرنا، اور کاٹنا جوڑنا چاہیے۔ ایک 'بڑے دوسرے' کے طور پر، زبان علم کی ایجنٹ نہیں ہے جس کی تال کو ہم خود مقرر کریں، بلکہ ظالمانہ بے حسی اور حماقت کا مقام ہے۔ زبان کو اذیت دینے کی بنیادی شکل شاعری ہے۔

[بشکریہ 'سمالوچن' 26 فروری 2020]

وہ ادب سے اتنے خوفزدہ کیوں ہیں؟

ماریو ورگاس لوسا

ترجمہ: خان حسنین عاقب

ناولوں کا جدید قومی ریاست سے گہرا تعلق ہے، ایک لحاظ سے یہ جدید دور کے افسانے ہیں۔ بینیڈکٹ اینڈرسن نے قوم کو ایک 'تصوراتی برادری' مانا ہے، مورخ پارتھ چٹرجی پوچھتے ہیں، 'اگر قوم ایک تصوراتی برادری ہے تو یہ کس کے تخیل کی برادری ہے؟' درحقیقت یہ ناول اس کمیونٹی کی صرف کہانی ہی نہیں ہے بلکہ اس پر تنقید بھی ہے۔ لاطینی امریکہ کے اہم ناول نگار ماریو ورگاس لوسا کو 2010 کا ادب کے نوبل انعام سے نوازا گیا ہے۔ اس مخاطبے میں ناول ہی نہیں، قوم کے سروکار بھی شامل ہیں۔

میں نے پانچ سال کی عمر میں، بولیویا کے کوچابمبا کی ڈی لا سال اکیڈمی میں برادر جسٹنیانو کی کلاس میں پڑھنا سیکھا۔ یہ میرے ساتھ ہونے والا سب سے اہم واقعہ ہے۔ تقریباً ستر سال بعد مجھے اچھی طرح یاد ہے کہ کس طرح کتابوں میں الفاظ کو تصویروں میں بدلنے کے جادو نے میری زندگی کو مالا مال کر دیا جس کی وجہ سے میں وقت اور مقام کی تحدیدات کو توڑ کر کیپٹن نیمو کے ساتھ سمندر کے نیچے بیس ہزار لیگ کا سفر کر سکتا تھا۔ رازدارانہ رچیلیو کے دنوں میں دی آ تارنیان، ایتھوس، پورتوز اور ایمس کے ساتھ ان سازشوں کے خلاف لڑ سکتا تھا جن سے رانی کو خطرہ درپیش تھا۔ یا خود کو اپنی پیٹھ پر میریس کی لاش کو لے جانے والے جیاں والجیاں JeanValjean میں تبدیل کر سکتا تھا، جسے پیرس کی نالی میں ٹھوکر لگتی ہے۔

پڑھنے سے خواب زندگی بن گئے اور زندگی خوابوں میں تبدیل ہوگئی۔ اس طرح ادب کی دنیا لڑکپن

میں ہی میری دسترس میں آ گئی۔ میری ماں نے مجھے پہلی بات یہی بتائی کہ میں پڑھی ہوئی کہانیوں کو آگے بڑھاؤں کیونکہ ان کا اختتام مجھے اداس کر دیا کرتا تھا یا میں اسے بدلنا چاہتا تھا۔ اور شاید میں نے بغیر اس بات کا احساس کیے اسے حقیقت میں تبدیل کرنے کی کوشش میں اپنی ساری زندگی گزار دی۔ جیسے جیسے میں بڑا ہوتا گیا، بالغ اور پختہ کار ہوا، جن کہانیوں نے میرے بچپن کو امنگوں اور تھرل سے بھر دیا تھا، ان کے وقت کو آگے بڑھاتا چلا گیا۔

کاش میری ماں یہاں ہوتیں!

وہ ایک ایسی خاتون تھیں جن کی آنکھیں امادو نیروو اور پابلو نیرودا کی نظمیں پڑھ کر نم ہو جایا کرتی تھیں۔ بڑی ناک اور چمچماتے گنجے سر والے میرے دادا پیدرو کو بھی یہاں ہونا چاہیے تھا جو میرے گیتوں کو سراہا کرتے تھے۔ اور چاچا لوچو کو بھی جنھوں نے مجھے دل وجان سے خود کو پوری طرح تصنیف و تالیف میں جھونکنے کا مشورہ دیا تھا۔ حالانکہ اس وقت اور مقام پر ادب تخلیق کرنے سے ادیبوں کو کوئی زیادہ فائدہ حاصل نہیں ہو رہا تھا۔ اپنی پوری زندگی میں، میں نے اپنے ساتھ ایسے لوگوں کو کھڑا پایا جو مجھے پیار کرتے تھے اور میری حوصلہ افزائی کرتے تھے۔ اور جب میں کسی شک یا تذبذب میں پڑ جاتا تو انھوں نے اپنے یقین کے ذریعے مجھ میں اپنے تئیں ایک بھروسہ اور اعتماد جگایا۔ انھی کی وجہ سے اور بے شک، اپنے اڑیل رویے اور کسی حد تک خوش قسمتی کی وجہ سے میں اپنا سب سے زیادہ وقت تصنیفی کاموں کے لیے جنون، برائی اور کرشموں کے لیے وقف کرنے کے قابل ہوا۔ یوں میں نے ایک ایسی متوازی زندگی تخلیق کی ہے جہاں ہم برے وقت میں پناہ لے سکتے ہیں۔ ایسی زندگی جس میں غیر معمولی کو عام اور عام کو غیر معمولی بنایا جاسکتا ہے، جو احتیاج کو رفع کرتی ہے، بدصورتی کو خوبصورتی میں تبدیل کرتی ہے، لمحے کو دوام بخشتی ہے اور موت کو گزرتے ہوئے تماشے میں بدل دیتی ہے۔

کہانیاں لکھنا آسان نہیں تھا۔ منصوبے، لفظوں، تصورات اور تصویروں میں ڈھلتے ہی کاغذ پر مرجھا جایا کرتی تھیں۔ خیالات اور تصویریں ناکام ہو رہی تھیں۔ انھیں زندہ کرنے کے لیے کیا کرنا چاہیے؟ خوش قسمتی سے ایسے رہنما اور اساتذہ موجود تھے جن سے سیکھا جاسکتا تھا اور ایسی مثالیں موجود تھیں جن کی پیروی کی جاسکتی تھی۔ فلابیر نے مجھے سکھایا کہ صلاحیتوں سے مراد سخت نظم وضبط اور صبر آزما انتظار ہے۔ فالکنر نے مجھے سمجھایا کہ کوئی مخصوص اسلوبِ نگارش اور اس کی ساخت کے ذریعے کہانی کو کمزور یا مضبوط بنایا جاسکتا ہے۔ مرتریل، سروینٹس، ڈکنس، بالزاک، ٹالسٹائے، کانریڈ، تھامس مان نے بتایا کہ ناول میں گنجائش اور اُمنگیں اتنی ہی اہم ہوتی ہیں جتنی اسلوب نگاری اور بیانیہ کی حکمت عملی۔ سارتر نے مجھے سکھایا کہ الفاظ ایک سرگرمی ہیں اور یہ کہ حالیہ زمانے اور بہتر متبادلات والا کوئی ناول، ڈرامہ یا مضمون، تاریخ کے رخ کو موڑ سکتا ہے۔ کامیو اور اورویل کے مطابق اخلاقیات سے عاری ادب غیر انسانی ہے اور مولرو سے میں نے یہ جانا کہ شجاعت اور مہا کاویہ (رزمیہ شاعری) آج بھی اتنی ہی ممکن ہے جتنی وہ ارگونا ٹس، اوڈیسی اور ایلیاڈ کے زمانے میں ممکن تھی۔

اگر اس تقریر کے ذریعے میں ان تمام ادیبوں کو مخاطب کروں جن سے میں نے تھوڑا بہت یا بہت کچھ

سیکھا ہے تو ان کا سایہ ہمیں تاریکی میں غرق کر دے گا۔ وہ بے شمار ہیں۔ انھوں نے کہانی کے آرٹ کے رموز سے پردہ اٹھانے کے علاوہ مجھے انسانیت کی اتھاہ گہرائیوں کا پتا لگانے، اس کے مہم جویانہ کارناموں کو سراہنے اور اس کی بربریت پر وحشت زدگی کا احساس کرنے پر مجبور کیا۔ وہ میرے سب سے زیادہ محسن دوست تھے جنھوں نے میری تحریروں کو زندگی دی اور جن کی کتابوں میں، میں نے پایا کہ بد سے بدتر حالات میں بھی امید بنی رہتی ہے۔ زندہ رہنا اس بات کا استحقاق رکھتا ہے کہ اس کے لیے کوششیں جاری رکھی جائیں۔ اسی وجہ سے کہ بغیر زندگی کے ہم کہانیوں کو پڑھ نہیں سکتے اور نہ ہی ان کا تصور کر سکتے ہیں۔

کئی بار میں سوچتا ہوں کہ میرے ملک جیسے ملکوں جہاں قاری بہت کم تھے، یا اتنے غریب یا اَن پڑھ تھے، اتنی ناانصافی تھی، اور ثقافت پر چند مخصوص لوگوں کی اجارہ داری تھی، کیا وہاں ادب تخلیق کرنا خود لذتی نہیں تھی؟ حالانکہ ان خدشات نے کبھی بھی میری لکھنے کے حوالے سے حوصلہ شکنی نہیں کی اور اس دوران بھی میں نے لکھنا جاری رکھا جب میرا زیادہ تر وقت روزی روٹی کمانے میں گزر جایا کرتا تھا۔ لیکن ادب کے فروغ پانے کے لیے پہلی شرط یہی ہوتی ہے کہ سماج اعلیٰ ثقافت، آزادی، خوشحالی اور انصاف جیسی قدروں کو حاصل کرلے تو یہ کبھی اپنا وجود نہ رکھتا۔ لیکن ادب کی وجہ سے، یعنی ادب کے ذریعے بیداری کو ایک شکل دینے سے ادب جن آرزوؤں، خواہشوں اور امنگوں کو تحریک دیتا ہے، اور ایک خوبصورت تصور کے سفر سے واپسی پر مقصد حیات سے ہمارا دھیان ہٹانے کی بدولت تہذیب اب وقت کی بہ نسبت کم سفاک ہے، جب کہ کہانی کار نے اپنی کہانیوں کو زندگی کی انسانی صفات سے مملو کرنا شروع کر دیا ہے۔

اگر ہم نے اچھی کتابیں نہ پڑھی ہوتیں تو ہم بدتر، زیادہ شدت پسند ہوتے، اتنے بے چین نہ ہوتے، زیادہ عاجز و منکسر ہوتے اور ہم میں تنقیدی جذبات بھی نہ ہوتے جو ہمیں ترقی کی جانب محوِ سفر رکھتے ہیں۔ لکھنے کی ہی طرح پڑھنا بھی زندگی کی ناتمام حسرتوں کے خلاف احتجاج ہے۔ جب ہم کسی کہانی میں اسے دیکھتے ہیں جو ہماری اصل زندگی میں موجود نہیں ہے تو بھلے ہی یہ کہنے یا جاننے کی ضرورت نہ ہو، ہم یہ کہہ رہے ہوتے ہیں کہ زندگی واقعتاً انسان کے حالات کی بنیاد یعنی کاملیت کی ہماری پیاس کو نہیں بجھاتی، اسے اور بہتر ہونا چاہیے۔ ہم کہانیاں ایسی زندگی جینے کے لیے تخلیق کرتے ہیں جسے ہم جینا چاہتے ہیں، جب کہ ہمیں جینے کے لیے بہ مشکل ایک ہی زندگی ملی ہے۔

ادب کے بغیر ہمیں زندگی کو جینے لائق بنانے والی آزادی کی اہمیت کے بارے میں بہت کم علم ہوتا ہے۔ جب کوئی آمر کسی نظریے یا مذہب کو روندڈالتا ہے تو زندگی جہنم بن جاتی ہے۔ وہ لوگ جو یہ بات نہیں مانتے کہ ادب ہمیں نہ صرف خوبصورتی اور خوشیوں کے خوابوں میں غرق کر دیتا ہے، بلکہ ہمیں ہر قسم کی ابتلا اور استحصال کے تئیں آگاہی اور بیداری عطا کرتا ہے، انھیں اپنے آپ سے سوال کرنا چاہیے کہ وہ تمام حکومتیں جو گہوارے سے قبر تک، ابتدا سے آخر تک شہریوں کے رویے کو منظم کرتی ہیں، وہ کیسے اتنی پرعزم ہیں؟ وہ ادب سے اتنے خوفزدہ

کیوں ہیں کہ اسے دبانے کے لیے سنسر شپ لگاتے ہیں اور آزاد ادیبوں پر کڑی نظر رکھی جاتی ہے۔ وہ ایسا اس لیے کرتے ہیں کہ وہ کتابوں میں تحریر کردہ تخیل کو بے روک ٹوک گھومنے دینے کے خطرات سے بخوبی واقف ہیں۔ جب قاری حقیقی دنیا کے ڈارک ازم اور خوف کا موازنہ اس آزادی سے کرتا ہے جسے کہانی ممکن بناتی ہے، تو وہ ادیب یا تخلیق کار خواہی نخواہی، دانستہ یا نادانستہ جب کہانیاں تخلیق کرتے ہیں تو ان میں بے اطمینانی اور اضطراب کی کیفیت کو دکھاتے ہیں اور یہ بھی دکھاتے ہیں کہ دنیا کتنی بُری ہے اور خیالوں اور تصورات کی دنیا میں موجود زندگی ہمارے روزمرہ کی زندگی سے زیادہ اہم ہے۔ درحقیقت اگر افسانوی ادب قاری کی حساسیت اور شعور میں جڑ پکڑ لیتا ہے تو اس کا استحصال کرنا مشکل ہو جاتا ہے اور وہ ان تفتیش کاروں اور جیلروں کے جھوٹ پر یقین کرنے سے انکار کر دیتے ہیں جو انھیں یہ یقین دلاتے ہیں کہ جیل کی سلاخوں کے پیچھے وہ ایک بہتر زندگی گزار سکتے ہیں، محفوظ اور بہتر زندگی!

اچھا ادب عوام کے بیچ ایک پُل کا کام کرتا ہے۔ اور ہمیں خوشی، استعجاب یا غم جیسی کیفیات کا احساس کروا کر ہمیں الگ کرنے والے عوامل مثلاً زبانیں، اعتقادات، عادات، رسم و رواج اور قیاسات کو عبور کر کے متحد کر دیتا ہے۔ جب کپتان صاحب کو بڑی سفید وھیل سمندر میں دفنا دیتی ہے تو ٹوکیو، لیما اور ٹمبکٹو کے قارئین کے دلوں میں اسی طرح کی دہشت پیدا ہوتی ہے جس طرح اس وقت دہشت پیدا ہوئی تھی جب ایما بواری سنکھیا نگل لیتی ہے، یا اینا کرونینا ٹرین کے سامنے کود جاتی ہے اور جولین سوریل مچان پر چڑھ جاتی ہے۔ 'ایل سور' میں شہری ڈاکٹر جوان دالمان ایک ٹھگ کے چاقو کا سامنا کرنے کے لیے پمپا کے سرائے کے باہر نکل جاتا ہے یا ہمیں احساس ہوتا ہے کہ کولاما، پیدرو کے گاؤں کے تمام باشندوں کی موت ہو جاتی ہے تو تمام قارئین کے دلوں میں ایک ہی قسم کی دہشت ہوتی ہے، پھر چاہے وہ بدھ، عیسیٰ مسیح یا کنفیوشس یا اللہ، کسی کی بھی عبادت کرتے ہوں یا پھر ملحد ہوں۔ ایک جیکٹ اور ٹائی پہنتے ہوں یا پھر جلابہ، کومینو یا بومباچہ پہنتے ہوں۔ ادب انسانی رنگارنگی کے اندرون میں بھائی چارہ پیدا کرتا ہے اور لاعلمی، نظریات، مذاہب، زبانوں اور بیوقوفی کی وجہ سے مرد و زن کی بیچ اٹھائی گئی دیوار کو توڑ دیتا ہے۔

ہر دور کی اپنی ہولناکیاں ہوتی ہیں۔ ہمارا زمانہ شدت پسندوں، خودکش دہشت گردوں کا زمانہ ہے جن کا ماننا ہے کہ وہ لوگوں کو قتل کر کے جنت میں چلے جائیں گے اور بے گناہوں کا خون کر کے وہ اجتماعی نفرتوں کا انتقام لے سکتے ہیں، ناانصافی کا خاتمہ کر سکتے ہیں اور مفروضات کو حقائق میں تبدیل کر سکتے ہیں۔ دنیا بھر میں ایسے لوگ ہر دن بے شمار بے گناہوں کو قربان کر دیتے ہیں جنھیں لگتا ہے کہ ابدی سچائی کے حامل بس وہی لوگ ہیں۔ ہم سوچتے ہیں کہ سامراجیت کے زوال کے بعد ایک ساتھ رہنے سے امن، تکثیریت اور انسانی حقوق کے احترام میں اضافہ ہوگا اور دنیا ہولوکاسٹ، قتل عام، حملوں اور تباہ کن جنگوں کے بہت پیچھے چھوڑ دے گی۔ لیکن ہماری توقع اور امید کے مطابق ایسا کچھ نہیں ہوا۔ شدت پسندی کے ذریعے بھڑکائی گئی بربریت نئی شکلوں میں پنپ رہی ہے۔ اجتماعی

تباہی کے ہتھیاروں کے پھیلاؤ کے پیش نظر ہم اس بات کو نظر انداز نہیں کر سکتے کہ چند پاگلوں پر مشتمل ایک چھوٹا سا گروہ کسی دن ایک ایٹم بم ڈال کر تباہی مچا سکتا ہے۔ ہمیں انھیں ناکام کرنا ہے، ان کا مقابلہ کرنا ہے اور انھیں شکست فاش دینی ہے۔

وہ تعداد میں زیادہ نہیں ہیں حالانکہ ان کے جرائم کے فتنوں سے دنیا گونج اٹھی ہے۔ ان کے ذریعے دکھائے گئے بھیانک خواب ہمیں خوفزدہ کر دیتے ہیں۔ ہمیں ان سے ڈرنا نہیں چاہیے جو ہماری آزادی چھیننا چاہتے ہیں۔ وہ آزادی جسے ہم نے تہذیب و تمدن کے ایک لمبے عرصے کے دوران حاصل کیا ہے۔ ہم ایک وسیع تر جمہوریت کی حفاظت کریں جو اپنی خامیوں کے باوجود سیاسی تکثیریت، باہمی وجود، رواداری، انسانی حقوق، تنقیدی رویوں کے لیے احترام، توثیقیت، آزادانہ انتخابات، اقتدار، باہمی سلوک اور ان قدروں کی علامت ہے جو ہمیں جنگل کی زندگی سے نکال کر متحد کر رہی ہے۔ یہ لبرل جمہوریت ہمیں ادب کے ذریعے پیدا ہونے والی عمدہ، اعلیٰ اور مقدس زندگی کے قریب لے جاتی ہیں حالانکہ ہم اسے کبھی حاصل نہیں کر پائیں گے۔ ہم ادب تخلیق کر کے اور ادب کا مطالعہ کر کے اس اعلیٰ اور مقدس زندگی کی بازیافت کرنے کے اہل بن سکتے ہیں۔ نسل کشی کرنے والے اندھ بھکتوں (مذہبی جنونیوں) کا مقابلہ کر کے ہم خواب دیکھنے کے اپنے حق کا دفاع کر سکتے ہیں اور اپنے خوابوں کو حقیقت میں تبدیل کر سکتے ہیں۔

میں جوانی میں اپنی نسل کے کئی ادیبوں کی طرح مارکسوادی تھا۔ میرا ماننا تھا کہ سماج وادا استحصال، سماجی ناانصافیوں اور نابرابری کا حل ہے جو میرے ملک لاطینی امریکہ میں اور تیسری دنیا کے بیشتر حصوں میں خطرناک شکل اختیار کرتے جا رہے تھے۔

کمیونزم اور اجتماعیت سے میری مایوسی، اور جس قسم کا لبرل ڈیموکریٹ میں ہوں، اور بننے کی کوشش کر رہا ہوں، اس کا عمل دھیما اور مشکل تھا۔ اس کی مختلف وجوہات تھیں جن میں یہ وجوہات شامل ہیں:

کیوبا کے انقلاب کے تئیں میں ابتدا میں بہت پُر جوش تھا۔ کیوبا کی سوویت روس کی اقتدار پرست اور راست ماڈل میں تبدیل ہو جانا، گلاگ کے خاردار تاروں کی باڑھ کو پار کر پانے میں کامیاب ہونے والے باغیوں کی گواہی، وارسا معاہدے میں شامل ملکوں کے ذریعے چیکوسلوواکیہ پر حملہ کیا جانا اور ریمنڈ ایرن، جیاں فرانسوا ریویل، یشایاہ برلن اور کارل پاپر جیسے مفکرین تھے جن کی بدولت جمہوری کلچر اور کھلے معاشرے کا از سر نو جائزہ لینے میں کامیاب ہوا ہوں۔ یہ وہ عظیم لوگ تھے جو ایک ایسے وقت میں ہمت و حوصلے کی واضح مثال بن کر سامنے آئے جب مغربی دانشور اپنی موقع پرستی کی وجہ سے سوویت سوشلزم یا اس سے بھی بدتر چینی کلچر کی خونی چڑیلوں کے جادو کے سامنے گھٹنے ٹیک چکے تھے۔

میں اپنے لڑکپن میں کسی دن پیرس آنے کا خواب دیکھتا تھا کیونکہ فرانسیسی ادب کی چکاچوندھ میں مجھے لگتا تھا کہ وہاں رہتے ہوئے اور بالزاک، استندال اور پروست کے ملک کی ہوا میں سانس لینے کی وجہ سے مجھے

ایک اصل اور جینوئن قلمکار بننے میں مدد ملے گی۔ اور اگر میں پیرو چھوڑ کر نہیں گیا تو میں صرف اتوار اور چھٹیوں کے دنوں کا ادیب بن کر رہ جاؤں گا۔ یہ سچ ہے کہ فرانس اور فرانسیسی کلچر نے مجھے غیر نا قابل فراموش سبق سکھائے ہیں۔ مثلاً یہ کہ ادب ایک کام یا فریضے کے طور پر جتنی اہمیت رکھتا ہے، اس کی اتنی ہی اہمیت ڈسپلن اور نظم وضبط کے طور پر بھی ہے۔ ادب ملازمت بھی ہے اور ایک ضد یا عزم بھی۔ میں فرانس میں اس وقت سانسیں لے رہا تھا جب سارتر اور کامیو بقید حیات تھے اور اپنا ادب تخلیق کر رہے تھے۔

وہ دن Beckett، Ionesco اور Bataille کی تحریروں اور نکولس بریخت کے تھیٹر اور انگمار برگمین کی فلمیں، ژاں ولر کا مقبول نیشنل تھیٹر اور جین لوئس بارالٹ کے اوڈیون، دی نیو ویو اور avant-garde کی فلمیں، نئی لہر اور نئے ناولوں، تقریروں اور آندرے مالراکس کی خوبصورت ادبی تخلیقات کی بازیافت کے دن تھے۔ یہ وہ دن تھے جب جنرل ڈی گال کی پریس کانفرنسیں یورپ کی سب سے شاندار ڈرامائی پرفارمنس ہوا کرتی تھیں۔ لیکن شاید میں فرانس کا سب سے زیادہ ممنون اور شکر گزار لاطینی امریکہ کو دریافت کرنے کے لیے ہوں۔

وہاں میں نے سیکھا کہ پیرو ایک وسیع کمیونٹی کا حصہ ہے جو تاریخ، جغرافیہ، سماجی اور سیاسی مسائل، رہنے کا ایک خاص انداز اور اس کی بولی اور لکھی جانے والی خوبصورت زبان سے جڑا ہوا تھا۔ اور انھی سالوں میں وہاں ایک نیا اور طاقتور ادب لکھا جا رہا تھا۔ وہاں میں نے بورخیس، اوکتاویو پاز، کورٹازار، گارسیا مارکیز، فیوینٹس، کیبریرا انفینٹے، روفالو، اونٹی کارپینٹیئر، ایڈورڈز، ڈونوسو اور بہت سے دوسرے مصنفین کو پڑھا جن کی تحریریں ہسپانوی زبان کے بیانیے میں انقلاب برپا کر رہی تھیں اور جن کی وجہ سے یورپ اور دنیا کے بڑے حصوں کو علم ہوا کہ لاطینی امریکہ صرف تختہ پلٹ، تاناشاہوں کے ناٹکوں، باریش چھاپہ ماروں، میمبو کے ماراکاس اور چاچاچا کا ہی ملک نہیں تھا بلکہ نظریات اور فنکارانہ نوعیتوں کا حامل ایک براعظم تھا جہاں قدرتی حسن کے ساتھ ساتھ عالمی زبان بھی بولی جاتی تھی۔

اس وقت سے لے کر اب تک لاطینی امریکہ نے لغزشوں اور فروگزاشتوں کے باوجود ترقی کی ہے۔ حالانکہ سیزر رویلیجو نے ایک نظم 'خشک گھاس' میں کہا ہے، 'بھائیو، ابھی بہت کچھ کیا جانا باقی ہے۔' ہم پہلے کے مقابلے تاناشاہی سے بہت کم متاثر ہیں۔ صرف کیوبا اور اس کے نامزد ولی عہد، وینیز ولا یا بولیویا اور نکاراگوا کی طرح چند چھوٹی موٹی شہرت پرست اور مضحکہ خیز جمہوریت نما تاناشاہ بچے ہیں۔ لیکن بقیہ براعظم میں جمہوریت ایک وسیع تر مقبولیت اور اتفاق رائے کی حمایت سے چل رہی ہے۔ ہماری تاریخ میں ہمارے پاس پہلی مرتبہ برازیل، چلی، اروگوے، کولمبیا، ڈومینکن ری پبلک، میکسکو اور تقریباً تمام وسطی امریکہ کی طرح دائیں بازو اور بائیں بازو کے محاذ موجود ہیں جو قانونیت، تنقید کی آزادی، انتخابات اور اقتدار میں جانشینی کا احترام کرتے ہیں۔ یہی صحیح راستہ ہے اور اسی راستے پر چلا جاتا رہا اور بدعنوانیوں کا مقابلہ کیا جاتا رہا اور دنیا کے ساتھ یک جہت ہونا جاری رہا تو لاطینی امریکہ محض مستقبل کا ایک براعظم بنے رہنے کے بجائے زمانۂ حال کا ایک براعظم بن جائے گا۔

میں نے یورپ میں کہیں بھی خود کو ایک غیر ملکی کی طرح محسوس نہیں کیا۔

میں جہاں بھی رہا، پیرس ہو، لندن ہو، بارسلونا ہو، میڈرڈ ہو، برلن ہو، واشنگٹن ہو، نیو یارک ہو، برازیل ہو یا ڈومینیکن ریپبلک، میں نے ہر جگہ ایک اپنا پن محسوس کیا۔ مجھے ہمیشہ ایسا ٹھکانہ ملا ہے جہاں رہ کر میں سکون کے ساتھ کام کر سکوں، چیزیں سیکھ سکوں، خوابوں کو سچ کر سکوں، پڑھنے کے لیے دوست اور اچھی کتابیں ہوں اور لکھنے کے لیے موضوعات تلاش کر سکوں۔ میں نہیں سمجھتا کہ میرے غیر دانستہ طور پر دنیا کا شہری بننے سے میرے اپنے ملک کے لیے میری جڑیں کمزور ہو گئی ہوں۔ میرے خیال میں یہ بات بہت اہم نہیں ہے کیونکہ اگر ایسا ہوتا تو میرے پیرو کے تجربات ایک مصنف کی حیثیت سے مجھے پروان نہ چڑھنے دیتے اور ہمیشہ میری کہانیوں میں موجود نہ ہوتے، حالانکہ وہ پیرو سے بہت دور واقع ہوتے نظر آتے ہیں۔ اس کے بجائے، میں محسوس کرتا ہوں کہ اتنے عرصے تک ملک سے باہر قیام نے اپنے ملک سے میرا تعلق اور بھی مضبوط کر دیا ہے؛ اس کے لیے میرا نقطۂ نظر اور پرانی یادیں مبالغہ آرائی سے پرے، یادوں کو زندہ رکھتی ہیں۔ ہمیں اس ملک سے محبت کرنے پر مجبور نہیں کیا جا سکتا جس میں ہم پیدا ہوئے ہیں، لیکن کسی بھی دوسری محبت کی طرح یہ بھی دل کا ایک بے ساختہ عمل ہونا چاہیے جو محبت کرنے والوں، والدین اور بچوں اور دوستوں کو ایک دوسرے سے جوڑتا ہے۔

پیرو میرے اندر بہت گہرائی تک پیوست ہے۔ کیونکہ میں اس ملک میں پیدا ہوا، پلا بڑھا اور بچپن اور جوانی کے ان تجربات کو جیا ہے جنھوں نے میری شخصیت کو تشکیل دیا اور میری تحریر کو تقویت بخشی۔ جہاں میں نے محبت اور نفرت، غم اور خوشی کا تجربہ کیا اور خواب دیکھے۔ وہاں جو کچھ ہوتا ہے، وہ مجھے کسی اور جگہ واقع ہونے والے کسی واقعے سے زیادہ متاثر اور پُرجوش نہیں کر سکتا۔ میں نے یہ خواہش بھی نہیں کی ہے اور نہ ہی اسے خود پر کبھی تھوپا ہے۔ یہ بس ایک خودکار اور خود ساختہ قسم کی بات ہے۔ میرے کچھ ہم وطنوں نے مجھ پر ملک سے غداری کا الزام لگایا ہے۔ اس وقت میں اپنی شہریت گنوانے کے خطرے سے دوچار ہو چکا تھا، جب میں نے گزشتہ آمریت کے دوران دنیا کی جمہوری حکومتوں کو، سیاسی اور معاشی پابندیوں میں گرفتار حکومتوں کو سزا دینے کے لیے کہا تھا۔ چونکہ میں نے ہر طرح سے آمریت کی مخالفت کی تھی، پھر چاہے وہ پنوسیٹ ہو یا فیدیل کاسترو، افغانستان میں طالبان ہوں یا ایران میں امام ہوں، جنوبی افریقہ میں نسلی بھید بھاؤ ہو یا برما (جسے اب میانمار کہا جاتا ہے) کے باوردی شتربـ ہوں۔ اور اگر مجھے لگتا ہے کہ پیرو ایک مرتبہ پھر تختہ پلٹ کا شکار ہوگا جس سے ہماری پہلے ہی سے کمزور جمہوریت کا صفایا ہو جائے گا تو میں دوبارہ بھی ایسا ہی کروں گا۔ حالانکہ میری دعا ہے کہ قسمت اور پیرو کے باشندے ایسا بالکل نہ ہونے دیں۔ اپنی تنگ نظری کے چشمے سے دوسروں کو پہچاننے کے عادی کچھ ادیبوں نے لکھا ہے کہ یہ ایک پُرجوش انسان کا سوچا سمجھا جوش نہیں تھا۔ یہ میرے اس مضبوط یقین کے ہوتے ہوئے ہے کہ آمریت ملک کے لیے برائی کی نمائندگی کرتی ہے۔ سفاکی اور بدعنوانی ان گہرے زخموں کا ماخذ ہیں جو طویل عرصے تک قائم رہتے ہیں۔ ملک کے مستقبل میں زہر گھول دیا جاتا ہے۔ مضر عادتوں اور روایات کو جنم دیا جاتا ہے جو کئی نسلوں تک چلتی رہتی ہیں اور جمہوریت کی باز تخلیق میں تاخیر ہو جاتی ہے۔ یہی وجہ ہے کہ ہمیں بغیر کسی تذبذب اور

ہچکچاہٹ کے معاشی پابندیوں کے ساتھ اپنے پاس دستیاب تمام تر وسائل کے ساتھ آمریت کے خلاف لڑنا چاہیے۔ یہ بڑے افسوس کی بات ہے کہ جمہوری سرکاریں ان پر حکومت کرنے والی آمریت کا سامنا ہمت سے کرنے والے کیوبا میں ڈماس دے بلینکو، وینیزولا کے حزب اختلاف یا آنگ سان سوکی اور لیوجیابوان ملکوں کی حوصلہ افزائی کرنے کی بجائے استحصال کرنے والوں کی تال سے تال ملا رہے ہیں اور سکون سے بیٹھے ہوئے ہیں۔ اپنی آزادی کے لیے جدوجہد کرنے والے وہ بہادر لوگ ہمارے لیے بھی جدوجہد میں مصروف ہیں۔ میرے ایک ہم وطن، 'جوس ماریا ارگیداس' نے پیرو کو 'ہر ایک کے خون کا ملک' کہا ہے۔ میں سمجھتا ہوں کہ کوئی اور فقرہ اس سے بہتر تعریف نہیں کرسکتا۔ ہم اسے پسند کریں یا نہ کریں، لیکن پیرو کے ہم تمام باشندوں میں یہ بات دیکھنے کو ملتی ہے کہ ہم چار بنیادی نکات سے مملو روایات، نسلوں، آراء اور ثقافتوں کا آمیزہ ہیں۔ مجھے اپنے تئیں سابقہ ہسپانوی ثقافتوں کا وارث ہونے پر فخر ہے جس کے بنائے ہوئے کپڑے اور پنکھ، نازکا اور پراکاس نے پہنے تھے اور میسیکن یا انکائی سیرامکس کی نمائش دنیا کے سب سے شاندار میوزیموں میں کی جاتی ہے۔

ماچوپچو، گرین چیمو، چان چان، کیلاپ، سیپان کے کاریگر، لابروجا اور ایل سول نیز لالونا کے قبرستان، اسپیپیارڈ جو لکڑی کی تھیلیوں، تلواروں اور گھوڑوں کے ساتھ پیرو میں گریس، روم، جودو۔عیسائی روایت، باز بیداری سروینٹس، کیویندرو گونگورا لے کر آئے اور کاسٹائل کی سخت زبان کو انڈینز نے شیرینی عطا کی۔اسپین کے ساتھ افریقہ آیا جس نے اپنی طاقت، اپنی موسیقی اور چمکتے ہوئے تصورات کے ساتھ پیرو کی رنگارنگی کو ثروت مند بنایا۔اگر ہم مزید کچھ تفتیش کریں تو پائیں گے کہ پیرو، بورگس کے آلف کی طرح، پوری دنیا کا ایک چھوٹا سا نقشہ یا شکل ہے۔ایک ملک کے لیے غیر معمولی خصوصی اختیارات کی بات ہے کہ اس کی اپنی کوئی پہچان نہیں ہے کیونکہ وہ کئی ثقافتوں سے مل کر بنا ہے۔

امریکہ کی فتح یقینی طور پر تمام فاتحانہ مہمات کی طرح ظالمانہ اور پرتشدد تھی۔ہمیں اس کی مذمت کرنی چاہیے لیکن ہمیں یہ نہیں بھولنا چاہیے کہ جو لوگ لوٹ اور جرائم میں ملوث تھے، زیادہ تر لوگ ہمارے پردادا، لکڑ دادا اسپین کے باشندے تھے جو امریکہ آئے اور امریکی طور طریقوں کو اپنالیا۔ یہ وہ لوگ نہیں تھے جو اپنے ملک میں جمے رہے۔اس لیے تنقید کی بجائے خود احتسابی کرنی چاہیے۔ چونکہ ہم نے اپنی آزادی اسپین کی آزادی سے دوسو سال پہلے حاصل کی تھی، جنھوں نے سابقہ سامراجوں میں اقتدار سنبھالا تھا، انھوں نے یہاں کے اصلی باشندوں یعنی انڈینز کو آزاد کرنے اور پرانی غلطیوں کی اصلاح کے بجائے فاتحین کے طور پر اتنی سفا کی اور ظلم کے ساتھ ان کا استحصال کرنا جاری رکھا۔ چند ملکوں سے انھیں بھگا دیا گیا اور انھیں ختم کر دیا گیا۔ ہمیں پوری وضاحت کے ساتھ یہ بات کہنی چاہیے کہ دو صدیوں کے لیے اپنے ملک کی آزادی کی خصوصی ذمہ داری ہمیں سونپی گئی تھی اور ہم نے اسے پورا نہیں کیا۔ یہ لاطینی امریکہ کے سبھی ملکوں میں ایک لاینحل پہیلی بن چکی ہے۔اس بدنامی اور شرم کے لیے کوئی بھی منطق ناکافی ہے۔

مجھے اسپین سے اتنی ہی محبت ہے جتنی پیرو سے۔ میں اسپین کا ممنون ومشکور رہوں گا۔ اگر اسپین نہ ہوتا تو میں اس اسٹیج تک کبھی نہ پہنچ پاتا اور نہ ہی میں ایک مشہور ادیب بن پاتا۔ شاید میں ان بدقسمت ساتھی ادیبوں کی طرح غیر یقینی کی فضا میں معلق ہوتا جن کی صلاحیتوں کو آئندہ نسل خوش قسمتی، پبلشرز، انعامات اور قارئین کے فقدان کی وجہ سے کبھی نہ جان پائے گی۔ حالانکہ یہ ماننا محض دل کو بہلانا ہے۔ میری تمام کتابیں اسپین میں ہی شائع ہوئی ہیں۔ مجھے اعلیٰ ترین انعام دیا گیا ہے اور میرے دوست کارلوس، برال، کارمین بالسیلز کے ساتھ ساتھ دیگر کئی لوگ میری کہانیوں کو قارئین ملنے کی وجہ سے مجھ پر رشک کیا کرتے تھے۔ میں جب اپنی شہریت گنوانے کے خطرے سے دوچار تھا تب مجھے اسپین نے اپنی شہریت دی۔ میں نے پیرو کا باشندہ ہونے اور اسپینی پاسپورٹ کا حامل ہونے کے بیچ کوئی عدم ہم آہنگی کبھی محسوس نہیں کی۔ کیونکہ میں نے محسوس کیا ہے کہ نہ صرف میرے اپنے معاملے میں بلکہ تاریخ، زبان اور ثقافت جیسے لازمی حقائق کے پیش نظر بھی اسپین اور پیرو ایک ہی سکے کے دو رُخ ہیں۔

میں جتنا عرصہ اسپین میں رہا، اس میں وہ پانچ سال سب سے شاندار لگتے ہیں جو میں نے 1970 کی دہائی کی شروعات میں پیارے بارسلونا میں گزارے۔ فرینکو کی آمریت اب بھی اقتدار میں تھی اور گولیاں چل رہی تھیں۔ لیکن تب تک یہ ایک مائل بہ موت جرثومہ تھا اور خاص طور پر ثقافت کے شعبے میں یہ پہلے جیسا انضباط بنائے رکھنے کی اہلیت رکھتا تھا۔ دراڑیں دکھائی دینے لگی تھیں اور جھریاں کھلنے لگی تھیں۔ جن پر سنسر بورڈ پردہ نہیں ڈال سکتا تھا، ان کے توسط سے اسپینی سماج نے نئے نظریات، کتابوں، مکاتیب فکر اور تب تک تباہ کن بتا کر ممنوع کر دیے گئے فنی قدروں اور شکلوں کو اختیار کر لیا تھا۔ کسی اور شہر کے مقابلے میں بارسلونا نے پہل کی اور اس شروعات سے سب سے زیادہ استفادہ کیا۔ نئے خیالات اور تخلیقیت کے تمام شعبوں میں قابل تحسین جوش کا تجربہ کیا۔ یہ اسپین کی ثقافتی راجدھانی بن گیا جو ایک ایک مقام تھا جہاں آنے والی آزادی کی آہٹیں بھی سنی جا سکتی تھیں۔ دوسرے معنوں میں یہ مصوروں، ادیبوں، پبلشرز اور لاطینی امریکی ملکوں سے بڑی تعداد میں آنے والے فنکاروں کو دیکھتے ہوئے لاطینی امریکہ کی ثقافتی راجدھانی بھی تھی جو یا تو بارسلونا میں بس گئے تھے یا بارسلونا آتے رہتے تھے: اگر آپ ہمارے زمانے میں کوئی ناول نویس، مصور یا موسیقار بننا چاہتے تھے تو یہی وہ جگہ تھی جہاں آپ کو ہونا چاہیے تھا۔

میرے لیے وہ بھائی چارے، دوستی، قصہ گوئی اور علمی سرگرمیوں کے ناقابل فراموش سال تھے۔ جس طرح کبھی پیرس کو مانا جاتا تھا، اسی طرح بارسلونا بیبل کا ٹاور تھا۔ ایک خود مختار، مشمولی بین الاقوامی شہر جہاں سول جنگ کے دنوں کے بعد پہلی مرتبہ رہائش پذیر ہونے اور کام کرنے میں ایک جوش کا احساس ہوتا تھا۔ سول جنگ کے دنوں کے بعد والے عرصے میں اسپینی اور لاطینی امریکی ادیبوں میں میل جول اور بھائی چارہ تھا۔ وہ ایک دوسرے کو ایک ہی روایت کا امین مانتے تھے اور ایک جیسی سرگرمیوں اور تیقن سے منسلک تھے۔ آمریت کا خاتمہ طے تھا اور جمہوری اسپین میں ثقافت ہی مرکزی کردار میں ہوگی۔

اسپین کی آمریت سے جمہوریت میں تبدیلی جدید دور کی سب سے اچھی کہانیوں میں سے ایک ہے۔

اس سے ہمیں یہ سبق مل سکتا ہے کہ اگر نیک نیتی اور پختہ شعور کے بل بوتے پر سیاسی مخالفین عوامی مفادات کے پیش نظر فرقہ واریت کو نظرانداز کردیں تو جادوئی ناولوں جیسے شاندار واقعات رونما ہو سکتے ہیں۔ اسپین کا آمریت سے آزاد ملک، کم ترقی یافتہ سے ترقی یافتہ ملک، تیسری دنیا کی معاشی تضادات اور نا مساوی عناصر سے ایسے ملک میں بدلنا جس میں مڈل کلاس تھا جو متحدہ یورپ میں ضم ہو گیا تھا۔ چند ہی برسوں میں جمہوری ثقافت کو اپنا لینے کی اس کی صلاحیت دیکھ کر پوری دنیا حیران رہ گئی تھی۔ اسپین کی جدید کاری میں تیزی آگئی۔ میرے لیے اسے اتنے قریب سے دیکھنا اور اس کا تجربہ کرنا جذباتی اور سبق آموز رہا ہے جسے میں اپنے دل کی گہرائی سے محسوس کر سکتا ہوں۔ میں بڑی شدت سے امید کرتا ہوں کہ قوم پرستی جو جدید دنیا اور اسپین کے لیے لاعلاج وبا ہے، اس کہانی کے خوش آئند اختتام کو تباہ نہ کردے۔ مجھے قوم پرستی، جو ایک علاقائی نظریہ ہے، یا یوں کہیے مجھے اس دھرم کی ہر شکل سے نفرت ہے جو دور اندیش نہیں ہے اور جو عقلی افق کو سکیڑ دیتا ہے، جو اپنے دل میں تعصب اور تنگ نظری کو چھپائے رکھتا ہے کیونکہ یہ کسی کی جائے ولادت کے اتفاقی واقعے کی اخلاقی اور خالص خصوصی اختیار کو اعلیٰ ترین قدر میں تبدیل کر دیتا ہے۔ دھرم کے ساتھ ساتھ قوم پرستی بھی تاریخ میں سب سے خطرناک قتل و غارت گری اور خون خرابے کا سبب رہی ہے۔ جیسا کہ دونوں جنگ عظیم میں اور مشرق وسطیٰ میں حال ہی میں ہونے والی خونریزی کے دوران ہوا۔ لاطینی امریکہ کی قوم پرستی کو بلقان کاری کرنے اور جنگوں اور تنازعات میں بے فیض خونریزی کرنے سے سب سے زیادہ نقصان اٹھانا پڑا ہے، کیونکہ عظیم تر وسائل کا استعمال عمارتوں، اسکولوں، کتب خانوں اور اسپتالوں کی تعمیر کے بجائے اسلحہ خریدنے کے لیے کیا گیا۔

ہمیں اندھی قوم پرستی اور اس کے ذریعے کسی 'دوسرے' کو قبول نہ کرنے کو، جو ہمیشہ تشدد کی جڑ رہی ہے، ایسا حب وطن مان کر فریب میں مبتلا نہیں ہونا چاہیے جو اس سرزمین کے لیے محبت کا پُراحترام جذبہ ہے جہاں ہم پیدا ہوئے تھے، جہاں ہمارے آبا و اجداد رہتے تھے، جس زمین پر ہم رہتے تھے، جہاں ہم نے اپنی زندگی کے آغاز میں خواب دیکھے تھے، ان میں جغرافیہ اور اپنے اقربا کا مانوس سا منظرنامہ اور وہ واقعات بھی شامل ہیں جو تنہائی کے خلاف مورچہ یعنی یادوں کے لیے میل کا پتھر بن گئی ہیں اور تنہائی میں ہمیں سکون دیتی ہیں۔ مادر وطن سے مراد محض جھنڈے لہرانا، گیت گانا یا ہماری آزادی کے ہیروؤں کے بارے میں جوشیلی تقریریں کرنا ہی نہیں ہے بلکہ یہ ان چند لوگوں اور مقامات سے بنا ہے جو ہماری یادوں کو اداسی اور گرم جوشی بھرے ساز سے مرتعش کر دیتا ہے۔ ہمیں ایسا لگنے لگتا ہے کہ ہم کہیں بھی ہوں، ہمارے پاس واپس لوٹنے کے لیے ایک جگہ تو ہے۔

میرے لیے پیرو اریکیپنوس ہے جہاں میں پیدا تو ہوا لیکن کبھی وہاں رہ نہ سکا۔ یہ ایک ایسا شہر ہے جس کے بارے میں میری والدہ، دادا۔ دادی اور چاچا۔ چاچیوں نے ان کی یادوں اور خواہشات کے توسط سے مجھے بتایا۔ چونکہ میرے پورے خاندان کے خانہ بدوش لوگ اریکیپنوس کی طرح اپنے بھٹکتے ہوئے وجود کے دوران وہائٹ سٹی کو ہمیشہ اپنے ساتھ لیے پھرتے رہے۔ میں نے ریگستان میں پیورا، مسکٹ کے پیڑوں اور اپنی جوانی

کے دنوں میں پیوریائی کے ذریعے ایک 'کسی اور کے پیر'، جو ایک خوبصورت اور اداسی بھرا نام ہے، کہی جانے والی مانڈوں میں پتا چلا کہ بچوں کو دنیا میں سارس نہیں لاتے بلکہ مرد و زن ایسے کام کر کے بچے کو پیدا کرتے ہیں جسے اخلاقی پیمانوں پر ناپا جاتا ہے۔ سین میگوئل اکادمی اور ویرائٹی تھیٹر میں پہلی بار میں نے اپنے تحریر کردہ ڈرامے کو کھیلا جاتا ہوا دیکھا تھا۔ میں نے لیما کے میرافلورس میں ڈیگو فیرے اور کولون کے کونوں میں جنھیں ہم خوشحال پڑوس کہتے تھے، شارٹ پینٹ کے بجائے لمبی پتلون پہنی، جہاں اپنی پہلی سگریٹ کے کش لیے، رقص کرنا، پیار کرنا اور لڑکیوں کے دل میں جگہ بنانا سیکھا۔ سولہ برس کی عمر میں لاکرونیکا کے گرد آلود ادارتی دفتروں میں، میں نے ایک صحافی کے طور پر اپنی جگہ بنائی جو ایک ایسا کام تھا جس نے کتابوں کی طرح ادب کے ساتھ ساتھ تقریباً میری تمام زندگی پر قبضہ جمائے رکھا ہے۔ مجھے زیادہ وقت تک زندہ رکھا، دنیا کو بہتر طریقے سے جاننا سکھایا، ہر جگہ اور ہر طبقے کے مردوں اور عورتوں کے ساتھ وقت گزارنے کی تحریک دی۔ پھر وہ چاہے بہترین یا اچھے لوگ ہوں یا پھر بُرے اور گھناؤنے لوگ۔ لیونیسیا پراڈو فوجی اکادمی میں، میں نے یہ سیکھا کہ پیرو میں جہاں میں تھا، وہ ادنیٰ متوسط طبقے کا گڑھ تھا۔ میں جب تک یہاں تھا، بند اور محفوظ تھا بلکہ یہ ایک عظیم، قدیم، باغی، غیر مساوی ملک تھا جسے ہر قسم کے سماجی طوفانوں نے ہلا کر رکھ دیا تھا۔ کاویدا کے پوشیدہ کمروں میں مٹھی بھر مارکوس طلبہ کے ساتھ ہم نے عالمی انقلاب کی تیاری کی۔ پیرو کی آزادی کی تحریک میں بھی میرے ساتھ وہ دوست رہے ہیں جن کے ساتھ ہم نے تین سال تک بم، بلیک آؤٹ اور دہشت گردانہ قاتلانہ حملوں کے بیچ جمہوریت اور آزادی کی تہذیب وثقافت کے تحفظ اور دفاع کے لیے کام کیا تھا۔

پیرو میں میری ٹیڑھی ناک والی چچیری بہن پیٹریشیا ہے جس سے مجھے پینتالیس سال قبل شادی کرنے کا موقع ملا تھا۔ جو میری سنک، پاگل پن، غصہ اور نخرے جھیلتی ہے، جو لکھنے پڑھنے میں میری مدد کرتی ہے۔ اس کے بغیر میری زندگی بہت پہلے ہی ایک تلاطم خیز گرداب میں بدل سکتی تھی اور الوارو، گونزالو، موگن اور ہمارے وجود کی توسیع ہمارے چھ پوتے پوتیاں پیدا ہی نہ ہوئے ہوتے تو ہمارے دل کو خوشی نہ مل پاتی۔ وہ سارے کام کرتی ہے اور ہر کام بہت اچھے طریقے سے کرتی ہے۔ وہ مسائل کو حل کرتی ہے، معاشی امور کو منضبط کرتی ہے، بے ترتیبی کو ختم کرتی ہے، صحافیوں اور مداخلت کرنے والے لوگوں سے دور رکھتی ہے، میرے وقت کا دھیان رکھتی ہے، ملاقاتوں اور اسفار کے پروگرام بناتی ہے، سوٹ کیس پیک کرتی اور کھولتی ہے، اور اتنی کشادہ قلب ہے کہ جب وہ سوچتی ہے کہ مجھے ڈانٹ رہی ہے تو وہ میری سب سے زیادہ ستائش بھی کر رہی ہوتی ہے: ''ماریو! آپ صرف ایک کام اچھا کر رہے ہیں اور وہ ہے لکھنا۔''

اب ہم ادب کی بات کرتے ہیں۔ میرے لیے بچپن کی جنت کوئی ادبی فنتیسی نہیں بلکہ ایک حقیقت ہے جس میں، میں کوچابمبہ میں تین صحنوں والے خاندانی گھر میں رہا تھا اور لطف اندوز ہوا تھا اور جہاں میں اپنے چچیرے بھائیوں اور اسکول کے دوستوں کے ساتھ ٹارزن اور سلگاری کی کہانیوں پر اداکاری کرتا تھا۔ پیورا

صوبے میں چمگادڑ اونچائی پر لٹکے ہوتے تھے اور خاموش سائے اس گرم ملک کی تاروں بھری راتوں کو پر اسرار بنا دیا کرتے تھے۔ میرے والد کا انتقال ہو گیا اور جنت مکین ہو گئے تھے، ان دنوں میرے لیے لکھنا ایک ایسا کھیل تھا جس کا میرا خاندان جشن منایا کرتا تھا، ایک شاندار سرگرمی تھی جس سے مجھے تعریف ملتی تھی۔ میں ایک پوتا، بھتیجا اور باپ کے بغیر بیٹا تھا کیونکہ میرے والد کا انتقال ہو گیا تھا۔ وہ لمبے تھے اور بحریہ کی وردی میں نظر آتے تھے، ان کی تصویر میری رات کی میز کی زینت تھی، جسے سونے سے پہلے میں دعا کرتا اور بوسہ دیتا تھا۔ پیورا کی ایک صبح؛ مجھے نہیں لگتا کہ میں ابھی تک صدمے سے باہر آ پایا ہوں، میری والدہ نے یہ انکشاف کیا کہ وہ شریف آدمی واقعی زندہ تھے، اور کہا کہ ہم اسی دن سے لیما میں ان کے ساتھ رہنے کے لیے جا رہے تھے۔ میں اس وقت گیارہ سال کا تھا اور اس لمحے سے سب کچھ بدل گیا۔ میں نے اپنی معصومیت کھو دی اور تنہائی، اختیار، بلوغت اور خوف کا سامنا کرنا پڑا۔ میری نجات اچھی کتابیں پڑھنے اور ایسی دنیاؤں میں پناہ لینے میں تھی جہاں زندگی شاندار، شدید اور یکے بعد دیگرے مہماتی تھی۔ میں آزاد اور پھر سے خوش ہو سکتا تھا۔ اور یہ لکھنے کا کام چھپ چھپ کر کیا جاتا تھا، گویا میں کسی ممنوعہ جنون میں مصروف تھا جس کے بارے میں کسی کو کچھ نہیں بتایا جا سکتا تھا۔ ادب اب محض کھیل نہیں رہا۔ یہ فرار کا، مشکلات کا مقابلہ کرنے کا، ناقابل برداشت سے بچنے کا، اور میرے جینے کا سبب بن گیا۔ اس وقت سے لے کر اب تک، ہر اس صورتحال میں جہاں میں نے حوصلہ شکنی، شکست خوردہ یا مایوسی کے دہانے پر محسوس کیا ہے، اپنے آپ کو جسم اور روح سے ایک قصہ گو میں ڈھال لینے سے مجھے سرنگ کے آخر میں روشنی نظر آئی، گویا ڈوبے ہوئے جہاز سے آدمی کو پالکی میں ساحل تک لایا جا رہا ہو۔

حالاں کہ یہ بہت مشکل ہے اور مجھے خون پسینہ بہانے اور ہر قلم کار کی طرح کبھی کبھی تصورات کے خشک موسم یعنی ذہنی فالج کے خطرے کو محسوس کرنے کے لیے مجبور کرتا ہے۔ مجھے زندگی میں اتنی خوشی اور کسی کام میں نہیں ملی جتنی مہینے اور سال خرچ کر کے ایک کہانی بُننے، اس کے غیر یقینی آغاز سے لے کر زندہ تجربات کی تصویری یادوں کا ذخیرہ، جو اضطراب، جوش اور خواب میں تبدیل ہو کر ایک تخیلی مفروضے کی شکل میں نمو پذیر ہوتا ہے، پرچھائیوں کے مضطرب بادلوں کو کہانی میں استعمال کرنے کا فیصلہ لینے سے ملی۔ فلابیر نے کہا ہے، ''لکھنا جینے کا ایک طریقہ ہے۔'' ہاں، بالکل درست ہے۔ وہم اور خوشی اور دماغ میں خیالات کی چنگاریاں برسانے والی آگ کے ساتھ جینا، سرکش الفاظ کے ساتھ اس وقت تک جدوجہد کرنا جب تک وہ قابو میں نہ آ جائیں، ایک شکاری کی طرح بہتر دنیا کی تلاش کرنا، جنین کہانی کا پیٹ بھرنے کے لیے مطلوبہ شکار کی تلاش کرنا، ہر کہانی کی حریص بھوک کی کفالت کرنا جس میں اضافہ ہونے پر وہ باقی سب کہانیوں کو ہڑپ کر لینا چاہے گی۔ پھر جب ناول کی تجسیم ہونے لگتی ہے تو وہ اپنے دم پر جینا شروع کر دیتا ہے۔ اس وقت کردار چلتے پھرتے نظر آتے ہیں، حرکت کرتے ہیں، اپنا کام کرتے ہیں، محسوس کرتے ہیں، عزت اور توجہ کا مطالبہ کرنے لگتے ہیں جن پر اپنی مرضی تھوپنا اب ناممکن ہو گیا ہے، جنھیں ان کی آزادی کی خواہش سے محروم کرنے پر وہ ختم ہو جائیں گے یا انھیں منانے سے کہانی

اپنی طاقت کھودے گی؛ یہ ایسا تجربہ ہے جو مجھے اب بھی اتنا ہی پریشان کرتا ہے جتنا اس نے پہلی بار کیا تھا اور یہ اتنا ہی مکمل اور مسمارائز کرنے والا تجربہ ہے جیسے اس خاتون سے عشق بگھارا جائے جس سے آپ دنوں، ہفتوں اور مہینوں سے مسلسل محبت کرتے چلے آئے ہوں۔

فکشن پر بات کرتے ہوئے میں نے ناول کے بارے میں بہت بات کی اور تھیٹر کے بارے میں بہت کم، جو اس کی ابتدائی شکلوں میں سے ایک ہے۔ اسے اہمیت نہ دینا ناانصافی ہوگی۔ بچپن میں تھیٹر میرا پہلا پیار تھا، میں نے جب، لیما میں سیگورا تھیٹر میں آرتھر مِل کا ڈرامہ 'ڈیتھ آف اے سیلز مین' کو اسٹیج پر دیکھا تھا، جس نے مجھے جذباتی کر دیا تھا اور ایک ڈرامہ لکھنے کی تحریک دی۔ اگر 1950 میں لیما میں ڈراموں کی کوئی تحریک چل رہی ہوتی تو میں ناول نگار کی بجائے ڈرامہ نگار بن گیا ہوتا۔ مگر ایسا نہیں ہوا اور اسی سبب میں کہانیوں کی طرف پلٹ گیا۔ لیکن تھیٹر کے لیے میرا لگاؤ کبھی ختم نہیں ہوا، یہ ایک حریص پرانی یادوں کی طرح ناولوں کے سائے میں چھپا ہوا اونگھتا رہا، بطور خاص اس وقت جب میں کوئی دلچسپ ڈرامہ دیکھتا تھا۔ 1970 کے اواخر میں جب میری سو سالہ پردادی نے خود کو اپنی زندگی کے آخری برسوں میں گردوپیش سے علیحدہ کر کے یادوں اور کہانیوں میں پناہ لے لی تھی، اس نے مجھے ایک کہانی کا آئیڈیا دیا۔ مجھے پہلے سے ہی احساس تھا کہ وہ کہانی تھیٹر کے لیے تھی اور اسٹیج پر ہی یہ عظیم کہانیوں کی عظمت اور وقار حاصل کر پائے گی۔ میں نے اسے ایک نومشق کی طرح بڑے جوش سے لکھا تھا۔ ہیروئن کے کردار میں نورما آلیاندرو کو دیکھ کر اس سے لطف اندوز ہوا اور اس لیے اس کے بعد سے میں کئی بار ناول اور مضمون کے درمیان جھولتا رہا۔ مجھے یہ بھی کہنا ہے کہ میں نے کبھی تصور بھی نہیں کیا تھا کہ ستر سال کی عمر میں، میں اداکاری کرنے کے لیے اسٹیج پر چڑھوں گا (یا کہنا چاہیے کہ لڑھکوں گا)۔ یہی وجہ ہے کہ لاپرواہ جرأت مندانہ کارناموں سے مجھے پہلی بار اپنے ہی گوشت اور ہڈیوں میں کرشمے کا تجربہ ہوا کیوں کہ جس نے زندگی کہانیاں لکھنے میں گزاری ہو، وہ ناظرین کے سامنے کچھ ہی گھنٹوں کے لیے کہانی کے کردار کو زندہ کرے۔ میں اپنے پیارے دوست ہدایت کار جوآن اولے کا، گیارہویں اور اداکارہ ایتانا کا، سانچیز گیزون کا (دہشت کے باوجود) شکرگزار ہوں جنھوں نے مجھے ان لوگوں کے ساتھ شاندار تجربہ ساجھا کرنے کے لیے حوصلہ بخشا۔

ادب زندگی کی خیالی نمائندگی کرتا ہے، اس کے باوجود یہ ہمیں زندگی کو بہتر سمجھنے میں مدد کرتا ہے، اس بھول بھلیاں میں ہمیں لے جاتا ہے جہاں ہم پیدا ہوئے، جہاں سے گزرتے ہیں اور مر جاتے ہیں۔ یہ ان شکستوں اور ناکامیوں کا ازالہ کرتا ہے جو ہمیں حقیقی زندگی میں پیش آتی ہیں اور اس کی وجہ سے ہم کم از کم جزوی طور پر یہ سمجھ سکتے ہیں کہ جو خاکہ موجود ہے، وہ انسان کی عظیم اکثریت کے لیے ہے اور بطور خاص ہم میں سے ان لوگوں کے لیے ہے جو یقین سے زیادہ شکوک پیدا کرتے ہیں، لوگوں کے سامنے اپنی ماورائی، انفرادی اور اجتماعی تقدیر، روح، تاریخ کی معنویت یا بے معنویت اور اِدھر اُدھر کے منطقی علوم قبول کرتے ہیں۔

میں ہمیشہ غیر یقینی صورت حال کا تصور کر کے کھو جاتا ہوں جن میں ہمارے اجداد جو جانوروں سے

بہت الگ نہیں ہیں، ابھی حال ہی میں پیدا ہوئی زبان میں غاروں میں آگ کے اِرد گرد بیٹھ کر رات کو مکالمہ کرتے ہوں گے، جہاں بجلی گرنے، طوفان کی گڑگڑاہٹ اور غراتے ہوئے جانوروں کے خطرے سے کانپتے ہوئے وہ کہانیاں بنانے اور سننے لگے ہوں گے۔ وہ ہماری تقدیر کا اہم لمحہ تھا کیوں کہ قصہ گو کی آواز اور تخیل میں کھویا ہوا بنی نوع انسان کے ان حلقوں سے تہذیب کا سورج طلوع ہوا ہوگا اور وہ طویل راستہ رفتہ رفتہ ہمیں انسان اور خود مختار وجود کی ایجاد کرنے کی طرف قیادت کرے گا، اسے قبائل سے علیحدہ کرے گا، علوم کی تلاش کرنے، فن، قانون، آزادی اور فطرت کے اندرونی گوشوں کی جانچ کرنے، انسانی جسم، خلا اور ستاروں کا سفر کرنے کے لیے تحریک دے گا۔ ان کہانیوں، داستانوں، قصوں، فنتاسی نے دنیا کے اسرار اور خطروں سے خوفزدہ ان سامعین کو موسیقی کی طرح پہلی بار مسحور کیا ہوگا جہاں سب کچھ نامعلوم اور خطرناک تھا۔ ان ہمیشہ محتاط رہنے والے لوگوں کے لیے یہ ساکت جھیل کے ٹھنڈے پانی میں نہانے جیسا تجربہ ہوگا، جن کے لیے زندہ رہنے کا مطلب قدرتی عناصر سے محفوظ رہنے کے لیے پناہ کی تلاش، شکار کرنا اور بچے پیدا کرنا ہوتا ہوگا۔ تب سے وہ کہانیوں سے ترغیب پا کر وہ ایک ساتھ خواب دیکھنے لگے، اپنے خوابوں کو ساجھا کرنے لگے، وہ وجود کی غلامی سے آزاد ہو گئے اور بے رحم کاموں کے گرداب سے نجات پا گئے اور ان کی زندگی خوابوں، خوشیوں، تصورات اور انقلابی منصوبوں سے بھر گئی۔ ان خواہشات اور عزائم کو پورا کرنے کے لیے توڑنا، بدلنا اور اصلاح کرنا، جس نے ان میں اپنی تصوراتی زندگی گزارنے اور اپنے اردگرد کے اسرار کو کھولنے کے لیے تجسس پیدا کیا۔

یہ کبھی نہ ختم ہونے والا عمل اس وقت تقویت پا گیا جب لکھنا شروع ہوا اور کہانیوں کو سننے کے علاوہ انھیں پڑھا بھی جا سکتا تھا، ادب نے انھیں استحکام بخشا۔ اس لیے اسے مسلسل تب تک دہرایا جانا چاہیے جب تک نئی نسلیں اس کی قائل نہ ہو جائیں۔ کہانی محض تفریح نہیں ہے، یہ حساسیت میں اضافہ کرتی ہے اور تنقیدی شعور کو بیدار کرتی ہے۔ یہ ایک بنیادی ضرورت ہے تاکہ تہذیب کا وجود برقرار رہے۔ ہم میں جو سب سے زیادہ بشری خصوصیت ہے، اسکی تجدید اور تحفظ کی جا سکے تاکہ ہم علیحدگی کی بربریت میں نہ لوٹ جائیں اور زندگی ماہرین کی عملیت پسندی بن کر نہ رہ جائے جو چیزوں کو گہرائی سے دیکھتے ہیں لیکن آس پاس کی کئی چیزوں کو نظرانداز کر دیتے ہیں۔ تاکہ ہم جن مشینوں کی ایجاد کرتے ہیں، ان سے خدمات لینے کی بجائے ان کے خادم اور غلام نہ بن جائیں، اور کیوں کہ ادب کے بغیر دنیا خواہشوں اور آدرشوں سے عاری اور توہین آمیز دنیا ہوگی، ایسی دنیا جس میں خودکار فرد ہمیں اس سے محروم کر دے گا جو انسان کو واقعتاً انسان بناتا ہے۔ اپنے دائرے سے باہر نکل کر ہمارے خواب سے تشکیل شدہ خود سے الگ لوگوں کی دنیا میں داخل ہونا ہے۔

غاروں سے فلک بوس عمارتوں تک کے لیے، تیر کمانوں سے لے کر اجتماعی قتل عام کے ہتھیاروں تک، قبائلی زندگی سے گلوبل ولیج تک، ادب کی کہانیوں نے انسانی تجربوں میں اضافہ کیا ہے۔ ہمیں کاہلی، خود پرستی اور خودکشی سے روکا ہے۔ کسی بھی سبب اتنی بے چینی کے بیج نہیں بوئے، ہمارے تخیلات اور خواہشات کو اتنا پریشان

نہیں کیا جتنا کہ ادب کے سبب ملی زندگی تخیلی زندگی سے جوڑنے سے انجام پایا تا کہ ہم عظیم جرأت مندانہ کارناموں میں مرکزی کردار بن سکیں، ظاہر ہے اتنا جنون ہمیں حقیقی زندگی کبھی نہیں دے گی۔ ادب کے جھوٹ ہمارے ذریعہ سچ بن جاتے ہیں۔ ہمارے ذریعہ ادب سچ بن جاتا ہے، قارئین میں بدلاؤ رونما ہوتا ہے، کہانیوں کی غلطیوں کے ذریعہ آرزوئیں نمو پذیر ہوتی ہیں، جو اوسط درجے کی حقیقت پر مستقل شکل میں سوالیہ نشان ثبت کردیتی ہے۔ ادب وہ جادوٹونا ہے جو ہمیں وہ حاصل کرنے امید دیتا ہے جو ہمارے پاس نہیں ہے۔ وہ ہمیں وہ بناتا ہے جو ہم نہیں ہیں۔ ناممکن وجودوں تک لے جاتا ہے جہاں ہمیں احساس ہوتا ہے کہ ہم بیک وقت فانی اور ابدی دونوں ہیں۔ ادب ہماری روحوں کو عدم مطابقت اور بغاوت سے بھر دیتا ہے، جو ان سبھی جرأت مندانہ اقدامات کی تحریک ہیں جنھوں نے انسانی رشتوں میں تشدد کو کم کرنے میں اہم کردار ادا کیا ہے۔ تشدد میں کمی آئی ہے، البتہ وہ ختم نہیں ہوئی ہے۔ چونکہ خوش قسمتی سے ہماری کہانی ہمیشہ ادھوری رہے گی، اس لیے ہمیں ہمیشہ خواب دیکھتے رہنا ہے، پڑھتے لکھتے رہنا ہے، جو ہماری فانی حالت کی اصلاح کرنے، وقت کی ٹوٹ پھوٹ کو شکست دینے اور ناممکن کو ممکن میں بدلنے کا سب سے اثرانگیز طریقہ ہے۔

[بشکریہ 'سمالوچن'، 14 اگست 2014]

فن، سیاست اور مزاحمت

ادین واچیئی

ترجمہ: رضوان الدین فاروقی

تمہید کے طور پر عظیم روسی شاعرہ مارینا تسوتائیوا(Marina Tsvetaeva) کے خط کے کچھ حصے بطور حوالہ پیش ہیں:

> پیسی رُن کو مرنا پڑا کیونکہ اس نے اپنے نہیں، بلکہ دوسروں کے حکم (سماج کے لیے اس عہد کے حکم) کو اپنا حکم مانا... پیسی رُن کو مرنا پڑا کیونکہ اس نے اپنے بدلے دوسروں کو چھوٹ دی، وہ بھول گیا کہ وہ خود راہبر ہے: سب سے زیادہ پیہم راہبر!
>
> شاعر کے لیے سیاسی حکم (وہ چاہے جیسا بھی کیوں نہ ہو) غلط شخص کو دیا گیا پیغام ہے۔

اس مضمون میں 'فن اور سیاست' کے رشتے کی بات ہوگی۔ اس میں فنکار اور سیاست دان کے رشتے کی بات نہیں ہونے والی ہے اور نہ ہی فن اور سیاست دان کے رشتے کی۔ یہ سچ ہے کہ فنکار اور سیاست کے بیچ کی بات بھی دلچسپ ہوسکتی ہے۔ آپ یہ جانتے ہی ہوں گے کہ سیاسی جماعتوں کے سہارے ہی جدید دور میں جمہوری سیاست کا نظام چلایا جاتا ہے۔ شاید یہ بھی جانتے ہوں گے کہ یہ واقعہ انسانیت کی طویل تاریخ میں بہت بعد کا ہے۔ سیاسی جماعتوں کے سہارے جمہوری شعور کا قیام انسانیت کے لیے نئی بات ہے۔ تقریباً تین سو سال پہلے تک ایسا نہیں تھا۔ سیاسی جماعتیں، سیاسی نظریات سے ہی چلائی جاتی ہیں۔ میں یہ مانتا ہوں کہ کسی بھی سیاسی نظریہ کی طرف داری قلمکار کی تحریر یا فنکار کے فن پارے یا رقاص کے رقص کی صداقت کو کم کرتی ہے۔ سماج کی اپنے قلمکاروں اور فنکاروں سے یہ توقع رہتی ہے کہ وہ غیر جانبدار ہوکر بغیر کسی جانب داری کے سیاست یا دیگر

موضوعات پر اپنے خیالات کا اظہار کریں۔ یہاں یہ کہنا اس لیے ضروری ہے کیونکہ بیسویں صدی میں ایک طویل عرصہ ایسا بیت گیا ہے، جہاں جانب داری یا سیاسی عزم کو بہت بڑی فنکارانہ قدر سمجھا جاتا تھا۔ اس کی وجہ سے کئی عظیم فنکاروں کی صلاحیتوں کا لوگوں کے دلوں میں جو وقار کم ہوا ہے، اس کی اپنی ایک الگ تاریخ بن چکی ہے۔ اگر کوئی قلمکار یا فنکار کسی سیاسی جماعت کا طرفدار ہو جاتا ہے تو اس کا یہ فرض بن جاتا ہے کہ وہ اس مخصوص پارٹی کے تاریک گوشوں پر پردہ ڈالتا رہے یا کم از کم ان سے آنکھیں چراتا رہے۔ ایک قلمکار یا فنکار کے لیے اس سے زیادہ نقصان دہ کچھ ہو ہی نہیں سکتا کہ وہ کسی ایک سیاسی جماعت یا نظریے کے تاریک حصوں پر، اس کی اپنی عملی جہتوں پر، اس کی زیادتی پر پردہ ڈالے۔ اس لیے مجھے ان دانشوروں یا قلمکاروں اور فنکاروں پر بہت رحم آتا ہے، جو جانبداری کو ایک بڑی قدر مان کر تخلیق کرتے ہیں۔ ایسے قلمکاروں نے ہمارے پورے سماج میں اگر اپنے قلم کی صداقت پوری طرح نہ بھی کھوئی ہو تو اسے غیر یقینی ضرور بنا دیا ہے کیونکہ اس سے سب سے بڑی مشکل تب پیدا ہوتی ہے جب اس راستے سے دھیرے دھیرے سماج میں فن کی صداقت مشکوک ہونا شروع ہو جاتی ہے۔

اس کی دو واضح مثالیں پیش کر کے پھر یہ مضمون اپنے نفس موضوع یعنی 'فن اور سیاست' کے فلسفیانہ پہلوؤں کے تعلق پر لے آئے گا۔ یہ مثالیں دو قلمکاروں کی ہیں۔ ایک ہیں میکسم گورکی (Maxim Gorky) اور دوسرے ایذرا پاؤنڈ (Ezra Pound)۔ اتفاق سے یہ دونوں ہی اپنے زمانے کے بہت اہم قلمکار رہے ہیں۔

میکسم گورکی نہایت باصلاحیت قلمکار کے طور پر روس میں 1917 کے انقلاب روس سے پہلے ابھر کر سامنے آئے تھے۔ 1900 کے آس پاس جب ان کی کتابیں شائع ہونا شروع ہوئیں اور جب ان کا پہلا افسانوی مجموعہ منظر عام پر آیا، اس نے جیسے روس میں ہلچل مچا دی اور اس کے نتیجے میں ان کا بڑے جوش و خروش کے ساتھ استقبال ہوا۔ لیکن انقلاب کے بعد کمیونسٹ پارٹی کے جانبدار ہونے کی وجہ سے وہ دھیرے دھیرے حکومت کے قریب آتے گئے اور انھوں نے سوویت یونین کے وزیر ثقافت جیسا برتاؤ کرنا شروع کر دیا۔ یہ وہ وقت تھا، جب ان کی تمام تصانیف کی صداقت روسی سماج میں کم ہونا شروع ہو گئی تھی۔ روسی زبان کے گورکی کے ہی ایک ہم عصر قلمکار زمیاتن (Yevgeny Zamyatin) نے ایک انوکھا ناول 'وی' (ہم) لکھا ہے۔ ان کا نام مجھے میرے استاد معروف مصور اور مفکر جگدیش سوامی ناتھن نے بتایا تھا۔ ان کو سوویت یونین کے کمیونسٹ نظریے کا طرفدار نہ ہونے کی وجہ سے لگاتار مشکلوں کا سامنا کرنا پڑا تھا۔ وہ میکسم گورکی کو ذاتی طور پر جانتے تھے۔ انھوں نے گورکی پر تحریر کردہ اپنے مضمون میں لکھا ہے: 'پیسکوف (Vasily Peskov) اور میکسم گور 1936 تک ساتھ رہتے تھے اور 1936 میں پیسکوف وفات پا گئے، گورکی زندہ رہے۔' پیسکوف گورکی کا ہی نام تھا۔ وہ کون سا گورکی تھا، جو زندہ رہا اور وہ کون سا تھا جو مارا گیا؟ وہ گورکی جو حکومت کے نزدیک، کمیونسٹ حکومت کا طرف دار تھا، زندہ رہا اور وہ گورکی، یعنی پیسکوف، جو ایک دیہاتی نوجوان تھا، جو تخلیقی صلاحیتوں کا مالک تھا، جس

نے میکسم گورکی کی شہرت کا سامان مہیا کیا تھا، اس دوران وفات پا گیا۔

دوسری مثال ہے: ایذرا پاؤنڈ (Ezra Pound)۔ وہ دوسری جنگ عظیم کے دوران اٹلی میں، وہاں کے آمر حکمران بینیٹو مسولینی (Benito Mussolini) کے ساتھ ہو گئے تھے۔ مسولینی نے بھی ان کا کافی غلط استعمال کیا۔ لیکن پاؤنڈ کے ایسا کرنے کے پیچھے ان کی نیک نیتی شامل تھی، جیسی کہ یقیناً گورکی کی بھی رہی ہوگی۔ یہ بالکل بھی نہیں سمجھنا چاہیے کہ گورکی کے کمیونسٹ پارٹی کے نزدیک آنے کے پیچھے کوئی ذاتی مفاد رہا ہوگا۔ ان کی بھی نیک نیتی تھی کہ وہ قلمکاروں اور فنکاروں کی خطرناک کمیونسٹ حکومت میں مدد کر سکیں۔ لیکن بدقسمتی سے فن اور ادب کی یہ فطرت نہیں ہے کہ وہ آمر حکومت کے سائے میں پنپ پائیں۔ فن اور ادب کا موم حکومت کی آنچ میں پگھل کر برابر ہو جاتا ہے اور پھر وہ روشنی نہیں دے پاتا، جو اس سے پیدا ہو سکتی تھی۔ ایذرا پاؤنڈ مسولینی کے نزدیک اس لیے گئے تھے، کیونکہ ان کو لگا تھا کہ ماہر اقتصادیات سِل ویو گیسیل کے سماجی قرضے کے تصور کو قبول کرنے کی وجہ سے مسولینی کی حکومت میں جدید دور میں شاید پہلی بار قلمکاروں اور فنکاروں کو سماجی آسرا دینے کا باعزت منصوبہ بن پائے گا۔ ان کے ذہن میں یہ واضح تھا کہ وہ ایک ایسے شخص کی حکومت کے نزدیک جا رہے ہیں جو قلمکاروں، فنکاروں، فلم سازوں، تھیٹر کے فنکاروں وغیرہ کو سماجی آسرا دینے کا کوئی انتظام کر پائے گی۔ یہ تقریباً سبھی جانتے ہیں کہ جدید مالیاتی نظام میں قلمکاروں اور فنکاروں کے لیے آسانی سے سماجی آسرا پانا تقریباً ناممکن ہو گیا ہے۔ یہ جدید جمہوری نظام کا غیر حل شدہ سوال ہے اور اس لیے بھی فن اور سیاست کے تعلق پر مسلسل غور و خوض کیا جانا چاہیے۔ یہ سوال روایتی ہندوستانی معاشرے میں بہت حد تک سلجھا لیا گیا تھا۔ وہاں فنون کو طرح طرح سے سہارا دیا جاتا تھا۔ اس کے الگ الگ انتظامات کیے گئے تھے مگر جدید جمہوریت میں گڑبڑ ہو گئی۔ ایذرا پاؤنڈ کو یہ لگا تھا کہ شاید وہ مسولینی کے نزدیک جا کر سِلوِیو گیسیل کے بتائے ہوئے راستے سے فنکاروں کی آسرے کی پریشانی کا کوئی مستقل حل نکال پائیں گے۔ اس سے یہ تو واضح ہی ہے کہ یہ وہ اپنے لیے نہیں کر رہے تھے۔

ایذرا پاؤنڈ دوسری جنگ عظیم کے پہلے تک ایک عظیم جدید قلمکار اور مفکر کی طرح معروف ہو چکے تھے۔ انھوں نے ٹی ایس ایلیٹ، جیمس جوائس، ارنسٹ ہیمنگوے جیسے عظیم قلمکاروں کی شناخت کو قائم کرنے میں مرکزی کردار ادا کیا تھا۔ ان کی لکھی مشہور نظمیں 'کینٹوز' سارے بڑے شعرا کو ذہن نشین رہتی تھیں۔ وہ اتنے بڑے شاعر تھے۔ مگر وہ مسولینی کے پاس گئے اور اس کے بعد ان کی زندگی اجیرن ہو گئی۔ ان کے اپنے ملک امریکہ میں ان پر فسطائیت کی حمایت کا مقدمہ چلا، ان پر ملک سے غداری کا الزام لگ سکتا تھا مگر انھیں پاگل قرار دے دیا گیا اور پاگل خانے میں قریب تیرہ سال تک رکھا گیا۔ اس سے پہلے تک انھیں اٹلی میں جنگ کے بعد ایک بڑے سے پنجرے میں بند کیا گیا تھا اور طرح طرح سے ان کی تذلیل کی گئی تھی۔ وہ ایذرا پاؤنڈ، جنھوں نے بیسویں صدی میں جدید ادبی ماحول کو ثروت مند بنانے میں اہم کردار ادا کیا تھا، جو خود ایک عظیم قلمکار تھے، انھیں پنجرے میں بند کیا گیا تھا۔ بعد میں دنیا بھر کے قلمکاروں کی درخواست پر انھیں رہا کیا گیا۔ تب وہ جنوبی اٹلی کے ایک پرانے قلعے

میں جا کر رہنے لگے۔ یہ ان کی دوست کا قلعہ تھا۔ وہ دن دن بھر دیوار کی طرف منھ کیے بیٹھے رہتے تھے۔ ایذرا پاؤنڈ دراصل یہودیوں کی مخالفت کے لیے اتنا نہیں جتنا قلمکاروں اور فنکاروں کے سماجی آسرے کے مستقل انتظام کے امکانات کو کھوجتے ہوئے مسولینی کی سیاست کے قریب چلے گئے تھے۔ انھوں نے اس کی طرفداری کی تھی اور اس کی قیمت ان کے تخلیق کیے گئے ادب کو آج بھی چکانی پڑ رہی ہے۔

اس لیے یہ نہ ماننے کی کوئی وجہ نہیں ہے کہ سیاسی طرفداری یا حکومت کے نام کا وِرد کرنا قلمکار کو کچھ دنوں کے لیے بھلے ہی معزز کر دے، مگر مناسب وقت گزر جانے پر اسی سبب اس کی تخلیقات کی صداقت کم ہونے لگتی ہے۔ قلمکار اور فنکار ہونے کی ستم ظریفی یہ ہے کہ وہ اپنی پسند کی سیاست کے ساتھ بھی اپنے فنکار یا قلمکار ہونے کی وجہ سے کھڑا نہیں ہو سکتا۔ اس میں ہر سیاسی نظریے پر سوال اٹھانے کی جرات ہونا چاہیے۔ یہی اس کے فن یا ادب کا فرض ہے۔ اس کا فرض یعنی اس کی اخلاقی ذمہ داری ہے۔

2

فن اور سیاست کے تعلق پر آنے سے قبل ہمیں یہ بات سمجھ لینی ہوگی کہ فن اور سیاست دونوں کی بنیاد، کسی بھی دیگر شعبے کی طرح، علوم ہوا کرتے ہیں۔ اگر ہم یہ سوچیں کہ فن کی بنیاد تو علوم ہیں مگر سیاست بنا کسی علمی نظام کے وجود میں آ جاتی ہے، تو ہم غلط ہوں گے۔ جیسے فن کی بنیاد کچھ علوم ہوتے ہیں، علمی روایات ہوتی ہیں، زندگی کے مختلف نظریات ہوتے ہیں، ویسے ہی سیاست کی بنیاد بھی کچھ علوم میں پنہاں ہوتی ہے۔ اگر آج دنیا میں جمہوری سیاست ہے تو یہ جان لینا چاہیے کہ اسے تیار کرنے کے لیے کئی سیاسی دانشوروں نے اپنی خدمات انجام دی ہیں۔ انھوں نے ہی طرح طرح سے جمہوری سیاست کے طرزِ عمل کا سنگ بنیاد رکھا۔ اگر ہم آج جمہوری سیاست پر تنقید کر پاتے ہیں، اس پر سوال اٹھا پاتے ہیں، یہ اس لیے ممکن ہو پاتا ہے کہ ہمیں ان علوم کی معلومات ہوتی ہے، انھی کی روشنی میں ہم یہ سوالات اٹھاتے ہیں کہ 'یہ سیاسی جماعت اپنے راستے سے بھٹک رہی ہے۔'

چونکہ فن اور سیاست دونوں کی فلسفیانہ بنیادیں ہیں، ان کی بنیاد علم ہے اس لیے ان پر ایک ساتھ گفتگو کی جا سکتی ہے، ورنہ یہ سوال اٹھنا فطری ہوتا کہ 'فن اور سیاست' میں کیا تعلق ہے؟ سیاست تو ایک عملی چیز ہے اور فن ماورائی۔ بالکل ہے مگر فن بھی عملی چیز ہے، اسے بھی عمل میں لانا ہوتا ہے، آپ کو 'ناٹک' کرنا' پڑتا ہے، تصویر 'بنانا' پڑتی ہے، شاعری 'لکھنا' پڑتی ہے۔ سچ مانیے اس میں بہت قابلیت درکار رہتی ہے۔ یہ اس لیے نہیں کہا جا رہا ہے کہ اس مضمون کو تحریر کرنے والا خود شاعر ہے۔ اس نے مصوروں اور رقاصوں اور تھیٹر کے فنکاروں اور فلم سازوں کو کام کرتے دیکھا ہے، وہ سبھی بہت قابل لوگ بھی ہیں۔ اس قابلیت کی بنیاد علوم ہوا کرتے ہیں۔ یہ بالکل ویسا ہی ہے، جیسا کہ سیاسی لیڈر کے ساتھ ہے۔ مجھے یاد ہے کہ فلم ساز رِتوِک گھٹک کہتے تھے کہ 'ہر فنکار یا قلمکار سب سے پہلے کاریگر ہوتا ہے۔'

کوئی مجھ سے کہہ رہا تھا کہ سیاست میں فنکاروں کو کیوں نہیں آنا چاہیے؟ اس پر میں سوچتا ہوں کہ سیاست کی اپنی ریاضت ہوتی ہے۔ آجکل اس کے کئی متبادل ہو گئے ہیں۔ ایسے کئی سیاست دان اب سیاست کی کئی سطحوں پر ہیں، جو بنا کسی ریاضت کے یا سیاسی شعور کے سیاسی جماعت کے اعلیٰ عہدوں پر براجمان ہیں مگر عام طور پر سیاست میں زیادہ تر لوگ محنت کے بل بوتے پر ہی آتے ہیں اور اس محنت کی گرفت نہیں ہونی چاہیے، اس کی ویسی ہی عزت ہونی چاہیے جیسی دیگر علوم کی ہوتی ہے۔

3

مجھے یہ کہنے کی اجازت دیجیے کہ فن اور سیاست معاشرے کا ذہن جمہوری نظام کے لیے تیار کرتے ہیں۔ شاید یہ دور کی کوڑی لگ سکتی ہے لیکن اگر ہندوستانی علمی روایات پر نظر ڈالیں تو ہم پائیں گے کہ اس سوال پر یہاں بہت غور وخوض ہوا ہے۔ دسویں صدی کے عہد ساز سنگیت شاستری آچاریہ متنگ نے اپنے گرنتھ 'برھدیشی (موسیقی سے متعلق ایک گرنتھ)' میں فنون کو دو زمروں میں تقسیم کیا ہے: ایک دیسی اور دوسرا مارگی۔ ہم اس کی بہت تفصیل میں نہ بھی جائیں مگر اتنا کہہ سکتے ہیں کہ دیسی فنون وہ ہیں، جو الگ الگ علاقوں میں نسبتاً الگ الگ ہوا کرتے ہیں۔ یہ الگ بات ہے کہ کیونکہ بھارت کے سبھی علاقوں میں ثقافتی تسلسل ہے (جسے ہم کثیر الجہتی کے نام سے غلط طور پر منسوب کرتے ہیں) اس لیے سبھی علاقوں کے دیسی فنون میں ایک دوسرے سے مطابقت ہے مگر وہ ہر علاقے کی اپنی ہوا کرتی ہے۔ دوسری قسم کے فنون مارگی ہیں۔ یہ 'اختراعی (Inventive)' اور تحقیقی ہوتے ہیں۔ ان میں قلمکار یا فنکار کچھ نیا کرتے ہیں۔ ان کی ساخت کچھ ایسی ہوتی ہے کہ جو کچھ نیا کیے بغیر بنتی ہی نہیں جب کہ دیسی فنون میں تکرار ہوتی ہے مگر اس تکرار کا ایک بڑا ہی مہین مقصد ہے۔ ان تکراروں کے سہارے معاشرے میں اجتماعی شعور پیدا ہوتا ہے۔ ہم دیکھ سکتے ہیں کہ الگ الگ خطوں، جیسے بندیل کھنڈ میں گائے جانے والے لوک گیت یا مصوری یا تھیٹر نہ صرف ایک دوسرے سے جڑے ہوتے ہیں بلکہ ان میں روش یا چلن کے بارے میں سبھی کو علم ہوتا ہے۔ اسی طرح کیرل میں اونم کے موقع پر لوگ زمین پر خوبصورت شکلیں بناتے ہیں اور انھیں ایک دو دن بعد مٹا دیتے ہیں۔ اسے رنگولی جیسے ہی خوبصورت رنگوں سے بنایا جاتا ہے اور مٹا دیا جاتا ہے لیکن کیرل کے لوگوں کو یہ معلوم ہوتا ہے کہ کیا بنایا گیا تھا اور پھر مٹا دیا گیا۔

اس معلوم ہونے میں اور تکرار میں اس علاقے کے سبھی لوگ شامل ہوتے ہیں۔ لوک رقص میں بھی یہی سب ہوتا ہے۔ سبھی کو یہ معلوم ہوتا ہے کہ کس بول پر کیسے تھرکنا ہے۔ ان کو اس میں دراصل تکرار کا ہی لطف ملتا ہے اور سبھی ان دیسی گیتوں اور رقصوں میں اپنی حصہ داری دیتے ہیں۔ اس حصہ داری کی وجہ سے ان میں اجتماعی شعور بیدار ہوتا ہے۔ وہ یہ محسوس کرنے لگتے ہیں کہ وہ سماج نامی ایک نسبتاً وسیع حکومت کے حصہ دار ہیں۔ ہمیں یہ یاد رکھنا چاہیے کہ سماج لفظ کا استعمال سب سے پہلے ناٹیہ شاستر میں آڈیٹوریم کے ناظرین کے لیے ہوا تھا۔ اس کے مطابق آڈیٹوریم میں سماج اس لیے بن جاتا ہے کیونکہ اس کے سبھی ممبران ڈرامے کے مظاہرے میں ایک ساتھ دکھ اور

ایک ساتھ سکھ کو محسوس کرتے ہیں۔ دوسرے لفظوں میں، دیسی فنون کا مقصد لطف اندوز کرنے کے ساتھ ساتھ اجتماعی شعور پیدا کرنے کا بھی ہوتا ہے۔ ہر سماج کو اپنے اندر اجتماعی شعور بیدار کرنے کے لیے دیگر ترکیبیں ایجاد کرنی پڑتی ہیں۔ ہندوستان میں یہ کام دیسی فنون کی تکرار سے ممکن ہوا ہے۔

دوسری طرف مارگی فنون کا فرض سوال اٹھانا ہوتا ہے، وہ محض فن کی فطرت کے مطابق اپنے اندر سے سوالات اٹھاتے ہیں۔ جیکسن پولاک امریکہ کے نہایت اہم مصور تسلیم کیے جاتے ہیں۔ انھوں نے کیا کیا تھا؟ کچھ تصویروں میں انھوں نے ایک بڑا کینوس لیا اور اس پر ہاتھ اور برش سے رنگوں کے چھینٹے مارے۔ ان چھینٹوں سے پوری پینٹنگ بنائی۔ ان کی ایسی کئی پینٹنگز دنیا بھر میں مشہور ہیں مگر وہ ایسے فنکار نہیں تھے جن کو شکلیں بنانا نہ آتی ہوں۔ وہ اس میں ماہر تھے۔ آنکھ موند کر بھی گھوڑے یا درخت کا یا انسان کی یا کیسی بھی شکل کی تصویر بنا سکتے تھے لیکن انھوں نے یہ سب چھوڑ کر تصویر کی تخلیق کی ایک بالکل ہی نئی راہ نکالی، جسے دیکھ کر ناظرین کے اذہان میں یہ سوال فطری ہی پیدا ہوا کہ اس پینٹنگ کو آرٹ کیسے کہا جا سکتا ہے؟ اس طرح کے سوالات کو ناظرین یا قارئین یا سامعین کے اذہان میں پیدا کرنا مارگی فنون کا خاصہ ہوتا ہے۔ وہ ہمیں نہ صرف اپنی ساخت بلکہ انسان کی صورت حال پر سوال اٹھانے کو آمادہ کرتے ہیں۔ یہ سوال اٹھانا جمہوری معاشرتی نظام کے لیے یقیناً اہم ہوتا ہے۔ جمہوری معاشرتی نظام کے لیے دو بنیادی اجزا کی ضرورت ہوتی ہے: پہلا اجتماعی شعور کی، جہاں عوام میں یہ خود آگہی ہو کہ وہ کسی بڑی جماعت کا حصہ ہے۔ دوسرا جز وسوال کرنے کی جرأت اور ضمیر کی موجودگی کا ہے، جہاں لوگوں میں یہ فطری جذبہ ہوتا ہے کہ وہ سماج کی مختلف سرگرمیوں پر سوال اٹھا سکتے ہیں اور اس کے لیے ان کی تیاری رہتی ہے (مگر یہ یاد رکھیں کہ سوال اٹھانے اور بدگمان ہونے میں فرق ہے۔ سوال اٹھانا ایک صحتمند عمل ہے اور اس کے لیے ذہنی جدوجہد کرنی پڑتی ہے جب کہ مسلسل ہر چیز پر شک وشبہ ظاہر کرنا ہمارے دانشوروں نے جدید مغربیت سے سیکھ لیا ہے اور اس کے لیے ذہن پر زور دینے کی ضرورت ہی نہیں پڑتی۔) مارگی فنون ہمارے معاشرے میں سوال اٹھانے کے رجحان کی ترسیل کرتے ہیں اور دیسی فنون اجتماعی شعور کی، اس لیے یہ دونوں ہی معاشرے میں جمہوری اقدار کے شعور کے پائے ستون کی تعمیر کرتے ہیں۔ انھی جمہوری اقدار کی وجہ سے جمہوری سیاست ممکن ہو پاتی ہے۔ یہ کہا جا سکتا ہے کہ فنون انسان کو محظوظ کرنے اور اسی راستے خود آگہی عطا کرنے کے ساتھ ساتھ سیاست کے نفاذ کے لیے ماحول بناتے ہیں۔

دوسری جانب سیاست کا یہ فرض ہے کہ وہ ایسا ماحول بنانے کی کوشش کرتی رہے جس میں ادب وفن کی خودمختاری پروان چڑھ سکے۔ اس کا مطلب یہ ہے کہ وہ فنون سے یہ توقع نہ کرے کہ انھیں اِس طرح ہونا چاہیے یا اُس طرح۔ فنون سے توقع رکھنے سے سیاست خود اپنے فرض سے گمراہ ہو جاتی ہے۔ اس لیے جن کمیونسٹوں یا دوسرے نظریات پر مبنی حکومتوں نے ادب اور فن پر اس طرح کے دباؤ ڈالے، وہاں سیاست کی جگہ نوکرشاہی نے لے لی اور جمہوری اقدار کا خاتمہ کیا گیا۔ فنکار کی آزادی اور فن کی خودمختاری کو جائز مقام دیتے ہوئے سیاست کا یہ

فرض ہے کہ اس سے ٹیکس وصول نہ کرے جیسے لوگ شادی میں جہیز وصول کرتے ہیں، شاہی حکومت یا سیاست کو فن سے کسی بھی طرح کا جہیز وصول کرنے کا حق نہیں ہے۔ ایسا اس لیے ہے کیونکہ سیاست یا حکومت کا یہ فرض ہے کہ وہ ایسا ماحول بنائے جس میں غیر منصفانہ نظام فطری طور سے پروان چڑھ سکے۔ ہم اس مضمون کے آخر میں یہ دیکھیں گے کہ سیاست کا یہ فرض کیوں اہمیت کا حامل ہے۔

مگر تب بھی یہ سوال اٹھتا رہتا ہے کہ فن کو خودمختاری کیوں چاہیے؟ فنکار کو آزادی کی کیا ضرورت ہے؟ اس کے سامنے بھی ایک معاشرہ ہے، اسے بھی اس معاشرے کی دیکھ بھال کرنا چاہیے، اسے بھی سماج کی برائیوں پر سوال اٹھانا چاہیے۔ اسے بھی تاریخی بے قاعدگیوں پر نظر رکھنی چاہیے۔ اس کے فن کو خودمختاری کی ضرورت کیوں ہے؟ ہم اس بات کو آگے بڑھائیں، اس سے پہلے ہی یہ کہنا ضروری معلوم ہوتا ہے کہ یہاں ہم 'آرٹ فار آرٹ سیک' (ادب برائے ادب) کی بات نہیں کر رہے ہیں۔ دراصل یورپ میں ایک خاص دور میں 'اینگیجڈ رائٹنگ (Engaged writing) یا آرٹ یعنی پابند فن کے نام سے نظریاتی متفقہ فن کی تحریک چلی تھی۔ انھوں نے ہی فن کی خودمختاری کو داغ دار کرنے کے لیے اس طرح کی درجہ بندی کی تھی۔ اب وہ دور گزر چکا ہے۔ اسی طرح سوویت یونین کے مطلق العنان حکمراں جوزف اسٹالن نے 'سوشلسٹ ریلزم' اور 'ہیئت پسندی (Formalism)' جیسی درجہ بندی کی تھی۔ ان درجہ بندیوں کا صرف اتنا ہی مقصد تھا کہ جن قلمکاروں اور فنکاروں کے خیالات سے وہاں کی مرکزی (بلکہ واحد) سیاسی حکومت غیر متفق ہوتی تھی، اسے ہیئت پسند کہہ کر ان کی تصانیف کو معاشرے کے لیے نامناسب ہی نہیں بلکہ نقصان دہ بتا کر اس کی اشاعت روک دی جاتی تھی یا انھیں ملک چھوڑنے پر مجبور کیا جاتا تھا۔ ہم یہاں فن کے اس نقلی بٹوارے کی بات نہیں کر رہے۔

ایک فنکار کو یہ حق ہے کہ وہ یہ طے کرے کہ اگر اسے معاشرے کی کسی برائی کو ظاہر کرنا ہے، تو وہ کون سی برائی ہو یا وہ یہ بھی طے کر سکتا ہے کہ اسے کسی بھی برائی کو ظاہر نہیں کرنا ہے۔ وہ زندگی بھر دھوپ پر نظمیں لکھے یا عمر بھر گھاس کی تصویر بناتا رہے۔ ہندوستان کے ایک معروف مصور پرم جیت سنگھ طویل عرصے سے یہی کر رہے ہیں۔ عظیم مصور و مفکر جگدیش سوامی ناتھن برسوں تک چڑیا، پہاڑ اور ان کے سایوں کی پینٹنگز بناتے رہے اور یہ کر کے انھوں نے اپنے معاشرے کو ثروت مند ہی کیا ہے۔ فن کی خودمختاری اس لیے ضروری ہے کیونکہ ریاضی کے علاوہ فن اور ادب ہی ایسی اصناف ہیں جن کی نشوونما صرف خودمختاری میں ہی ہوتی ہیں۔ ان کا مقصد جمالیات کی تخلیق اور اس راستے سے سچ تک یا کم سے کم سچ کے سائے تک پہنچنا ہوتا ہے۔ اگر آپ کسی بڑے ریاضی دان سے پوچھیں گے کہ نمبر تھیوری کا کیا مقصد ہے تو وہ کہے گا کہ اس راستے سے کئی خوبصورت فارمولے بنتے ہیں۔ ایسا ہی کچھ ہندوستان کے عہد ساز ریاضی دان رامانوجن کے فارمولوں کے بارے میں کئی ماہرین ریاضیات کا ماننا ہے کہ وہ نہایت دیدہ زیب ہیں۔ ہندوستان کے ایک مشہور ریاضی داں پروفیسر ڈی این مشرا ایک بار مجھے بتا رہے تھے کہ جب ایک ریاضی دان کو بیسویں صدی کی شروعات میں یہ بتایا گیا کہ تمھارے ریاضی سے متعلق خیالات کا

استعمال ہونے لگا ہے تو انھیں دل کا دورہ پڑ گیا۔ کیا ہم ایسا کچھ تصور کر سکتے ہیں؟ یہ اس لیے ہوا ہوگا کیونکہ ریاضی خود کے لیے کی جاتی ہے، اس کا لطف اس کے اندر ہے۔ فن، ریاضی جیسی خودمختاری نہیں حاصل کر سکتا۔ وہ زبان یا رنگوں یا حرکتوں میں ظاہر ہوتا ہے اور ان سبھی کا تعلق فن کے علاوہ انسانی کاروباروں سے بھی ہے مگر اس کی خواہش اسی خودمختاری کو پانے کی ہے۔ اس کا مطلب یہ نہیں کہ فن اور ادب کا کوئی اخلاقی پہلو نہیں ہوتا، بالکل ہوتا ہے، مگر اس کے ذرائع الگ ہوتے ہیں۔

4

فن اور سیاست کے اخلاقی نظریات کے ذرائع الگ الگ ہیں۔ اس کی تفصیل میں جانے سے پہلے اگر ہم بھرت مُنی کی طرح ایک جملہ دہرائیں تو کہہ سکتے ہیں کہ فن میں جمالیات کی تخلیق سے اخلاقی نظریہ پیدا ہوتا ہے جب کہ سیاست کی خوبصورتی اس کے اخلاقی نظریے اور اور برتاؤ سے پیدا ہوتی ہے۔ ان معنوں میں یہ دونوں ضابطے ایک دوسرے کے برعکس ہیں (حالانکہ فن کو ضابطہ کہنا پوری طرح صحیح نہیں ہے کیونکہ فنون کا فرض خود پر نافذ حکومت کو مسلسل چیلنج کرنا ہوتا ہے اس لیے اسے 'نتی کِرت نیم رہتاں (قدرت کے مقررہ قانون سے ماورا' عمل سے آراستہ کیا جاتا ہے۔) فن اور سیاست کا اخلاقی نظریے سے متضاد تعلق بھلے ہی ہو مگر اسی لیے یہ ایک دوسرے کے نزدیک بھی آجاتے ہیں اور ان کے درمیان مکالمہ بھی ممکن ہے۔

اس سوال پر تھوڑا سا غور کرنا چاہیے کہ ہم فن اور سیاست کے تعلق پر کیوں بات کرنا چاہتے ہیں۔ وجہ میں بیان کر چکا، ایک دفعہ پھر اسے ہی دہرانے کی کوشش کرتا ہوں: سیاست کے پاس بھی اخلاقی نقطہ نظر ہوا کرتا ہے، اگر نہیں ہے تو ہونا چاہیے کیونکہ اخلاقی نقطہ نظر کے بغیر سیاست ممکن نہیں ہے۔ اس اخلاقی نقطہ نظر سے آپ اختلاف کر سکتے ہیں، یا اتفاق، اس پر سوال اٹھائیں یا اس کو قبول کریں، وہ سب ممکن ہے۔ اسی طرح فن میں بھی ایک پہلو اخلاقی نقطہ نظر کا ہوا کرتا ہے مگر یہ بات بار بار دہرانے کی ہے کہ ان دونوں اخلاقی نقطہ ہائے نظر کے ذرائع بالکل مختلف ہوتے ہیں۔ اس تعلق کی فطرت میں جھانکنے کا مقصد یہ ہے کہ یہ تعلق غیر متوازن ہوتے ہی فن اور سیاست دونوں کو نقصان پہنچانے کا ذریعہ بن جاتا ہے۔

سیاسی عمل میں اخلاقی نقطہ نظر کا ذریعہ 'سروجن ہتائے (سب کی بھلائی)' کے اس کے مقصد میں ہوا کرتا ہے۔ سیاسی عمل کے پیچھے ہر انسان کی بھلائی ہونا ہی اسے جمہوری بناتا ہے۔ یہ ایک ایسی اہلیت ہے جس سے سمجھوتا نہیں کیا جا سکتا، اس لیے ایک اچھا سیاست دان یا سیاسی عمل یا جمہوری، سیاسی عمل سے ہی مانا جاتا ہے، جس میں سب لوگوں کی بھلائی کا امکان روشن ہوتا دکھائی دیتا ہے۔ سیاست وعدوقول سے نہیں، عمل سے چلتی ہے۔ فن میں اس کے بالکل برعکس قول افضل ہوتا ہے، حالانکہ اس کے لیے عمل کرنا پڑتا ہے۔ مصوری کے عمل یا شاعری کے عمل کے نتیجے میں ہی تصویر بنائی یا نظم لکھی جاتی ہے۔ دوسرے لفظوں میں شاعر کے لیے اس کا قول ہی عمل ہے۔

سیاست میں عمل ہی سیاست دان کا قول ہے۔ سیاست دان سے یہ توقع رکھنا کہ وہ اچھی باتیں سنائے اور سنا کر ٹھگ لے، اچھے فرد کی خوبی نہیں ہے۔ جمہوریت بیدار باشندہ سیاست دان کا قول نہیں بلکہ عمل دیکھتا ہے۔ وہ یہ دیکھتا ہے کہ کسی خاص جماعت یا کسی سیاست دان کے عمل کی کیا صورت ہے اور اس کی کیا سمت ہے؟ یہ ہم میں سے کسی سے بھی اب تک چھپا نہیں رہنا چاہیے کہ آزادی حاصل کرنے کے بعد سے ہم نے سیاست میں قول کو ترجیح دے کر بہت دھوکہ کھایا ہے۔ یہ تسلیم کرنا ہوگا کہ اتنے برسوں کی آزادی کے بعد بھی ہم اسی لیے معاصر جمہوریت کے بیدار باشندے نہیں بن پائے ہیں۔ جمہوری نظام حکومت اور عوام کی باہمی شراکت سے متحرک ہوتا ہے۔ محض حکومت کے جمہوری ہونے سے پورے معاشرے میں جمہوری اقدار کی عزت نہیں ہوتی۔ اس کے لیے باشعور افراد کا ہونا ضروری ہوتا ہے۔ اس میں قول اور عمل کی اپنی قدر و منزلت میں فرق کرنے کا شعور ہونا چاہیے۔

جس طرح جدید سیاست میں اخلاقی نظریہ کا دخل 'سب کی بھلائی' کی کلید سے ہوتا ہے، اسی طرح فن کے اخلاقی پہلو کا بنیادی جواز شعور ہے۔ یہ دونوں الگ الگ راستے ہی نہیں، الگ الگ اخلاقیات کی شکلیں بھی ہیں۔ دوسرے لفظوں میں یہ الگ الگ اخلاقیات ہیں۔ میں سمجھتا ہوں، ان کی یہ تفریق، ان اخلاقیات کا کثیر الجہت ہونا معاشرے کو ثروت مند بناتا ہے کیونکہ یہ مختلف سطحیں ایک دوسرے کو طاقتور بناتی ہیں یا ایک دوسرے کو گہرائی عطا کرتی ہیں اور انھیں خودکار اخلاقی ضابطہ ہونے سے بچا لیتی ہیں۔ اس وجہ سے ان تمام اخلاقیات میں رفتار اور توانائی کی مسلسل ترسیل ہوتی رہتی ہے۔ آج جنھیں پیگن (مظاہر پرست) معاشرہ کہا جاتا ہے، جن میں ہندوستان جیسے ممالک کو بھی شامل کیا جاتا ہے، ان میں اخلاقیات کی یہ مختلف شکلیں ایک ساتھ رہا کرتی ہیں اور ایک دوسرے پر سوال اٹھاتی اور توانائی بخشتی رہتی ہیں۔

یہ سوچنا صحیح نہیں ہے کہ ہندوستان کی جمہوری اقدار کا واحد ذریعہ یورپ رہا ہے اور یہ کہ یہاں جدید جمہوریت جیسی جمہوریت نہیں رہی۔ ہندوستان میں جمہوریت کی کئی اقسام پہلے بھی رہی ہیں۔ ان پر تفصیلی گفتگو کا یہاں موقع و محل نہیں ہے مگر یہ کہنا کافی ہوگا کہ یہاں پنچایتوں وغیرہ کے سہارے حکومت ہوتی تھی اور یہاں کے زیادہ تر حکمراں بڑے نہیں، چھوٹے ہی تھے، شاید ہی کبھی کوئی طاقتور حکمراں ہو پایا ہو۔ معاشرے میں کچھ ایسے رسوم و رواج مروج تھے جن کی وجہ سے یہ شاید ایسا ہونے سے لگاتار بچ جاتے تھے۔ ہر بارہ سال میں اپنے علاقے کے کنبھ کے میلے میں تقریباً تمام سرکاری خزانے کو خالی کر دینا ایسی ہی ایک باقاعدہ رسم تھی۔ لیکن یہاں کی سیاست کے 'سب کی بھلائی' کے مقصد کو اجاگر کرتا ایک واقعہ قابل ذکر ہے:

1421 میں ایک چینی جہازی بیڑہ، جس میں 317 بڑے جہاز تھے، زیانگ ہی نامی ایڈمرل کی رہنمائی میں ہندوستان کے قریب سے گزر رہا تھا۔ ہمیں یہ جان کر تعجب ہوتا ہے کہ یہ بیڑہ امریکہ تک گیا تھا۔ ایشیا سے یورپ ہوتا ہوا امریکہ تک کا پہلا نقشہ یوروپیوں نے نہیں بلکہ مِنگ ریاست کے ان کھوجی چینیوں نے دریافت کیا تھا۔ برطانیہ کی سب مرین فوج کے کمانڈر گیون مینزیز (Gavin menzies) نے برسوں کی

تحقیق پر مبنی اپنی جہازی سائز کی کتاب '1421: دی ایئر چائنہ ڈسکورڈ امریکہ (The Year :1421 China Discovered America) میں تصدیق شدہ ثبوتوں کی بنیاد پر یہ واضح کیا ہے کہ کس طرح اس چینی جہازی بیڑے نے چین سے امریکہ کا تک کا سمندری راستہ طے کیا تھا۔ انھوں نے یہ بھی تفصیل سے لکھا ہے کہ کس طرح چین کے دربار سے اس سفر کے نقشے کی کاپی اٹلی کے سفیر نِکولا دوم کو دی گئی تھی اور اس نے اسے پرتگال کے شہنشاہ کو پیش کر دیا تھا۔ تقریباً ستر سال بعد کرسٹوفر کولمبس نے اسی نقشے کی مدد سے پرتگال سے امریکہ تک کا سفر طے کیا تھا۔ زیانگ ہی کا یہ جہازی بیڑہ امریکہ جاتے ہوئے چار ماہ کے لیے کالی کٹ (کیرل) میں رُکا تھا۔ اس بیڑے میں اٹھائیس ہزار مسافر تھے، جنھوں نے کالی کٹ کی مہمان نوازی عزت کے ساتھ قبول کی تھی۔ چین کے جہاز ان دنوں یورپ کے کسی بھی جہاز سے تقریباً دو سو گنا بڑے اور نسبتاً کہیں زیادہ آراستہ ہوا کرتے تھے۔ ان دنوں یورپ میں سب سے بڑے جہاز وینس میں بنتے تھے اور وہ بھی چینی جہازوں کے مقابلے میں بہت چھوٹے ہوتے تھے۔ چینی جہازوں میں تقریباً ہمیشہ ہی واقعہ نگار بھی دیگر ملاحوں کے ساتھ سفر کرتے تھے۔ یہ لوگ جو کچھ بھی سفر میں درپیش آتا تھا، اسے لکھ لیتے تھے۔ چینی جہازی بیڑے کے واقعہ نگار نے لکھا ہے کہ کالی کٹ انوکھی جگہ ہے اور یہاں کی حکومت بھی نرالی ہے۔ یہاں ہندوؤں کی اکثریت ہے اور حاکم مسلمان ہے لیکن تب بھی گائے کاٹنے پر پابندی ہے۔ اس ایک رویے سے یہ اندازہ لگایا جاسکتا ہے کہ تب کالی کٹ میں 'سب کی بھلائی' کی سیاست ہی برتی جارہی ہوگی اور اسی سے اس نظام میں وہ خوبصورتی پیدا ہوئی ہوگی جسے اس واقعہ نگار نے درج کرنا ضروری سمجھا۔ یہ اس لیے بھی درج کیا گیا ہوگا کیونکہ یہ چین کے اپنے شاہی نظام سے بالکل مختلف تھا۔ چین میں شاہی فرمان ہی سب سے اہم ہوا کرتا تھا اور وہ واقعہ نگار اس سے بالکل مختلف ہندوستانی تہذیب کی طاقت کے کالی کٹ میں درشن کر رہا تھا، جہاں 'سب کی بھلائی' سیاست دانوں یا سیاست کی مجبوری تھی۔ اسے اس تہذیب کی طاقت ہی ماننا ہوگا۔ یہ کسی مخصوص شخص کی محض نیک نیتی نہیں ہے۔ اتنا ضرور ہے کہ ہندوستان کے حکمرانوں میں یہ شعور رہا ہے کہ وہ اپنی تہذیب کی طاقت کو پہچان سکیں۔ یہ صرف ہندوستان ہی نہیں پوری دنیا کے لیے بیش قیمتی وراثت ہے۔

5

ہم فنون کے اخلاقی نظریے کی بنیاد پر جائیں، اس سے قبل میں آپ کو ایک دلچسپ بات بتانا چاہتا ہوں۔ ہندوستان میں آج جب ہم فن لفظ کا استعمال کرتے ہیں تو اس میں بہت تھوڑی سے اصناف آتے ہیں۔ ہم زیادہ سے زیادہ ادب، مصوری، سنیما، تھیٹر، دستکاری وغیرہ جیسے اصناف کی ہی بات کر رہے ہوتے ہیں، یہ تمام اصناف کل ملا کر دس بارہ سے زیادہ نہیں نکلیں گے۔ روایتی ہندوستانی علوم میں 64 فنون منظور شدہ ہیں۔ یہ کم سے کم ہیں۔ ان کی ایک فہرست واتسیاین کے 'کام سوتر' میں دی گئی ہے۔ 'للت وِستر (بودھ سماج کا گرنتھ)' میں ایسی ہی

ایک فہرست میں فنون کی تعداد 108 ہے۔ میں آپ کو 'کام سوتر' میں دیے گئے 64 فنون میں سے کچھ کے بارے میں بتاتا ہوں۔ وہاں رقص، موسیقی، ساز، مصوری وغیرہ کو تو فن کہا ہی گیا ہے مگران کے علاوہ بھی کئی فنون کا تذکرہ ہے: 'پشپا ستر نم'- گھر یا کمروں کو پھولوں سے سجانا، 'دَشوَس نانگ راگ': جسم، کپڑوں اور دانتوں کو رنگنا، اس میں 'گودنا' بھی آجاتا ہے۔ 'اُدک وادھیم'- پانی کو اس طرح بجانا کہ اس سے پکھاوج (ایک قسم کی ڈھولک) کی آواز نکلے، 'مالیہ گرتھن وکلپہ'- طرح طرح کی مالائیں گونتھنا، 'ہست لاگھوم'- ہاتھ کی صفائی، 'وچتر شاکیو بھشے وِکار کریا'- طرح طرح سے ساگ، ترکاری اور کھانا بنانے کی صلاحیت۔ ہماری بڑی بہن طرح طرح کے پکوان بناتی ہیں اور پھر ہم پر ان کا تجربہ کرتی ہیں۔ یہ فن ہے۔ 'پُستک واچنم' کتابیں پڑھنا، 'تکش کم'- بڑھئی کا کام کرنا۔ فن تعمیر تو ہے ہی مگر 'ینتر ماتریکا'- آٹومیٹک مشینوں کو بنانا اور 'نِمِتّ گیانم'- شگون کے بارے میں خیالات کا اظہار کرنا بھی فنون میں ہی شامل ہے۔ 'وین نیہ کیناں وِدیاناں گیانم- اخلاقیات یا آداب سکھانے والا علم بھی فن ہے۔ اس کا مطلب ہے کہ بے ادب اور بے سلیقہ شخص فنکار نہیں ہے۔

اب یہ سمجھنے کی کوشش کرتے ہیں کہ فن میں اخلاقی پہلو کیسے پیدا ہوتا ہے، اس کے ذرائع کیا ہوتے ہیں۔ مگر اس سے پہلے یہ دیکھنا ہوگا کہ ہماری روایت میں فن کی ساخت پر کیا اظہار خیال ہوا ہے۔ میں جان بوجھ کر یہ تجربہ ہندوستانی روایتی نقطہ نظر سے کرنا چاہتا ہوں۔ یہ خود احتسابی کا وقت ہے اور میرے استاد نرمل ورما نے اپنے ایک مضمون میں لکھا ہے:

> جب ایک تہذیب اپنا احتساب کرتی ہے یعنی اپنے ماضی کی، اس کے اپنے جو عکس ہیں، نقوش ہیں اور بصیرتیں ہیں، ان کے آئینے میں اپنی اور باہری دنیا کو دیکھنا چاہیے۔
>
> (اتیت: ایک آتم منتھن، شبد اور اسمِرتی)

خود کو اور اپنی ثقافت کو مسلسل اپنی نظر سے دیکھنے سے بچنے کی وجہ سے بہت کچھ ہاتھ نہیں لگتا۔ میرا خیال ہے کہ ہمارے روایتی نظریوں میں بھی آفاقی ہونے کی پوری صلاحیت ہے، وہ آفاقی زمرے ہی ہیں۔ انھیں صرف روایت کی گٹھری میں باندھ کر رکھنا ٹھیک نہیں ہے۔ انھیں آج بھی پوری معنویت کے ساتھ بنا کسی ہٹ دھرمی کے نافذ کر کے فن، زندگی اور کائنات کی تشریح کے استعمال میں لایا جاسکتا ہے۔

بارہویں صدی کے کاویہ شاستری آچاریہ ممّٹ نے اپنی کتاب 'کاویہ پرکاش' میں شاعری اور فن کے بارے میں تفصیل بیان کی ہے۔ انھوں نے شاعری کے کچھ بنیادی اجزا کی تشریح کی ہے۔ وہ کہتے ہیں کہ شاعری 'نیتی کِرت نیَم رہتاں (قدرت کے مقررہ اصول سے ماورا)' ہوتی ہے۔ شاعری میں قدرت کے بنائے اصول نہیں چلتے۔ وہ ان کے بنا چلتی ہے۔ قدرت کا مطلب حقیقت ہے۔ پرجاپتی برہما کی بنائی کائنات کو قدرت کہا جاتا ہے۔ اس کائنات کا یہ اصول ہے کہ اگر اس میں گلاب کا پھول ہوگا، تو اس میں ایک قسم کی ہی مہک ہوگی۔ اگر پھول کمل کا ہے تو تب مہک کچھ اور ہوگی۔ کائنات میں سبب اور عمل ایک دوسرے سے بندھے ہوئے ہیں۔ ایک طرح

کے سبب سے ایک طرح کا عمل ہوتا ہے، جیسے مہک اور پھول آپس میں 'قدرت کے مقررہ اصول' سے بندھے ہوئے ہیں۔ لیکن فنکار کی کائنات میں یہ قانون ہمیشہ چلے، یہ ضروری نہیں ہے۔ مثال کے طور پر قدرت کا اصول یہ ہے کہ پتھر ہوا میں نہیں اڑتا، وہ زمین پر ہی رہتا ہے کیونکہ کشش ثقل کی قوت اسے ایسا کرنے سے روکتی ہے۔ لیکن یہی پتھر جگدیش سوامی ناتھن کی پینٹنگز میں ہوا میں تیرتا ہوا دکھائی دیتا ہے۔ سوامی کا کینوس فنکار کی کائنات ہے اور اس لیے قدرت کے اصولوں سے ماورا ہے۔

ممّٹ آگے کہتے ہیں کہ شاعر اور فنکار کی تخلیقی کائنات میں صرف آنند ہوتا ہے جب کہ برہما کی کائنات میں سکھ اور دکھ دونوں ہیں۔ مہا کوی بھَو بھُوتی کے 'اتر رام چرتم' میں جب رام روتے ہیں تو دکھ کی انتہا یہ ہے کہ لگتا ہے پتھر بھی پگھل جائیں گے لیکن جب قاری اسے پڑھتا ہے تو وہ من ہی من یہ کہتا ہے، واہ کیا بات ہے! کیا خوب لکھا ہے۔ اس کو بڑا لطف آتا ہے۔ رام کی قابل رحم حالت قاری کے دل میں کرونا رس میں تبدیل ہو کر اسے محظوظ کرتی ہے۔ اسی طرح آپ اسپین کے سالواڈور ڈالی (Salvador Dali) کی پینٹنگز دیکھیے، خاص طور پر وہ جن میں انھوں نے جنگ کے میدان کا نقشہ کھینچا ہے۔ ان نظاروں میں گہری کراہیت ہے، مگر آپ انھیں دیکھتے ہی کہتے ہیں (کم سے کم میرے ساتھ یہی ہوا تھا) کہ 'کیا لال رنگ لگایا ہے، اس میں کتنی خوبصورتی سے آسمان کی تصویر کشی کی گئی ہے، اور روندی ہوئی گھاس۔ اس نے گھوڑے کے کھُر کس باریکی سے بنائے ہیں۔' اگر ہم یہی سب کچھ کسی حقیقی جنگ میں دیکھتے تو ہمیں کراہیت محسوس ہوتی مگر فن میں یہیں چیزیں آکر لطف دیتی ہیں۔ فن کی کائنات فنکار کے دُکھ سکھ سے گزرتی ہوئی گہری ریاضت سے پیدا ہو کر صرف لطف دیتی ہے، دُکھ فنکار کے پاس ہی رہ جاتا ہے۔ برہما کی کائنات میں ایسا نہیں ہے: وہاں سکھ بھی ہے، دُکھ بھی ہے تاکہ فنکار اپنی ریاضت میں ڈوب سکے۔

ممّٹ نے شاعری کی تیسری خوبی کی تفصیل بیان کرتے ہوئے کہا کہ وہ 'اننیہ پرتنتر' ہے۔ وہ شاعر فنکار کی صلاحیت کے علاوہ کسی پر مبنی نہیں ہے۔ برہما کی کائنات 'اننیہ پرتنتر' ہے، وہاں بلا سبب کوئی عمل نہیں ہوتا۔ 'قدرت کے مقررہ اصولوں سے ماورا' کا آخری مطلب یہ ہے کہ برہما کی کائنات میں یعنی حقیقت میں صرف چھ رَس ہوتے ہیں: کڑوا، کسیلا، تیکھا، نمکین، تیزابی اور میٹھا۔ شاعر یا فنکار کی تخلیقی کائنات میں نو رس ہوتے ہیں۔ یہاں یہ کہنے کی کئی سطحوں پر کوشش ہو رہی ہے کہ شاعر کی تخلیقی کائنات کی حکومت اور ساخت حقیقی حکومت اور ساخت سے مختلف ہے۔

ہندوستانی روایت میں شاعر یا فنکار کی تخلیقی کائنات کی حقیقت سے خودمختاری کے امکان کو فلسفیانہ قبولیت حاصل ہے۔ یہاں یہ خیال لوگوں اور شاستر دونوں میں فطرتاً قبول ہوا ہے کہ شاعر یا فنکار اپنی تخلیق حقیقت سے الگ کر سکتا ہے، بلکہ اس کی تخلیق ہمیشہ اپنے اصولوں پر چلتی ہے۔ اسے حقیقت کو چلانے والے اصولوں سے باندھنے کی کوئی ضرورت نہیں ہوتی۔ یہی بات ممّٹ کے کاویہ پرکاش میں بھی آئی ہے۔ ایسی کوئی قبولیت یورپ کی

ثقافت میں طویل مدت تک نہیں رہی۔ یورپ کے لیے فن کی خودمختاری کا خیال نیا ہے، یہ وہاں جدیدیت کے ساتھ آیا ہے۔ وہاں جب تک سامی نظریات کا غلبہ رہا، فن کا مقصد صرف مذہبی سچ کی تشہیر و تبلیغ کرنے تک ہی محدود تھا۔ اس پر تفصیل سے گفتگو کرنے کی ضرورت ہوگی، جس کا یہاں موقع محل نہیں ہے۔ لیکن ہم ہندوستانی کاویہ شاستر کی روایت میں فن کے مقصد پر تفصیل سے گفتگو کریں گے۔

اگر فن بالکل بے مقصد ہوتا تو اس کے عوامی رویے کی کوئی بنیاد نہیں بن پاتی۔ اگر تصویر بنانے یا شاعری لکھنے یا ڈرامہ کرنے سے کچھ نہیں ہونے والا ہے تو پھر مصور، شاعر یا ڈرامہ نگار زبردستی کیوں جان کھپائے رہتا ہے۔ فن کا کوئی طے شدہ مقصد واضح لفظوں میں بھلے ہی بیان نہ کیا جا سکے مگر کم سے کم یہاں غور و فکر کرنے والے کچھ مفکر ہوئے ہیں۔ ان میں سے ایک ہیں: وامن۔ انھوں نے کہا ہے کہ شاعری کا مقصد شہرت اور خوشی ہے۔ سنسکرت کے دانشوروں میں خیال کی پیشکش بھی شاعرانہ ہوتی ہے اور اس لیے یہاں بھی وامن صنعت تجنیس کا تجربہ کرتے ہیں؛ شہرت اور خوشی۔ ان کا مطلب ہے کہ شاعری سے شاعر کو شہرت اور سامع یا قاری کو خوشی یا لطف ملتا ہے۔

بھامہ نے کہا کہ شاعری کی مدد سے آپ کو چاروں پُروشارت (چار بنیادی مقاصد حیات)؛ دھرم (اخلاقیات رفرائض)، ارتھ (خوشحالی)، کام (خواہش رجذبات)، موکش (نجات) سمجھ میں آتے ہیں، تب ان کو سمجھنے میں کوئی زیادہ مشقت نہیں کرنی پڑتی۔ اس کے بعد انھوں نے اضافہ کیا کہ جو شاعر یا فنکار ہے، وہ قارئین میں فرض کا احساس بیدار نہیں کرسکتا۔ یہاں وہ فرض کے جن معنوں کو واضح کر رہے ہیں، ان میں اخلاقی یا 'ایتھیکل' اہم ہیں۔ خراب شاعروں کی تخلیق بیماریوں سے نجات بھی نہیں دلا سکتی (وہ یہاں شاید یہ مانتے ہوئے نظر آرہے ہیں کہ اعلیٰ شاعری سے بیماری سے شفا کا امکان ہے)، اس سے سزا سے بھی رہائی مل سکتی ہے۔ اس کا مطلب یہ ہے کہ اگر اسے کوئی سزا ملی ہے تو اس کی تخلیق اسے اس سے رہائی دلا سکتی ہے۔ ایذرا پاؤنڈ کی مثال سے ہم یہ پہلے ہی دیکھ آئے ہیں۔ ایک اور نظریہ ساز مفکر 'کُنتک' نے لکھا ہے کہ شاعری معاشرے کی تمام آسائشوں سے مالا مال اراکین یعنی اشرافیہ کو تمام پُروشارتھوں کا علم آسانی سے میسر کرا دیتی ہے۔ انھیں عوامی رویہ سمجھ میں آجاتا ہے اور یہ بھی سمجھ میں آجاتا ہے کہ طرزِ عمل کیسا ہونا چاہیے اور موکش کی ریاضت کیا ہے۔

ان سب میں سب سے گہری بات مجھے ممٹ آچاریہ کی لگی۔ انھوں نے کہا کہ فن یا شاعری سے شہرت حاصل ہوتی ہے، دولت بھی۔ دولت کے حصول کے حوالے سے انھوں نے 'دھاوک کوی (سنسکرت ادب کے ایک شاعر) کی مثال دی ہے، جنھوں نے اپنی تخلیقات شری ہرش کو فروخت کر دی تھیں۔ اس سے دھاوک کوی کو دولت ملی اور شری ہرش کو شہرت۔ ویسے شہرت کے حوالے سے انھوں نے کالی داس کی مثال دی ہے۔ انھوں نے یہ بھی کہا کہ فنون محرومی کو ختم کرنے والے ہوتے ہیں۔ رویوں کو سمجھنے والے ہوتے ہیں۔ جیسے آپ فرانس کے رینواں (pierre-auguste renoir) کی پینٹنگز دیکھیں، خاص طور پر وہ پینٹنگ جس میں دو لڑکیاں کمرے میں

بیٹھ کر سکون سے پیانو بجا رہی ہیں تو آپ کو معلوم ہوگا کہ اس گھر میں کیسا برتاؤ ہوتا ہے، کیسا فطری سکون وہاں پھیلا ہوا ہے۔ اسی طرح جب آپ اینا کرینینا کو پڑھیں گے تو آپ کو انسانی رویوں کی بنیادوں کے بارے میں بہت کچھ سمجھ میں آئے گا۔ ممٹ نے اس سے آگے یہ کہا کہ شاعری سے فوراً دوسرے سے نجات حاصل ہوتی ہے۔ اس کے دو مطلب ہیں، 'فوراً لطف کا حصول' پہلا ہے۔ آپ نے فن دیکھا یا شاعری پڑھی اور آپ کو فوراً اسی وقت لطف کا حصول ہو جاتا ہے۔ اس کے لیے آپ کو انتظار نہیں کرنا پڑتا، جیسے بینک میں سلپ لے کر اپنی باری آنے کا انتظار کرنا پڑتا ہے۔ لیکن اس کے دوسرے معنی بھی ہیں، جو دراصل پہلے معنی کی جڑ میں ہیں: 'فوراً موت'۔ 'فوراً موت' کا مطلب یہ ہے کہ آپ شاعری سے محظوظ ہونے کے دوران اپنے تکبر سے پل بھر کو آزاد ہو جاتے ہیں۔ ابھی ایک فلم آئی تھی، جس کے مقبول گانے کا ایک مصرعہ تھا- 'کردے مجھے مجھ سے ہی رِہا'؛ یہی اچھا مصرعہ ہے، کیونکہ انسان پر سب سے بڑا بوجھ وہ خود ہے اور فن کچھ دیر کے لیے ہی سہی، اس کو خود سے آزاد کر دیتا ہے اور اس طرح وہ اپنے پھیلے ہوئے وجود کو محسوس کرنے کی فطری حالت میں آجاتا ہے۔ ان سب اجزا کو شمار کرنے کے بعد ممٹ کہتے ہیں، اور یہ بڑی ہی خوبصورت بات ہے، شاعری 'کانتا سمِت اپدیش (محبوبہ کا کہا ہوا قول)' ہے۔ یہ قول تین قسم کے ہوتے ہیں۔ ان میں پہلا 'پربھوسمت اپدیش (مقتدرہ قول) کا مطلب شاہی فرمان (یا اسے قانون کا حکم کہہ لیں) ہوا کرتا ہے۔ یہ قول لفظ بہ لفظ ہوتے ہیں۔ اس میں جیسا ہے، ویسا ہے۔ جیسا لکھا گیا ہے، ویسا کیا جانا ہے۔ اس بیان کے معنی نہیں نکالے جاتے۔ شاہی فرمان کو جیسا کے تیسا ماننا ہوتا ہے۔ اسے ہی 'ورڈ آف لا' کہا جاتا ہے۔ دوسری طرح کا قول ہے، 'سوہردسمت اپدیش (دوستانہ قول)' یہ دوست یا مخلص کا کہا ہوا قول ہے۔ اس میں مفہوم اہم ہوتا ہے۔ اس کا مطلب یہ ہے کہ آپ کو اپنے دوستوں سے جو صلاح ملتی ہے، اس میں کن الفاظ کا استعمال کیا گیا ہے، وہ اہم نہیں ہوتا بلکہ مفہوم ہی اہم ہوتا ہے۔ تاریخ کو تحریر کرنے یا علم بشریات وغیرہ انھی دوستانہ جملوں میں مکمل ہوتا ہے۔ ان میں مفہوم ہی اہم ہوا کرتا ہے اور لفظ کی حیثیت ثانوی ہو جاتی ہے۔ انھیں مفہوم پر منحصر تصانیف کہا جا سکتا ہے۔ شاہی فرمان اور وید، لفظوں پر منحصر ہیں، تاریخ اور پُران مفہوم پر منحصر۔ قول کی آخری قسم ہے، 'کانتا سمت اپدیش (محبوبہ کا کہا ہوا قول)'۔

فن یا شاعری کو 'کانتا سمت اپدیش' کہا گیا ہے، اس میں نہ صرف لفظ اہم ہوتا ہے اور نہ صرف معنی بلکہ اس میں لفظ اور معنی دونوں کی اہمیت ہوتی ہے۔ ان دونوں کی خوبیوں کا سہارا لے کر رَس وجود میں آتا ہے، اس لیے رَس سے بھرپور جملے ہی، جیسا کہ آچاریہ وشوناتھ نے کہا تھا، شاعری ہے۔ رَس سے بھرپور ہونے کی وجہ سے ہی اسے 'کانتا سمّت' عورت کا کہا ہوا قول کہا جاتا ہے۔ مگر شاعری کو 'کانتا سمت' کہنے کے پیچھے صرف اس کے رس سے بھرپور ہونے کا احساس ہی نہیں ہے بلکہ کچھ اور بھی ہے۔ مجھے خوشی ہے کہ یہ کچھ اور معنی مجھے اپنی ایک جھلک سی دکھلا گیا ہے اور اسے میں اپنی خوش قسمتی گردانتا ہوں۔ 'کانتا سمت' کہنے میں کانتا کا معنی عورت ہے اور عورت کے بارے میں سنسکرت میں ایک شلوک اکثر مقتبس کیا جاتا ہے، 'تِریا چرترم پروشسیہ بھاگیم دیوو نہ جاناتی کُتو منوسیہ'۔

اس قول میں دھیان دینے والی بات یہ ہے کہ عورت کے چلن کو دیوتک نہیں جان سکے، انسان کی تو حیثیت ہی کیا ہے۔ اگر اس نظر سے ’کا نتا‘ لفظ کو غیر واضح یا مبہم سے موقوف کریں تو ہم پائیں گے کہ کا نتا سمت کا معنی ’غیر واضح یا مبہم قول‘ ہو جائے گا۔ اس کا مطلب یہ نکلے گا کہ شاعری یا فن کا کوئی واضح پیغام نہیں ہوا کرتا۔ اسی لیے یہ قبول کیا گیا ہے کہ فن کسی واضح مفہوم کی ترسیل کے بجائے قاری یا حساس قاری میں پہلے سے موجود معنوں کو بیدار کرتا ہے۔ یہ معنی ہر حساس قاری میں ایک جیسے ہوں، یہ ضروری نہیں ہے۔

6

یہ کون سے معانی ہیں جنھیں شاعری یا فن بیدار کرتے ہیں؟ یہ وہی معانی ہیں جن کا تذکرہ ہم نے اس مضمون کی ابتدا میں جواز کہہ کر کیا تھا۔ اب وقت آ گیا ہے جب ہم جواز پر تفصیل سے گفتگو کر سکتے ہیں۔ جواز پر سب سے پہلے کشمیر کے مشہور دانشور اور شاعر آچاریہ شیمیندر نے بارہویں صدی میں اپنا خیال پیش کیا تھا۔ اس خیال کی آج تک پھیلی ہوئی طویل روایت ہے۔ اسی روایت میں ہمارے عہد کے نہایت باصلاحیت مفکر نوجیوتی سنگھ نے کچھ بنیادی تصورات پیش کیے ہیں۔ ان کے مطابق ہر شخص کا جوازی شعور انفرادی ہوتا ہے۔ دنیا میں کوئی بھی ایسا شخص نہیں ہے جس کا جمالیاتی شعور اور جائز و ناجائز کا شعور اس کا اپنا نہ ہو۔ یہ کسی بھی دوسرے شخص کے جمالیاتی شعور اور جائز و ناجائز کے شعور سے تھوڑا ہی سہی مگر مختلف ہوتا ہے۔ میں سمجھتا ہوں کہ فنون کی پیدائش کسی شخص کے اسی جوازی شعور سے ہوا کرتی ہے۔ یہ اس لیے ہے کیونکہ مجھے جو چیز خوبصورت لگ رہی ہے یا جو چیز جائز لگ رہی ہے، عین ممکن ہے کہ وہ ایسی کسی اور کو نہ لگے۔ آپ نے یہ دیکھا ہوگا کہ اگر کوئی چیز آپ پسند کرتے ہیں، آپ کا دوست اس وقت آپ کے ساتھ ہے اور آپ اس سے کہتے ہیں، ’واہ کیا بات ہے!‘ آپ کا دوست آپ سے متفق ہونے سے پہلے تھوڑا سا ضرور ٹھٹکے گا۔ وہ ٹھٹکنا اس لیے ہے کیونکہ اسے وہ چیز اتنی خوبصورت نہیں لگ رہی، جتنی آپ کو لگ رہی ہے۔ آپ کا اور اس کا جمالیاتی شعور ہمیشہ ہی کچھ الگ ہوگا۔ اس کا مطلب یہ نہیں ہے کہ وہ ایک دوسرے کے مخالف ہوں مگر وہ تھوڑے بہت الگ ہوتے ہی ہیں۔ اس مخصوص جمالیاتی شعور کی وجہ سے فن میں اخلاقی نقطہ نظر کی بنیاد یہی جوازی شعور ہوا کرتا ہے۔ چونکہ یہ جوازی شعور ہر انسان میں، ہر فنکار میں کچھ مختلف ہوتا ہے، اس لیے اس پر مبنی اخلاقی نقطہ نظر بھی ہر فنکار کا تھوڑا مختلف ہوا کرتا ہے۔ فن کا یہ اخلاقی پہلو فنکار کے جوازی شعور سے پیدا ہوتا ہے اور اس لیے وہ سیاست میں ’سروجن ہتائے (سب کی بھلائی)‘ کے شعور سے پیدا ہونے والی سیاست کے اخلاقی نقطہ نظر سے بالکل الگ سطح کا ہوتا ہے۔ فن کا یہ اخلاقی پہلو شخص (فنکار) میں موجودہ جوازی کی بنیاد پر پیدا ہوتا ہے، اس لیے اس کا سرچشمہ انفرادی ہوا کرتا ہے۔ اگر ایک فنکار اپنے اس مخصوص اخلاقی شعور کو ظاہر کرنے کے بجائے کسی عام خیال کی بنیاد پر (جو ’سب کی بھلائی‘ کا خیال بھی ہو سکتا ہے) کوئی اوسط اخلاقی نظریہ اپنے فن میں ظاہر کرتا ہے تو وہ فن اور سماج دونوں کے ساتھ نامناسب عمل کر رہا ہوتا

ہے۔ وہ شاہی حکومتیں جو فنکاروں کو اپنے جمالیاتی شعور سے جنم لینے والی مخصوص شخصی اخلاقی نظریہ ظاہر کرنے کے بجائے اوسط اخلاقی نظریے کو پیش کرنے پر مجبور کرتی ہیں، فن کو لاچار بناتی ہی ہیں، ساتھ ہی سماج کو خوشحال ہونے سے روک دیتی ہیں۔ ہم دیکھ سکتے ہیں کیونکہ فن کا اخلاقی نظریہ اس کے اپنے جمالیاتی شعور کے ساتھ پیدا ہوتا ہے، جو ہر فنکار میں مختلف ہوا کرتا ہے، اس لیے متعدد عظیم تصانیف جمالیاتی نقطہ نظر سے الگ ہوتی ہی ہیں، ساتھ ہی اخلاقی نقطہ نظر سے بھی الگ ہوتی ہیں۔ ہم انیسویں صدی کے روس کی مثال لے سکتے ہیں، جس میں ٹالسٹائی، دوستوئفسکی اور ترگنیف جیسے اعلیٰ پائے کے ناول نگار ہوئے۔ ان سبھی ناول نگاروں کی روسی سماج کے تئیں گہری عقیدت تھی۔ لیکن اگر ان کے ناولوں کو دھیان سے پڑھا جائے تو یہ خود بہ خود ہی سامنے آجائے گا کہ ان کے اخلاقی نظریوں میں کافی فرق ہے۔ ظاہر ہے کہ یہ ان کے جوازی شعور کے الگ ہونے کی وجہ سے ہے۔

ہم اس حوالے سے فن اور سیاست کے تعلق پر اگر ایک بار پھر غور کریں تو پائیں گے کہ جوازی شعور سے پیدا ہونے والے فن کا اخلاقی نظریہ اور سروجن ہتائے (سب کی بھلائی) کے شعور سے پیدا ہونے والی سیاست کا نظریہ الگ ہوتے ہوئے بھی ایک ساتھ سماجی تعلقات میں منتقل ہوتے ہیں لیکن اگر کسی سماج میں، جیسا کہ نام نہاد کمیونسٹ معاشروں میں ہوا یا جیسا کہ کسی خاص نظریہ والی شاہی حکومت سے منسلک معاشروں میں ہوتا ہے۔ سیاست زیادہ طاقت ور ہو کر فنکار پر سیاسی اوسط اخلاقیات کو اپنے فن میں جگہ دینے پر مجبور کرتی ہے، وہ فن اور فنکار کی مخصوص اخلاقیات کو موقوف کر دیتی ہے۔ یہی وجہ ہے کہ فنکار کو اپنی تخلیق کے لیے پوری آزادی ضروری ہے کیونکہ اس کے بغیر وہ نہ صرف اپنے مخصوص جمالیاتی نظریے کا اظہار نہیں کر سکتا، بلکہ اس کا فن سماج کو اپنی طرح کے مخصوص اخلاقی نظریے سے ثروت مند کرنے سے بھی محروم رہ جاتا ہے۔ ایسا ہونے پر سیاست کی اوسط اخلاقیات فن کی مخصوص اخلاقیات کے ہاتھوں لگاتار سوالات کیے جانے کے بجائے خود مختار ہو کر بے ترتیب ہو جاتی ہے۔ یہی سب بھی آمر یا قوم پرست شاہی حکومت سے وابستہ معاشروں میں خواہ وہ کمیونسٹ رہے ہوں یا فاشسٹ، ہوا اور ان کا خاتمہ ہو گیا۔

ہم یہ کہہ سکتے ہیں کہ 'کانتا سمت اپدیش (محبوبہ کا دیا ہوا اپدیش)' سبھی معاشروں میں قابل قبول نہیں رہے ہیں۔ جن معاشروں میں تمام مذہبی روایات کا غلبہ رہا، ان میں جواز کی بنیاد پر جمالیاتی تخلیق اور مخصوص اخلاقی نظریے کے پیدا ہونے کی کوئی فلسفیانہ بنیاد کبھی نہیں رہی۔ سامی مذہبی نظریہ کہنے کا مطلب کسی خاص مذہب کو نشان زد کرنا نہیں ہے۔ کسی بھی مذہب میں جیسے جیسے اپنے نظریے کے ہی واحد حق کا علمبردار ہونے کا شعور بڑھتا جاتا ہے، وہ سامی ہوتا جاتا ہے۔ ہم سمجھتے ہیں کہ ہندوستان میں دھیرے دھیرے پیگن (مظاہر پرست) مذہبی نظریہ ثروت مند ہندو مذہب کے سامی ہونے کے عمل سے گزر رہا ہے۔ یہ خیال ہمارے مفکر دوست سریش شرما کا ہے۔ ان روایات میں یہ مانا جاتا تھا کہ فنون کا فرض 'ریلیجن' کے ذریعے تلاش کیے گئے سچ کی محض تشہیر کرنے کا ہے۔ وہ اپنا سچ خود نہیں تلاش کر سکتے۔ چونکہ فن کو ایسا کرنے سے محروم رکھا گیا ہے، اس لیے وہ اپنے مخصوص

جوازی شعور سے ظاہر مخصوص اخلاقی نظریے کو پیدا نہیں کر پایا اور اسی لیے ان معاشروں میں بہت طویل عرصے تک تاریکی چھائی رہی۔ یورپ کے قرونِ وسطی کو اسی لیے بھی 'تاریک دور' کہا جاتا ہے۔

یورپ میں تاریکی کا دور کئی صدیوں تک چلا، وہ نشاۃ ثانیہ تک آ کر ہی ٹوٹ پایا۔ فارس میں بھی تقریباً تین سو سال تک فارسی شاعری راندۂ درگاہ ہو گئی تھی، تصویر بنانے پر پابندی اس سے بھی زیادہ رہی۔ یہ اس لیے ہوا کیونکہ ان دونوں ہی تہذیبوں میں 'ریلیجن' میں پوشیدہ عقائد کو قبول کر کے فن کو جواز پر مبنی اپنے اخلاقی نظریے کو ظاہر کرنے کی آزادی نہیں دی جا سکی۔ میں سمجھتا ہوں کہ فن کی اسی بے مثال جرأت کی وجہ سے ہی پلیٹو جیسے عظیم فلسفی (جن کے انصاف کے تصور کو کئی عیسائی روایات میں خدا کی آواز کا درجہ حاصل ہے) نے اپنی جمہوریہ میں شاعروں اور فنکاروں کی جگہ کو ہی ختم کر دیا تھا۔ شاید یہ اس لیے تھا کیونکہ فن' کا نتاسمت' یعنی 'غیر واضح یا مبہم' اقوال پیدا کرتی ہے اور اس کا مخصوص اخلاقی نظریہ اوسط سیاسی نظریے کی مخالفت میں بھلے نہ ہو مگر وہ اس سے الگ ہوا کرتا ہے۔ ویسے دیگر پیگن معاشروں جیسے ہندوستان، افریقہ، قدیم امریکہ وغیرہ میں طویل عرصے تک، ان کے سامی نظریوں کے قبول ہونے سے پہلے تک، جواز پر مبنی فن کے مخصوص اخلاقی نظریوں کو فطری قبولیت حاصل تھی اور ان کا سیاسی اخلاقیات کے ساتھ وجود بنا رہتا تھا۔ ہندوستان کی تاریخ میں یہ حالت، کم از کم سماجی سطح پر آج تک بنی ہوئی ہے۔ یہاں کے وسیع معاشرے نے فنون کو کبھی بھی اشتہاروں میں قید کرنے کی کوشش نہیں کی جب کہ ایک طرف امریکی سماج نے اور دوسری طرف سوویت یونین اور چین جیسے کمیونسٹ ملکوں نے فنون کو سامی 'ریلیجیس' نظریہ کے مطابق ہی اشتہاروں میں بدلنے میں کوئی کسر نہیں چھوڑی۔ مگر اتنا ضرور کہنا ہوگا کہ امریکہ اور مغربی معاشروں میں آج فن کی خودمختاری کے لیے کہیں زیادہ جگہ ہے۔ یہ وہاں کے فنون کی جدوجہد کے نتیجے کے طور پر ہوا ہے۔

7

ہندوستان میں فنون اور سیاست کے تعلق پر کافی الگ طرح سے کئی جگہوں پر اظہار خیال ہوا ہے۔ ہم صرف دو مثالیں دیکھیں۔ نندی کیشور کا رقص اور تھیٹر پر مبنی انتہائی اہم گرنتھ 'ابھینے درپن' ہے۔ یہ گرنتھ بارہویں تیرہویں صدی کا ہے۔ اس میں ایک مقام پر نندی کشور نے صدر جلسہ کی خوبیاں بیان کی ہیں۔ صدر جلسہ کسی بھی رقص یا ڈرامہ یا شعری نشست میں کوئی سیاست داں ہوا کرتا تھا۔ وہ راجہ ہو سکتا تھا یا اس علاقے کا کوئی دیگر نسبتاً قدآور شخص کے ایسا ہونے پر اس کا انتخاب ہوتا تھا۔ مثال کے طور پر جب بھی کوئی فنی مجلس ہوگی اس کا صدر منتخب کر لیا جاتا۔ اس سے یہ امید رکھی جاتی تھی کہ وہ دولتمند، عقل مند، باشعور، اعزازات کی تقسیم میں ماہر، علم موسیقی میں کامل، دانائے کل، شہرت یافتہ، باذوق، اشاروں کنایوں کو سمجھنے والا، حسد سے پاک، مزاج سے خیر خواہ، شائستگی پسند، فنون کا عالم، رحم دل، صابر اور خود اداکاری کا ماہر ہو۔ اگر ان سب کو ملا کر دیکھا جائے تو ہم کہہ سکتے ہیں کہ صدر مجلس سے یہ امید ہوتی تھی کہ وہ تھیٹر، رقص اور موسیقی وغیرہ کا نہ صرف عالم ہو بلکہ ان کو برتنے والا بھی ہو۔ یہ

تمام خوبیاں صدورِ مجلس سے متوقع ہیں، جو کئی دفعہ سیاست داں ہوا کرتے ہیں۔ یہ تمام علامتیں سماج میں صدرِ مجلس کے لیے قابلِ قبول تھیں۔ ایسا کوئی گرنتھ نہیں ملتا، جس میں نندی کشور کے ذریعے بتائی ان خوبیوں کی تردید ہوئی ہو۔ اسی لیے ہندوستانی روایت میں آپ کو ایسے کئی راجہ مل جائیں گے، جو خود اچھے شاعر ہوتے تھے، مصور ہوتے تھے اور بے پناہ صلاحیتوں کے مالک ہوا کرتے تھے۔ یہ روایت اپنے سیاست دانوں سے یہی توقع رکھتی تھی۔

دوسری مثال 'وشنودھرموتّر پُران' کے 'چتر سوتر' کی تشریح کی صورت میں بیان کر رہا ہوں۔ چتر سوتر کی کتھا ایک سطح پر فنون کے آپسی ارتباط کے خیال کو واضح کرتی ہے مگر ایک دوسری سطح پر وہ حکومتی آسرے کے آدرش کو بھی پیش کرتی ہے۔ وہ یہ ظاہر کرتی ہے کہ راجہ یا حکمرانوں کو فنون کو آسرا کیوں دینا چاہیے۔

راجہ وجر رشی مارکنڈے کے پاس جا کر پوچھنے لگے، 'رشی وَر! آپ ہمیں یہ بتائیں کہ میں، راجہ وجر، فرض کا حصول کیسے کروں؟' رشی بولے، 'اس کے لیے تمھیں مندر تعمیر کر کے اس میں دیو کی مورتی قائم کرنا چاہیے۔' ظاہر ہے مندر بنانے سے راجہ کی شہرت بھی بڑھے گی اور یہ مذہبی عمل بھی ہے۔ ہمارے ملک میں مندروں پر اس علاقے کے عوام کی فطرت کی عکاسی کرنے کا رواج ہے۔ ان معنوں میں ہر مندر، فلسفی نوجیوتی سنگھ کے لفظوں میں، مقامی آئین ہوا کرتا تھا۔ رشی مارکنڈے بالواسطہ طور پر راجہ کو یہ کہہ رہے ہیں کہ آپ اپنے علاقے کا آئین کندہ کیجیے۔ راجہ کے پوچھنے پر کہ وہ دیو مورتی کی تعمیر کیسے کریں، مارکنڈے کہتے ہیں، 'اس کے لیے یہ ضروری ہے کہ آپ کو مصوری کا علم ہونا چاہیے۔' راجہ وجر پوچھتے ہیں، 'رشی ور! تصویر کیسے بنائی جائیں؟' رشی جواب دیتے ہیں، 'اس کے لیے آپ کو یہ معلوم ہونا چاہیے کہ رقص کیسے کیا جائے۔' اس پر راجہ سوال کرتے ہیں، 'رقص کے بارے میں مجھے نصیحت کریں۔' مارکنڈے کہتے ہیں، 'رقص آپ کو تبھی آئے گا، جب ساز و آہنگ کے بارے میں جانو گے۔' راجہ کے یہ پوچھنے پر کہ انھیں ساز و آہنگ کیسے سمجھ آئے گا، مارکنڈے کہتے ہیں، 'اسے آپ صرف تب سمجھ سکتے ہیں جب آپ کو گانا آ جائے گا۔' راجہ درخواست کرتے ہیں کہ رشی انھیں گانے کی نصیحت کریں مگر وہ کہتے ہیں، 'اس کے لیے آپ کو شاعری آنی چاہیے۔' اس زمانے میں شاعری کا مطلب صرف شاعری نہ ہو کر دیگر ادبی اصناف بھی تھیں جن میں خصوصی طور پر ڈرامے شامل تھے۔ یہ کہنے کے بعد رشی مارکنڈے نے راجہ وجر کو سبھی فنون کے بارے میں سلسلہ وار نصیحتیں کیں۔ اس کہانی کو اس طرح سے بھی پڑھا جا سکتا ہے کہ راجہ کو اپنا فرض نبھانا یعنی اپنے علاقے کا آئین کندہ کرنا ہے، جو کہ اس کا سیاسی عمل بھی ہے، اسے مصوروں کو تیار کرنا ہوگا، ان کو تیار کرنے کے لیے مصوروں کو تعاون دینا ہوگا، جس کے لیے اسے سازندوں، رقاصوں اور شاعروں کو بھی آسرا دینا ہوگا۔ دوسرے لفظوں میں اگر راجہ کو حکومتی ذمہ داریوں کو نبھانا ہے تو اسے تمام فنون کو آسرا دینا ہوگا۔ 'چتر سوتر' کو اس طرح شاہی سہارے یا آسرے کے آدرش کے طور پر بھی پڑھا جا سکتا ہے۔

سیاست اور فن کی موجودہ صورتحال کے تناظر میں ایک آخری خیال پیش کر رہا ہوں، اس سے ان کے موجودہ رشتوں کی پیچیدگیوں پر بھی شاید کچھ روشنی پڑ سکے۔ سیاست کو جو فن ملا ہے، وہ صدیوں پرانا ہے۔ اس کے

بنیادی اجزا بدلے نہیں ہیں، وہ وہی ہیں جو ہمیشہ سے تھے۔ فن میں آج چھند (اوزان یا برگساں کے لفظوں Duration) بدل گئے ہیں مگر چھند آج بھی ہیں۔ چھند کی شکل یقیناً ہی بدل گئی ہے، ہر فن میں اپنی اپنی طرح سے کئی نئے چھندوں کی ایجاد ہوئی ہے اور ان کا استعمال بڑھا ہے۔ اس کا مطلب یہ ہے کہ ہر فن میں اس دور کے مطابق، وقت کی شکلیں بڑی تعداد میں آ گئی ہیں۔ تصویروں میں رنگ پہلے بھی لگتے تھے، آج بھی لگتے ہیں۔ پہلے ٹیمپرا (خاص طور پر تیار کردہ ایملشن یا آمیزہ) کا استعمال ہوتا تھا، آج آئل پینٹ کا استعمال ہوتا ہے مگر رنگ پہلے بھی تھے، آج بھی ہیں۔ فن کے بنیادی اجزا تبدیل نہیں ہوئے ہیں مگر جو سیاست آج فن کو ملی ہے، وہ نئی ہے۔ پارلیمانی جمہوری سیاست خود انسانیت کے لیے نئی ہے۔ اس کی تاریخ تین سو سال سے زیادہ پرانی نہیں ہے۔ یہ پارلیمانی جمہوریت جو آج ہندوستان میں برتی جا رہی ہے، وہ یونان اور پھر جدید یورپ کے سیاسی مفکرین اور سیاسی عمل سے پاس ہوتا ہوا ہندوستان آیا ہے۔ اس کی ہندوستان میں قبولیت کے بعد فنون اور سیاست کے بیچ کے رشتے پہلے جیسے نہیں رہے۔ ماقبل جدیدیت ہندوستانی سماج میں ان تعلقات میں جو پائیداری آئی تھی، وہ پارلیمانی جمہوریت کے اس ڈھانچے کو قبول کرتے ہی ختم ہو گئی۔ اب یہ تعلق غیر مستحکم ہے اور اسی لیے ان پر مسلسل غور وفکر کرتے رہنا ضروری ہو گیا ہے۔

ماقبل جدید ہندوستانی سماج میں فنون کی سرپرستی کرنے کے کئی طریقے رائج تھے۔ ان میں سے کچھ کچھ باقیات آج بھی مل جاتی ہیں۔ پَردھان مصوری (قبائلی مصوری) پر کام کرتے ہوئے میں نے پایا تھا کہ گونڈ قبیلہ پَردھانوں کے فن کی نگہداشت کرتا رہا ہے۔ پردھان گونڈ قبیلے کی ہی ایک چھوٹی جماعت ہے۔ ان کا کام گونڈوں کی نسلوں کو گانا اور گونڈ قبیلے کی اجتماعی یادوں کو گاتھاؤں کے سہارے زندہ رکھنا تھا۔ وہ ہر تین سال میں ایک بار گونڈ سرپرستوں کے گھر جا کر گاتھا گائن کرتے تھے۔ ان کے دیوی دیوتاؤں کو ان کی یاد میں بیدار کرتے تھے۔ اس کے عوض گونڈ قبیلہ ان کے لیے زندگی گزارنے کا انتظام کرتا تھا۔ اسی طرح دیوداسیوں، نغمہ نگاروں، شاعروں، مصوروں وغیرہ کی سرپرستی کرنے کے اس قبیلے میں انتظامات ترقی پذیر ہوئے تھے۔ پارلیمانی جمہوریت کی قبولیت کے بعد فن اور سیاست کے درمیان اس تعاون کا نظام ڈانواں ڈول ہو گیا ہے۔ اس لیے بھی اس تعلق پر مسلسل غور وفکر کرنا ضروری ہے۔ فنون بنا سماج کے سہارے کے پھل پھول نہیں پاتے اور بنا فنون کے فروغ کے سماج میں تہذیبی شعور اور اس سے بھی زیادہ اخلاقی شعور بیدار نہیں ہوتا۔

لیکن تب بھی ہمارے آج کے سماج میں یہ سوال، کم سے کم سیاست کے میدان میں، ضرور اٹھتا رہتا ہے کہ وہ فنون کی حمایت کیوں کریں؟ یہ حمایت اسے اس لیے کرنا چاہیے کیونکہ جمہوری نظام میں سیاست کا یہ فرض ہے کہ وہ سماج میں سبھی طرح کی خوشحالیاں لانے کی کوشش کرے۔ اگر جمہوری سیاست میں ہم 'سروجن ہتائے (سب کی بھلائی)' کے آدرش کو مانتے ہیں تو اس کا جزوی معنی یہی قبول کرنا پڑتا ہے کہ سیاست سماج میں سبھی طرح کی خوشحالیاں لانے کا انتظام کرے۔ اعلیٰ ترین سیاست وہی ہے، جو ملک کی علمی ثروت مندی کے لیے عمدہ تعلیمی

نظام تیار کرے، ملک کی کاریگری کی حوصلہ افزائی کرے، اس کی تجارت کو بڑھاوا دے اور اس راستے سے دوسری خوشحالیوں کے امکانات کو یقینی بنانے کی کوشش کرے۔ فن بھی سماج میں ایک خاص طرح کی خوشحالی لاتا ہے، جو اور کسی راستے سے نہیں آسکتی۔ اگر آپ مجھ سے خوشحالی کا نام پوچھیں گے تو میں نہیں بتا پاؤں گا۔ یا میں یہ کہوں گا کہ فنون اور ادب سماج کے لوگوں میں ان کا اپنا خاص اخلاق بیدار کر کے انھیں باشعور باشندہ بنانے میں معاون ہوتے ہیں۔ کچھ لوگ اسے من کی خوشحالی کہنا چاہیں گے لیکن یہ بھی مجھے تھوڑا سا کم ہی معلوم ہوتا ہے کیونکہ فنون کے ذریعے لائی گئی خوشحالی اس سے کہیں زیادہ پھیلی ہوئی ہے۔ فن جو خوشحالی سماج میں پیدا کرتا ہے، جسے آپ چھو بھی نہیں سکتے، ماپ نہیں سکتے لیکن جس کی وجہ سے آپ انسانی معاشرے ہی نہیں، پورے وجود سے یگانگت پیدا کر پاتے ہیں، جمہوری سیاست کا اسی لیے یہ فرض ہے کہ وہ بنا کسی مداخلت کے فن کی نگہداشت اور سرپرستی کرے، اس راستے پر نہ جائے جس پر سوویت یونین یا چین اور انھیں کے جیسی دیگر آمر حکومتیں چلیں یا چلنے کی کوشش کر رہی ہیں، اسے فن کو خود مختار بنے رہنے کی سہولت دینی چاہیے۔ فن بھی کاروبار یا تعلیم یا کاریگری یا دیگر کئی شعبوں کی طرح سماج میں خوشحالی لاتا ہے۔ یہ ایسی خوشحالی ہے، جو اور کوئی شعبہ نہیں لاسکتا۔

مزاحمتی ادب: ایک نوٹ

خورشید اکرم

بغاوت، احتجاج اور مزاحمت ادب سے زیادہ سماجی اور سیاسی اصطلاحات ہیں۔ تاہم کوئی سیاسی سماجی اصطلاح ایسی نہیں جو ادب کا حصہ نہ بنی ہو۔ کیونکہ سیاست اور سماج ادب کا سب سے بڑا نہ سہی، نہایت اہم سروکار رہے ہیں۔ جب سماج اپنے خیالات ونظریات کو افراد پر تھوپتا ہے، اور وہ فرد کی اختلاف کی آزادی کو ماننے پر راضی نہیں ہوتا تو فرد بغاوت کرتا ہے۔ یہاں سماج اقتدار کا نمائندہ اور فرد، افراد یعنی ہم خیال لوگوں کی ایک جماعت کا نمائندہ ہوتا ہے۔ یعنی بغاوت انفرادی بھی ہوتی ہے اور اجتماعی بھی، یہ سماجی بھی ہوتی ہے، ثقافتی بھی اور سیاسی بھی۔ یہ بہر صورت اقتدار کی نفی ہے اور یہ وہ نفی ہے جو اپنے انتہائی سرے پر ہوتی ہے یعنی عملاً ہوتی ہے۔ اس کے لیے انتہائی درجے کی جرات درکار ہوتی ہے، جرات، ٹکراؤ کی دوصورتحال سے پیدا شدہ شعور کا نتیجہ ہوتی ہے۔ یہ شعور اپنی ابتدائی شکل میں خود سے گفتگو پھر رازداروں کے درمیان اظہار میں جھلکتا ہے، اس کے بعد تحریر میں خواہ وہ ڈائری کے پنے ہوں، نظم ہو، موسیقی ہو یا عبادت ہو۔ یعنی خالص ذہنی سرگرمی کے طور پر اجاگر ہوتا ہے۔ جب یہ اظہار بے روک ٹوک بہنے دیا جاتا ہے تو یہ احتجاج ہے، جس کی اجازت دی گئی اور جو کسی حد تک احتجاج کرنے والے کا تزکیہ نفس کر دیتی ہے اور اس طرح کم از کم عملی ٹکراؤ کی صورتحال ٹل جاتی ہے۔ لیکن جب اس احتجاج کو روکنے اور دبانے کی کوشش کی جاتی ہے تو مزاحمت کا دروازہ کھلتا ہے۔ یاد رہے کہ مزاحمت کے لغوی معنی روکنے کے ہیں یعنی جب سیاسی، معاشرتی، اخلاقی، ثقافتی، مذہبی کسی بھی طرح کا اقتدار احتجاج کی اجازت بھی دینے کو تیار نہیں ہوتا تو اس حاکمیت کو روکنے کے لیے مزاحمت کی صورت پیدا ہوتی ہے۔ یعنی مزاحمت بغاوت سے پہلے اور احتجاج کے بعد کی صورت حال ہے۔ احتجاج سے مزاحمت تک کا جو سفر ہے وہ انسان کے ضبط کو بے قابو کر دیے جانے کا سفر ہے۔ جب مدعی کی بات سننے کے بجائے اس کے ساتھ ظلم وزیادتی ہونے لگتی ہے تو مظلوم کی آواز کی لے تیز، صاف، بہ ہدف (Pointed) ہو جاتی ہے کیونکہ اب جو ہے وہ ظلم ہے اور ظلم کے خلاف آواز اٹھانے کی ہمت کرنا ہی دراصل

مزاحمت ہے۔ کیونکہ اب ظالم اور مظلوم اپنے اپنے موقف پر اڑ جاتے ہیں اور ان کے درمیان مصالحت کا راستہ بند ہو چکا ہوتا ہے۔ ظلم کو اپنا اقتدار قائم کرنے کے لیے احتجاج کو کچلنا ضروری معلوم ہوتا ہے اور مظلوم کو اپنے وجود کی حفاظت کے لیے بولنا ضروری ہو جاتا ہے خواہ اس کے لیے مزید صعوبتیں اٹھانی پڑیں۔ مزاحمت کی عام مثالیں ہم سیاسی معاملات میں زیادہ دیکھتے ہیں۔ مثلاً ساؤتھ افریقہ میں سیاہ فام باشندوں نے نسل پرست حکومت کی مزاحمت کی اور قید و بند کی صعوبتیں اٹھائیں۔ مثالی نمائندہ نیلسن منڈیلا ہے جو ستائیس برس جیل میں رہا۔ سیاسی مزاحمت کی تازہ مثال ایران میں حجاب کی پابندی کے خلاف چل رہی تحریک ہے۔ اب تک کئی سو افراد جن میں بیشتر خواتین شامل ہیں، جان گنوا چکے ہیں، اور جانے کتنے جیلوں میں سڑ رہے ہیں۔ یہ وہ جرات مند لوگ ہیں جو اپنے آئیڈیل کے لیے جان ہتھیلی پر لے کر گھر سے نکلتے ہیں۔ سوال یہ کہ کیا ہر مزاحمت کار جان ہتھیلی پر لے کر ہی نکلتا ہے۔ کیا دوسری صورتیں نہیں ہیں مزاحمت کی؟ سب سے بڑی صورت انسان کے فکر و خیال کی مزاحمت ہے اور فکر و خیال کی مزاحمت کا سب سے بڑا میڈیم لفظ ہے جو صحافت سے شروع ہو کر ادب تک آتا ہے۔ احتجاج اور مزاحمت بڑے واقعات کے زیر اثر انجام پاتے ہیں اور اکثر صحافت کے راستے ادب میں پہونچتے ہیں۔ صحافت کا مطلب ہے تحریر (خبر، رپورٹ، تجزیاتی مضامین، اداریے، طنزیہ یا مزاحیہ کالم) یا تصویر (بشمول کارٹون اور کیریکچر)۔ یعنی صحافت کی وہ اقسام جن کا نشانہ واضح اور مزاحمت صاف ہوتی ہے۔☆ اور دوسرا موثر میڈیم ہے ادب۔ ادب میں بھی پہلے شاعری، پھر تھیٹر، پھر طنزیے و مزاحیے اور پھر افسانہ۔ مزاحمت کا ایک اور بڑا لیکن اضافی میڈیم فنون لطیفہ ہے جس میں فلم، پینٹنگ، موسیقی، رقص وغیرہ شامل ہیں۔

مزاحمتی ادب پر بات کرتے ہوئے ہمیں ان فلموں، گیتوں، کارٹونوں، کیری کیچروں، تصویروں، تقریروں، مظاہروں اور مضامین کو بھی شامل گفتگو رکھنا چاہیے جنھوں نے مزاحمت کی آواز کو پُر اثر بنایا، 'I have a dream' سے زیادہ پُر قوت آواز مزاحمت کی دنیا نے ابھی تک نہیں سنی۔ یہی بات ایک شاعر (ن م راشد) نے کہی: 'میرے بھی ہیں کچھ خواب' اور وہ مزاحمت کی آواز نہیں بن سکی۔ لفظ ایک سے ہیں۔ مافی الضمیر ایک نہیں ہے۔ صنفی اعتبار سے ادب اور شاعری کا مرتبہ صحافت سے اوپر ضرور ہے لیکن بحرانی صورتحال میں مزاحمتی صحافت ہی مزاحمتی ادب کو زیادہ پُر قوت اور اثر دار بناتی ہے۔

احتجاج اور مزاحمت میں ایک باریک سا فرق ہے۔ احتجاج سمبولک یعنی علامتی ہوتا ہے؛ وہ کسی ناانصافی، کسی جبر، کسی ظلم، کسی انسانیت سوز عمل، کسی غیر اخلاقی اقدام کے خلاف جو اقتدار کے کسی مرکزہ نے انجام دیا ہو، ایک طرح کا اظہار ہے اور بالعموم یہ صورتحال کے گزر جانے کے بعد ہوتا ہے مثلاً ہندوستان اور پاکستان میں ایٹمی دھماکوں کے بعد دونوں طرف کے قلمکاروں نے اس کے خلاف احتجاج کیا۔ انھوں نے اپنے دکھ اور غصے کا اظہار ادبی اور صحافتی تحریروں میں کیا کیونکہ ایٹم بم انسان کی تباہی کا وہ ہتھیار رہے، جس کا نمونہ انسانیت نے ہیروشیما اور ناگاساکی میں دیکھا ہے۔ ہندوستان کے اردو ادیبوں نے کیا لکھا یہ شاید یکجا نہیں کیا گیا لیکن پاکستان میں

ادیبوں کے احتجاج کو مشہور صحافی ضمیر نیازی اور آصف فرخی نے 'زمین کا نوحہ' نامی ایک کتاب میں محفوظ کر دیا۔ اسی طرح ہندوستان میں ایک فرقہ کے لوگوں کے مکانات منہدم کرنے کے لیے غیر قانونی طریقے سے بلڈوزروں کا جو استعمال ہوا اس کے خلاف منظم پیمانے پر جو نظمیں لکھی گئی، ادب لکھا گیا وہ احتجاج کی نظمیں ہیں، احتجاج کا ادب ہے۔ لیکن یہ مزاحمت کا ادب بھی ہے کیونکہ یہ غلط کاری ایسی نہیں جو بٹوارہ کی طرح یا ایٹمی دھماکے کی طرح کر کے ختم کر دی گئی۔ یہ احتجاج کے ساتھ ساتھ مزاحمت بھی ہے، اس لیے کہ جو لوگ اس غلط کاری کے ذمہ دار ہیں ان کے پاس اقتدار اور اختیار ابھی ہیں اور اس لیے یہ خطرہ اور اندیشہ بنا ہوا ہے کہ یہ کل کو بھی ایسا کر سکتے ہیں۔ یہ ادب اندیشہ سے بھرے اس آنے والے کل کے خلاف مزاحمت بھی ہے۔ مزاحمت عملی ہوتی ہے کیونکہ اس کے سامنے ایک ہدف ہوتا ہے، ایک نشانہ ہوتا ہے بدلاؤ کا، تبدیلی کا۔ اسی لیے مثال کے طور پر فسادات کا جو ادب لکھا گیا، 1947 کے بٹوارے کا جو ادب لکھا گیا وہ ادیبوں کا احتجاج ہے، وہ مزاحمتی ادب نہیں ہے کیونکہ مزاحمت کا وقت ختم ہو گیا۔ اس ادب نے انسانوں کی درندگی، انسانوں پر ہوئے مظالم، بے گھری، قتل وخون، تعصّبات اور منافرتوں کے کریہہ چہرے کو بے نقاب کیا اور آنے والے انسانوں کے لیے تاریخ کے سبق کے طور پر درج کر دیا۔ جو گزری وہ لکھا، اور اس لیے لکھا کہ کل کا انسان پھر وہی غلطیاں نہ کرے۔ اب یہ ادب علامتی طور پر اجتماعی ضمیر کی آواز بن کر انسانی تاریخ کا حصہ بن گیا۔

مزاحمتی ادب بھی وقت گزر جانے کے بعد علامتی حیثیت اختیار کر لیتا ہے۔ مثلاً بلیک پوئٹری اپنا مزاحمتی رول انجام دے چکی۔ اب کے قاری کے لیے اس کی حیثیت علامتی ہے، یوں کہ جب جب نسلی یا نسبی یا کسی اور منافرتی مفروضوں پر انسانوں کے ایک گروہ کے خلاف تعصب روا رکھا جائے گا، یہ شاعری مظلومین یا متاثرین کی آواز بنے گی۔

مزاحمتی ادب بحرانی صورتحال میں پیدا ہوتا ہے۔ یہ ادب سب سے پہلے بحران کو محسوس کرتا ہے جس سے ایک خاص قسم کی نئی حسیت پیدا ہوتی ہے اور یہ حسیت بحرانی صورتحال کے مختلف زاویوں اور پہلوؤں کے قریب سے مشاہدہ اور تجزیہ کا نتیجہ ہوتی ہے۔ یہی حسیت جب تخلیقی شعور میں بدلتی ہے تو وہ صورت حال کو تخلیقی سطح پر میگنیفائی کرتی ہے، تاکہ دوسروں کے اندر اس کا احساس پیدا ہو۔ یہ ادب صورتحال کو اس طرح سے بیان کرتا ہے کہ وہ عوام الناس تک نہ صرف یہ کہ پہنچے بلکہ شدت احساس کے ساتھ پہنچے، ورنہ مزاحمت صرف تخلیقی شعور بن کر ادب عالیہ تک محدود ہو جائے گی۔ اوپر مارٹن لوتھر کنگ جونیر اور ن م راشد کے پیغامات آ چکے۔ عوام کے ذہن میں بحران کی صورتیں اتنی واضح نہیں ہوتیں۔ ان کے سامنے محدود تجربات یا مشاہدات ہوتے ہیں یا وہ علم ہوتا ہے جو صحافتی تحریروں یعنی رپورٹنگ اور مضامین کی صورت میں ان کے سامنے آتے ہیں۔ یہ تجربہ، یا مشاہدہ یا علم عوام کو مزاحمت کی طرف مائل تو کرتا ہے لیکن پوری طرح تیار نہیں کرتا۔ لیکن جب اس میں کوئی بحرانی صورتحال پیدا ہو جاتی ہے تو پھر مزاحمت کی فضا تیار ہو جاتی ہے، عوامی بن جاتی ہے۔ مثلاً حالیہ دنوں میں ایران میں مہسا امینی کا معاملہ لیں۔ نام

نہاد 'اسلامی انقلاب' کے بعد خواتین کے لیے عوامی مقام پر حجاب لازمی کر دیا گیا۔ اس کے خلاف خواتین کا ایک روشن خیال حلقہ اور انسانی حقوق کے علمبردار آواز اٹھاتے رہے ہیں اور قید و بند کی صعوبتوں سے گزرتے رہے ہیں۔ بہت سے لوگ خصوصاً احتجاجی خواتین یا تو ملک بدر کی گئیں یا انھوں نے جلا وطنی اختیار کی تاکہ مقتدرہ کے خلاف اپنی جنگ جاری رکھ سکیں۔ اجمل کمال نے ایک واقعہ لکھا ہے:

"انیس سو اکیانوے کے ایران کے سفر کا ایک واقعہ یاد آتا ہے۔ جب ہم مختلف شہروں میں خواتین سے یہ سوال کیا کرتے تھے کہ حجاب کے بارے میں ان کے کیا خیالات ہیں۔ ایک آدھ کو چھوڑ کر جنھیں حجاب پہننے پر فخر محسوس ہوتا تھا (کہ 'حجاب افتخار است')، سب کا یہی کہنا تھا کہ یہ قانونی پابندی ہے، اگر نہ ہوتی تو وہ ہرگز نہ پہنتیں۔ لیکن اصفہان میں کتابوں کی ایک وسیع دکان میں ملنے والی ایک نوعمر طالبہ نے، جو ادب کی پرشوق قاری ہونے کے ساتھ ساتھ شاعر بھی تھی (من شاعر نیستم، ولی خواہم کہ شاعر شوم) ہمارے حجاب والے سوال کا دنگ کر دینے والا جواب دیا۔ اس کا کہنا تھا: "حجاب برای من فحش است۔" پھر اس نے وضاحت کی کہ حجاب پہننے کی پابندی اسے باور کراتی ہے کہ اس کا وجود ایک نجس، گندی چیز ہے، جسے ڈھانپ کر رکھنا ضروری ہے۔ (فیس بک پوسٹ 27 فروری 2024)

ظاہر ہے کہ بے چینی اس سے پہلے بھی تھی اور بعد کے برسوں میں بھی قائم رہی۔ اندر ہی اندر اس کا لاوا بہتا رہا۔ دختران انقلاب نامی ایک تنظیم 2017 سے باضابطہ بڑے پیمانے پر احتجاج کر رہی ہے۔ لیکن ستمبر 2022 میں مہسا امینی کی حراستی موت کے بعد وہ لاوا پھوٹ پڑا۔ اس احتجاج کو عملی اور علمی دونوں طرح کی مدد ملی۔ سڑکوں پر احتجاج ہوئے، حکومت کی طرف سے گرفتاریاں ہوئیں لیکن مزاحمت کی آواز تخلیقات کے توسط سے بھی مستحکم ہوئیں۔ نہ صرف مزاحمتی شاعری ہوئی، بلکہ سب سے زیادہ کارٹونوں کی شکل میں یہ سامنے آئی۔ ادب کی مزاحمت کو ہم صرف لکھے ہوئے لفظوں تک محدود نہ کریں کیونکہ کارٹون بھی لکھے ہوئے لفظوں کا سہارا لیتے ہیں اور یہ ادب کی سرحدیں وسیع کرنے کی ایک صورت ہے۔ اب دنیا میں گرافک ناول لکھے جا رہے ہیں اور وہ مقبول ہو رہے ہیں۔ ادب میں نئی اصناف کی قبولیت کا تجربہ ہمیں بتاتا ہے کہ جلد یا بدیر اسے بھی قبول عام حاصل ہو جائے گا۔

روزمرہ کی زندگی میں عام آدمی کے سامنے اس کے قریب کے مسائل ہوتے ہیں اور اس کے ساتھ اپنے کمزور اور بے بس ہونے کا احساس یا ادراک ہوتا ہے۔ اور یہ ایک طرح سے ان کے اندر مخالفت یا بغاوت کے جذبے کو سبڈیوڈ یا پست کرتا ہے۔ اس کے اندر کی ہمت کو توڑتا ہے، دباتا ہے یا اس کو مصلحت اور عافیت کے تقاضوں کے پیش نظر خاموشی سے برداشت کرنے کی طرف دھکیلتا ہے۔ ذہنی، علمی اور قلمی سرگرمیاں جن میں صرف تخلیقی ادب ہی نہیں ہے، سماجیاتی افکار یا تفکرات بھی برابر سے شریک ہیں، مخالفت کے جذبہ کو دھار دار اسلحہ بناتی ہیں؛ مخالفت کے شعورِ خام کو اپنے تخلیقی اور فکری شعور کے ذریعہ ایک ہتھیار میں بدل دیتی ہیں۔ چنانچہ یہ جو مزاحمتی ادب ہے وہ عوام میں احتجاج یا مزاحمت کا جوش اور جذبہ دوچند کرتا ہے۔ بحران نے جو ردعمل ان کے اندر اجاگر کیا

ہے، اُس کو بڑھاتا ہے اوران کے ردعمل کو زبان دیتا ہے۔ اس طرح بحران سے لڑنے کی ان کے اندر طاقت پیدا ہوتی ہے یا کم از کم اس کا سامنا کرنے کی قوت پیدا ہوتی ہے کیونکہ وہ یہ جانتے ہیں کہ کوئی ہے یا کچھ لوگ ہیں یا لکھنے والے ہیں یا ادب پیدا کرنے والے لوگ ہیں یا سماج کے دانشور ہیں جو اس بحرانی صورتحال کو سمجھ رہے ہیں اوران کے احساس کو بھی زبان دے رہے ہیں۔ اس لیے مزاحمت کے ادب کی سب سے بڑی افادیت یہی ہے کہ اس کو اس طبقہ عوام سے کنیکٹ ہونا ہوتا ہے جو اس ادب کا مخاطب ہے۔ اس کو اس طبقہ کے رابطے میں اسی وقت آنا ضروری ہے جب وہ ادب لکھا گیا، ورنہ وہ بحرانی ادب نہیں ہوگا، وہ مزاحمتی ادب نہیں ہوگا۔ مزاحمتی ادب ایک مخصوص طبقہ عوام کے درمیان میں کوئی نہ کوئی ایک بیداری پیدا کرتا ہے۔ آرٹ اس کا میڈیم ضرور ہے لیکن آرٹ اس کا مقصود نہیں ہے۔ اس لیے مزاحمتی ادب میں آرٹ کی جمالیات کی بحث تھوڑی پس پشت پڑ جاتی ہے۔ یا کم از کم اسے اپنے لیے نئی جمالیات وضع کرنی پڑتی ہے جس کی بہترین شکلیں ہمیں بلیک پوئٹری اور انتفادہ کے ادب میں دیکھنے کو ملتی ہیں۔ مزاحمتی ادب ابتدائی مرحلے میں اعلیٰ ادبی معیارات پر پورا اترے، یہ ہمیشہ نہیں ہوتا۔ حبیب جالب کی شاعری سے آپ یہ توقع نہیں کر سکتے تھے کہ وہ فیض کی شاعری کی ادبی جمالیات کے برابر آئے۔ لیکن جیسا کہ ہم سب جانتے ہیں، ایوب خان کے مارشل لا والے دور اقتدار میں مزاحمت کی سب سے زیادہ پرزور اور بااثر آواز حبیب جالب کی ہی تھی، فیض کی نہیں۔ یہاں تک کہ فیض کی نظم ' ہم دیکھیں گے ' بھی مزاحمت کی زبان تب بنی جب اسے اقبال بانو نے ضیاالحق کے دور میں مجمع عام میں گایا۔ اس کو سنانے سے بہت پہلے سے یہ نظم موجود تھی۔ نظم کی ادبی قدر و قیمت پہلے بھی وہی تھی جو بعد میں ہے اور اس میں کیا شک ہے کہ ادبی قدر و قیمت کے پیمانے سے جالب کی نظم ' ایسے دستور کو، صبح بے نور کو میں نہیں مانتا ' فیض کی نظم کے مقابلے کمتر ہے لیکن افادیت اور اثر کے معاملے میں یہ فیض کی نظم سے بہت زیادہ کامیاب ہے۔ فیض کی نظم مزاحمت کی آواز ہونے کے باوجود ایک مغنیہ کی آواز، ایک عوامی دھن، ایک عوامی اجتماع کی منتظر رہی۔ فیض کی نظم گیت بننے کے بعد مزاحمت کی آواز بنی جب کہ جالب کی نظم مصرعوں کی صورت پھیلی اور اپنے زمانہ تخلیق سے آج تک مزاحمت کی آواز کے طور پر اس کی اثر پذیری کم نہیں ہوئی ہے۔ کھلا کہ مزاحمتی ادب بھی گرچہ ہائی آرٹ کے شعور کے ساتھ ہی لکھا جاتا ہے لیکن اس سے فوری طور پر ہائی آرٹ کا تقاضہ نہیں کیا جا سکتا۔ وہ آرٹ بہر صورت رہے گا جیسے کہ حبیب جالب کی نظم ہے، مگر وہ آرٹ کی انتہائی شکل نہیں ہے۔ یوں بھی (حقیقی دنیا سے الگ) آرٹ کی جو متبادل دنیا ہے، اس میں داخل ہوئے بغیر ادب نہیں لکھا جا سکتا۔ اپنے دکھ، اپنی چیخ، اپنے غصے کو شاعری بنانے کا خیال یا اپنے تجربے کو افسانہ بنانے کا خیال اس شخص کو نہیں آ سکتا جو اس آرٹ سے واقف نہ ہو۔ یہ ضرور ہے کہ اس کے سامنے چونکہ اظہار کے داخلی جبر کے ساتھ ساتھ اپنے مخاطب کی توجہ کا خیال ہوتا ہے، اس لیے اس کے سامنے ادب کی آفاقیت کا تصور مقدم نہیں ہوتا۔ اسی لیے سڑکوں اور چوراہوں پر گائے جانے والے وہ گیت جو مزاحمت کو ہوا دیتے ہیں، وہ عوامی تھیٹر جو مزاحمت کے لیے ناظرین کو تیار کرتے ہیں، اس ادبی تحریر یا تھیٹر سے زیادہ اپنی تخلیق کا مقصد پورا کرتے ہیں جو مزاحمت کے

تصور سے پنپتے ہیں لیکن جو آرٹ کے شعور کو مزاحمت کے مقصد پر مقدم سمجھتے ہیں۔ مزاحمت کے جو افسانے لکھے گئے ہیں (مثلاً پاکستان کے تناظر میں خالدہ حسین کی کہانی سواراور ہندوستان کے تناظر میں غیاث احمد گدی کی 'پرندہ پکڑنے والی گاڑی') وہ بلاشبہ آرٹ کے زیادہ گہرے شعور کے ساتھ لکھے گئے اور یقیناً ادبی معاشرہ ان کی ہی تحسین زیادہ کرے گا، انھیں کو وہ بار بار پڑھے گا، گن گان کرے گا۔ مگر مزاحمت کی تحریک پر اس کے اثرات محدود رہیں گے اور ان کی افادیت کا سوال بحث طلب رہے گا۔

مزاحمت کا ادب اس طرح سے خالص آرٹ نہیں بنتا ہے جس طرح سے مثال کے طور پہ کلاسکس بنتے ہیں۔ غالب کی شاعری، یا میر کی شاعری یا ڈیوائن کومیڈی کو آپ مزاحمتی ادب نہیں کہیں گے۔ لیکن بلیک پوئٹری میں جو کچھ لکھا گیا ہے یا فلسطینیوں کے مسئلے پر جس طرح سے محمود درویش اور نزار قبانی جیسے شاعروں نے لکھا بلکہ انتفادہ کا پورا ادب، اسرائیلی جارحیت کے خلاف فلسطینیوں کی مزاحمت کی تاریخ بناتا ہے وہ مثال کے طور پر راشد یا عادل منصوری کی نظم نہیں بناتی۔ فلسطینیوں کے مسائل کو جس طرح سے وہاں کے شاعروں نے بیان کیا ہے وہ غالب کا کام نہیں تھا اور غالب کی زبان میں اس بحران کو نہیں بیان کیا جا سکتا۔ فلسطینی شعرا کی بات ہم کرتے ہیں تو آیئے ذرا اپنے قریب کی بات بھی کرلیں۔ ہم میں سے بہتوں کو معلوم ہوگا کہ ہندوستان ہی کے ایک حصے میں انسانوں کی ایک بہت بڑی آبادی بے وطن کر دیے جانے کے خطرے سے دو چار ہے۔ یہ وہ بنگالی مسلمان ہیں جو آسام میں رہتے ہیں اور عرف عام میں میاں کہلاتے ہیں۔ ان کو ملک بدر کرنے کے لیے پچھتر برس سے اہومیانسل کے آسامی پُر زور تحریک چلا رہے ہیں۔ ملک میں جو این آر سی کی بات چل رہی ہے اس کا نقطہ آغاز ان آسامی بنگالیوں کو بے وطن کرنے کا مطالبہ ہی ہے۔ جب ان کے سر پر ملک بدری اور بے زمینی کی تلوار لٹکی تو ان کے یہاں احتجاج کی ایک صورت شاعری کی صورت میں سامنے آئی، جس کا نقش اول 1939 میں لکھی گئی میاں بندے علی کی نظم ' چاروواکا گیت ' ہے۔ اپریل، مئی 2104 کے اسمبلی انتخابات کے دوران بھاجپا کی طرف سے بنگالی مسلمانوں کے خلاف مہم بہت زوروں پر تھی۔ اس وقت ردعمل کے طور پر آسامی زبان کے ایک شاعر حافظ احمد نے 14 اپریل کو اپنے فیس بک پر ایک نظم پوسٹ کی ' لکھو کہ میں ایک میاں ہوں۔ ' یہ نظم مزاحمت کی آواز میں مقبول ہوئی پھر جب انتخابات میں بھاجپا کی جیت ہوئی تو اس نظم کو ماڈل بنا کر ڈھیروں شاعروں نے مزاحمتی/ احتجاجی نظمیں لکھیں اور یہ سوشل میڈیا کے ذریعہ عوام میں پھیل گئیں۔ یہ نظمیں آسامی، بنگلہ اور مقامی بولیوں بھی لکھی گئیں۔ چونکہ ان نظموں میں میاں یعنی بنگالی مسلمانوں کی چنکار درج ہے، اس لیے انھیں میاں پوئٹری کے نام سے جانا گیا۔ اور اس مزاحمت کا اثر یہ ہے کہ ہیمنتا بسوا سرمانے (جو آج آسام کے وزیر اعلیٰ ہیں) 2020 میں (جب وہ وزیر خزانہ تھے) گوہاٹی میں ایک عوامی جلسہ میں کہا تھا کہ آسام کو میاں پوئٹری سے خطرہ ہے۔ انھوں نے کہا تھا ”تین سال پہلے تک صرف ایک ' اجمل ' (مسلمانوں کی ایک نمائندہ سیاسی جماعت کے سربراہ) تھے، میاں پوئٹری نے لاکھوں اجمل پیدا کر دیے ہیں۔“ (بحوالہ: انڈین ایکسپریس، مورخہ 5 جنوری 2020) کوئی مانے یا نہ مانے ان لاکھوں اجملوں کی وجہ سے آج وہی

ہیمنت بسوا سرما بعض شرطوں کے ساتھ بنگالی مسلمانوں کو اپنا حصہ بنانے کو تیار ہو گئے ہیں۔ (حوالہ: ٹائمز آف انڈیا، مورخہ 24 مارچ 2024)

Read more at:
http//:timesofindia.indiatimes.com/articleshow/108739246.cms?utm_sour

صاف ہے کہ مزاحمتی ادب نے اپنا کام کیا۔ اب آگے سماجیاتی اور نظریاتی بحثیں طے کریں گی کہ یہ شرطیں کتنی قابل قبول ہیں اور کتنی نہیں... اور یہ ادب کی بحث نہیں ہے۔

اسی طرح دو سال پہلے جب ملک میں بلڈوزر راج شروع ہوا تو ہندی کے ادیبوں نے مزاحمت کی آواز بلند کی۔ پچاسوں شاعروں نے اس کے خلاف نظمیں لکھیں۔ یہ نظمیں ہندی ادب کی تاریخ کا حصہ بنیں گی یا نہیں، یہ کہنا فی الوقت دشوار ہے لیکن بلڈوزر راج کے خلاف مزاحمت کی تاریخ کا حصہ ضرور بنیں گی۔ ادب کے مقصد اور افادیت پر یہاں ایسے ہی سوچا جاسکتا ہے۔

سوال یہ کہ میاں پوئٹری جس طرح مزاحمت کی زبان بنی اس طرح کوئی اور شاعری کیوں نہیں بنتی۔ جواب یہ کہ مزاحمتی ادب کا مقصود مدعا اور منتہا لکھنے والے کی نظر میں ہوتا ہے۔ کلاسکی ادب کا یا ادب عالیہ کا مدعا مقصود اور منتہا خود لکھنے والے کے ذہن میں بھی واضح نہیں ہوتا۔ بعض اوقات زمانے گزرنے کے بعد وہ چیزیں واضح ہوتی ہیں۔ اسی لیے بعض اوقات اس طرح کے لکھنے والے اپنی تحریروں کو جلا دینے کی خواہش ظاہر کرتے ہیں (جیسا کہ کافکا نے کیا) اور بعض تو یہ کہنے میں ہی عافیت محسوس کرتے ہیں کہ بھئی صلہ کی تمنا نہیں ہے اور ستائش کی پرواہ نہیں۔ مزاحمتی ادب اپنا صلہ چاہتا ہے اور یہ صلہ عوام میں مزاحمت کے شعور کی بیداری ہے اور جس مقتدرہ کے خلاف آواز اٹھائی گئی ہے، اس کو سننے پر مجبور کرنا۔ مزاحمتی ادب نظریاتی بحث میں نہیں پڑتا۔ یہ ایک مخصوص طبقہ عام کے وسیع تر مفادات اور اس پر ہونے والے اثرات سے مطلب رکھتا ہے۔

مزاحمتی ادب قاری سے، پڑھنے والے سے، اس کے سامع اور ناظر سے اس کے اینڈ یوزر یعنی صارف سے براہ راست مکالمہ کرتا ہے۔ اس کو نقاد سے کوئی مطلب نہیں ہوتا۔ تنقید اس کی نظر میں بالکل نہیں ہوتا کیونکہ اس کے سامنے سب سے بڑا سوال اس کا وقت اور وہ صورتحال ہے جس نے اس کو بحران میں مبتلا کر رکھا ہے۔ اور اسی لیے یہ ادب جو ہے غصے کے بغیر اور طنز کے بغیر نہیں لکھا جاسکتا یعنی اس کا جو بہت بنیادی ہتھیار ہے وہ غصہ ہے اور طنز ہے۔ ایک مثال میاں پوئٹری سے ہی ملاحظہ کریں:

لکھو
لکھ لو
میں ایک میاں ہوں
میرا سیریل نمبر 200543 ہے این آر سی میں

میرے دو بچے ہیں
اگلی گرمیوں میں
تیسرا آنے والا ہے
کیا تم اس سے بھی نفرت کرو گے
جیسے کرتے ہو نفرت مجھ سے؟
نظم طنز کے راستے چلتی ہوئی یوں غصے پر ختم ہوتی ہے:
خبردار!
میرے پاس کچھ نہیں غصے کے سوا
دور رہو مجھ سے
یا
تیار رہو بھسم ہونے کے لیے

('لکھو! میں ایک میاں ہوں' از حفیظ احمد)

مزاحمت کا ادب ڈر کے خلاف لڑنے کی طاقت پیدا کرتا ہے مثلاً بھوانی پرساد مشر کی نظم 'تخت و تاج کباڑی بازار میں بکتے ہیں' دیکھیے:

نہیں، ایسا نہیں ہے/ وقت ملے گا، جس میں/ جما ہوا یہ ماحول/ ہلے گا/ اداس مت ہو جاؤ اتنے/ آخر ایسے دن/ کتنے دنوں ٹکتے ہیں؟

کئی بار تخت و تاج/ کباڑی بازاروں میں بکتے ہیں/ یا کہو دھرے کے دھرے رہ جاتے ہیں/ کباڑی بازاروں میں/ لوگ انھیں صرف دیکھ دا کھ کر/ نکل جاتے ہیں

دنیا میں ہر طرح کے/ اداس دن آتے ہیں/ اتنے اداس مت ہو جاؤ/ اداس لوگوں کے پاس جاؤ، آؤ/ انھیں دھیرج بندھاؤ/ اور ان کے کام پڑو

دلدل میں پڑے روڑے کی طرح/ نیچے نیچے مت گڑو/ نیا اجالا کھینچو/ ہر نئے روز سے

کہتا ہوں وقت ملے گا/ جس میں جما ہوا یہ ماحول ہلے گا/ اور پھر دور نہیں ہے وہ دن/ تب تک تم بے شک بچو گے/ ڈر کی جگہ اعتماد بوؤ گے/ حوصلہ رچو گے

تب ڈر بویا ہے جنھوں نے/ اتنا باہر نہیں/ جتنا خود اپنے بھیتر/ وہ تمھیں سمجھنے کی حالت میں آ جائیں گے

طے ہمیں تمھیں صرف اتنا ہی کرنا ہے/ کہ بے خوفی پھیلائیں گے/ بے خوفی گائیں گے/ حوصلہ بھریں گے منوں میں/ جشن منائیں گے بنوں میں/ جنگل میں منگل کریں گے/ جان ڈالیں گے/ ادھ مری تمام ہستیوں میں/ بدل دی گئی بستیوں میں/ اکٹھا ہو کر

مگر طے ہے کہ یہ/ اداس ہونے سے نہیں ہوگا/ نراش ہونے سے تو ہوگا ہی نہیں/ ہمت اور مسرت سے/ چھوٹے چھوٹے کاموں میں/ جٹ جانے سے ہوگا

لوگوں کے دکھ درد پر/ ہنستے ہنستے/لٹ جانے سے ہوگا

تحریری ادب میں مزاحمت کی سب سے زیادہ اثر دار آواز شاعری کی ہے کیونکہ اس کے پاس اڑنے کو پنکھ ہیں۔ یہ ہلکی ہے مگر پرقوت ہے اور فاصلے جلد طے کرتی ہے۔اس کے بعد دوسرا اہم ہتھیار تھیٹر ہوتا ہے۔ کیونکہ یہ وقوعات کی شدت کو دکھانے پُر قادر ہے۔ یہ خون نہیں تو کم از کم وہ لال رنگ ضرور بہاتا ہے جس پر ناظر کو اصل خون کا گمان ہوتا ہے۔ یہ اپنی بات کو ایک نشست میں مکمل کرتا ہے اور آپ اس کی پوری بات سن کر اٹھتے ہیں، اس طرح وہ اپنے خیال کی شدت کو آپ تک منتقل کرنے میں فوراً کامیاب ہوتا ہے۔اس سے پہلے کہ کوئی اور بات آپ کے ذہن میں آئے وہ اپنا تاثر آپ پر قائم کرنے میں کامیاب ہو جاتا ہے۔ یہ ناظر کو احساس کی شدت کے قریب لانے میں زیادہ کامیاب ہوتا ہے۔افسانہ یا ناول مزاحمت کا جذبہ پیدا کرنے میں مقابلتاً کم اثر ہوتا ہے، اگر چہ شدت احساس اس میں شاعری اور تھیٹر کے مقابلے زیادہ ہی کیوں نہ ہو۔ ناول میں تو یہ اور بھی کم ہو جاتا ہے کیونکہ ناول ایک نہیں بلکہ کئی نشستوں میں پڑھا جاتا ہے اور ایک اور دوسری نشست کے وقفے میں قاری کے ذہن میں کچھ اور چیزیں اپنی جگہ گھیرتی ہیں، ناول کے احساس اور تجربے سے پیدا شدہ رنگ پر اپنا رنگ چڑھا دیتی ہیں۔افسانہ اپنے اختصاری اور ایجازی قوت کی بنا پر یقیناً شاعری اور تھیٹر کے قریب ہوتا ہے کیونکہ یہ بھی ایک ہی نشست میں پڑھا جاتا ہے اور بیک آن اپنے تاثر کو آپ میں منتقل کرتا ہے۔

مزاحمت کا ادب سرگوشی نہیں، چیخ ہے۔اور اس کے لیے جرات اظہار ضروری ہوتا ہے۔مزاحمت کی آواز بننے کے لیے جرات اظہار چاہیے ہوتا ہے، جیسا کہ ' سوز وطن ' والے پریم چند کے ساتھ ہوا یا ' انگارے ' کے ساتھ ہوا یا جیسے پاکستانی افسانہ نگار اعجاز راہی کے ساتھ ہوا جس نے مزاحمت کے افسانوں پر مشتمل انتخاب ' گواہی ' ترتیب دیا تھا۔ ☐

مزاحمتی ادب مقصدی ہوتا ہے۔ یہ قاری کے لیے ہے، تنقید کے لیے نہیں۔ یہ ادب deep sense chall, revolt, satire,aggression of angst یعنی سلگتے ہوئے شعور کے ساتھ لکھا جاتا ہے، ٹھنڈے خون سے نہیں۔

☆ صحافت اتنی معمولی چیز نہیں کہ کوئی بھی ایرا غیرا جسے زندگی کا شعور ہے نہ ادب کا وہ صحافت کو ہنگامی تحریریں کہہ کر رد کر دے اور اپنی ادھ کچری تحریروں کو اس پر مقدم سمجھے کیونکہ اس پر ادب کا لبادہ اوڑھایا ہوا ہے۔ایک ایک خبر کے لیے لوگ اپنی زندگی داؤں پر لگاتے ہیں۔ایک عالمی سروے کے مطابق اس وقت دنیا کے دس مشکل ترین کاموں میں جو سب سے مشکل کام ہے، وہ رپورٹنگ ہے اور آئرنی دیکھیے کہ گھر بیٹھا ادیب اسی کو ہیچ سمجھتا ہے۔(خ-۱)

ادب کا نومزاحمتی رجحان اور نائن الیون

نجیبہ عارف

ڈاکٹر نجیبہ عارف اکادمی ادبیات، پاکستان کی پہلی خاتون چیئر پرسن ہیں۔ ڈاکٹر نجیبہ عارف ایک کامیاب ماہر تعلیم ہیں اور جرائد کی ادارت کا وسیع تجربہ رکھتی ہیں۔ ڈاکٹر صاحبہ کے بہت سے ریسرچ جنرل میں مضامین بھی شائع ہو چکے ہیں اور سب سے بڑھ کر یہ کہ وہ خود بھی اچھی ادیبہ اور شاعرہ ہیں۔ آپ کئی تحقیقی اور تنقیدی کتابوں کی مصنفہ ہیں۔ شعری مجموعے اور ناول بھی شائع ہو چکے ہیں۔ زیر نظر تحریر ڈاکٹر نجیبہ عارف کی کتاب 'اردو ادب کا نومزاحمتی رجحان: 9/11 اور پاکستانی اردو افسانہ' سے مقتبس ہے جس کے لیے ہم ان کے اور پبلشر پرنٹر کے شکر گزار ہیں۔

تاریخ کتنے ہی ایسے اہم واقعات سے بھری پڑی ہے جن کا وقوع دنیا کو زیر و زبر کر دیتا ہے، سود و زیاں کے پیمانے اور خیر و شر کی میزان بدل جاتی ہے اور زندگی خود کو ایک نئے آئینے میں دیکھنے لگتی ہے۔ اس نئے آئینے میں خود کو پہچاننے، اپنے بھولے ہوئے یا بگڑے ہوئے خال و خد کو نئے سرے سے تراشنے میں بعض اوقات صدیاں گزر جاتی ہیں۔ وقت کی دھول بیٹھتے بیٹھتے بیٹھتی ہے۔ تاریخ کا دھارا مڑتا ہے تو دور تک کف اڑاتا چلا جاتا ہے۔ افراد ہوں یا اقوام، اس جھاگ جھاگ تحیر میں نہ تیر سکتے ہیں، نہ ڈوب پاتے ہیں۔ گیارہ ستمبر، مابعد کی دنیا میں اٹھنے والی ایک ایسی ہی منھ زور موج تھی جس کی دھند ابھی تک وقت آفاق پر پھیلی ہوئی ہے۔ میں نے اس دنیا کو مابعد کی دنیا اس لیے کہا ہے کہ گیارہ ستمبر سے پہلے بھی اس کی فضا پر ایک بے نامی، ایک بے چہرگی اور بے مقامی سی چھائی تھی۔ فکر و فلسفے کی دنیا میں اس عہد کا کوئی نام نہیں۔ کوئی فکری، ادبی یا فلسفیانہ تحریک ایسی نہیں جسے اس دنیا کی پہچان قرار دیا جا سکے۔ یہ اپنے ماضی کے حوالوں سے پہچانی جاتی ہے۔ پوسٹ ماڈرن ازم، پوسٹ ہیومن ازم، پوسٹ اسٹرکچرل ازم، پوسٹ کولونیل ازم، پوسٹ مارکسزم، پوسٹ فیمن ازم... اس عہد کا ہر فکری واقعہ،

کسی نہ کسی گزشتہ واقعے کا عکس، ردعمل یا توسیع ہے اور اس عہد نے اپنے لیے کوئی نام، کوئی سرنامہ مقرر نہیں کیا ہے۔ یہ مابعد کی دنیا ہے۔ مابعد کی حدود و قیود ہمیشہ نامعلوم ہوتی ہیں کیوں کہ بعد کا تجربہ کرنے کے بعد مابعد، مابعد نہیں رہتا، ماقبل بن جاتا ہے۔

مابعد کی اس دنیا میں دو بلند و بالا عمارتوں کا گرنا، دراصل دو خلاؤں کی تشکیل ہے۔ ایسی تخریب جس کی بنیاد پر نئی تعمیر ہو سکتی ہے۔ یہ واقعہ ایک عہد کی فصیل اور دوسرے عہد کا دروازہ ہے۔ یہ بات بش اور اوباما کی تقاریر سے لے کر، اسکول کے بچوں کے مباحثے تک کئی بار کہی اور سنی گئی ہے کہ گیارہ ستمبر کا دن عہد جدید کی تاریخ کا اہم ترین دن ہے، جب پرانی جمی جمائی زندگی کی بساط اُلٹ گئی اور مشرق و مغرب کے درمیان ایک نیا رشتہ استوار ہوا۔ اس اُلٹی ہوئی بساط کو، اس نئے رشتے کے پیچ و خم کو، ہر ایک نے اپنے اپنے فکری، تاریخی اور واقعاتی تناظر میں دیکھنے کی کوشش کی ہے۔

ایک تناظر تو یہ ہے کہ مشرق و مغرب کے جس تصادم کی خبر، صاحبان خرد گزشتہ دو دہائیوں سے دے رہے تھے، اس کی گھڑی آن پہنچی ہے۔ اہل مغرب کو نوید ہو کہ اب وہ اپنی فکری توانائیوں کو اہل مشرق، بالخصوص اہل اسلام کے بحر ظلمات میں اجالا پھیلانے میں صرف کر سکیں گے۔ دوسرا تناظر اہل اسلام کا ہے جنھیں بشارت ہے کہ آخری فتح جس کا وعدہ تھا، ملنے ہی والی ہے اور کفر کے ظلمت کدے میں نور اسلام کا اجالا پھیلانے کا وقت قریب ہے۔ تیسرا تناظر کولمبس کے دریافت کردہ خطے میں پروان چڑھنے والی نسلوں کے اس مخصوص طرز فکر کا ہے جس کے مطابق امریکہ ایک ملک ہی نہیں، ایک دستور حیات اور طرز زیست کا بھی نام ہے۔ اس ملک کی ایک تو جغرافیائی حدود ہیں اور دوسری ثقافتی، معاشرتی اور اقداری حدود ہیں۔ ان ثقافتی حدود سے باہر زندگی بسر کرنے والے لوگ امریکیوں کے لیے 'غیر' (others) ہیں۔ ان کی اپنی سرزمین پر 'غیروں' کی اس کارروائی نے انھیں دم بخود کر دیا ہے اور انھیں اپنے خول کی ناتوانی کا احساس مسلسل کچوکے لگا رہا ہے۔ چوتھا تناظر تیسری دنیا کی ان کمزور، ناخواندہ، منتشر اور پس ماندہ اقوام کا ہے جنھیں نہ چت اپنی لگتی ہے نہ پٹ۔ انتہائی بے بس اور بے عمل ہونے کے باوجود وہ محسوس کر سکتی ہیں کہ دنیا کا نظام ٹھیک طریقے سے نہیں چل رہا۔ وہ تمام بڑی بڑی اصطلاحات، نظریات اور علوم و فنون سے ناواقف سہی، مگر اپنے کرب و الم کے شعور سے بے بہرہ نہیں، ان کے لیے گیارہ ستمبر کا دن ایک نیا پیغام چھوڑ گیا ہے۔ ایک تناظر ان دو تین مخصوص ممالک کے عوام کا بھی ہے، جو ورلڈ ٹریڈ سنٹر سے کوسوں دور واقع ہیں، جن کا کوئی براہ راست تعلق اس واقعے سے ابھی تک ثابت نہیں ہو سکا مگر اس کے نتائج کا سب سے ہولناک اثر ان کی زندگی پر ہوا۔ ان میں ابھی تک عراق، افغانستان اور پاکستان شامل ہیں۔ ایران کب سینہ چاکان چمن سے آملے، اس بارے میں یقین سے کچھ نہیں کہا جا سکتا۔ پاکستان بہرطور پہلے دن سے اس کا حصہ یا نشانہ رہا ہے۔

... مغرب، بالخصوص امریکہ میں اس موضوع پر کافی تحقیق ہو چکی ہے اور گیارہ ستمبر کے اثرات کا ادبی،

لسانی، عمرانی، سیاسی اور تاریخی نقطہ نظر سے جائزہ لیا گیا ہے۔ کئی ناول اور نظمیں لکھی گئیں، دستاویزی اور فیچر فلمیں بنیں، موسیقی، مصوری اور کامکس کے ذریعے اسے دیکھنے سمجھنے اور بیان کرنے کی کوشش کی گئی، اور انسانی زندگی پر اس واقعے نے جو گہرے اثرات چھوڑے ہیں، ان کا تجزیہ کیا گیا۔ ایسی تمام تخلیقات کا ذکر کرنا تو ممکن نہیں، لیکن چند ایک ناولوں کا مختصر سا ذکر کرنا یوں مناسب ہے کہ یہ معلوم ہو سکے کہ جس سرزمین پر یہ واقعہ رونما ہوا ہے، اس پر بسنے والے لوگوں نے خود اسے کس نظر سے دیکھا اور محسوس کیا ہے۔

امریکہ میں لکھے جانے والے ان ناولوں میں عام طور پر انفرادی صدمات و حادثات کو موضوع بنایا گیا ہے۔ گیارہ ستمبر کے آس پاس، نیویارک میں رہنے والے افراد کس طور اس حادثے سے متاثر ہوئے، ان کی نجی زندگیوں میں کیا انقلاب آئے، ان کے ذاتی خواب اور منصوبے کس طرح متاثر ہوئے اور انھیں کس طور پر اس حادثے کے مابعد اثرات سے نپٹنا پڑا۔ عام طور پر انگریزی فکشن نے گیارہ ستمبر کے اثرات کو اسی سطح پر دیکھا اور محسوس کیا ہے۔ کین کیلفس (Ken Kalfus) کے ناول 'A Disorder, Peculiar to the Country' میں، طلاق پر آمادہ ایک شادی شدہ جوڑے کی باہمی نفرت اور عداوت کو گیارہ ستمبر کے پس منظر میں بیان اور اُجاگر کیا گیا ہے۔ یہ واقعہ ان کی زندگی میں ایک امکان بن کر رونما ہوتا ہے جس میں دونوں ایک دوسرے کو مردہ سمجھ کر ایک مخفی اور گہرا، مگر احساس جرم سے آلودہ، اطمینان محسوس کرتے ہیں۔ لیکن دونوں بالآخر اس حادثے میں بچ نکلتے ہیں اور بعد ازاں پھر سے ایک دوسرے کو آزار پہنچانے کی کوششوں میں مصروف ہو جاتے ہیں۔ ناول میں بیان کردہ تفاصیل عالمی عصری حقائق کے تناظر میں اُبھرتی ہیں۔ ان کی ناکام شادی اور ایک دوسرے سے قطع تعلق کی خواہش، بیوی جوائس کا افغان جنگ میں دلچسپی لینا، شوہر مارشل کا بم بنانے کا تجربہ کرنا اور اسرائیلی جبر کے سامنے امریکی حکومت کی بے بسی پر تبصرہ کرنا، اسامہ بن لادن کی گرفتاری، عراق اور افغانستان کی جنگیں، تہذیبی تصادم، خودکش بموں کی تیاری اور ایسے ہی کئی دیگر عوامل، اس نئی صورت حال کا بیانیہ ہیں جو گیارہ ستمبر کے بعد امریکی زندگی کا حصہ بنی ہے۔ مجموعی طور پر اس ناول میں بش کے دور حکومت میں امریکی طرز حیات کی کم عیاری پر طنز ملتا ہے جسے مزاح کا روپ دیا گیا ہے اور نقادوں نے اسے کامیڈی آف مینرز قرار دیا ہے۔(2)

ازدواجی زندگی کی ناکامی اور دو انسانوں کے درمیان عدم برداشت اور ناموافقت اس بڑے دائرے کا ایک حصہ معلوم ہوتی ہے جس میں قومیں، قوموں سے برسرپیکار ہیں اور نظریات، نظریات سے تصادم کا شکار ہو رہے ہیں۔ اس الم انگیز صورت حال سے جو بے چینی اور اضطراب پیدا ہوتا ہے، وہ محض دو انسانوں کی زندگیوں کو نہیں بلکہ مجموعی طور پر تمام بنی نوع انسان کو متاثر کرتا ہے۔ ایک دوسرے کو تباہ و برباد کر دینے کی حیوانی خواہش اور اس میں ناکامی؛ کیوں کہ فطرت کے قوانین کسی اور طرح سے عمل پیرا ہوتے ہیں، انسانوں کو کس طرح رنج و محن کا شکار رکھتی ہے۔ ناول نگار نے دو افراد کے نجی المیے کو ایک بڑے اور وسیع تر تناظر میں پیش کیا ہے، تاہم یہ تناظر ناول کے بیانیے میں محض علامتی طور پر موجود ہے۔ میاں بیوی کے درمیان اس قریبی مگر نفرت و عداوت پر مبنی رشتے کی

رمزیت، مشرق ومغرب کے درمیان ابھرتی اور پھیلتی ہوئی خلیج، اور سیاست کے بطون میں ایک دوسرے کی تباہی بلکہ مکمل فنا کی خفیہ آرزو کے پروان چڑھنے کی حقیقت کو عیاں کرتی ہے۔ مگر یہ دونوں قوتیں مسلسل برسرِ پیکار رہنے کے باوجود ایک دوسرے کو نابود کردینے میں کامیاب نہیں ہوسکتیں۔ تاریخ کا سبق بھی یہی ہے کہ صدیوں کی جدوجہد اور مبارزت کے باوجود قومیں، قوموں کو نابود نہیں کرسکتیں۔

ایسا ہی ایک علامتی تناظر ڈان ڈیلیلو (Don Delillo) کے ایوارڈ یافتہ ناول (3) *The Falling Man*، (4) میں نمایاں ہوتا ہے۔ *Falling Man* رچرڈ ڈریو (5) کی کھینچی ہوئی، انتہائی معروف ہونے والی، ایک تصویر کا عنوان ہے جو گیارہ ستمبر کو ورلڈ ٹریڈ سنٹر کی بلند و بالا عمارت سے گرتے ہوئے آدمی کی ہے۔ بعد میں ایک اسٹنٹ اداکار نے اس منظر کو نیویارک شہر میں کئی بار پیش کیا۔ وہ خود کو رسیوں سے باندھ کر کسی بلند و بالا عمارت سے گرادیتا اور یوں اس تصویر کو ایک طرح سے وہ جی کر دکھاتا۔ اس عنوان سے ایک کہانی بھی لکھی گئی ہے اور اس پر ایک دستاویزی فلم (6) بھی بن چکی ہے۔ ڈیلیلو نے اپنے ناول کا عنوان اسی تصویر سے لیا ہے اور یہ عنوان ایک طرح سے ناول کی تھیم کا اشاریہ ہے۔ یہ ایک طرف تو انسان کی انفرادی سطح پر موت یا تباہی کی طرف سفر ہے، اور دوسری طرف اس کے اجتماعی زوال کا اشارہ ہے۔ ناول کا مرکزی کردار، 39 سالہ قانون دان کیتھ ہے جو ورلڈ ٹریڈ سنٹر کے حادثے میں بال بال بچتا ہے اور زخمی و ہراساں، ہاتھ میں کسی اجنبی خاتون کا بریف کیس تھامے اپنی علیحدہ ہوجانے والی بیوی کے فلیٹ میں داخل ہوتا ہے۔ یہیں سے، نہ صرف اس کی بلکہ اس کے گرد و پیش موجود تمام لوگوں کی، زندگی کے ایک نئے دور کا آغاز ہوتا ہے۔ کیتھ، بریف کیس کی مالک اجنبی خاتون کے عشق میں گرفتار ہوجاتا ہے کیوں کہ دونوں اس حادثے میں بچ جانے کے مشترکہ تجربے سے گزرنے کے بعد خود کو ایک دوسرے کے قریب محسوس کرتے ہیں۔ اس کی بیوی لیانا، مشرقِ وسطیٰ کے بارے میں زود حسی اور غیظ و غضب کا شکار ہوجاتی ہے۔ اسے ہر چیز میں اسلام کے اثرات نظر آتے ہیں، حتیٰ کہ پوسٹ کارڈ اور پڑوسیوں کے گھر بجنے والی موسیقی میں بھی مشرقِ وسطیٰ کی آواز سنائی دیتی ہے۔ وہ شہر میں بار بار *Falling Man* کو کرتب دکھاتے ہوئے دیکھتی ہے۔ آخر وہ اپنی ماں کے ساتھ رہنا شروع کردیتی ہے۔ اس کی ماں اپنے اس مرد دوست سے قطع تعلق کرلیتی ہے جس سے اس کی رفاقت بیس سال پر محیط تھی، کیوں کہ اس دوست کا تعلق ماضی میں جرمنی کے کسی 'دہشت گرد' گروہ سے تھا۔ کیتھ اور لیانا کا بیٹا دوربین سے ایک نیا کھیل کھیلنا سیکھ لیتا ہے جس میں وہ آسمان سے جہازوں کو دوربین سے دیکھتا اور 'بل لاڈن' (بن لادن) کو تلاش کرتا رہتا ہے۔ آخر کیتھ قانون کا پیشہ ترک کرکے پوکر کا کھلاڑی بن جاتا ہے۔ ہر شخص کی زندگی ایک انقلاب سے دوچار ہوتی ہے۔ ایک نئی حقیقت کی آگاہی تمام کرداروں کے نقطہ نظر میں نمایاں تبدیلی پیدا کردیتی ہے۔ اسی ناول میں ایک کردار خلیج کا نوجوان حماد بھی ہے جو موت سے نہیں ڈرتا بلکہ اس کی آرزو رکھتا ہے اور اسی آرزو کو اپنی سب سے بڑی طاقت قرار دیتا ہے۔ لیکن خود سے اس کا سب سے اہم سوال یہ ہے کہ کیا زندگی میں کچھ کر گزرنے کے لیے جان سے گزرنا لازم ہے؟ اس سوال کا

جواب یہ ہے کہ وہ ان جہازوں میں سے ایک کے اغوا کرنے والوں میں شامل ہو جاتا ہے جو گیارہ ستمبر کو ورلڈ ٹریڈ سنٹر سے ٹکرائے تھے۔ ناول کا اختتام ان جہازوں کے ٹکرانے کے بعد ورلڈ ٹریڈ سنٹر کی آگ اور دھوئیں میں لپٹی ہوئی عمارت میں ہوتا ہے جہاں کیتھ کے زخمی ہونے اور بالآخر بچائے جانے کی تفاصیل، دوستوں اور ہمکاروں کو مرتے ہوئے دیکھنے کا تجربہ اوران لمحات کی تصویر کشی ملتی ہے اور یہ واقعہ ایک زندہ تجربے کی طرح قاری کے شعور سے چپکا رہ جاتا ہے۔ یہ ناول قاری کے دل و دماغ میں ایک بھیانک خلا پیدا کرتا ہے اور اثبات ہستی کو تشکیک کے گہرے کنویں میں دھکیل دیتا ہے۔

تاہم یہ امر قابل غور ہے کہ گیارہ ستمبر کے حوالے سے لکھے جانے والے اکثر امریکی ناولوں کی کہانی شوہر اور بیوی کے درمیان موافقت، نا آسودگی، بیزاری اور عداوت کے گرد گھومتی ہے۔ کیا یہ محض اتفاق ہے یا اس رشتے کے درمیان کشش و گریز کی قوتوں کو کسی بین الاقوامی سیاسی اور معاشرتی صورت حال کا اشاریہ سمجھا جانا چاہیے؟ کیا انسان اپنے زوال کے سفر میں اپنے زوج سے بیگانگی اختیار کر لیتا ہے یا پھر یہی امراس کے زوال کا سبب بن جاتا ہے؟ اس سوال کو اگر مشرق و مغرب کے تناظر میں دیکھا جائے تو معاصر صورت حال کی کئی جہتیں روشن ہو جاتی ہیں۔ ایک طرف یہ سوال اٹھتا ہے کہ کیا مشرق و مغرب ٹھوس، جغرافیائی حقیقتیں ہیں یا وقت کا پیدا کردہ ایک التباس؟ اور دوسری طرف یہ خیال آتا ہے کہ دونوں ایک دوسرے کے زوج اور اک دوسرے کے لیے لازم و ملزوم سچائیاں ہیں یا ایک دوسرے کی ضد اور باہم متحارب و متخالف قوتیں؟ اور اسی سوال کے بطن سے یہ اندیشہ سر اٹھاتا ہے کہ ایک کا دوسرے کے خلاف صف آرا ہونا، خود اس کروی وجود پر کیا اثرات مرتب کرے گا جو اپنا اظہار انھی دونوں منطقوں کی مدد سے کر پاتا ہے اور اس مکانیت میں رونما ہونے والی زندگی کی آئندہ شکلیں اس سے کس طور پر متاثر ہوں گی۔

اونیل (O'Neill) نے اپنے (7) ایوارڈ یافتہ ناول *Netherland* (8) میں زندگی کو ٹیسٹ کرکٹ سے تشبیہ دی ہے جس میں پانچ دن تک کھیل جاری رہتا ہے اور ہار جیت کے فیصلے کے بغیر بھی ختم ہو سکتا ہے۔ (9) کرکٹ کا کھیل اس ناول میں اساسی علامتی حیثیت اختیار کر لیتا ہے جو مرکزی دھارے سے ہٹ کر سماجی زندگی کے حاشیے پر جینے والوں کی نفسیات، تہذیبی اجنبیت کے تکلیف دہ احساس اور مغائرت کے تجربے کا ردعمل ظاہر کرتا ہے۔ یہ ناول بھی ایک نا آسودہ جوڑے کی زندگی کے تین سال کا بیان ہے جنھیں گیارہ ستمبر کے بعد کے عدم تحفظ اور بش حکومت کی کوتاہ نظری کے باعث پیدا ہونے والے اضطراب و انتشار کے نتائج بھگتنے پڑے۔ سماجی سطح پر اس واقعے کے بعد جو تبدیلیاں رونما ہوئیں اور افراد کی خانگی زندگی، ان سے جس طور متاثر ہوئی، اس کا بیان ناول کی کلیدی تھیم ہے لیکن اس کے ساتھ ساتھ اس ناول میں نیویارک کی زندگی کی مختلف لہروں اور دائروں کو بھی موضوع بحث بنایا گیا ہے۔ نقل مکانی کر کے امریکہ میں بسنے والی مختلف قوموں کے افراد کس طرح ایک ضمنی کلچر کی تشکیل کرتے اور باہمی اختلافات پر قابو پا کر ایک مشترکہ گروہ کی صورت اختیار کرتے ہیں اور امریکی کلچر کے

بالمقابل اپنا الگ تشخص اجاگر کرتے ہیں، اونیل نے کرکٹ کی علامت کے ذریعے مہاجرت کی اس تھیم کو کامیابی سے بیان کیا ہے۔ اس ناول کے کرداروں کے شب و روز کی منظر کشی یہ بھی ظاہر کرتی ہے کہ گیارہ ستمبر کے بعد نیو یارک کی تہذیبی زندگی میں سیاسی مباحث کس طرح اہمیت کے حامل ہوتے گئے، یہاں تک کہ سماجی تقریبات اور ڈنر پارٹیوں میں بھی مقامی اور بین الاقوامی سیاست کے امور کا زیر بحث آنا لازم سمجھا جانے لگا۔ دنیا اس واقعے کے بعد کیوں کر ایک نئی نہج پر چل نکلی اور شعوری اور غیر شعوری سطح پر افراد اور معاشرے میں کیا کیا تبدیلیاں نمودار ہوئیں، اونیل نے بڑے فنکارانہ انداز اور مسحور کن زبان میں اس امر کا تخلیقی انداز میں جائزہ لیا ہے۔

زندگی کے بے شکل پھیلاؤ میں ترتیب و تنظیم اور معنی خیز اشکال کی تلاش، تاریخی شعور کا تجزیہ اور اجتماعی یادداشت میں محفوظ ماضی کی نئے سرے سے بازیافت ولیم گبسن (William Gibson) کے ناول، *Pattern Recognition*، (10) کا موضوع ہے۔ گیارہ ستمبر کا واقعہ اس ناول کے مرکزی خیال کے لیے اساسی رمزیت کا کام دیتا ہے جو ماضی کی گمشدگی کا دور تشکیل دیتا ہے۔ مرکزی کردار کے والد کا اس حادثے میں گم ہوجانا ایک طرح سے بیسویں صدی کے گم ہوجانے کا اعلان ہے۔ وقت اب کبھی ویسا نہیں رہے گا جیسا اس حادثے سے پہلے تھا، زندگی کا رُخ ہمیشہ کے لیے بدل گیا ہے اور اب نئے سرے سے معنی کی تلاش کا عمل شروع کرنا ہوگا۔ جڑوں سے کٹ جانے کے بعد دوبارہ جڑوں کی شناخت کی تگ و دو، زندگی کے مابعد جدید دور میں ایک نئے فکری ڈھانچے کی تشکیل اور ترجیحات و تعینات کا از سر نو جائزہ لینا اس بدلتے ہوئے وقت کا پہلا سوال ہے۔ مستقبل اس دور کو کس نظر سے دیکھے گا، تخلیقیت اور روایت کا تصادم کیا نتائج پیدا کرے گا، تاریخ کے مطالعہ کے کتنے منہاج ممکن ہیں، ان تمام پس ساختیاتی اور مابعد جدید فکری رویوں کا اظہار اس ناول میں موجود ہے اور گیارہ ستمبر اپنی پس منظری حیثیت کے باوجود انتہائی گہری معنویت کا حامل ہے۔

جان اپڈائک (John Updike: 1932-2009) کا ناول *Terrorist*، (11) اس اعتبار سے نہایت اہم ہے کہ اس کا موضوع گیارہ ستمبر سے متاثر ہونے والی امریکی زندگی نہیں، بلکہ ایک نوجوان مسلم جہادی دہشت گرد ہے۔ اپڈائک ایک معروف امریکی فکشن نگار، شاعر اور نقاد تھے جن کے بیس سے زیادہ ناول اور درجن بھر افسانوی اور شعری مجموعے شائع ہو چکے ہیں۔ انھیں بیسویں صدی کا معروف ترین امریکی ادیب کہا جاتا ہے۔ (12) ان کی اہم ترین تصنیف Rabbit Series ہے جس کے پانچ ناول شائع ہوئے ہیں۔ (13) *Terrorist* ایک اٹھارہ سالہ امریکی مسلم نوجوان احمد کی کہانی ہے جو ایک آئرش امریکی عورت اور مصری مسلمان کا بیٹا ہے۔ اس کی ماں کیتھولک ہونے کے باوجود اپنے سیکولر خیالات کے باعث دین سے بے نیاز ہو چکی ہے اور غیر مردوں سے تعلقات استوار رکھتی ہے۔ احمد اس کی بے دینی اور بے حیائی کے باعث اس سے نفرت کرتا ہے مگر ماں ہونے کی حیثیت سے اس کی دیکھ بھال کو اپنا دینی فریضہ سمجھتا ہے۔ ماں کے مقابلے میں اسے اپنے مصری باپ سے زیادہ محبت محسوس ہوتی ہے، حالاں کہ وہ اسے تین سال کی عمر میں چھوڑ کر غائب ہو گیا تھا۔ اپنے ہم عمروں کی

سرگرمیاں اسے قابل اعتراض معلوم ہوتی ہیں۔ اسکول میں وہ اپنی دوست کی صنفی کشش کو محسوس کرنے کے باوجود اپنے جذبات پر قابو رکھتا ہے۔ امریکی تہذیب پر مادیت پرستی کا غلبہ اور ثقافت کے نام پر اخلاقی تنزل اسے بالآخر کالج کو خیر باد کہہ کر مسجد میں پناہ لینے پر مجبور کر دیتا ہے، جہاں امام مسجد شیخ راشد اس کی روحانی رہنمائی کا فریضہ سر انجام دیتا ہے مگر اس کی قدامت پرستی اسے بیزار کر دیتی ہے۔ آخر وہ ایک لبنانی خاندان کے فرنیچر کے کاروبار کے لیے ٹرک ڈرائیور کا پیشہ اختیار کرتا ہے کیوں کہ شیخ کی تعلیم کے مطابق، رسمی تعلیم کا حصول امریکی بے دینی کی جانب راغب کرنے اور دین کے بارے میں تشکیک پیدا کرنے کا باعث ہوسکتا ہے۔ اس کے اسکول کا قنوطی، یہودی کونسلر، جیک لیوی، جو اگرچہ خود بھی امریکی تہذیب کا شاکی ہے، اسے سمجھاتا بجھاتا ہے مگر 'صراط مستقیم' سے بھٹکنے پر آمادہ نہیں کر پاتا۔ اور آخر کار وہ نام نہاد مسلمان چارلی کے ہتھے چڑھ جاتا ہے جو اسے ایک راسخ العقیدہ مسلمان کے طور پر ملتا ہے لیکن جنسی ترغیبات اور آزاد خیالی کا درس بھی دیتا ہے۔ یہی چارلی اسے دریائے ہڈسن پر واقع لنکن ٹنل پر خودکش حملہ کرنے پر آمادہ کرتا ہے۔ جیک لیوی کو اس منصوبے کی خبر مل جاتی ہے۔ وہ اس کی خودکش مہم پر روانگی کے وقت اس کے ساتھ ٹرک میں بیٹھ جاتا ہے اور اسے اس حرکت سے باز رہنے پر قائل کر لیتا ہے۔ وہ یہ انکشاف بھی کرتا ہے کہ اس منصوبے کا اصلی خالق، چارلی دراصل کوئی صاحب ایمان مسلمان نہیں بلکہ سی آئی اے کا ایجنٹ تھا اور اسے مذہب کے نام پر استعمال کیا جا رہا تھا۔ یوں کہانی میں سیاست کا عمل دخل نمایاں ہوتا ہے اور یہ آخری اشارہ خودکش حملوں کی آڑ میں مسلمانوں کو بدنام کرنے کی کوششوں اور ایسی سرگرمیوں میں امریکی خفیہ ایجنسیوں کے کردار پر بھی روشنی ڈالتا ہے۔ ایک معروف امریکی ناول نگار کی جانب سے یہ اشارہ بڑا معنی خیز ہے اور عالمی سیاست کے کئی اسرار و رموز فاش کرتا ہے۔

اس ناول کی کہانی امریکی کم اور پاکستانی یا افغانی کردار کی کہانی زیادہ معلوم ہوتی ہے۔ کہانی کی بنت اور کرداروں کی اُٹھان اردو فکشن کے انداز کی ہے۔ مرکزی کردار کی ذہنی کیفیت، کشمکش اور بنیاد پرستی جن دلائل پر استوار ہوتی ہے، وہ بھی پاکستانی معاشرے کے لیے نئے یا اجنبی نہیں معلوم ہوتے۔ امریکی تہذیب کا اخلاقی خلا، کھوکھلا پن اور مادیت پرستی اور اس کے بالمقابل قرآنی تعلیمات جو روحانی سربلندی کی طرف لوٹنے کی دعوت دیتی ہیں، مفصل بیانیے میں پیش کیے گئے ہیں۔ کہانی اگرچہ دہشت گردی، جہاد، بنیاد پرستی اور قرآنی تعلیمات جیسے موضوعات کے گرد گھومتی ہے مگر اس کا ایک علامتی پیٹرن بھی ہے جو اسلام کے اس مروجہ تصور پر بنیاد رکھتا ہے جو مغرب میں کئی صدیوں سے مقبول رہا ہے۔ مثال کے طور پر احمد کا اپنی کیتھولک ماں سے نفرت اور بیزاری محسوس کرنا حالاں کہ اس کی ماں نے تنہا اس کی پرورش کا فریضہ سر انجام دیا ہے اور اپنے مصری باپ کو آئیڈیل تصور کرنا، جو اسٹوڈنٹ ایکسچینج پروگرام کے تحت امریکہ آیا، اس کی ماں سے شادی رچائی اور پھر بیوی اور تین سالہ بیٹے کو تنہا چھوڑ کر غائب ہو گیا، اسلام کے روایتی مرد مرکز معاشرتی نظام کی طرف اشارہ کرتا ہے جس میں صورت حال خواہ کچھ ہی ہو، مرد کے مقابلے میں عورت ہی کو قصوروار سمجھنے کا رجحان عام ہے۔ مسلمان امام مسجد کا جدید تعلیم کے

خلاف وعظ وتبلیغ کرنا کیوں کہ یہ اسلام کے بارے میں شکوک وشبہات جنم دینے کا باعث بن سکتی ہے اوراس کے مقابلے میں یہودی جیک لیوی کا احمد کو 'راہ راست' پر لانے کی کوشش کرنا، گویا ایک یہودی کا مسلمان نوجوان کی حقیقی رہنمائی کرنا بھی مسلمانوں اور یہودیوں کے درمیان موجود تناؤ کے تناظر میں خصوصی اہمیت کا حامل ہے۔ احمد کا مادیت پرستی سے بیزاری محسوس کرنا اور جنت کے حصول کے لیے اپنے ساتھ ساتھ دوسروں کی جان لینے کا عمل، جہاں اکیسویں صدی کی پہلی دہائی میں چند مسلمان تنظیموں کے بڑھتے ہوئے متشددانہ رویے کا پتہ دیتا ہے وہاں ان خود ساختہ روایات کی یاد بھی دلاتا ہے جو صلیبی جنگوں کے بعد سے مسیحی دنیا میں اسلام اور مسلمانوں کے متعلق مشہور ہوگئی تھیں۔ (اگرچہ جان اپڈائک کا یہ ناول اس ذیل میں نہیں رکھا جاسکتا تاہم امریکہ میں اسلام کی مسخ شدہ تعلیمات سے متعلق سنسنی خیز مواد کی اشاعت اب تک جاری ہے جس کی ایک مثال ایرین ولیزاڈا کی تخلیق *Passion in the Sand: A Terrorist Romance Novel* ہے جو حال ہی میں امریکہ میں شائع ہوا ہے۔) اس کے ساتھ ساتھ اس ناول میں نوجوان نسل کا ذہنی وروحانی رہنمائی کا متلاشی رہنا اوراس تلاش میں گمراہی میں جا پڑنے کا موضوع مرکزی تھیم کی حیثیت رکھتا ہے۔ احمد کو تین مختلف افراد کی رہنمائی ملتی ہے۔ شیخ راشد، چارلی اور جیک لیوی جو بالآخر اسے گمراہی کی دلدل سے نکال لیتا ہے۔ ناول نگار نے سیاسی اعتبار سے مسلمانوں کو زک پہنچانے کی امریکی سیاسی مہم کی طرف اشارہ کیا ہے لیکن وہ خود بھی اسلام اور اہل اسلام کے بارے میں انھی مخصوص تحفظات کا شکار معلوم ہوتا ہے جو صلیبی جنگوں کے دوران اور بعد یہود ونصاریٰ میں مقبول ہوتے چلے گئے اور جنھیں تقویت پہنچانے میں خود مسلمان ممالک کے عوام الناس، اپنی کم علمی، جذباتیت اور بے عملی کے باعث، کس سے پیچھے نہیں رہے۔

'Extremely Loud and Incredibly Close'، (14) جوتھن سیفرون فوئر (Jonathan Safron Foer) کا ناول ہے جس میں ایک نو سالہ لڑکے آسکر کی زندگی پر گیارہ ستمبر کے اثرات بیان کیے گئے ہیں۔ آسکر کے والد اس حادثے میں ہلاک ہوجاتے ہیں اوران کی موت کے بعد آسکر اور اس کے دادا کی زندگی میں ایک بھیانک خلا پیدا ہوجاتا ہے۔ مصنف نے مابعد جدید دور کے تکنیکی تجربات سے اس ناول میں اظہاری جہات کی گہرائی پیدا کرنے کی کوشش کی ہے۔ موضوع کے اعتبار سے یہ ناول گیارہ ستمبر کے بعد لکھے جانے والے کئی اسی نوعیت کے ناولوں میں سے ایک ہے جن میں رقت اور ترحم پیدا کرنے کی کوشش کی گئی ہے اور ایسے ناول کئی نقادوں کی تنقید کا نشانہ بھی بنے ہیں۔ مثلاً ڈیوڈ سمپسن (David Simpson) اپنی کتاب *9/11: The Culture of Commemoration* میں کہتے ہیں کہ امریکی قوم نے گیارہ ستمبر کے واقعے سے ایک ماتمی فضا پیدا کرلی ہے اور رقت انگیز، دردناک انداز میں اسے بیان کرکے لوگوں کے جذبات بر انگیختہ کرنے کی عادت ڈال لی ہے۔ وہ اس واقعے کی بنیاد پر قوم کی نفسیات میں ایک ہیجانی کیفیت کے پیدا ہوجانے کو منفی رجحان سمجھتے ہیں۔ امریکی قوم کا خود کو مظلوم سمجھ لینا اور عالم انسانیت کے دکھوں اور مصائب سے بے

خبر رہنا اس کی عظمت کا ثبوت نہیں جب کہ دنیا بھر میں عراقی فوجیوں کی ہلاکت اور ابو غریب کی جیل میں قیدیوں پر توڑے جانے والے ہولناک تشدد کے قصے بھی زبان زد خاص و عام ہیں۔ (15)

محسن حمید (پ: 1971) ایک نوجوان پاکستانی ادیب ہیں جنھوں نے زندگی کا کافی حصہ امریکہ میں گزارا ہے۔ اب تک ان کے دو ناول شائع ہو چکے ہیں۔ *The Reluctant Fundamentalist*، (16) ان کا دوسرا ناول ہے جو 2007 میں برطانیہ سے شائع ہوا اور پہلے ناول *Moth Smoke* (2000) کی طرح انتہائی مقبول ہوا۔ یہ ناول مجموعی طور پر امریکی فکشن کے انداز میں لکھا گیا ہے اور اس میں پاکستان کی خوب صورت محبوبہ سے دستبردار ہونا پڑا۔ سیاست کس طرح افراد کی نجی زندگیوں اور خوابوں کو منتشر کر دیتی ہے اور ان کے ذاتی منصوبوں پر اثر انداز ہوتی ہے، یہ اس ناول کا مرکزی خیال ہے۔ لیکن اس کی اہم ترین بات یہ ہے کہ ناول امریکی نہیں بلکہ دوسرے (other) نقطہ نظر کو پیش کرتا ہے۔ یہ ایک پاکستانی روشن خیال نوجوان کا نقطہ نظر ہے، کسی بنیاد پرست، متشدد اسلام پسند کا نقطہ نظر نہیں۔ مذہب اس ناول میں کہیں بھی زیر بحث نہیں آتا۔ البتہ ناول کا نازک ترین مقام وہ ہے جب مرکزی کردار ورلڈ ٹریڈ سنٹر کی تباہی دیکھتا ہے تو اس کے ہونٹوں پر مسکراہٹ آ جاتی ہے جسے وہ بڑی کامیابی سے چھپا لیتا ہے۔ مگر اس مسکراہٹ کا اعتراف ناول کی معنویت میں کئی گنا اضافہ کر دیتا ہے اور بین السطور کئی اَن کہی کہانیاں بیان کر جاتا ہے۔ ناول کی تکنیک بہت منفرد ہے۔ لاہور کے علاقے انار کلی کے ایک ریستوران میں ایک شام کو ایک بے نام امریکی ایک باریش پاکستانی نوجوان سے ملتا ہے اور پاکستانی نوجوان اسے اپنی یادوں کی دنیا کی سیر کرواتا ہے۔ یہ دنیا امریکہ میں واقع ہے جہاں اس نوجوان کی جوانی کے روشن دن کھو گئے ہیں۔ دوسرے کردار کا کوئی مکالمہ کہانی کا حصہ نہیں بنتا۔ اس کے مکالمات کا اندازہ صرف چنگیز کے ان مکالمات پر ردعمل سے لگایا جا سکتا ہے۔ مجموعی طور پر یہ ناول انسانوں کی زندگیوں کے رنج و الم اور نشیب و فراز سے بحث کرتا ہے اور بین السطور یہ پیغام دیتا ہے کہ عالمی بساط سیاست پر جو بازی کھیلی جا رہی ہے، اس کے نتیجے میں امن پسند، روشن خیال اور معتدل مزاج افراد بھی ایک نوع کی شدت پسندی کی طرف مائل ہونے پر آمادہ ہو سکتے ہیں۔ ناول کے دونوں کردار، ایک بے نام امریکی اور ایک تعلیم یافتہ اور روشن خیال پاکستانی جو باریش بھی ہے، اپنی انفرادی حیثیت کے ساتھ ساتھ اپنی قوم کی نمائندگی بھی کرتے ہیں اور کہانی کا عنوان اس کی تفہیم بیان کرنے میں کامیاب رہتا ہے۔ یہ ناول انگریزی میں لکھا گیا ہے اور پہلی بار برطانیہ سے اور بعد میں امریکہ سے بھی شائع ہوا ہے۔ اس حوالے سے اسے مغرب میں تخلیق ہونے والا ادب قرار دیا جا سکتا ہے لیکن یہ کہانی جس مکانی تناظر میں بیان کی جاتی ہے، نیز اس کے واحد ناطق کردار کا تشخص اسے پاکستانی ادب کا حصہ بھی بنا دیتا ہے۔

[بشکریہ نجیبہ عارف اور پورب اکادمی، اسلام آباد]

اردو کا مزاحمتی افسانہ

ناصر عباس نیر

اکثر لوگوں کا خیال ہے کہ لکھنا بجائے خود مزاحمت ہے۔ اگر اسے درست مان لیا جائے تو پھر تسلیم کرنا پڑے گا کہ ادب کی تاریخ، مزاحمت کی تاریخ ہے۔ ادیب خواہ کہیں کے ہوں اور کسی زمانے سے تعلق رکھتے ہوں، وہ اپنی تحریروں میں طاقت، جبر اور استحصال کے خلاف آواز اٹھاتے ہیں۔ لیکن کیا کیا جائے کہ ادب کی تاریخ اس رائے کی حمایت کرتی ہے نہ خود لکھنے کے عمل میں مزاحمت ایک لازمی اصول کے طور پر شامل ہے۔ ادب کی تاریخ میں طاقت کا ساتھ دینے والے اور طاقت کے مراکز سے دور رہ کر اس پر سوال اٹھانے والے، دونوں طرح کے ادیب ملتے ہیں۔ مثلاً بیسویں صدی میں فاشزم کو تہذیب اور انسانیت کے لیے مہیب ترین خطرہ سمجھا گیا۔ ایذرا پاؤنڈ نے مسولینی کی کھلم کھلا حمایت کی۔ ٹی ایس ایلیٹ پر بھی فاشزم کی حمایت کا الزام ہے۔، ڈبلیو بی ییٹس نے آئرش بلوشرٹ نامی فاشسٹ تنظیم کا ساتھ دیا۔ ہائیڈگر نے ہٹلر کے حق میں کھل کر لکھا اور کام کیا۔ آسٹریائی نوبیل انعام یافتہ پیٹر ہینڈ کے کوسربیائی صدر کے سفاکانہ اقدامات کی حمایت کے سبب سخت تنقید کا نشانہ بننا پڑا۔ دوسری طرف جارج آرویل نے مطلق العنانیت کے خلاف مزاحمتی فکشن اور دوسری تحریریں لکھیں۔ کامیو نے دوسری عالمی جنگ میں ہر طرح کی جارحیت کی مزاحمت کی۔ برٹرینڈ رسل نے ویت نام پر امریکی حملے کے خلاف ادیبوں کا ٹربیونل بنایا۔ سارتر نے الجزائر کے خلاف فرانس کی جنگ کے دوران خود اپنے ملک کی مخالفت کی۔ یہی نہیں، ادیب کو دی جانے والی ہر طرح کی ترغیب (جس میں نوبیل انعام شامل ہے) کو مسترد بھی کیا۔

ہماری اپنی تاریخ میں دونوں طرح کے ادیب ملتے ہیں۔ 1857 کی جنگ آزادی میں ایک طرف امام بخش صہبائی جان سے گئے، فضل حق خیر آبادی کو کالے پانی اور پھر پھانسی کی سزا ہوئی۔ دوسری طرف غالب اور سرسید جیسے ادبا نے انگریزی استعمار کی حمایت کی۔ پاکستان میں ادیب کا کیا کردار ہوگا، اسے ایک طرف راولپنڈی سازش کیس اور دوسری طرف رائٹرز گلڈ کی مدد سے سمجھا جاسکتا ہے۔ راولپنڈی سازش کیس اگرچہ عسکری مہم جوئی

کے ارادوں سے خالی نہیں تھا، تاہم اس سے ادیبوں (خصوصاً ترقی پسندوں) کی آزادانہ فکر کو ریاستی طاقت کے ذریعے کچلنے کی کوششوں کا آغاز ہوا تھا، جب کہ فوجی آمر ایوب کی ایما سے بنائی گئی رائیٹرز گلڈ ادیبوں کو ترغیب کے ذریعے آمرانہ اقدامات کی حمایت حاصل کرنے کے لیے بنائی گئی۔ سرد جنگ، جسے ثقافتی جنگ کہنا زیادہ مناسب ہے، کے زمانے میں پاکستانی ادیبوں کے پاس دو ہی راستے تھے: وہ مقامی و عالمی طاقت سے لڑیں اور قید و بند سے لے کر جلاوطنی کی صعوبتیں جھیلیں یا پھر ترغیب، انعام و اکرام وخطابات کے ذریعے طاقت کی راست اور درپردہ حمایت کریں۔ پاکستان کے اردو ادیبوں نے یہ دونوں کام کیے۔ جنرل ضیا کی آمریت کا ساتھ دائیں بازو کے کتنے ہی ادیبوں نے دیا۔ اس ضمن میں 'ضیا حق' (مرتبہ ضیاء الحق قاسمی)، 'ظلم کی آگ، لہو کے پھول' (مرتبہ ضیاء الاسلام انصاری، مظفر وارثی، خالد محمود) اور 'پھول اور بارود' (مرتبہ محمد اقبال نجمی، حفیظ احمد) کے عنوان سے سے مرتب کی گئی کتابیں ہماری آنکھیں کھولنے کے لیے کافی ہیں۔ ان کتابوں میں کتنے ہی نامور لوگوں کی شاعری شامل ہے۔ اب بھی ایسے اردو ادیب موجود ہیں جو طالبانی تصور دنیا اور سیاسی آمریت کے حق میں بہ یک وقت آواز اٹھاتے ہیں۔ دوسری طرف جن ادیبوں نے قید و بند اور کوڑوں سے لے کر جلاوطنی جھیلی، ان کی تعداد بھی خاصی ہے۔ پاکستانی تناظر میں فن، ترغیب اور تشدد کے رشتے پر خالدہ حسین نے 'فنکار' کے عنوان سے افسانہ لکھا۔ اس پر گفتگو آگے آ رہی ہے۔

ادب کی ماہیت میں بلاشبہ انحراف شامل ہے۔ ادبی زبان، اس انحراف کی مظہر ہے۔ ادبی زبان، روزمرہ کی زبان کے علاوہ دیگر علوم میں برتی جانے والی زبان سے مختلف ہوتی ہے۔ ادبی زبان، ان عناصر کا زیادہ سے زیادہ تخلیقی استعمال کرتی ہے، جو زبان کی تہ میں مخفی ہوتی ہیں۔ مثلاً استعاراتی، اشاراتی، کنایاتی عناصر نیز اظہار کا ترچھاپن۔ اسی سے یہ گمان گزرتا ہے کہ جیسے ادب، زبان کے ساتھ ساتھ اپنے مافیہ میں بھی مزاحمتی ہے اور اسی سے یہی نتیجہ بھی اخذ کیا جاتا ہے کہ ہر ادیب کے یہاں محض ادیب ہونے کے ناطے مزاحمت موجود ہوتی ہے۔ ادیب روزمرہ (لسانی) دنیا سے انحراف کر کے جس دنیا کو اختراع کرتا ہے، وہ 'معصوم' نہیں ہوتی۔ یہاں تک کہ 'ادبی زبان' (خصوصاً جس کی مدد سے ادبی روایت اپنا اظہار کرتی ہے) بھی ایک مؤقف کا درجہ رکھتی ہے۔ ایک ادیب، ادبی زبان میں سے کسی مخصوص پیرائے کا انتخاب کر کے اپنے مؤقف کا اظہار کرتا ہے۔ یعنی وہ اعلان کرتا ہے کہ وہ روایت میں موجود کسی خاص پیرایہ اظہار کو قبول کرے گا، کسی مخصوص ادبی کینن کی پابندی کرے گا یا ایک نیا پیرایہ وضع کرنے کی جرأت کرے گا۔ وہ روایت ہی کے کسی پہلو سے مطابقت اختیار کرے گا یا غیر مقلد بنے گا۔ مطابقت اختیار کرنے سے روایت مستحکم ہوتی ہے، وہ بدلتے زمانے میں بھی اپنی موزونیت ثابت کرتی ہے، جب کہ غیر مقلدانہ اسلوب، روایت میں رخنہ پیدا کرتا ہے اور ماضی و روایت کے سلسلے میں تشویش و اضطراب کو ظاہر کرتا ہے۔ اسی طرح ادب پارہ خواہ مکمل طور پر فنتاسی ہی کیوں نہ ہو، اس میں بھی حقیقی دنیا کے سلسلے میں کوئی نہ کوئی مؤقف موجود ہوتا ہے۔ خود فنتاسی کا انتخاب، اس امر کا اعلان ہے کہ حقیقت نگاری، دنیا کو پیش کرنے کا

نامکمل اسلوب ہے۔ادب کا لسانی ، اسلوبی یا کوئی بھی دوسرا مئوقف موافقت کا بھی ہوسکتا ہے،مزاحمت کا بھی اوران دونوں سے ہٹ کرایک سرمئی منطقے میں رہ کر دنیا کو دیکھنے کا بھی ہوسکتا ہے۔ یہ مئوقف،اسی دنیا کے سلسلے میں ہوتا ہے جس پر سیاسی مقتدرہ ااپنا اختیار جمانے کے لیے مسلسل کوشاں ہوتی ہے۔لہٰذا ہم اسی ادب کو مزاحمتی کہیں گے، جوان سب اقتداری تشکیلات ،علامتوں ،مظاہراورحکمت عملیوں پر سوال اٹھاتا ہو،ان کے خلاف احتجاج کرتا ہو،انھیں مسترد کرتا ہو،ان کی مسلط کردہ تاریکی کو پیش کرتا ہو،جن سے عام انسانوں کی زندگی (سیاسی ،معاشی ، خاندانی،اخلاقی ،جذباتی،تخیلی ،نیزعزت نفس اوروقار)منفی انداز میں متاثر ہوتی ہو۔دوسرے لفظوں میں مزاحمت کے اسالیب مختلف ہوسکتے ہیں مگر ہدف کے سلسلے میں کوئی ابہام نہیں ہوتا۔

اسی مقام پر یہ واضح کرنا ضروری ہے کہ روایت میں جڑیں رکھنے والا ادبی پیرایہ بیان،چونکہ جادوئی اثر کا حامل ہوتا ہے،اس لیے مقتدرہ کی موافقت کرنے کے باوجود ادیب مقبول رہتے ہیں اورانھیں ادبی تاریخ میں اہمیت بھی مل جاتی ہے۔ایسا بھی ہوسکتا ہے کہ پوری جرأت اور دیانت داری سے مزاحمت کرنے والا ادیب ، اسلوب،ہیئت ،تکنیک اور دیگر جمالیاتی معیارات کی رو سے معمولی ہو۔اس لیے مزاحمتی ادب اچھا خاصا معمائی (Problematic) تصور ہے۔

ایک اور بات کی وضاحت بھی ضروری ہے۔نوآبادیاتی عہد میں عام طور پر باغیانہ ادب کی اصطلاح استعمال کی جاتی تھی ۔ انگریز سامراج کے خلاف عملی سیاسی قدم کو بھی بغاوت کہا جاتا تھا اورکلاسیکی روایت سے انحراف کے لیے بھی بغاوت ہی کا لفظ استعمال ہوتا تھا۔گویا قوم پرست سیاسی رہنما اورجدید لکھنے والے 'باغی' کہلاتے تھے۔ابتدائی ترقی پسند ادیبوں نے اپنے ادب کے لیے بھی باغیانہ ادب کی اصطلاح استعمال کی تھی۔وہ احتجاج کی اصطلاح بھی اکثر استعمال کرتے۔روایت سے انحراف کے لیے بغاوت کی اصطلاح آج بھی مستعمل ہے،مگر مزاحمت کی اصطلاح مابعد نوآبادیاتی عہد میں مقبول ہوئی۔لہٰذا تاریخی طور پر بغاوت کی اصطلاح غیر ملکی حکمرانوں کے خلاف مستعمل رہی ہے، جب کہ مزاحمت کی اصطلاح کا استعمال مقامی جابروں اورآمروں کے خلاف۔اگرچہ بغاوت ومزاحمت میں کوئی آہنی حدفاصل قائم کرنا ممکن نہیں،تاہم فرق کی ایک لکیر ضرور کھینچی جاسکتی ہے۔بغاوت میں پورے نظام کو جابرانہ،ناجائز اوراستحصال پر مبنی سمجھ کراس کا انکار کیا جاتا ہے، جب کہ مزاحمت میں انکارنظام کے بعض حصوں یانظام چلانے والوں کے طریقوں اورتصورات کے خلاف ہوتا ہے۔

مزاحمت کی کئی شکلیں ہیں، جیسے: ثقافتی ،دانشورانہ،سیاسی ،مذہبی اورادبی۔چونکہ جبر سومونہے سانپ کی مانند ہوتا ہے، وہ سماج کے سیاسی ،معاشرتی ،اخلاقی ڈھانچے کے ساتھ ساتھ فرد کی ذہنی ونفسی دنیا کو ڈستا ہے،اس لیے مزاحمت بھی کئی اطراف سے کی جاتی ہے اوراس کے لیے کئی پیرائے اختیار کیے جاتے ہیں۔ہم یہ بھی کہہ سکتے ہیں کہ مزاحمت کسی ایک فرد یا ایک طبقے تک محدود نہیں ہوتی اورجس سماج میں مزاحمت کسی ایک طبقے تک محدود ہوکر رہ جائے یا اس کے لیے محض ایک قسم کا پیرایہ اختیار کیا جائے ،اس سماج میں تفریق اور بیگانگی بڑھ جاتی

ہے۔مزاحمت کی کوئی بھی صورت ہو، اس میں احتجاج، انکار، استرداد اور سوالات قدرِ مشترک کا درجہ رکھتے ہیں۔ البتہ اس سب کا اظہار جدا جدا پیرایوں میں ہوتا ہے۔ ثقافتی مزاحمت، استعماری اور عالمگیری قوتوں سے مقامی ثقافت کی روح کو واگزار کرانے کی کوشش ہے۔سیاسی مزاحمت ہر نوع کی آمریت کے خلاف احتجاج کا نام ہے۔ مذہب کو انسانیت کے لیے نافع بنانے کی ہر کوشش، مزاحمتی ہے۔ دوسری طرف دانشورانہ مزاحمت، سیاسی مزاحمت کی مانند راست اور عملی نہیں ہوتی۔کوئی دانشور عملی مزاحمت میں حصہ لے سکتا ہے مگر جن تحریروں کو ہم دانشورانہ مزاحمت کے طور پر پہچانتے ہیں، ان میں سچائی پر طاقت کے اجارے یعنی Epistemic authority کو چیلنج کیا گیا ہوتا ہے۔ سب سے بڑا اور سب سے خوفناک اجارہ سچائی پر ہوتا ہے۔ سچائی کے کسی ایک تصور کو حتمی بنا کر پیش کرنا یا سچائی تک رسائی کے کسی ایک طریقے اور راستے کو مطلق خیال کرنا اور اس سے انحراف کرنے والوں پر زمین تنگ کرنا، سچائی کو چھپانا، سچائی کے منتخب حصوں کو سامنے لانا اور انھیں مکمل سچ کا درجہ دینا، فرضی و جھوٹی باتوں کو سچ کے طور پر پیش کرنا، سچ بولنے والوں کو کڑی سزاؤں سے دوچار کرنا اور لکھنے والوں کے لیے خوف کی فضا طاری کیے رکھنا، سچائی پر اجارے کی چند نمایاں صورتیں ہیں۔ دانشورانہ مزاحمت میں سچائی کو طاقت سے واگزار کرانے کی سعی کی جاتی ہے، اور اس کے لیے معاصر و تاریخی صورتِ حال کے عقلی تجزیے کیے جاتے ہیں۔اردو میں مابعد نوآبادیاتی اور تانیثی تنقید، دانشورانہ مزاحمت کی صورت ہیں۔

ادب میں احتجاج وانکار کا کوئی ایک پیرایہ نہیں ہوتا۔ جبر کی بین صورت کے خلاف احتجاج کرتے ہوئے بھی، ادب اپنے اختراعی میلان سے کام لینے پر خود کو مجبور پاتا ہے۔ یہی وجہ ہے کہ مزاحمتی ادب کا کوئی واحد ،معیاری اسلوب نہیں ہے۔ کہیں راست، کہیں بالواسطہ، کہیں طنز، کہیں آئرنی، کہیں کنایہ اور کہیں پیراڈاکس کی صورت، ادب مزاحمت کرتا ہے۔ شاعری میں طنز مزاحمت کی سب سے مقبول صورت ہے۔اس کے علاوہ جہاں بھی پیراڈاکس اور آئرنی کا استعمال ہوتا ہے، وہاں مزاحمت کی لے محسوس کی جاسکتی ہے۔اردو میں غالب سے زیادہ، پیراڈاکس اور آئرنی کا استعمال کسی نے نہیں کیا۔ ان کی شاعری (ان کے سیاسی خیالات کے برعکس) میں مزاحمتی عناصر کی کمی نہیں۔ تاہم فکشن میں مزاحمت کی صورتیں کہیں زیادہ متنوع ہیں۔

2

اردو میں افسانے کا آغاز نوآبادیاتی عہد کے دوسرے مرحلے (یعنی بیسویں صدی کے اوائل) میں ہوا، جب انگریزی استعمار کو قوم پرستی کی تحریک کے ذریعے معرضِ سوال میں لایا جانے لگا تھا۔ یہی وجہ ہے کہ پریم چند نے ابتدا ہی سے افسانے میں مزاحمتی عناصر شامل کیے۔ 'سوزِ وطن' (1909ء) کی ضبطی، پریم چند کے افسانوں کے باغیانہ میلان کے سبب تھی۔ 'انگارے' (1932ء) پر پابندی کی وجہ بھی، اس کے باغیانہ عناصر تھے۔ خاص بات یہ ہے کہ 'انگارے' میں بغاوت کے نئے اسالیب کا تجربہ کیا گیا تھا۔ پریم چند کی سماجی حقیقت نگاری سے گریز

کرتے ہوئے، شعور کی رو اور تلازمہ ءخیال سے کام لیا گیا تھا، خصوصاً سجاد ظہیر کے افسانوں 'پھر یہ ہنگامہ' اور 'نیند نہیں آتی' میں۔ تسلیم کیا جانا چاہیے کہ بغاوت، احتجاج اور مزاحمت، ترقی پسند تحریک کی شعریات کا لازمی اور غالب جزو ہیں۔ تاہم کرشن چندر، منٹو، بیدی اور عصمت کے افسانوں میں مزاحمت الگ الگ اسالیب میں ظاہر ہوئی ہے۔ ان کی مزاحمت کا رخ استعمار، قدامت پسندی، روایت کے جبر اور معاشی و صنفی عدم مساوات کی طرف بہ یک وقت ہے۔ البتہ منٹو اور عصمت نے اپنے زمانے کی مقتدرہ کو ناراض کیا اور نتیجے میں مقدمات کا سامنا کیا۔ پاکستان بننے کے بعد ابتدائی مزاحمتی افسانے بھی منٹو نے لکھے۔ 'اللہ کا بڑا فضل ہے' اور 'شہید ساز' دونوں میں طنزیہ مزاحمتی اسلوب اختیار کیا گیا ہے، جب کہ 'پھندنے' اور 'فرشتہ' جبر کی نفسیاتی صورتوں کو منکشف کرتے ہیں اور وہ مزاحمت کا ٹیڑھا، علامتی اسلوب اختیار کرتے ہیں۔ 'پھندنے' تو بعد کے علامتی افسانے کے لیے پروٹو ٹائپ بنا۔ انتظار حسین کا افسانہ ثقافتی مزاحمت کی مثال ہے۔ اگرچہ ثقافتی مزاحمت، سیاسی آمریت کے زمانے میں مزاحمت کی خاصی محفوظ صورت ہے مگر سیاسی معنویت سے خالی نہیں ہوتی۔ انتظار حسین کا افسانہ، حقیقت نگاری کے مغربی کینن کے خلاف مزاحمت کرتا ہے، جسے پریم چند نے اس کی آخری حدوں میں لے جا کر استعمال کیا۔ یہی وجہ ہے کہ انتظار حسین اور ان کے بعد کا علامتی افسانہ، 'پریم چندی افسانہ' کو ایک تحقیری اصطلاح بناتا ہے۔ 'آخری آدمی'، 'زرد کتا'، 'کچھوے'، 'نرناری' ثقافتی مزاحمت ہی کی مثال نہیں، سیاسی جہت کے حامل افسانے بھی ہیں۔ 'کچھوے' میں سقوطِ ڈھاکا کو اور 'نرناری' (جس کی بنیاد بیتال پچیسی کی ایک کہانی پر ہے) میں شناخت جیسے پیچیدہ مسئلے کو موضوع بنایا گیا ہے۔ یعنی شناخت کے سیاسی، نفسیاتی، ثقافتی پہلوؤں کو بہ یک وقت پیش کرتا ہے۔

انور سجاد کے افسانے ایوب اور ضیا کی آمریتوں کے خلاف مزاحمتی مؤقف اختیار کرتے ہیں۔ مثلاً چوراہا اور استعارے کے افسانے ایوب کی آمریت اور جب کہ 'آج' میں شامل افسانے جنرل ضیا کے زمانے کے جبر کو موضوع بناتے ہیں۔ انور سجاد کی خوبی یہ ہے کہ ان کے یہاں ترقی پسندی اور جدیدیت کی روایتی تفریق باقی نہیں رہتی۔ وہ جدیدیت کی انفرادیت و علامت پسندی کو ترقی پسندی کی اجتماعیت و مزاحمت سے جوڑ دیتے ہیں۔ منٹو کے بعد انور سجاد، بلراج مین را اور سریندر کاش نے ہمیں باور کرایا ہے کہ مزاحمتی اظہار علامتی ہوسکتا ہے اور اس کا محرک، تعزیری قوانین کا خوف نہیں، بلکہ بیسویں صدی کے ادب میں متبادل اظہارات کی تلاش کا عمومی رجحان ہے۔ انور سجاد نے اسی لیے اپنے مجموعے کے آغاز میں علامتی اظہار سے متعلق حضرت بہاء الدین نقش بند کے اقوال درج کیے ہیں۔ مثلاً ایک قول یہ ہے: جب ایک عالم نے حضرت سے ان کے علامتی اظہار کی بابت دریافت کیا تو انھوں نے فرمایا کہ ''وہ لوگ جنھیں ایک خاص نوعیت کا ادراک چاہیے یا اس ادراک کا جزو ہی چاہیے وہ علامت یا استعارے کے بغیر شمہ برابر بھی نہیں سمجھ پاتے۔ ان سے سیدھا، صاف، بالواسطہ کچھ کہہ دیجیے تو وہ سچائی کے ادراک کے سامنے خود رکاوٹ بن جاتے ہیں۔'' گویا، علامتی اظہار حقیقت کو چھپاتا نہیں، اس کے مخصوص ادراک کو ممکن بناتا ہے۔ جہاں حقیقت کو اس کی سب تہوں، سب اسرار کے ساتھ معرض ادراک میں

کی خواہش ہو، وہاں اظہار بھی تہ دار یعنی علامتی ہوگا۔ واضح رہے کہ انور سجاد نے بہاء الدین نقش بند کا قول تصوف کی حقیقت کے ضمن میں پیش کیا ہے، مگر ان کے افسانے اسی مادی، سماجی، سیاسی اور نفسی دنیا سے تعلق رکھتے ہیں۔ دوسرے لفظوں میں وہ مادی سچائیوں کو بھی پیچیدہ اور تہ دار خیال کرتے ہیں۔ خاص طور پر عالمی سرد جنگ اور مقامی آمریت اور کئی صورتوں میں ان دونوں کے اتحاد نے، پاکستان کی مادی، سیاسی صورتِ حال کو اچھا خاصا پراسرار اور پیچیدہ بنادیا تھا۔ انور سجاد کے افسانے 'چوراہا'، 'گائے'، 'رات' اسی صورت حال سے متعلق ہیں۔ اسی طرح بلراج مین را کا 'کمپوزیشن 2' اور سریندر پرکاش کے 'تلقارمس'، 'دوسرے آدمی کا ڈرائنگ روم' اور 'بجوکا' علامتی مزاحمتی ہیں۔ ان افسانوں میں طاقت کے کسی نہ کسی سمبل پر طنز ہے یا اس کی مسلط کی گئی تاریکی کا بیان ہے۔

3

مزاحمت کم یا زیادہ ہر اردو افسانہ نگار کے یہاں تلاش کی جاسکتی ہے، مگر ایک غالب اور قوی رجحان کے طور پر اردو افسانے میں مزاحمت 1977ء کے بعد سامنے آئی۔ اس کی وجہ سمجھنا مشکل نہیں۔ ضیا کا مارشل لا، دائیں بازو اور سرمایہ داریت کے سفاکانہ اشتراک کی بدترین مثال تھا۔ اس نے جمہوری حکومت کا تختہ الٹا۔ پاکستانی تاریخ کے مقبول ترین عوامی رہنما بھٹو کو برطرف کیا۔ بنیادی آئینی وانسانی حقوق بری طرح پامال کیے۔ بھٹو ہی کو پھانسی نہیں دی، سب مخالفوں کو عقوبت خانوں کی سرد تاریکی کے سپرد کیا۔ اختلافی آوازوں کو قتل کیا۔ نفاذ اسلام کے نام پر شدت پسندی اور فرقہ واریت کو فروغ دیا۔ سر عام کوڑوں کو عبرت سے زیادہ، سماجی تفریح بنادیا۔ پورے سماج کا تانابانا ادھیڑ کے رکھ دیا۔ جبر، ظلم، استحصال، استبداد اپنی تمام تر عریانیت کے ساتھ ان سب پر حملہ آور تھے جو اس فوجی آمر کا ساتھ نہیں دے رہے تھے۔ خوف وتشدد جب اپنے اصل چہرے کے ساتھ سامنے ہوں اور اپنی انتہاؤں کو آزمارہے ہوں تو لکھنے والے جرأت مند ہوجاتے ہیں۔ درد ہی کا نہیں، خوف وتشدد کا بھی حد سے بڑھنا، دوا ہوجانا ہے۔ دیکھیے کہ ضیا کے مارشل لا کو صرف آٹھ ماہ گزرے تھے (1978ء) کہ 'گواہی' کے نام سے افسانوں کا ایک مجموعہ کراچی سے شائع ہوا۔ چودہ افسانوں کا یہ انتخاب، اعجاز راہی نے مرتب کیا تھا۔ انھیں ملازمت سے برطرفی کا سامنا کرنا پڑا اور کتاب کو دکانوں سے غائب کروادیا گیا۔

اعجاز راہی کو احساس تھا کہ وہ زمانہ کب کا گزر گیا، جب ادیب صرف دیکھتا تھا اور پھر انتظار کرتا تھا کہ کب اور کیا کہنا ہے۔ اب ادیب دیکھتا ہے تو اپنا فرض سمجھتا ہے کہ وہ گواہی دے۔ گواہی، مزاحمت ہے۔ اعجاز راہی یہ اصرار کرتے محسوس ہوتے ہیں کہ ادیب کو گواہی بروقت دینی چاہیے۔ اس بات پر بھی وہ زور دیتے نظر آتے ہیں کہ گواہی کے ضمن میں ہنگامی ادب کا سوال نہیں اٹھانا چاہیے۔ نیز ادیب کی گواہی، دوسروں کی گواہی سے مختلف ہے۔ دوسرے صرف اس کی گواہی دیتے ہیں جو انھوں نے دیکھا۔ ادیب یہ گواہی دیتا ہے کہ اس نے جو کچھ دیکھا ہے، وہ کس قدر بھیانک ہے؛ وہ انسانی سماج، انسانی حقوق اور انسانی روح کو کس قدر مجروح کرتا ہے اور

انسانیت کی کس قدر توہین کرتا ہے۔ دوسرے صرف احوال وواقعات کے گواہ بنتے ہیں، ادیب ان احوال کے جملہ اثرات کی اس طرح گواہی دیتے ہیں، جیسے وہ سب ان کی اپنی روحوں پر گزرا ہو۔ ادیب اپنی اور دوسروں کی روحوں کی بیگانگی کا خاتمہ کرتا ہے۔ اعجاز راہی کو حضرت علیؓ کے ایک قول میں ادیب کے ضمیر کی صدا سنائی دیتی ہے:

''میں نے اس وقت اپنے فرائض انجام دیے، دوسرے اس راہ میں قدم اٹھانے کی جرأت نہیں رکھتے تھے اور اس وقت سر اٹھا کر سامنے آیا جب دوسرے گوشوں میں چھپے ہوئے (تھے)۔ اس وقت زبان کھولی جب سب گنگ نظر آئے۔ گو میری آواز دھیمی تھی مگر اس وقت پیش قدمی میں سب سے آگے۔'' پیش قدمی کرنے والے جانتے ہیں کہ ایک آواز میں جب تک باقی آوازیں شامل نہ ہوں، پیش قدمی رائیگاں جاسکتی ہے، اس لیے وہ دوسروں کو اکساتے بھی ہیں۔ اس میں کبھی کبھی ملامتی زبان بھی استعمال کر جاتے ہیں۔ اعجاز راہی ان ادیبوں پر طنز کرتے ہیں جو اپنے ہم نفسوں کی اذیت کو محسوس نہیں کرتے: ''اگر معصوم جسموں پر پڑنے والے کوڑوں کی ظالمانہ آوازیں ادیب کے احساسات کو مجروح نہیں کرتیں تو ادب ٹھہرے ہوئے گندے پانی کے کائی زدہ جوہڑ سے بدتر ہے (جس سے کتا بھی پانی پینا پسند نہیں کرتا)۔'' گواہی میں شامل افسانے، ضیا کی آمریت کے انسانی وجود پر بھیانک اثرات کی گواہی کا مشترک موضوع لیے ہوئے ہیں۔

اس کتاب کے سب افسانے ڈسٹوپیائی ہیں۔ ڈسٹوپیا، یوٹوپیا کی شکست سے جنم لیتا ہے۔ اس کتاب کے افسانے سیاہی، تاریکی، موت، بربادی، گھٹن کو پیش کرتے ہیں۔ 'سیاہی' اردو کے مزاحمتی افسانوں کا مرکزی استعارہ ہے۔ ان افسانوں میں افسانوی وقت کا دوسرا نام رات ہے۔ (اس موضوع پر مزید گفتگو آگے آئے گی)۔ انور سجاد سیاہی کو اس کی آخری حد میں جا کر دیکھتے ہیں۔ یہ کہ سیاہی آخر کتنی تاریک، کتنی بھیانک، کتنی دہشت انگیز اور کتنی زندگی کش اور کتنی شر انگیز ہوسکتی ہے اور یہ کن کن صورتوں میں ظاہر ہوسکتی ہے؟ بلراج مین را نے 'کمپوزیشن 2' میں بھی سیاہی کی انھی آخری حدوں کو کھوجا ہے۔ ایک شخص کو ایک کمرے میں دکھایا گیا ہے، جہاں ہر شے، خیالات سمیت، سیاہ ہے۔ اس فرق کے ساتھ کہ مین را کے لیے سیاہی کا سیاق 'وجودی' ہے، جب کہ انور سجاد کے لیے سیاسی۔ انور سجاد اپنے افسانے 'سیاہ رات' میں سیاہ گھوڑے پر انسانی پنجر کو بیٹھا دکھاتے ہیں، جس کی کھوپڑی پر سیاہ چادر ہے، سینے پر اعلیٰ کارکردگی کے تمغے، آنکھوں کی جگہ خلا ہیں اور گود میں ڈھول ہے جسے وہ انسانی ہڈی سے بجاتا ہے۔ ایک فوجی آمر کی یہ مثالی شبیہ ہے۔ یوں بھی آمر اپنی شبیہ کے ذریعے، اپنی مزعومہ لامحدود طاقت کا مظاہرہ کرتا ہے۔ اس شبیہ کے مطابق وہ جملہ انسانی اوصاف سے خالی ہے، یہاں تک کہ زندگی سے بھی؛ محض پنجر ہے اور اسی لیے انسانی احساسات وتخیل سے یکسر محروم ہو چکا ہے مگر اس سب کے باوصف، اس کے پاس عجیب ساحرانہ طاقت ہے؛ وہ جملہ انسانوں پر طاقت واجارہ رکھتا ہے اور انھیں جملہ انسانی صفات سے محروم کرسکتا ہے۔ دوسرے لفظوں میں ایک شخص، جب آمر بننے کی آرزو کرتا ہے تو پہلے اس کی اپنی 'قلبِ ماہیت' ہوتی ہے۔ وہ عام بشری خصوصیات سے ورا ہو جاتا ہے۔ ایک قسم کا ساحر بن جاتا ہے۔ وہ اپنے استخوانی ہاتھ سے انسانی ہڈی سے جب ڈھول بجاتا ہے

(اپنی آمد کا اعلان کرتا ہے، یا اپنے ہونے کا جشن مناتا ہے) تو سب (مردہ، زندہ) انسانوں کی چیخیں کسی پر اسرار تالاب میں ڈوب جاتی ہیں۔ جو بچ گئے ہیں، وہ اپنے جلتے گھروں کو دیکھتے ہیں اور آس پاس بکھری لاشوں کو دیکھتے ہیں۔ ماؤں سے ان کے بچے دم سادھے، چمٹے ہوئے ہیں۔ یہ مکمل تباہی ہے، جو بچ گئے ہیں، وہ کسی معجزے کے تحت نہیں بچے، بلکہ اس لیے کہ وہ اس تباہی کا نظارہ کر کے، اس کی شدت کو پوری طرح محسوس کر کے، تباہی کے مفہوم کو مکمل کریں۔ بچ جانے والوں کے پاس ایک ہی قسم کے کیلنڈروں سے کاٹی گئی تصویر ہے۔ ان کے نجات دہندہ کی۔ ان کا سہارا۔ جنھوں نے سب کچھ برباد ہوتے دیکھا ہے، وہ اب بے خوف ہو گئے ہیں۔ وہ (جو بچ گئے ہیں) اپنی دھرتی اور اپنے وجود کے سب بہترین عناصر کی حفاظت کے لیے سینہ سپر ہو گئے ہیں۔

''یہ سب اپنی گندم کا سونا، سروں کا نور شیریں، کیکر، شیشم کی ٹھنڈی چھاؤں اور کنواریوں کے بدنوں سے پھوٹتی چاندنی کے سامنے سینہ سپر، وار کرنے کے انداز میں انسانی بازو کی ہڈی کو فضا میں بلند کیے، سیاہ گھوڑے کے سوار کے منتظر ہیں۔''

افسانے کی آخری سطر رجائیت کی حامل ہے۔

''... تو انسان جلتے گھروں کی سرخ آگ کو آسمانوں پر شفق کی صورت پھیلا ہی دیتا ہے۔''

احمد داؤد کا افسانہ 'وسکی اور پرندے کا گوشت' اس انتخاب میں شامل ہے۔ ہمیں یہ کہنے میں باک نہیں کہ یہ افسانہ ارود کے اہم مزاحمتی افسانوں میں شامل کیے جانے اور بار بار پڑھے جانے کے قابل ہے۔ افسانے کا اسلوب کہیں راست اور کہیں علامتی ہے۔ طنز کی ایک زیریں لہر پورے افسانے میں رواں ہے۔ نیز اس میں نازک سیاسی، اخلاقی سوالات اٹھائے گئے ہیں۔ پرندوں کے گوشت کے ساتھ وسکی پینے والے اور دیگر لوازمات کا اہتمام کرنے والے کون لوگ ہیں؟ اس سوال کا جواب خود افسانہ نگار کی زبانی سینیے: ''وسکی، پرندے کا گوشت اور نوخیز لڑکیاں۔ ہمارے مجاہدوں کی مرغوب غذا ہے۔'' یہ افسانوی انکشاف ہے، بہ ظاہر ایک تخیلی بات ہے، مگر اس میں تاریخ کے وہ کڑوے سچ کھنچ کر آ گئے ہیں، جن پر ہماری مقتدر قوتیں دبیز پردے ڈالتی چلی آئی ہیں۔ آخرت میں جنت کی آرزو کرنے والے، اس دنیا کی سب لذتوں کے قتیل دکھائے گئے ہیں۔ زیادہ پرانی بات نہیں ہے کہ جب دنیا داعش کے مجاہدین کی ان خبروں سے چونکی تھی، جن میں نہ صرف یزدی قبیلے کی لڑکیوں کے ریپ کا ذکر تھا، بلکہ اس ریپ کو مقدس بھی کہا گیا تھا۔ یہ سمجھا جانے لگا تھا کہ جنگجوؤں کی شہوانی جذبات کی تسکین کر کے لڑکیاں مقدس جہاد میں ہاتھ بٹاتی تھیں۔ مقدس جنگوں، جنس اور تشدد میں باہمی رشتہ کیا ہے، احمد داؤد کے اس افسانے میں اس جانب کئی اشارے ملتے ہیں۔ یہی نہیں، اس افسانے میں بار بار قومی سلامتی کا ذکر بھی آتا ہے۔ اس نازک موضوع کے تعلق سے کئی باتیں ایسی لکھی گئی ہیں جنھیں آج لکھنا تو کجا، دہرانا بھی آسان نہیں۔ یہ چھوٹا سا حصہ دیکھیے، جو کالج کی کینٹین پر بیٹھے نوجوانوں کی بحث سے متعلق ہے۔

''لیکن بھاگتے وقت جرابیں، جانگیے اور معشوقوں کے خط بھی خندقوں میں چھوڑ آتے ہیں۔''

''تمھیں ان میں سے کس چیز پر اعتراض ہے؟'' مدمقابل بولا۔ ''مجھے صرف اس اسی فیصد پر اعتراض ہے جو ہم اپنے زوال پر خرچ کرتے ہیں۔''

''گویا تمھیں اسی فیصد کا افسوس ہے۔'' مدمقابل زور سے ہنسا اور کہنے لگا: ''بھلے آدمی! اس سرمائے سے تو ہم اپنے لیے شہادت خریدتے ہیں اور بچ جائیں تو تمغہ۔''

''لیکن فتح نہیں خرید سکتے۔'' وہ بولا۔

اور یہ زمانہ 1970ء کی دہائی کا اواخر ہے۔ ہماری تاریخ کتنی تبدیل ہوئی؟

احمد داؤد کا 'شہید' (جسے رشید امجد نے اپنے انتخاب 'مزاحمتی ادب' کے لیے بھی منتخب کیا) بھی قابل ذکر ہے۔ اس میں پولیس، جبر کے نظام کی سب سے بڑی محافظ کے طور پر دکھائی گئی ہے۔ افسانے کا متکلم اپنے دفتر کے ساتھی اور دوست سعدی کو رات کے وقت، رکشے میں ہسپتال لے جا رہا ہے جسے اپنڈکس کا شدید درد ہو رہا ہے۔ اسے دو جگہ پولیس یا گوریلا روکتے ہیں (جن میں وہ فرق نہیں کر سکتا) اور اس کی کسی التجا سے ان کا بے رحم دل متاثر نہیں ہوتا۔ تاخیر کے سبب، سعدی کی اپینڈکس پھٹ جاتی ہے۔ ہسپتال مریض نہیں، لاش پہنچتی ہے۔ وہ ڈاکٹر سے علاج کا نہیں، ایمبولینس کی درخواست کرتا ہے۔ اس افسانے کی سب سے بڑی آئرنی یہی ہے کہ پولیس جو التھیوسے کی اصطلاح میں Repressive state apparatus ہے، انسانی دکھ اور درد کی زبان سمجھنے سے قاصر ہے۔ کیسی عجیب بات یہ ہے کہ سریندر پرکاش کے 'بجوکا' میں بھی پولیس ہی سے متعلق اسی نوع کی بات ملتی ہے: ''جب بھی کوئی آدمی اپنے وجود سے واقف ہوتا ہے اور اپنے اردگرد پھیلی ہوئی بے چینی محسوس کرنے لگتا ہے، تو اس کا پولیس کے ساتھ مقابلہ ہو جانا قدرتی ہو جاتا ہے۔'' پولیس نو آبادیاتی ریاست کے مقامی لوگوں پر جبر کا سب سے بڑا ادارہ تھا اور مابعد نو آبادیاتی ریاستوں میں بھی اس کا یہی کردار برقرار ہے۔ اپنے وجود سے آشنا ہونے کا مطلب، اپنے وجود کو لاحق شر... غلامی اور ہر طرح کی ابتری... سے آگاہ ہونا ہے۔ جیسے کسان کا اپنے وجود سے آگاہ ہونا، اسے راست پولیس کے مقابل لاتا ہے۔ وجود کی آگاہی کا مابعد الطبیعی مطلب بھی ہو سکتا ہے اور وہاں اس آگاہی کی جبری سماجی تنظیم کی جا سکتی ہے جو پولیسنگ کی ایک شکل ہے۔

گواہی میں شامل اعجاز راہی کا افسانہ 'سہیم ظلمات' واحد متکلم میں لکھا گیا ہے اور ایک بڑے شہر کے عام آدمی کی داخلی ٹوٹ پھوٹ کا قصہ ہے۔ اس کی ٹوٹ پھوٹ کا سبب بھی ریاست کے جابرانہ ادارے ہیں۔ افسانے میں دکھایا گیا ہے کہ کس طرح ایک اونچی عمارت زلزلے کا شکار ہوتی ہے اور کس طرح انجن پر قبضہ کر لیا جاتا ہے اور بار بار اپنے ہی ملک کو فتح کر لیا جاتا ہے۔

جیسا کہ پہلے بیان ہوا، اردو کے اکثر 'مزاحمتی علامتی' افسانوں میں رات مرکزی استعارہ ہے۔ ان افسانوں کی دنیا: رات، نوجوان، تنہائی، داخلیت، خود کلامی اور چیزوں کے سلسلے میں حد درجہ حساسیت سے تعمیر ہوئی ہے۔ ان سب میں اہم ترین 'حساسیت' ہے۔ حساسیت کے سبب ہی نوجوان کردار رات کے وقت اپنی تنہائی کو

شدت سے محسوس کرتے ہیں، اپنی داخلی دنیا کی ایک ایک چیز یعنی احساس وخیال کی ایک ایک لہر کو دیکھتے اور محسوس کرتے ہیں، جس کالازمی نتیجہ خود کلامی ہے۔خود کلامی اپنی تنہائی کو قبول کرنے اور ہر طرح کے ابہام کو دور کرنے کا قدیمی طریقہ ہے۔ بیسویں صدی کی چھٹی دہائی کی نئے افسانے کی تحریک نے حساسیت کو بہ طور خاص فروغ دیا تھا۔ان افسانوں کے کردار، ہراس شے کے سلسلے میں حد سے زیادہ حساس ہیں جو ان کے مظہر یاتی شعور کا حصہ بنتی ہے۔ جو آدمی ایک شے کے سلسلے میں حساس ہے، کیا وہ سب چیزوں کے ضمن میں حساس ہوتا ہے؟ کیا حساسیت کے متوازی کہیں، بے حسی بھی موجود ہوسکتی ہے؟ یعنی کیا ایک شخص ایک شے کے لیے حساس ہے مگر کسی اور شے کو سرے سے محسوس ہی نہیں کرتا، حالاں کہ وہ اس کے سامنے، اس کے علم، مشاہدے اور ادراک میں موجود ہے؟ ان مظہریاتی سوالات کے مختلف جواب ہوسکتے ہیں۔ان جوابات کا انحصار اس مسئلے کے حل پر ہے کہ کسی شے کے لیے حساسیت، محض اس کے ادراک تک محدود ہے یا اس کے ادراک میں کسی عمل اور مقصد کا پہلو بھی شامل ہے؟ اگر آپ رات کے سلسلے میں حساس ہیں، یعنی رات جس تاریکی، جس دہشت، جس تنہائی، جن عفریتوں، سایوں، ان جانے مراکز سے پیدا ہونے والی عجب آوازوں سے عبارت ہے، ان سب کو آپ احساس کی پوری شدت کے ساتھ محسوس کر رہے ہیں یا اس رات کا خاتمہ بھی چاہتے ہیں؟ گویا رات سمیت کسی بھی شے کا خالی ادراک بھی ہوسکتا ہے اور عمل انگیز ادراک بھی۔ ہمیں مزاحمتی افسانوں میں دونوں قسم کی حساسیت ملتی ہے۔ یہی دو قسمیں، اردو کے مزاحمتی افسانے کی دو قسموں کا تعین کرتی ہیں۔ایک طرف وہ افسانے ہیں، جو رات یعنی جبر، گھٹن، مسلط کردہ تنہائی وغیرہ کو اس کی تمام تر شدت کے ساتھ پیش کرتے ہیں۔ دوسری قسم کے وہ افسانے ہیں جن میں رات کی دبیز ظلمت کو کچھ اس طور بیان کیا گیا ہے کہ اس کے خلاف جدوجہد کا احساس ہوتا ہے۔ایک جگہ منفعل مزاحمت ہے، دوسری جگہ فعال مزاحمت ہے۔

انور سجاد کا 'چوراہا' منفعل مزاحمت کی مثال کے طور پیش کیا جاسکتا ہے۔ایک نوجوان آدھی رات کو شہر کے ایک چوراہے پر موجود ہے۔اس کے گھر میں سب آپس میں لڑتے ہیں۔ گویا 'گھر' اب باہمی احترام، اتفاق اور امن کی جگہ نہیں رہا۔نوجوان گھر کی اس شکست کو شدت سے محسوس کرتا ہے۔اس کا دم گھٹتا ہے۔ وہ تازہ سانس کی خاطر شہر میں چکر لگانے لگتا ہے۔ اپنے ایک اور افسانے 'رات کا سفر نامہ' میں بھی انور سجاد نے شہر میں ٹھہری ہوئی رات کا سفر نامہ لکھا ہے۔ایک عورت اس تخت پر بیٹھی ہے جس کا ایک پایہ اینٹوں کا ہے۔ مرد باہر کھڑکی میں مدقوق چاند کو دیکھ رہا ہے۔ وہ خود کو شہر اور شہر سے باہر بہ یک وقت سمجھتا ہے۔اس شہر میں صبح آتی ہے، طوفانوں سمیت، جس کا وہ سفر نامہ لکھنے بیٹھتا ہے۔ لیکن 'چوراہا' کے نوجوان کی کہانی رات کے سفر کے گرد گھومتی ہے۔ وہ جیب میں سگریٹ اور معمولی رقم لیے وہ سینما میں انگریزی فلم دیکھتا ہے۔ چوراہے پر آتا ہے تو اس فلم کے ننگے مناظر اسے یاد آنے لگتے ہیں، محض اس لیے نہیں کہ کسی بھی شدت کے حامل مناظر یادداشت کا حصہ جلد بنتے ہیں، بلکہ اس لیے بھی کہ وہ اپنی حد درجہ حساسیت کے سبب گھر، شہر، چیزوں، لوگوں اور خود لفظوں کو ننگا دیکھنے لگ گیا ہے، یعنی ان کی

اصل کو، کسی نقاب کے بغیر۔ وہ سوچتا ہے: ''اپنی اصل میں ہر شے ننگی ہوتی ہے اور یہ لفظ ننگا بھی کتنا ننگا ہے۔'' چیزیں پہلے کیا تھیں، اس جانب اس بے نام کردار کا دھیان نہیں جاتا۔ وہ ماضی یا مستقبل کے بجائے موجودہ لمحے کی جبریت کا شکار ہے۔ اب گھر کی اصل یہ ہے کہ وہ رہائش گاہ ہے، جہاں مختلف الخیال لوگوں کو روایت اور ضرورت کے جبر نے اکٹھے رہنے پر مجبور کر رکھا ہے۔ دوسری طرف شہر کانٹوں کا تاج ہے۔ جائے اماں ادھر ہے، نہ ادھر۔ افسانے میں اس کردار کی مدد سے جدید دنیا کے سب سے بڑے مظہر یعنی شہر کی اصل کو سامنے لانے کی کوشش ملتی ہے۔ وہ دیکھتا ہے کہ رات کے وقت شہر، اپنے دعووں کی اصل حقیقت کو سامنے لے آتا ہے۔ سپاہی جو محافظ ہونے کا دعویٰ کرتے ہیں، ان کے سبب سڑک پر آدمی سب سے زیادہ خود کو غیر محفوظ سمجھتا ہے۔ چوراہا، اس کردار کی صورتِ حال کی علامتی نمائندگی کرتا ہے۔ وہ (زندگی، سماج، دنیا کے) چوراہے پر موجود ہے؛ اس کے سامنے دو راستے ہیں، یعنی دو امکانات ہیں۔ وہ ٹیکسی ڈرائیور کے بارے میں جب یہ سوچتا ہے کہ وہ قاتل بھی ہوسکتا تھا اور ہمدرد بھی؛ وہ اس کی جیب میں دو روپے پا کر اسے غصے میں قتل بھی کر سکتا تھا اور اس سے ہمدردی کر کے ،اسے کچھ رقم دے بھی سکتا تھا... تو یہ دو امکانات ہی ہیں۔ لیکن اس کے لیے چوراہے کی حقیقت دو مختلف سمتوں کی طرف جانے والے راستوں کا نقطۂ اتصال سے عبارت نہیں، بلکہ ایک ایسا مقام ہے جہاں دو سڑکیں ایک دوسرے کو قطع کر رہی ہیں۔ لہٰذا چوراہا، صلیب ہے۔ چوراہا، ننگی حقیقت ہے۔ صلیب، اس کے آج کی ننگی حقیقت ہے۔ وہ گھر سے باہر چوراہے پر اکیلا ہے،، پوری کائنات میں تنہا موجود ہے۔ جب وہ پولیس کے چبوترے پر چڑھتا ہے اور اسے پتھر مارتا ہے تو سپاہی اس کے چہرے پر ٹارچ کی روشنی پھینکتے ہیں تو وہ آسمان کی طرف منہ کر کے جو کچھ کہتا ہے، وہ اس کے کائنات میں اکیلے اور کمزور ہونے کی علامت ہے۔ ''تم نے مجھ سے سب کچھ چھین لیا۔ کیوں؟ کیوں چھین لیا؟ کہ میں بستر میں سکون کا ایک سانس بھی نہیں لے سکتا۔ اب میں بینائی کو کھو کر کھردری سڑکوں کی اس صلیب پر'' ... وہ گھر (جسے وہ رہائش گاہ کہتا ہے) سے باہر اس چوراہے میں آکر شہر کو اپنا کہتا ہے ''یہ میرا شہر ہے'' لیکن جلد ہی اس پر شہر اپنی اصل عیاں کرتا ہے۔ شہر کے عفریت اس کا پیچھا کرتے ہیں، جنھیں وہ سایوں کی صورت مسلسل محسوس کرتا رہتا ہے۔ ''میرا شہر میں ہوں اور میرے پیچھے سادہ کپڑوں میں خفیہ پولیس ہے جو انچ انچ پر میری بُو لے رہی ہے۔'' اس کے ساتھ ہی اسے پولیس کی اذیت رسانی کے سب مناظر ننگی صورت میں یاد آنے لگتے ہیں۔ اس سب نے اسے اعصاب زدگی میں مبتلا کر دیا ہے۔ وہ سوچنے سے وحشت محسوس کرنے لگا ہے۔ خود سے وعدہ کرتا ہے کہ سوچے گا نہیں۔ وہ خود کو سخت تھکا ہوا محسوس کرتا ہے۔ وہ کرب کا شکار ہے۔ اس نے آسمان سے شکایت کی تھی اور دعا بھی۔ اس نے دعا کی تھی کہ اس کا ہاتھ پکڑ لیا جائے لیکن بے سود۔ اسے ہاتھوں پر غصہ آیا تھا کہ وہ اٹھے ہی کیوں تھے؟ اس کی انا کو زخم لگا تھا۔ اس نے پتھر سے کیل ٹھونک کو خود کو صلیب پر لٹکانے کی تخیلی کوشش کی تھی اور اپنے ہی ہاتھوں کو غدار کہا تھا، کیوں کہ ہاتھوں نے اس کے ارادے کا ساتھ نہیں دیا تھا۔ اسی وقت سپاہی اسے پکڑنے آئے۔ وہ اس سے سگریٹ اور پیسے چھین لے جاتے ہیں۔ اس کا ہاتھ زخمی ہو گیا تھا

جس میں خون رستا ہے اور اسے اپنے خون کا ذائقہ اچھا لگتا ہے۔ وہ اسی چوار ہے پر جھک کر بجھا ہوا سگریٹ اٹھانے لگتا ہے تو وہی سپاہی اس پر جملہ کستے ہیں کہ ''اب سجدہ کررہے ہو بادشاہو۔'' وہ سگریٹ اٹھا کر مسکرا دیتا ہے۔ اس کی مسکراہٹ میں پولیس والوں کی سادگی پر طنز بھی ہے اور یہ اطمینان بھی کہ کچھ راز ایسے بھی ہیں جن تک پولیس کی رسائی ممکن نہیں۔ اس کے وجود کا یہی مخفی، تاریکی میں گھرا حصہ، اس کا اپنا ہے۔ اسی لیے وہ قدرے اطمینان سے کہتا ہے کہ ''رات تو اپنی ہے ہی، یہ راستہ دریافت کریں، شاید گھر تک... ''یعنی اسے اسی رات میں، اپنے وجود کے مخفی، تاریک گوشے میں سے کوئی راستہ دریافت کرتا ہے کہ شاید وہ گھر یعنی جائے امن تک پہنچ سکے!

رشید امجد کے 'بنجر لہو منظر' میں رات شہر کے گرداگرد کنڈل مارے بیٹھی ہے اور شہر بتاشے کی طرح گھلتا دکھایا گیا ہے۔ اس میں گھر کے تین افراد رات اور شہر کا قصہ بیان کرتے ہیں۔ ان کے شہر پر پڑنے والی رات نے ان کے اندر کتنا گہرا خوف پیدا کردیا ہے، اس کا اندازہ خاتون خانہ کے اس استفسار سے کیا جاسکتا ہے: ''معلوم نہیں چائے کی پیالی میں چمچ کے ساتھ چینی ہلانے کی اجازت ہے یا نہیں۔'' شہر میں ٹینک ہیں۔ مست بپھرے سور ہیں جو شور مچاتے گلیوں میں پھر رہے ہیں۔ اور کیلنڈر پیچھے کردیا گیا ہے۔ اس شہر کے سب ذرائع ابلاغ کو ایک بٹن کے ذریعے کنٹرول کرتے دکھایا گیا ہے۔ آمریت کی یہ تصویر خاصی بھیانک ہے، مگر ہم اردو قارئین کے لیے ذرا پرانی معلوم نہیں ہوتی۔ یہ بھی منفعل مزاحمت کی مثال ہے۔

سمیع آہوجہ کا 'رات، بے خواب' بھی تمثیل ہے۔ اس میں رات، حوض، اکٹوپس، لاش، کتے، تھوتھنیوں والے سب تمثیلی معنی رکھتے ہیں۔ افسانے میں طیش آمیز طنز جگہ جگہ موجود ہے۔ جیسے: ''یہ کتے جو ہماری محنتوں اور جسموں پر پلتے ہیں، کیا خواب تو نہیں؟ ہم کئی سالوں سے ان کی نسلوں کی افزائش کرکے پچکے پیٹوں کے ساتھ انھیں سر پر سوار کرتے آئے ہیں۔'' نیز ''ویرانے بیابان، ہمارے ہم رکاب اور کتوں کا نیا، ان دیکھا بوجھ پھر سے کندھوں پر۔'' یہ بھی منفعل مزاحمت کا حامل ہے۔

عبداللہ ملک کے رسالے 'احتساب' کے دوسرے شمارے میں منشا یاد کا افسانہ 'بوکا' شائع ہوا۔ اس میں بھی رکی ہوئی رات کی کہانی ہے۔ اس میں تمثیل سے زیادہ علامت کا رنگ ہے۔ مصنف کے یہ قول: ''عجیب خوفناک رات ہے، جس کی بھی آنکھ تھوڑی دیر کے لیے لگتی ہے، وہ ایک جیسا ڈراؤنا خواب دیکھ کر ہڑبڑا کر اٹھ بیٹھتا ہے۔'' یہ جبر کے ہاتھوں، اجتماعی سائیکی کے تار تار ہونے کی کہانی ہے۔ کنواں اجتماعی سائیکی کی روایتی علامت ہے۔ بیٹا ایک تاریک گہرے کنویں کا خواب دیکھتا ہے، جس کے گرد پیاس سے بے حال مجمع ہے۔ کنویں سے پانی نہیں نکل رہا۔ کسی میں ہمت نہیں ہو رہی کہ کنویں میں اترے اور بوکا تلاش کرلائے۔ بالآخر خواب سنانے والے کا باپ اترتا ہے، لیکن وہ رسی ٹوٹ جاتی ہے، جسے پکڑ کر وہ کنویں میں اترا تھا۔ خواب ٹوٹتا ہے تو اپنے ابا کو پاس موجود پاتا ہے۔ وہ اسے اپنا ڈراؤنا خواب سناتا ہے کہ ایک بھیڑ کے گلے پر چھری پھیری تو گردن اس کے بیٹے کی کٹ گئی (حضرت ابراہیمؑ کے خواب کی طرف اشارہ ہے)۔ رات رکی ہوئی ہے۔ مرغ کے گلے سے

اذان نہیں برآمد ہورہی ہے۔ بالآخر صبح کاذب کے بعد دن نکلتا ہے تو آگے شکر دوپہر کا سامنا ہے۔ رات خوفناک ہے تو دوپہر شدت کی حامل۔ وقت تو بدلا، مگر کیسے؟ ایک مصیبت کے بعد دوسری مصیبت کا سامنا ہوا۔ اس افسانے کا مزاحمتی رنگ منفعل ہے۔

انوار احمد کا 'شہر کا پہلا محب وطن بچہ' چھ ہزار سال پرانے شہر کی کہانی ہے۔ اس میں بھی طنز کو احتجاج کی تکنیک کے طور پر استعمال کیا گیا ہے۔ اس شہر پر (جبر کی) ایک رات ایسی گزرتی ہے کہ سب فنون کی موت ہو جاتی ہے۔ ''جب بہزاد کے کینوس سے تصویر گم ہو جاتی ہے۔ تان سین بے سرا ہو جاتا ہے۔ کالیداس خود گم شدہ ہرنی بن جاتا ہے۔'' شہر کے باقی لوگوں کے معمولات وہی رہتے ہیں مگر ان کی زندگیاں معنی و مفہوم سے خالی ہو جاتی ہیں۔ فنون کی موت کے نتیجے میں شہر کے سب 'باکمال' ایک ہی لطیفہ سناتے ہیں۔ اس شہر میں ایک ہی سوچنے والا شخص بچتا ہے جس پر اظہار کے سب دروازے بند ہو جاتے ہیں۔ اس کی زبان کاٹ لی جاتی ہے۔ تاہم جب وہ مرتا ہے تو حسب روایت اس کا مزار بنتا ہے۔ اسے بابا چپ شاہ کا نام دیا جاتا ہے۔ اس کے مزار پر حاملہ عورتیں منت مانتی ہیں اور ایک ایسا بچہ پیدا ہوتا ہے جو سوچنے کی صلاحیت سے محروم ہوتا ہے۔ وہی شہر کا پہلا محب وطن بچہ ہوتا ہے۔ مقتدر قوتوں کے حب الوطنی کے تصور پر اس سے زیادہ کاٹ دار طنز کیا ہو سکتا ہے! یہ افسانہ، منفعل و فعال مزاحمت کے بین بین ہے۔

اکرام اللہ کا 'سیاہ آسمان' فعال مزاحمت کی مثال ہے، یہ الگ بات ہے کہ مزاحمت کو فعال بنانے کا عمل میکانکی سا ہے۔ اس افسانے کی سب سے اہم خصوصیت یہ ہے کہ اس میں فن کو مزاحمت کا ذریعہ بنا کر پیش کیا گیا ہے۔ یہ ایک بڑی عمارت کے فلیٹ میں رہنے والے ایک فنکار کی کہانی ہے جس کے پاس اس کے دوست، فقیر صحرا، صوفی سیاہ پوش، مستانہ زہرا، ستارہ گل اور دوسرے آتے ہیں؛ سب مے و رقص و سرود کی محفل سجاتے ہیں اور اسے ہی زندگی سمجھتے ہیں۔ ایک دن کہانی کا بیان کنندہ اور اس کا دوست نامسعود سیڑھیاں چڑھنے لگتے ہیں تو وہ ختم ہونے میں نہیں آتیں۔ بعد میں پتا چلتا ہے کہ وہ نیچے ہی نیچے اترتے چلے جا رہے ہیں۔ فلیٹ، سیڑھیاں، اندھیرا، روشنی، فنکار دوست اور باقی سب چیزیں علامت بن جاتی ہیں۔ فنکار کو باقس کا نام دیا گیا ہے، یعنی مے اور رقص کا دیوتا، دایونیسس۔ افسانہ نگار نے اسے میوز بھی کہا ہے۔ سب لوگوں کے سروں پر فولادی خود چڑھا دیے گئے ہیں۔ نوزائیدہ بھی خود لے کر پیدا ہوتے ہیں۔ باقس کے کمرے میں ایک بھینس دیوانہ وار ناچ رہی ہے اور باہر فوجی بندوقیں لیے باقس کو گرفتار کرنے آئے ہوئے ہیں، جنھیں وہ اپنے پاس بندوق کے ہونے اور اسے چلانے کا ڈر دلاتے اور وہ یہ دھمکی دیتے ہوئے کہ کل ڈائنامیٹ لے کر آئیں گے، چلے جاتے ہیں۔ باقس کے پاس کوئی بندوق نہیں تھی۔ فن کی دسترس میں تشدد کا کوئی ہتھیار ہو بھی کیسے سکتا ہے! انھوں نے پولیس کو تو چکمہ دے دیا، اس بھینس کا کیا کریں جو جانے کیسے 'فن کی دنیا' میں گھس آئی ہے۔ رقص، موسیقی، آرٹ کی دنیا میں ایک اندھی، سیاہ طاقت کیسے دراندازی میں کامیاب ہوئی؟ وہ سب یہ تدبیر کر رہے ہیں کہ اس بھینس کو 'فن کی دنیا' سے، یعنی اپنی دنیا

سے کیسے نکالیں۔ بالآخر وہ ایک تدبیر آزماتے ہیں۔ بھینس کو کتاب دکھاتے ہیں، جس کے اوراق وہ چبانے لگتی ہے۔ وہ ایک کتاب کو سیڑھیوں سے نیچے تک پھیلاتے ہیں تو اسے چبانے کی غرض سے نیچے اترتی ہے اور ماری جاتی ہے۔ کیا علم ہی اندھی طاقت سے نجات کا ذریعہ ہے؟ بھینس تو چلی جاتی ہے مگر وہ سب لوگ زندگی سے تہی ہو چکے ہیں اور یہ محسوس کرتے ہیں کہ جیسے وہ علم و تہذیب کے سفر میں صدیوں پیچھے چلے گئے ہیں۔ ایسے میں باقس انھیں کہتا ہے: ''آسماں پر تھوپا جانے والا پینٹ آخر پگھل کر گر جائے گا۔'' تب تک جام بنام زندگی خالی کرو اور لنڈھاتے چلو۔ یہ جملے اگرچہ رجائیت کے حامل ہیں مگر اپنے سپاٹ پن اور کہانی میں مصنف کی شعوری مداخلت کے سبب خاصے گراں گزرتے ہیں۔

دلچسپ بات یہ ہے کہ جن افسانوں میں کرداروں کا مظہریاتی شعور، چیزوں اور مظاہر کو پوری شدت سے محسوس کرتا ہے، انھیں ان کی اصل کے ساتھ گرفت میں لیتا ہے اور انھیں ہمارے سامنے لاتا ہے، ان کا فنی مرتبہ بلند ہے اور جن میں چیزوں کو بدلنے کی جدوجہد ملتی ہے، وہ رجائی ہونے کے باوجود، فنی طور پر کمزور دکھائی دیتے ہیں۔

4

مزاحمتی افسانے میں سعیدہ گزدر کی کتاب 'آگ گلستاں نہ بنی' کا ذکر ناگزیر ہے۔ یہ کتاب بھی کراچی سے 1980ء میں شائع ہوئی۔ اس پر پابندی لگا دی گئی۔ کتاب کا نام ہمیں حضرت ابراہیمؑ کے اس واقعے کی طرف متوجہ کرتا ہے جس میں نمرود نے انھیں آگ میں ڈالا مگر جو گلزار بن گئی۔ جس آگ کا ذکر سعیدہ گزدر کرتی ہیں، وہ گلستاں نہیں بن سکتی۔ ان کے لیے تاریخ اور اساطیر اپنے زمانے کی روح کو گرفت میں لینے میں مدد دیتی ہیں۔ پہلے افسانے میں، جس پر کتاب کا نام رکھا گیا ہے، دنیا کی پہلی دستیاب کتاب گل گامش کی کی طرف اشارے ہیں۔ افسانے میں دکھایا گیا ہے کہ گل گامش نے جبر کے ذریعے شہر کو ناپاک کر دیا ہے۔ انکیدو کہتا ہے کہ وہ گل گامش کو للکارے گا۔ انکیدو کی یہ للکار افسانے کے مرکزی کردار میں سنائی دیتی ہے۔ گویا جبر اور اس کے خلاف مزاحمت کی تاریخ پرانی ہے۔ اس افسانے کا بیانیہ، آمریت کو راست بیان کرنے کے بجائے، ترچھے انداز میں بیان کرنے کا ہے۔ اس میں مزاحمت، محبت کی کہانی کے متوازی اور محبت کی کہانی کے باطن سے ظاہر ہوتی ہے۔ دونوں کی افلاطونی محبت کا زمانہ 1979ء کے بعد کا ہے، جب بھٹو کو پھانسی دی جا چکی ہے۔ لڑکا ملک کو، لوگوں کو بدلنا چاہتا ہے مگر نہیں بدل پاتا۔ لڑکی، پولیس کے سوالوں کے کٹہرے میں دکھائی گئی ہے۔ پولیس اس سے پوچھتی ہے کہ لڑکے کا کس جماعت سے تعلق تھا؟ اس کے ساتھ سازش میں کون کون شریک تھا؟ کہانی کے مطابق لڑکا سب قسم کے لوگوں کے پاس جاتا تھا۔ سب جماعتوں کے خفیہ جلسوں میں شریک ہوتا تھا مگر آخر میں سب سے مایوس ہو گیا تھا۔ افسانے میں کچھ بنیادی سوالوں کے جواب تلاش کیے گئے ہیں۔ مثلاً لوگ جبر کو قبول کیوں کر لیتے ہیں؟

افسانے میں ایک خچر پر کوڑے برساتے دکھائے گئے ہیں۔ جانور کو سدھانے کا طریقہ یہ ہے کہ پہلے اسے خوب مارو۔ مار کھا کر جانور سدھ جاتا ہے اور دم ہلاتے ہوئے اسی ہاتھ سے خوراک لینے کا انتظار کرتا ہے جس میں کوڑا تھا۔ آدمی بھی جانور بنا دیے جائیں یا وہ خود کو جانور سمجھنے لگیں تو وہ اسی ہاتھ کو چومتے ہیں جو انھیں عقوبت کے سپرد کرتا ہے۔ افسانے میں یہ سوال اٹھایا گیا ہے کہ ''جو ہاتھ ہمیں پیٹتے ہیں (کیا ہم) انھی کو مضبوط کر رہے ہیں؟'' اس سوال کا جواب اسی سوال ہی میں ہے۔

افسانے میں بتایا گیا ہے کہ جب سر عام کوڑے لگائے جاتے ہیں یا پھانسی دی جاتی ہے تو لوگ جوق در جوق اسے دیکھنے جاتے ہیں۔ ان کے لیے یہ منظر عبرت سے زیادہ تفریح کا ہوتا ہے۔ مگر لڑکا (جو چیزوں کی اصل کو سمجھنے والے ایک اقلیتی گروہ کی نمائندگی کرتا ہے) یہ منظر دیکھ کر کانپ جاتا تھا۔ یہی کچھ رومیوں کے یہاں ہوتا تھا۔ بھوکے ننگے رومی عوام، گلیڈی ایٹرز کو لڑتے اور بھوکے شیروں کا لقمہ بنتے ہوئے دیکھتے تھے۔ کیا طاقت ہر جگہ اور ہر زمانے میں ایک ہی طریقے سے کام کرتی ہے؟ بھوکا آدمی، اپنی بھوک کا غم غلط کرنے کے لیے ہجوم اور کھیل کا حصہ بننا پسند کرتا ہے؟ لڑکا سوال کرتا ہے کہ آخر اخباروں کے مدیر اور ڈاکٹر سر عام کوڑوں کے انسانی جسم پر اثرات کے بارے میں کیوں نہیں لکھتے؟ حساس لڑکا کچھ ہی عرصے میں بوڑھا دکھائی دینے لگتا ہے۔ جبر کے سلسلے میں لوگوں کی خاموشی، اسے اخلاقی نوعیت کے سوال اٹھانے پر مجبور کرتی ہے۔ وہ پوچھتا ہے: کیا ہم سب اخلاقی مجرم ہیں؟ کیوں کہ صرف اخلاقی مجرم ہی کسی ساتھی قیدی پر ہونے والے ظلم وستم کو محسوس نہیں کرتے۔ یہ سوال آج کشمیر کے ساتھ ساتھ بلوچستان کے ادیب اور عوام سب سے پوچھتے نظر آتے ہیں۔

لڑکا یہ دیکھ کر دکھی ہوتا ہے کہ اسی ملک کے لوگ جو پہلے سیاسی جلسوں میں شریک ہوا کرتے تھے، اب اسی ذوق وشوق سے کوڑے لگتے دیکھتے ہیں اور ہاکی و کرکٹ کا میچ دیکھتے ہیں۔ تفریح، تشدد، سرمایہ داریت اور آمریت میں گہرا اور خاصا پیچیدہ مگر لازمی رشتہ ہے۔ تفریح جہاں سرمائے کی افزائش سے جڑی ہے، وہیں جبر کے خلاف حقیقی غصیلے جذبات کو دبانے، ٹھنڈا کرنے یا ان کا رخ بدلنے کے کام آتی ہے۔ جیسے جیسے جبر، استحصال، انسانی وقار کو مجروح کرنے والے عوامل بڑھتے ہیں، تفریحی سرگرمیاں بھی بڑھتی ہیں۔ ہر قسم کی تفریحی سرگرمیاں، بہ شمول مزاحیہ مشاعرے۔ خالدہ حسین کے افسانے 'سواری' میں بھی دکھایا گیا ہے کہ شہر میں جیسے جیسے ناگوار بو بڑھ اور پھیل رہی تھی، تفریح سرگرمیاں بڑھتی جا رہی تھیں۔ دوسری طرف آمریتوں میں حقیقی آرٹ ڈسٹوپیائی ہوتا جاتا ہے۔ مزاحمت کے سب افسانے تاریکی کو علامتی یا طنزیہ انداز میں پیش کرتے ہیں۔

'آگ گلستاں نہ بنی' کا لڑکا سوچتا ہے کہ کہیں یہ ملک قبرستان تو نہیں؟ لیکن پھر سوچتا ہے کہ قبرستان میں بھی کتے بھونکتے ہیں اور سناٹے کو توڑتے ہیں۔ کیا اس ملک سے کتے بھی ختم ہو گئے ہیں یا وہ بھونکنا بھول گئے ہیں؟ اسے لوگوں کے سکوت مرگ آسا کا جواب مل جاتا ہے کہ ''سب اپنی اپنی جگہ مطمئن ہیں کہ میری گاڑی، میر اپٹرول، میرے بچے اچھے سکول میں پڑھ لیں۔ میرا ریفریجریٹر کھانوں سے بھرا رہے۔ مجھے علاج کی سہولتیں ملتی

رہیں۔ میری آمدنی بڑھتی رہے۔ پھر سب ٹھیک ہے۔" سرمایہ داریت کی آسائشیں اور سماجی مراتب، ہر قسم کی مزاحمت کو 'اپنا' لینے کی جادوئی صلاحیت رکھتے ہیں۔ لیکن سوال یہ ہے کہ کیا یہ سب کچھ ملنے کے بعد واقعی سب ٹھیک ہوتا ہے؟ کیا آدمی کو اخلاقی زندگی پر تحفظ اور آسائش کو ترجیح دے کر ایک نارمل زندگی بسر کرسکتا ہے؟ یہ افسانہ اسی نوعیت کے بنیادی سوال اٹھاتا چلا جاتا ہے۔ اس طرح کے کئی دیگر سوال لڑکے کے سر میں آگ لگاتے ہیں۔ لڑکی کی محبت بھی اس آگ کو نہیں بجھاسکتی۔ وہ اس کے لمس کی منتظر رہتی ہے مگر وہ ایک خیالی، یوٹوپیائی دنیا میں جینا شروع کردیتا ہے؛ وہ لڑکی کو ایک خالی تالاب میں خیالی طور پر تیرنا سکھاتا ہے اور ایک نامعلوم راستے پر ایک نئی جنگ لڑنے کے لیے چلا جاتا ہے۔ آگ گلستاں نہیں بنتی! وہ آگ آج بھی جل رہی ہے اور گلستاں نہیں بنی۔ بس اس آگ کا اب قصہ کم کم لکھا جاتا ہے۔

اسی کتاب میں شامل 'کوئل اور جنرل' ایک سپاٹ افسانہ ہے۔ کوئل، سب سریلی آوازوں یعنی آرٹ کی علامت ہے، اسے اک فوجی جنرل گولی کا نشانہ بناڈالتا ہے کہ یہ اسی کے گھر کے باغ میں گاتی ہے۔ جنرلوں کو گاتی چڑیاں کیسے اچھی لگ سکتی ہیں؟ وہ بچیوں کے ایک سکول میں بہ طور مہمان خصوصی جاتا ہے۔ اس مہنگے غیر سرکاری سکول کی دیوار ایک خستہ حال سرکاری سکول سے ملی ہوئی ہے۔ جس وقت سکول میں تقریب ہورہی ہوتی ہے، اسی وقت باہر سڑکوں پر گولیاں چل رہی ہوتی ہیں۔ جنرل کے لیے یہ سب معمول کی بات ہے۔ ایک طرف تشدد اور دوسری طرف مقتدرہ کا اطمینان، اس ملک کے لیے یہ منظر آج بھی معمول کی بات ہے۔

اس مجموعے کا ایک اہم افسانہ 'ہندوستانی، پاکستانی' ہے۔ اسے بھی اردو کے صف اوّل کے مزاحمتی افسانوں میں جگہ دی جانی چاہیے۔ یہ تقسیم کے بعد کی صورتِ حال کو پیش کرتا ہے، خصوصاً پاکستان کی۔ اس افسانے میں بھی ایک ناکام محبت دکھائی گئی ہے۔ نجمہ اور احمد کی۔ دونوں کی دہلی میں ملاقات ہوتی ہے۔ احمد کراچی آجاتا ہے۔ تاریخ پڑھانا شروع کرتا ہے مگر اسے وائس چانسلر سمجھاتا ہے کہ وہ تاریخ کو پاکستانی زاویے سے پڑھائے۔ مارکسی نظریات کا کلاس میں ذکر نہ کیا کرے۔ وہ کہتا ہے کہ "ملک کے تعلیمی ادارے بند کروادیجیے اور مسجدوں میں مدرسے کھول دیجیے تاکہ بچے قرآن اور تھوڑی بہت فقہ اور حدیث کے آگے کچھ نہ پڑھ سکیں۔" اس کے جواب میں وائس چانسلر جو کچھ کہتا ہے، اس کی روشنی میں پاکستان کے اعلیٰ تعلیمی اداروں کی اصل ہمارے سامنے آجاتی ہے ۔ وائس چانسلر فرماتا ہے: "تعلیمی ادارے بند کرنے کی ضرورت نہیں پڑے گی۔ ان شاء اللہ ان کا ماحول خود ہی مسجدوں جیسا ہوجائے گا۔ وہ زمانہ ضرور آئے گا۔" افسانے میں جس زمانے کا ذکر ہے، وہ ایوب کا ہے۔ تب آغاز ہوا۔ ضیا نے اسے تکمیل تک پہنچایا۔ الا ماشاء اللہ، اس وقت وطن عزیز کی کوئی سرکاری جامعہ ایسی نہیں جس کا ماحول مدرسے کے قریب نہ ہو اور یا اس جیسا بنانے کی دن رات کوشش نہ کی جارہی ہو۔

ایک عجب پیراڈاکس یہ ہے کہ وائس چانسلر اوکسفرڈ کا پڑھا ہوا ہے۔ اس کی کرسی کے اوپر دیوار پر ایک تصویر آویزاں ہے، جس میں وہ فیلڈ مارشل ایوب خاں کو اعزازی ڈگری پیش کررہا ہے۔ افسانہ اس جانب اشارہ

کرتا ہے کہ مغرب کا تعلیم یافتہ طبقہ، نوزائیدہ ملک میں دائیں بازو کی فکر کی ترویج کے لیے پیچھے نہیں رہا۔ اس ملک کے تب دارالحکومت (کراچی) میں آداب کی جگہ السلام علیکم کہنے پر زور دیا جانے لگا ہے۔ یہ کوئی معمولی تبدیلی نہیں تھی۔ یہ 'ثقافتی معنیاتی' تبدیلی تھی۔ لفظ 'آداب'، رواداری پر مبنی تکثیری ثقافت کا نمائندہ تھا جسے سترھویں تا انیسویں صدی کی 'ہند مسلم تہذیب' نے جنم دیا تھا؛ اسے اب مسلم مذہبی ثقافت سے بدلا جانے لگا تھا۔ ایک نیا ملک، اپنی ثقافت کے خدوخال کے بیان اور وضاحت کے لیے مذہب کو واحد، فیصلہ کن حوالہ بنانے کے سفر پر گامزن تھا۔ بیسویں صدی کی آخری دہائی میں 'خدا حافظ' کی جگہ اللہ حافظ کا رواج، اسی سلسلے کی کڑی تھا۔ احمد کی یونیورسٹی میں ایک میجر صاحب، طلبا کے اخلاق سدھارنے آتے ہیں۔ اساتذہ سے کہا جاتا ہے کہ لڑکے لڑکیوں کو ایک دوسرے کے قریب نہ بیٹھنے دیں۔ کہا نہ مانیں تو جرمانے کریں۔ احمد کہتا ہے کہ وہ استاد ہے اتا نہیں کہ لڑکیوں کے دوپٹے درست کرواتا پھرے۔ اس پر بائیں بازو کے خیالات کی اشاعت کا الزام لگا کر یونیورسٹی سے نکال دیا جاتا ہے۔ جس ملک کی علمی خدمت کی خاطر اس نے ہجرت کی ہوتی ہے، اسی میں وہ غدار قرار پاتا ہے۔ غدار کے لیے پھانسی ہے یا جلاوطنی۔ احمد کراچی چھوڑ کر لندن چلا جاتا ہے۔ تب ترقی یافتہ ملک، ترقی پذیر ملکوں کے ذہین نوجوانوں کو اعلیٰ ملازمتیں دینے میں متامل ہوتے تھے۔ انھیں چھوٹی چھوٹی ملازمتیں دی جاتی تھیں۔ احمد بھی لندن میں ایک ایسی ہی غیر اہم سی ملازمت حاصل کر لیتا ہے۔ وہ سوچتا ہے کہ بہ ظاہر یہ آزاد فکر ملک اندر سے کٹر رجعت پسند ہیں۔ انھیں بھی آزادانہ روش پسند نہیں۔ اسے ترجمے اور ایڈیٹنگ کا (بے ضرر) کام دیا جاتا ہے۔ (کیا یہ دونوں کام واقعی، ذہنی آزادی کے راستے مسدود کرتے ہیں؟) تاریخ عالم کے عالم کے ساتھ پہلی اور تیسری دنیا کا سلوک مختلف نہیں۔ لندن میں اس کی ملاقات نجمہ سے ہوتی ہے۔ دونوں پاکستان و ہندوستان کے حالات کا موازنہ کرتے رہتے ہیں۔ احمد کچھ عرصے بعد برطانوی پاسپورٹ بنوا لیتا ہے۔ اس سے اکثر پوچھا جاتا ہے کہ وہ ہندوستانی ہے یا پاکستانی؟ اس کا جواب اسے نہیں ملتا۔ وہ ایک برزخ میں ہے۔ جلاوطن ہمیشہ برزخ میں رہتا ہے۔

5

مزاحمتی افسانوں میں اساطیری، ثقافتی اور تاریخی علامتوں کی نئی تعبیر ایک عام میلان ہے۔ یہ میلان پاکستان اور ہندوستان کے جدید افسانہ نگاروں کے یہاں بہ یک وقت ملتا ہے۔ انتظار حسین کا ذکر پہلے آچکا ہے۔ سعیدہ گزدر کے افسانے 'آگ گلستاں نہ بنی' میں بھی حضرت ابراہیمؑ کے آگ میں ڈالے جانے اور گلستاں بننے کی طرف اشارہ ہے۔ گواہی میں شامل جوہر میر کا افسانہ 'گناہ سے ضمیر تک' حکایات کا ایک کولاژ ہے۔ اس میں پرانی حکایتوں کی مدد سے آمرانہ جبر اور اس کی منطق کو بے نقاب کیا گیا ہے۔ اس افسانے میں مرکزی حکایت چینی ہے، جو اژدہے اور بادشاہ سے متعلق ہے۔ بادشاہ کے تخت کے پیچھے ایک اژدہا مسلسل موجود رہتا ہے۔ وہ بہ یک وقت بادشاہ کا محافظ بھی ہے اور عوام کے لیے دہشت کی علامت بھی۔ خاص بات یہ ہے کہ بادشاہ اور اژدہا دونوں

ایک دوسرے کے ساتھی بھی ہیں، اور حریف بھی۔ جہاں تخت کو بچانے اور عوام کو بے وقوف بنانے کا سوال آتا ہے، وہاں وہ ایک دوسرے کے حلیف ہیں اور جہاں اقتدار کی مرکزیت کا سوال اٹھتا ہے، وہ دونوں ایک دوسرے کے حریف ہیں۔ عوام کو غیر متعلق مگر دلچسپ سوالوں میں الجھا کر اپنی بادشاہت قائم رکھنے کی تکنیک اس حکایت کی خاص بات ہے۔ تفریح، آمرانہ استبدادیت سے ذہن کو بھٹکانے کا اہم ذریعہ سمجھی گئی ہے۔ یہ سوال کہ بادشاہ پہلے ہے یا اژدہا، ذہنی تفریح کے سوا کیا ہے؟ افسانے کے آخر میں بھیڑوں کی حکایت ہے۔ ایک بوڑھی بھیڑ یہ سوچ کر جان دے دیتی ہے کہ سیکڑوں بھیڑیں مل کر اپنی رکھوالی نہیں کر سکتیں مگر ایک کتا اپنی اور ان سیکڑوں بھیڑوں کی رکھوالی کیسے کر لیتا ہے۔ اس افسانے کو طنزیہ تمثیل کہنا مناسب ہوگا۔ یہ سیکڑوں بھیڑیں، ولہلم رائخ کی کتاب 'سن بالشتیے' کے بالشتیوں کی یاد دلاتی ہیں۔ افسانے میں بھیڑوں (بالشتیوں) اور کتوں (آمروں) پر بہ یک وقت طنز ہے۔

سریندر پرکاش 'خشت وگل' میں نوحؑ کی کشتی کا حوالہ لاتے ہیں۔ ''نوح کی کشتی میرے گھر کی دیوار کے ساتھ آلگی ہے اور اب دھیرے دھیرے بڑھتی ہوئی صدر دروازے تک آ رہی ہے ... اس میں وہ سب کچھ موجود ہے جو نوحؑ لے کر چلے تھے ... ایک ایک کر کے تمام چیزیں اتار لی جائیں گی اور اس کے بدلے وہ سب کچھ لاد دیا جائے گا جو ہم نے دہلیز پر اکٹھا کر رکھا ہے ... نوحؑ کی کشتی میں انھی کھیتوں میں اگی ہوئی اناج کی بالیاں تھیں جن کے بدلے اب کساٹا آئس کریم رکھی جائے گی۔'' انواع کو بچانے والی کشتی، اب سرمایہ دار کے پاس آگئی ہے۔ لہٰذا انسانی وسائل پر ہی نہیں، پرانی علامتوں کے معانی پر سرمایہ دار نے اجارہ حاصل کر لیا ہے۔ اسی افسانے میں سریندر پرکاش دوسری مذہبی علامتوں کا بھی ذکر لاتے ہیں، یہ واضح کرنے کے لیے کہ سرمایہ دارانہ منطق کا اتحاد سیاست سے ہے۔ جدید زمانے کی سیاست، کیسے مذہب کو آدمی کی تقسیم کے لیے بروئے کار لاتی ہے اور آدمی کس کرب سے گزرتا ہے، اس کا ذکر بھی افسانے میں ہے۔ افسانے کا راوی کہتا ہے: ''برہما، وشنو، مہیش، میری ساری سرشٹی ان تین بھائیوں نے بانٹ لی ہے اور میرے تین ٹکڑے کر کے تین مندروں کی ڈیوڑھیوں میں کھڑے کر دیے ہیں۔'' افسانے کا راوی، جنوبی ایشیا کے اس عام فرد کی نمائندگی کرتا ہے جو مذہبی فرقہ واریت کے سبب مسلسل امتحان کی حالت میں ہے۔ وہ ہر طرح کے دیوتاؤں کے سلسلے میں غیر جانب دار رہنا چاہتا ہے مگر دیوتا اپنے جھگڑوں میں اسے گھسیٹتے ہیں اور اس کا وجود تار تار ہو جاتا ہے۔ یہ اقتباس دیکھیے جس میں جنوبی ایشیائی فرد کی اصل حالت کا نقشہ کھینچا گیا ہے۔ اس فرد کی حالت کو دگرگوں بنانے میں مذہبی شناختوں کا سب سے زیادہ کردار ہے۔

''میں ان دیوتاؤں کے سلسلے میں بالکل غیر جانب دار رہنا چاہتا ہوں مگر جب ان کا آپس میں یدھ ہوتا ہے تو میں مر جاتا ہوں۔ جب میں مرتا ہوں تو ان کے مندر کھنڈت ہو جاتے ہیں۔ پھر وہ میرے پاس بدھ بن کر آتے ہیں اور مجھے نیا مندر بنانے کے لیے کہتے ہیں۔ جب مندر بن جاتا ہے اور اس کے ستونوں پر میں اپنی محبوبہ کے ننگے انگ ابھارتا ہوں تو وہ بہت خوش ہوتے ہیں اور پھر قہقہے لگاتے ہوئے، ان مندروں پر یلغار کرتے ہیں اور مجھے عیسیٰؑ بنا کر میری صلیب کے نیچے بدھ کی ٹوٹی ہوئی مورتی رکھ کر بھاگ جاتے ہیں۔ میں نے اپنا مندر کھنڈت

کر لیا ہے اور میری ٹوٹی ہوئی مورتی بدھ کی ٹوٹی ہوئی مورتی کے ساتھ کارنس پر سجی ہوئی ہے۔''

کیا مذہبی، تاریخی علامتوں کے سلسلے میں غیر جانب داری ممکن ہے؟ کم از کم جنوبی ایشیائی تاریخ اس کا جواب نفی میں دیتی ہے۔ مذہبی قوم پرستی، تاریخ اور اس کی علامتوں پر اجارے کی مسلسل سعی کرتی ہے۔ جدید تاریخ ہر طرح کی حد بندیوں میں یقین رکھتی ہے، جب کہ قدم تاریخ میں حدوں اور سرحدوں کا بہت ہی ڈھیلا ڈھالا تصور تھا۔ قوم پرستی، اس ماضی کو بھی اپنی نظریاتی حدوں میں سمیٹنے کی باقاعدہ جدوجہد کرتی ہے، جس کی حدیں غیر واضح اور مبہم تھیں۔ اصغر ندیم سید نے اپنے افسانے 'ہمارے ہیرو واپس کردو' میں اسی نازک مسئلے کو موضوع بنایا ہے۔ یہ مسئلہ صرف تاریخ کو قوم پرستی کے تحت لانے تک محدود نہیں بلکہ خو ہیرو سازی اور اس کی ضرورت سے متعلق بھی ہے۔ افغانستان کا دفتر خارجہ، پاکستان سے احتجاج کرتا ہے کہ اس کی سرحد میں وہ میزائل داغے جاتے ہیں جن کے نام ان کے ہیروؤں پر رکھے گئے ہیں، جیسے غوری، ابدالی، غزنوی۔ افغانستان یہ مطالبہ کرتا ہے کہ اس کے ہیروؤں کے نام استعمال نہ کیے جائیں۔ میزائل کا نام میزائل سے کم طاقت ور نہیں ہوتا۔ جہاں میزائل، عسکری بارودی طاقت کا مظہر ہے، وہیں اس کا نام 'معنیاتی طاقت' کا حامل ہے۔ یہ مطالبہ پاکستان کو اپنے ہیرو تلاش کرنے پر مائل کرتا ہے، میزائلوں کو جن کے نام سے منسوب کیا جاسکے۔ اس تلاش میں دفتر خارجہ مخصوص صحافیوں اور دانشوروں کی مدد لیتی ہے اور اپنی تاریخ کھنگالتی ہے۔ ہر قدم پر ایک نئی مشکل کا سامنا کرتی ہے۔ بڑی مشکلیں دو ہیں۔ کس ہیرو کو مقامی کہا جائے؟ اور حکمرانوں، سیاسی، مذہبی رہنماؤں، صوفیہ، شعرا، فنکاروں میں سے کس کا نام میزائلوں کے لیے منتخب کیا جائے؟ ان سوالات پر بحث کے دوران، مزاحمت پسندوں (جیسے احمد خاں کھرل، بھگت سنگھ، سوبھاش چندر، حسن ناصر، شیخ ایاز) کے نام بھی آتے ہیں، جن کے سلسلے میں خاموشی اختیار کی جاتی ہے۔ طویل بحث کسی نتیجے پر نہیں پہنچتی۔ اسی دوران میں ایک طرف پاکستان بابر نام کا نیا میزائل افغانستان میں پھینکتا ہے اور دوسری طرف افغانستان انڈیا سے غوری، غزنوی، ابدالی، درانی نام کے میزائل تیار کرواتا ہے اور پاکستان کی سرزمین پر داغتا ہے۔ اب احتجاج کی باری پاکستان کی ہے۔ افسانہ بریخت کے ڈرامے گلیلیو کے ذکر پر ختم ہوتا ہے، جس میں اس قوم پر افسوس کا اظہار کیا گیا ہے، جسے ہر روز ایک نیا ہیرو درکار رہتا ہے۔

اردو کے کچھ مزاحمتی افسانوں میں نئی تمثیلیں بھی وضع کی گئی ہیں۔ مثلاً انتظار حسین کے 'صبح کے خوش نصیب' میں پسنجر گاڑی، تاریخ کے سفر کی تمثیل ہے۔ ریل، انگریز سامراج کی یادگار ہے، جس نے سامراجی مقاصد (فوجیوں کی نقل و حرکت، خام مال کی ترسیل وغیرہ) کے حصول میں اہم حصہ لیا تھا مگر اسے آج بھی 'پس ماندہ' ہندوستان کی ترقی کی اہم ترین علامت کے طور پر پیش کیا جاتا ہے۔ انتظار حسین، افسانوی ہنر مندی کے ساتھ، گاڑی کو برصغیر کے سیاسی سفر کی تمثیل بناتے ہیں۔ افسانے کے مطابق پسنجر گاڑی جنگل کے بیچ رکی کھڑی ہے۔ ایک ڈبے کے چند مسافر (یعنی سب نہیں) پریشان ہیں کہ گاڑی کیوں رکی کھڑی ہے۔ یہ بالکل عام سا واقعہ ہے اور کثرت سے دہرایا جاتا ہے مگر اسے انتظار حسین نے جس طور لکھا ہے، وہ ہماری تاریخ کے راستے میں پڑنے

والی کھائیوں کی طرف اشارہ کرتا ہے۔ جب صبح کے وقت گاڑی چلی تھی تو مسافر دھکم پیل کے ساتھ سوار ہوئے تھے ۔ جو مسافر سوار ہونے سے رہ گئے تھے، ان کی قسمت پر افسوس کیا تھا۔ ان مسافروں نے خود کو صبح کے خوش نصیب کہا تھا۔ مگر اب وہ صبح کے پیچھے رہ جانے والوں کو قابل رحم سمجھنے لگے ہیں۔ بالآخر انھیں گارڈ سے معلوم پڑتا ہے کہ آگے پٹری اکھڑی ہوئی ہے۔ اب صبح کے خوش نصیب، شام ہوتے ہوتے بدنصیب ہو چکے ہیں۔ وہی داغ داغ اجالا یہ شب گزیدہ سحر۔۔ پسنجر گاڑی، اس کا بیچ جنگل میں رکا ہوا ہونا، پٹری کا اکھڑا ہوا ہونا سیاسی تمثیلی معنی کے حامل ہیں، جن میں طنز واضح ہے۔ صبح کے خوش نصیبوں کا شام کے وقت خود کو بدنصیب تصور کرنا، اس یوٹوپیا کی شکست کی طرف اشارہ ہے، جس نے صبح کے وقت سفر کے لیے لوگوں میں جوش بھر دیا تھا۔

آصف فرخی کا 'کہر' انتظار حسین کے 'صبح کے خوش نصیب' سے ملتا جلتا ہے۔ انتظار حسین گاڑی کو جب کہ آصف فرخی کہر کو تمثیل بناتے ہیں۔ کراچی شہر میں اچانک کہر آجاتی ہے اور زندگی رک رک کر چلنے کی مشقت میں مبتلا ہو جاتی ہے۔ افسانہ ایک شخص کی زبانی بیان ہوا جو کہر میں اپنی بیوی کے ساتھ اپنی بچیوں کو اسکول چھوڑنے جا رہا ہے۔ ٹریفک رینگ رہا ہے۔ اسی حالت میں وہ کہر پر معنی خیز باتیں کرتے ہیں کہ کہر کراچی میں کیسے آگئی ،سمندر سے آئی یا سردی کے سبب۔ افسانے میں کہر کو رفتہ رفتہ تمثیل میں تبدیل کیا گیا ہے۔ جب وہ ارد گرد کو دیکھتے ہیں تو کہر کے سبب چیزیں واضح نظر نہیں آتیں۔ باہر چھائی ہوئی دھند، سیاسی اور نفسیاتی دھند کی تمثیل بن جاتی ہے۔ باہر گزرتے مناظر چینل بن جاتے ہیں۔ اسے یاد آتا ہے کہ ہندوستانی چینل بند کر دیے گئے ہیں۔ وہ تخیل میں ٹی وی کی سرخیاں دیکھنے لگتا ہے۔ گو مشرف گو کے نعرے ٹی وی پر لگ رہے ہیں، نو ایل ایف او نو۔ عراق میں خودکش بم دھماکے۔ لیکن کہیں کہر کی خبر نہیں۔ جو اصل ہے، وہی خبروں سے غائب ہے۔ اس کی بیٹی کارٹون نیٹ ورک لگا لیتی ہے۔ وہ بیٹی سے ریموٹ لیتا ہے مگر اس کا بٹن جام ہو جاتا ہے۔

دن نکلا جا رہا ہے اور دھند چھٹنے کے آثار نہیں ہیں۔

محمد حمید شاہد کے 'سورگ میں سور' کا عنوان ہی گہری رمزیت کا حامل ہے۔ مسلم معاشرت، بہشت میں خنزیر کا تصور کرتے ہی جس کراہت اور تنفر کو محسوس کرتی ہے اور ایک مثالی قلمرو میں جس نجس اور بدقدمی کو محسوس کرتی ہے، اسے بیان کرنا آسان نہیں۔ اس افسانے میں اسے اور اس کے عواقب کو بیان کرنے کی سعی کی گئی ہے۔ اکرام اللہ کے 'سیاہ آسمان' میں اپنی اگلی ٹانگوں سے محروم بھینس، فن کی دنیا میں گھس آتی ہے اور دیوانہ وار رقص کر کے، فن میں تشدد کے عنصر کو داخل کرنے کی علامت بنتی ہے، جب کہ محمد حمید شاہد کے اس افسانے میں سور مونگ پھلی کے کھیتوں میں (جو کسانوں کے لیے جنت نما ہیں) در آتے ہیں اور تباہی مچاتے ہیں۔ آدمی تو آدمی، کتے بھی ان کا کچھ نہیں بگاڑ پاتے۔ ان کی افزائش کی رفتار، انھیں ختم کرنے والی قوتوں کو شکست دیتی محسوس ہوتی ہے۔ پنجاب کی دیہی، زرعی معاشرت کے سیاق میں لکھا گیا یہ افسانہ، سورگ نما دھرتی پر 'بیرونی مداخلت، دراندازی' اور جارحیت کی تمثیل ہے۔

6

مزاحمتی افسانے کی اس بحث میں ہم ان افسانوں کو کیسے فراموش کر سکتے ہیں، جن کا موضوع سماج کے بجائے فطرت اور ماحول ہے۔ سرمایہ داراریت کا ماحول پر جبر، آمریت کے سیاسی جبر سے کم خطرناک نہیں۔ ان میں سب سے پہلے انور سجاد کے 'گائے' کا ذکر مناسب ہوگا۔ یہ علامتی مزاحمتی افسانہ ہے۔ یہ ایک ایسی گائے کی کہانی ہے جس کا مالک، اسے بیمار و بے کار سمجھ کر بوچڑ خانے کو بیچنا چاہتا ہے اور مالک کا بیٹا نکا، اسے ماں کی طرح سمجھ کر اسے بوچڑ خانے سے بچانا چاہتا ہے۔ کہانی جس قدر سادہ ہے، اسی قدر اس کے معانی پیچیدہ ہیں۔ پندرہ سالہ نکا آخری دم تک اسے گھر ہی رکھنے کے لیے جدوجہد کرتا ہے۔ وہ اسے اپنی ماں کی طرح خیال کرتا ہے۔ اپنی ماں کو بوچڑ خانے کون بھیجتا ہے۔ وہ یہ توقع رکھتا ہے کہ گائے کی ممتا نکے کے لیے بھی پر جوش ہوگی۔ اس کی یہ توقع انسانی اور حیوانی دنیائیوں کی خلیج کو واضح کرتی ہے اور اسے دکھ، رنج اور غصے کا شکار بناتی ہے۔ گائے، اپنی حیوانی جبلت کے تحت اپنے بچھڑے ہی کے لیے ممتا کے لیے جذبات رکھتی ہے؛ یہ جذبات اندھے ہیں اور اسی لیے گائے کو دھوکا دینے کے لیے ان جذبات کو ابھارا جاتا ہے۔ اس کے بچھڑے کو پہلے ٹرک میں ڈالا جاتا ہے، جسے دیکھ کر وہ ٹرک میں تختے پر پاؤں رکھتے ہوئے چڑھ جاتی ہے۔ حالاں کہ اسی ٹرک میں ڈالنے کے لیے پہلے سو جتن کیے جا چکے تھے۔ گائے کی پریشانی اپنے بچھڑے کے لیے ہے، نکے کے لیے نہیں۔ نکا اس حقیقت کی روح تک پہنچنے سے قاصر ہے۔ وہ بندوق اٹھا لیتا ہے۔ افسانے میں یہ بات صیغہ راز میں ہے کہ وہ بندوق گائے پر چلاتا ہے، باپ پر، بچھڑے پر یا خود پر۔

ایک سطح پر یہ افسانہ ماں اور بیٹے کی محبت سے متعلق ہے۔ دوسری سطح پر یہ جانوروں کو شے سمجھنے سے عبارت ہے۔ تیسری سطح پر نکے کی فطرت سے وحدت سے متعلق ہے۔

حسن منظر کا 'زمین کا نوحہ' ایک فنتاسی ہے۔ اس میں ایک شخص پوری دنیا کے خلاف مزاحمت کرتا دکھایا گیا ہے۔ ایٹمی تجربات، تابکاری، دھواں اور دیگر اسباب سے دنیا ماحولیاتی بحران کا شکار ہوگئی ہے۔ اس بحران کی شدت اور قہر سامانی کو واضح کرنے کے لیے دکھایا گیا ہے کہ دنیا سے عورتیں ختم ہوگئی ہیں۔ جینٹکس کے ماہرین یہ جاننے سے قاصر رہتے ہیں کہ آخر کیوں عورتیں لڑکیاں پیدا کرنے کے قابل نہیں رہیں۔ انسان بچاؤ نام کی ایک عالمی تنظیم وجود میں آتی ہے۔ حکومتیں خلا اور سیاروں کی تسخیر کے لیے مختص فنڈ انسان بچاؤ کے لیے وقف کر دیتی ہیں۔ دنیا میں مرد ہیں مگر عورتیں نہیں ہیں۔ کیا اس لیے کہ سائنس و ٹیکنالوجی کی ترقی پدرسری جہت رکھتی ہے؟ بالآخر ایک ایسی دوا دریافت ہوتی ہے کہ عورتیں نارمل انداز میں نر یا مادہ بچے پیدا کر سکتی ہیں۔ (کیا یہ سائنس سے پیدا ہونے والے مسائل کو سائنس ہی کی مدد سے حل کرنے میں یقین کی بدولت ہے؟) اب سوال پیدا ہوتا ہے کہ دنیا میں کسی عورت کو تلاش کیا جائے۔ آخری عورت یا عورتیں کہاں ہیں؟ پوری دنیا کے سامنے اہم ترین سوال یہ ہوتا ہے۔ ایک دور افتادہ پہاڑی گاؤں میں ایک جوڑے کا پتا چلتا ہے۔ مرد پہلے اسکول ماسٹر تھا، پھر بھیڑیں چرا کر

گزارا کرتا ہے اور بیوی کی دیکھ بھال کرتا ہے۔ اس کے دو بچے تھے جو خون کے خراب ہونے سے چل بسے تھے۔ 'انسان کو بچاؤ' تحریک کے لوگ اس جوڑے کے پاس پہنچتے ہیں اور مرد سے درخواست کرتے ہیں کہ وہ عورت پر دوا آزمانے دیں۔ مرد انکار کرتا ہے۔ وہ لوگ اسے یہ کہہ کر ایک اخلاقی مخمصے میں ڈالنے کی کوشش کرتے ہیں کہ کیا اسے بنی نوع انسان کی پروا نہیں ہے؟ اس پر وہ طنزاً کہتا ہے کہ انھیں کب سے انسانیت کی فکر لاحق ہوئی۔ اس کا اسکول، گاؤں اور بچے ان کی لائی ہوئی تباہی کی نذر ہو گئے۔ پوری دنیا کی نظریں ان مذاکرات پر ہیں جو انسان کو بچاؤ تحریک اور اس جوڑے کے درمیان ہو رہے ہیں۔ وہ اکیلا شخص، پوری دنیا کے سامنے کھڑا ہو جاتا ہے۔ وہ کسی ترغیب اور خوف سے زیر دام نہیں آتا۔ اس شخص کی بیوی مر جاتی ہے اور وہ اسے زمین کے حوالے کرتا ہے، یہ کہتے ہوئے: "پیاری زمین تو ابھی تک اچھی ہے۔ میں اپنی سب سے خوبصورت متاع، جسے میں نے تیرے دشمنوں کے حوالے نہیں کیا، آج تیرے حوالے کرنے کو تیار ہوں۔"

خالدہ حسین کا افسانہ 'فنکار' فن اور تشدد کے تعلق کو بیان کرتا ہے۔ جہاں باغی اکھڑ روحیں سرنگوں ہونے سے انکار کریں، وہیں تشدد کیا جاتا ہے۔ تشدد کیسے فنکار کے وجود، تخیل اور روح کو مسخ کرتا ہے، اسے یہ افسانہ بیان کرتا ہے۔ بایں ہمہ خالدہ حسین کے اس افسانے میں معنی کی ایک سے زیادہ روئیں موجود ہیں۔ بالائی رو ایک ڈانسنگ ہارس اور سرمایہ پرستوں کے ہاتھوں حیوانی دنیا کے استحصال سے متعلق ہے، جب کہ زیریں روئیں: باغی فنکاروں کو تشدد کے ذریعے زیر دام لانے، فنکارانہ تخیل کو بری طرح مجروح کرنے، نیز فن، طاقت اور بغاوت کے پیچیدہ رشتے سے متعلق ہیں۔ اس افسانے کی راوی دستاویزی فلم بنانے والی خاتون ہے۔ اسے ناچنے والے گھوڑوں پر مختصر فلم بنانے کا منصوبہ تفویض ہوا ہے۔ جس جگہ یہ گھوڑے موجود ہیں، وہ شہر سے کافی دور واقع ہے ۔وہ گویا ایک ایسا جزیرہ ہے جہاں "دنیا کے انقلابات دستک نہیں دے سکتے"، لیکن جدید عہد میں کیا کوئی علاقہ ایسا ہو سکتا ہے جو سرمایہ دارانہ جدید دنیا کی نظر سے اوجھل ہو؟ یہاں ایک امیر کبیر، سول سرونٹ رہتے ہیں جن کی وسیع جاگیر ہے اور وہ اب گھوڑوں کو سدھا کر شہرت اور دولت میں مزید اضافہ چاہتے ہیں۔ افسانے کی راوی، گھوڑوں کو سدھانے والے قدیرے سے بات چیت کر کے، اس فن کے بارے میں علم حاصل کرتی ہے۔ وہ اسے بتاتا ہے کہ گھوڑوں کو ناچ سکھانے کے لیے چھوٹی عمر ہی سے ان کی روح قابو کی جاتی ہے۔ قدیرا بتاتا ہے کہ "کسی کسی جانور کی روح بڑی اکھڑ، بڑی باغی ہوتی ہے۔ بڑی مار کھاتے ہیں۔ پھر بھی پلٹ پلٹ کے اپنی اصل کی طرف جاتے ہیں۔" گھوڑوں کی اصل جگہ میدان اور پتھریلے پہاڑ ہیں۔ قدیرا بتاتا ہے کہ سانول نام کے گھوڑے کی روح بڑی باغی ہے۔ سانول کو کہے گئے قدیرے کے ان جملوں میں کیا کیا کچھ سمٹ آیا ہے:

"مان جا۔ بس یہی ہے۔ یہی کچھ اور کچھ بھی نہیں۔ جنگل نہ پہر۔ نہ ہی دشمن کی فوج۔ طبل جنگ، نہ کوئی پہاڑ۔ کوئی اللہ کا سپاہی، نیلی کا اسوار نہیں۔ بس یہی ہے۔ یہ گھنگھرو، یہ تال دھمال اور یہ ٹیلی وژن کا کیمرہ اور کا میلہ۔"

سانول ناچتا ہے، مگر اس کی باغی، اکھڑ روح اپنے ناچ سے ہم آہنگ نہیں ہوسکتی۔ اس پر چابک پڑتے ہیں۔ آنسو گرتے ہیں۔ اس کے سینے کی آزاد اڑانیں ''سب ایک چابک کے آگے سرنگوں تھیں۔ صرف ایک چابک جو دنیا کے ایک سرے سے دوسرے سرے تک محیط تھا۔'' پاکستانی قارئین کے لیے اس چابک کے مفہوم کو سمجھنا مشکل نہیں جو اس ملک کی تاریخ کی ابتدا سے اب تک برسایا جارہا ہے۔

7

اپنی معروضات کا خاتمہ ہم امراؤ طارق کا افسانے 'کیمرہ پروسیڈنگ' پر بحث پر کرنا چاہتے ہیں۔ مصنف نے اسے اردو کے اس علامتی و تجریدی افسانے کے خلاف استغاثہ بنانے کی کوشش کی ہے جو مزاحمتی ہونے کا مدعی بھی تھا۔ فنی اعتبار سے یہ ایک کمزور افسانہ ہے۔ قلم کا چھن جانا، انگلی اور زبان کا کٹ جانا، مزاحمت کے اسٹریوٹائپ ہیں۔ پورا افسانہ انھی اسٹیریوٹائپ کے گرد گھومتا ہے اور انھی سے مزاحمت کا وہ تصور مرتب کرتا ہے جس کے مطابق مزاحمت، تیر بہ ہدف نسخے کی مانند ہے۔ اسے یہاں زیر بحث لانے کا سبب، مزاحمتی ادب سے متعلق اس بحث کو سمیٹنا ہے جس سے اس مضمون کا آغاز ہوا تھا۔ ان کیمرہ پروسیڈنگ پر مشتمل، یہ افسانہ ایک کہانی کار کے خلاف مقدمے کی کارروائی پر مشتمل ہے۔ کہانی کار نے فلاحی مملکت کا خواب دیکھا۔ الہ آباد، دہلی، لاہور، ممبئی کے لوگوں کو شعلہ بیانی سے گرمایا۔ پھر کہانیاں لکھیں، سیدھی سادی کہانیاں جو سب کو سمجھ آتی تھیں۔ اس قسم کی 'خطرناک' کہانیاں لکھنے کی پاداش میں پہلے اس سے قلم چھینا گیا، پھر انگلیاں کاٹی گئیں۔ آخر میں زبان کاٹنے کی سفارش کی گئی ہے۔ اس کی بیوی عدالت کو بتاتی ہے کہ اس نے کہانی لکھنی ہی اس وقت شروع کی تھی، جب ایک رات اس فلاحی مملکت میں، جس کے لیے اس نے جدوجہد میں حصہ لیا تھا، اس کی زبان کاٹی گئی تھی اور اس کی بیوی کی آبرو ریزی کی گئی تھی۔ اس کہانی کا اہم حصہ، اردو کے مشہور علامتی افسانوں جیسے 'گائے'، 'بجوکا' اور 'کمپوزیشن' پر طنز سے عبارت ہے۔ ترلوچن نام کا کردار عدالت میں علامت کے بارے میں گواہی دیتے ہوئے، ان سب افسانوں کو بے ضرر کہتا ہے، مزاحمتی نہیں۔ مزاحمتی کہانی، عام آدمی کی سمجھ میں فوراً آجاتی ہے، جب کہ علامتی کہانی، معاصر افسانہ نگار کو بھی سمجھ نہیں آتی۔ وہ یہ رائے دیتا ہے کہ ان (علامتی افسانوں) سے کوئی خطرہ تو کیا خطرے کی بو تک محسوس نہیں ہوتی۔ دوسری طرف اس افسانے کا ملزم کہانی کار سیدھی سادہ کہانیاں لکھتا ہے؛ اشارہ منٹو کی کہانیوں کی طرف ہے) اس لیے وہ خطرناک ہے اور عدالت میں اس کے خلاف مقدمہ چل رہا ہے۔ جرح کے بعد اس کے مقدمے کا فیصلہ تاقیامت محفوظ کرلیا جاتا ہے۔

یہ افسانہ ایک اہم مغالطے پر مبنی ہے۔ مزاحمت اور مزاحمتی ادب کو ایک ہی چیز سمجھنے کا مغالط[illegible] مزاحمت، طاقت کے کسی مرکز کے سامنے ڈٹ جانا ہے، اس کا انکار کرنا ہے، اس کی تحقیر کرنا ہے او[illegible] اڑانا ہے۔ جس کے خلاف مزاحمت کی جارہی ہے اور جنھیں مزاحمت پر اکسایا جارہا ہے، انھیں مز[illegible]

ابہام کے بغیر سمجھ لینی چاہیے۔ دوسرے لفظوں میں مزاحمت اپنی اصل میں عملیت پسند ہے۔ کچھ ادیب مزاحمت کا یہ اسلوب.... جو خطابت کے عناصر رکھتا ہے.... بروے کار لاتے رہے ہیں۔ یہی وجہ ہے کہ امراؤ طارق اپنے افسانے کے کردار کو ادیب بننے سے پہلے شعلہ بیان مقرر دکھاتے ہیں۔ یہی شعلہ بیانی یا خطابت وہ اپنی 'سادہ، غیر مبہم کہانی' میں بھی جاری رکھتے ہیں۔ تقریر اور کہانی کا فوری اثر یکساں ہے۔ لیکن کیا وہ واقعی ادب بھی تخلیق کرنے میں کامیاب ہوا؟ اس کا جواب ہاں میں دینا مشکل ہے۔ مزاحمتی ادب، ادب کی کم ازکم بنیادی شرائط، جیسے تخیلی ہونا، زبان کا تخلیقی استعمال (جس میں خطابت کا کوئی عمل دخل نہیں)، ہیئت وتکنیک کے امکانات کی جستجو، کہی کے ساتھ ان کہی کی 'ابلاغی طاقت' کا استعمال، خصوصی کو عمومی بنانے کی سعی... کو پہلے پورا کرتا ہے۔ اس کے مزاحمتی ہونے یا جمالیاتی مرتبے سے متعلق فیصلہ، اس سے نہیں ہوتا کہ اسے کتنے لوگ پڑھتے ہیں یا کتنے لوگ فوراً سمجھ لیتے ہیں، بلکہ اس سے ہوتا ہے کہ اس میں مصنف یا مصنف کا وضع کردہ راوی یا پورا متن کس مئوقف کا حامل ہے اور وہ مئوقف کسی ظالم کو تقویت دیتا ہے یا حاشیے پر دھکیلے گئے طبقے کی حمایت کرتا ہے یا پھر سچائی پر اجارے کی کوششوں کو کس طور بے نقاب کرتا ہے۔ ایسے میں علامت، مزاحمتی ادب کی قوت بنتی ہے، کمزوری نہیں۔

آمریت ادیب سے کیوں ڈرتی ہے؟

وجاہت مسعود

پاکستان پر عظیم عسکری رہنما ایوب خان کے نزول کی تفصیلات خاصی عجیب وغریب ہیں۔ جنوری 1951 میں پاکستانی فوج کا کمانڈر انچیف مقرر ہونے سے قبل ایوب خان مزید پیشہ ورانہ ترقی کے لیے نااہل سمجھے جاتے تھے کیونکہ انھیں برما کے محاذ پر 1945 میں 'میدان جنگ میں بزدلی' دکھانے پر کمان سے ہٹا کر معطل کیا جا چکا تھا۔ پاکستان بننے کے بعد عبدالرب نشتر کی رپورٹ پر قائداعظم محمد علی جناح نے ایوب خان کے کورٹ مارشل کا حکم دیا تھا اور فائل پر اپنے قلم سے سخت تادیب رقم کی تھی۔ یہ محض اتفاق نہیں کہ ایوب خان کے انکوائری افسر موسیٰ خان تھے جنھیں اکتوبر 1959 میں ایوب خان نے فوج کا سربراہ مقرر کیا۔ 12 دسمبر 1949 کو پاکستانی فوج کے نامزد سربراہ میجر جنرل افتخار خان کی جنگ شاہی کے قریب ہوائی حادثے میں پراسرار موت کی تفصیلات ہنوز پردہ راز میں ہیں۔ پاکستان بنا تو سنیارٹی کے اعتبار سے ایوب خان دسویں نمبر پر تھے۔ 15 جنوری 1951 کو فرینک میسروی نے کاغذ کے ایک ٹکڑے پر ایوب خان کو جنرل مقرر کر دیا اور اگلے روز ایوب خان کمانڈر انچیف بن گئے۔ 8 مارچ 1951 کو راولپنڈی سازش کیس کا انکشاف دراصل ایوب اور سکندر مرزا گٹھ جوڑ کی ابتدا تھی۔ فروری 1953 میں ایوب خان نے امریکی کونسل جنرل سے ملاقات میں کہا کہ پاکستانی فوج ملک کو 'نااہل' سیاست دانوں کے سپرد نہیں کرے گی۔ 24 اکتوبر 1954 کو ایوب خان ملک کے وزیر دفاع اور سکندر مرزا وزیر داخلہ بن گئے۔ اکتوبر 1954 میں لندن قیام کے دوران ایوب خان نے ون یونٹ کا منصوبہ تیار کیا جو وفاق پاکستان کی بنیادوں پر حملہ تھا۔ سازشی واقعات کا یہ طویل سلسلہ 7 اکتوبر 1958 کو ایوب خان کے مارشل لا ایڈمنسٹریٹر بننے پر منتج ہوا۔ 24 اکتوبر 1958 کو ایوب خان وزیر اعظم بھی بن گئے اور 27 اکتوبر کو سکندر مرزا سے زبردستی استعفیٰ لے کر صدر کا عہدہ بھی سنبھال لیا۔ استاذی افراسیاب خٹک نے 2011 کے سیاسی حالات کو 'رینگتے ہوئے مارشل لا' کا نام دیا

تھا۔ استاد محترم کی عطا کردہ اصطلاح اب پایہ ثبوت کو پہنچ چکی لیکن یہ اصطلاح ایوب خانی مارشل لا پر کہیں زیادہ منطبق ہوتی ہے جس کے تانے بانے آٹھ برس تک بنے گئے تھے۔ اس تمہید سے ایوب خانی آمریت کا پس منظر بیان کرنا مقصد نہیں بلکہ آمرانہ نفسیات کے ایک دلچسپ پہلو کی وضاحت ہے۔

1951 سے ایوان صدر کے مقتدر ترین اہلکار قدرت اللہ شہاب محلاتی سازشوں کے بے تاج بادشاہ تھے۔ حفیظ جالندھری نے لکھا تھا۔ 'جب کہیں انقلاب ہوتا ہے/ قدرت اللہ شہاب ہوتا ہے'۔ اکتوبر 1958 میں ادیب اور صحافی کہلانے والے میجر ابن الحسن فوج کے شعبہ تعلقات عامہ کے سربراہ تھے۔ قدرت اللہ شہاب اور ابن الحسن میں مسکوٹ ہوئی کہ وردی پوش انقلاب کے حق میں عوامی ذہن سازی کیسے کی جائے۔ چنانچہ پاکستان رائٹرز گلڈ کی بنیاد رکھی گئی۔ جس کا پہلا اجلاس جنوری 1959 میں کراچی میں منعقد ہوا۔ مولوی عبدالحق، شاہد احمد دہلوی، مرزا محمد سعید جیسے حاضر باش ادیب گانٹھے گئے۔ ممتاز مفتی، اشفاق احمد، ممتاز شیریں، ابن انشا، محمد طفیل، قتیل شفائی اور قرۃ العین حیدر بھی زیر دام لائے گئے۔ ادیبوں کے لیے انعامات نیز سیاحتی دوروں کا اعلان ہوا۔ ذہن سازی کے اس ریاستی منصوبے کو مولانا صلاح الدین احمد کے ایک جملے نے خس وخاشاک کر دیا۔ فرمایا: 'کبھی پیغمبروں نے بھی گلڈ بنائے ہیں'۔ میجر ابن الحسن دعوت نامہ لے کر محمد حسن عسکری کے پاس پہنچے تو اس مرد درویش نے کہا۔ 'پولیس بھیج کر بلوا لیجیے گا'۔ لاہور سے کراچی جانے والوں میں انتظار حسین اور ناصر کاظمی بھی شامل تھے۔ دوران سفر ناصر کاظمی نے انتظار حسین سے کہا۔ 'انتظار، کیا ہم شام کے دربار میں جا رہے ہیں'۔ فیض صاحب ملک سے باہر تھے لیکن احباب کے منع کرنے کے باوجود لوٹ آئے اور سیدھے جیل پہنچ گئے جہاں غزل لکھی، 'جمے گی کیسے بساط یاراں/ کہ شیشہ و جام بجھ گئے ہیں'۔ ن۔ م راشد نے بھی آوازہ لگایا۔ 'اے تمام لوگو، کہ میں جنھیں کبھی جانتا تھا، کہاں ہو تم۔ جو نہیں ہیں قید غنیم میں، وہ پکار دیں'۔ انجم رومانی کا اپنا رنگ تھا، 'اس دور کی بساط پہ ہر شہ کو مات ہے/ گھبرائیے نہ دیکھ کے پیدل گھرا ہوا'۔

ادب کی جڑیں مزاحمت کی مٹی میں پیوست ہوتی ہیں۔ گل خان نصیر، شیخ ایاز اور حبیب جالب جیسے ادیبوں کی دھرتی پر رائٹرز گلڈ جیسی خود کاشتہ جڑی بوٹی کیا وقعت رکھتی تھی۔ قدرت اللہ شہاب کے بعد الطاف گوہر ٹولے نے بھی ایفرو ایشین رائٹرز کا ڈول ڈالا مگر وہ دس سالہ عشرہ ترقی کے ملبے تلے دب گئے۔

جنرل ضیا کے رائے عامہ سے متعلقہ نورتن لیفٹیننٹ جنرل مجیب الرحمن اور کرنل صدیق سالک تھے۔ ایک بار پھر سے اہل قلم کانفرنس کی بنیاد رکھی گئی جس میں ضیاالحق ادیبوں کو صرف 'نمک حلالی' کا مشورہ ہی نہیں دیتے تھے، دانشوروں کو سیم اور تھور بھی قرار دیا کرتے تھے۔ پروفیسر وارث میر نے 9 جولائی 1987 کو اپنی جان کا تاوان دے کر سیم اور تھور کے طعنے کا جواب دیا تھا۔ اہل پاکستان کے جمہوری شعور کا کرشمہ ہے کہ ریاستی جبروت کی مسلسل سنگ زنی کے سامنے ہتھیار نہیں ڈالے۔ ادیب کا منصب اقتدار کا دفاع نہیں، انصاف کے لیے آواز اٹھانا ہے۔ کبھی غور کیجیے کہ سولزے نتسن کو ملک بدر کیوں کیا جاتا ہے۔ فرانز فینن جلاوطن کیوں ہوتا ہے۔ میلان کنڈیرا

فرانس میں پناہ کیوں لیتا ہے۔ چین کے ادیب منحرف ہو کر یورپ جاتے ہیں، ایڈورڈ سعید اور ناؤم چومسکی کو امریکا چھوڑنے کی کیوں ضرورت پیش نہیں آتی۔ اس لیے کہ ادیب کی انحرافی آواز سے جمہوریت نامیاتی قوت پاتی ہے۔ ادھر آمریت ادیب کی سچائی سے خوفزدہ ہوتی ہے۔ گزشتہ برسوں میں رائے سازی کے لیے ادیب اور صحافی کی ضرورت باقی نہیں رہی۔ اب یہ کام کھلاڑیوں اور فلمی شخصیات سے لیا جاتا ہے۔ ادب ایک فعال تمدنی ادارے کے طور پر اس ملک میں بے معنی ہو گیا ہے اور اس کا نتیجہ جسے دیکھنا ہو، وہ سوشل میڈیا پر استعمال ہونے والی زبان دیکھ لے۔

[بشکریہ 'ہم سب'، 28 دسمبر 2022]

کیا ادب غیر سیاسی بھی ہوتا ہے؟

وسعت اللہ خان

اگر آپ نہایت کاہل قاری ہیں لیکن حسنِ اتفاق سے آپ کے پاس ذرا سا بھی دماغ ہے کہ جس میں کسی خیال کی تصویر دیکھنے کی صلاحیت ہو تو پھر آپ کو تاریخ، جغرافیہ، منطق، فلسفہ، فزکس، کیمسٹری، میتھمیٹکس وغیرہ جیسے ذہن کو تھکا دینے والے مضامین پڑھنے کی ضرورت نہیں۔ تمام کاہلوں کو نوید ہو کہ ان سب موضوعات کا جوہر اب مارکیٹ میں موجود ہے، جس کا نام لٹریچر ہے۔

یہ لٹریچر نثری ٹیبلٹس اور شاعری کے کتابی کیپسول کی شکل میں ہر اچھے کتب فروش سے انتہائی مہنگے اور سستے برانڈز کی صورت دستیاب ہے۔ مگر یہ کیسے پتہ چلے کہ کون سی نثری ٹیبلٹ اور شعری کیپسول جعلی ہے اور کون سا اصلی۔ نئے نئے ادب گزیدگان کے لیے یہ تمیز کرنا بہت مشکل ہے۔ بس آپ پڑھتے چلے جائیں، پڑھتے چلے جائیں ایک روز آپ بھی تجربہ کار مریض کی طرح لیبل دیکھ کر بتا سکیں گے کہ یہ ایک نمبر ہے اور وہ دو نمبر۔ اس کے علاوہ اچھے اور برے ادب کو پرکھنے کے جو بھی فارمولے ہیں وہ عطائی نقادوں کے مجرب کماؤ نسخوں کے سوا کچھ نہیں۔

تو کیا دوا ادب کے مسلسل استعمال سے کوئی مستقل افاقہ ہو سکتا ہے؟ کیا اس دوا کے استعمال سے لاعلمی و جہالت کی ہمہ وقت برستی گرد سے کسی خاص مدت میں جان چھڑائی جا سکتی ہے؟ اس کا دوٹوک جواب ہے نہیں۔ یہ دوا آپ کو تاحیات استعمال کرنا پڑے گی۔ استعمال چھوڑا نہیں اور لاعلمی کی گرد نے دوبارہ آپ کے ذہن پر قبضہ جمانا شروع کیا نہیں۔ یوں سمجھیے کہ جیسے آپ روزانہ اپنے گھر کی صفائی اور ڈسٹنگ کرتے ہیں کیونکہ نہیں کریں گے تو گھر دوبارہ گندہ ہو جائے گا۔ بالکل اسی طرح ادب کا بھی معاملہ ہے۔ نہیں استعمال کریں گے تو مکڑی پھر سے دل و دماغ پر جالے تاننا شروع کر دے گی۔

یہ تو تھے ان کے لیے مشورے جو اپنی کاہلی، آلکسی اور سست روی کو برقرار رکھنا بھی چاہتے ہیں اور باشعور بھی ہونا چاہتے ہیں۔ یعنی وہ لوگ جو ورزش بھی نہیں کرنا چاہتے مگر وزن گھٹانا چاہتے ہیں۔

اب میں آتا ہوں نسبتاً ادق موضوع کی جانب۔ یعنی ادب، سیاست اور امن کا کیا سمبندھ ہے؟ یعنی کیا لٹریچر میں اتنی طاقت ہے کہ وہ سیاسی دھارے کا رخ امن کی جانب موڑ سکے؟ مگر اس سوال کا جواب اس سوال سے جڑا ہوا ہے کہ کیا تخلیق کار اتنا طاقت ور ہے جو ایسا لٹریچر تخلیق کر سکے کہ جس سے سیاسی دھارا امن کی جانب موڑا جا سکے؟

میں ادب برائے ادب اور ادب برائے زندگی کی پرانی بحث میں نہیں الجھنا چاہتا مگر جو لوگ آج بھی یہ سمجھتے ہیں کہ ادب کی تخلیق ایک غیر سیاسی عمل کے طور پر ممکن ہے، ان کی یہ سوچ بھی ایک سیاسی سوچ ہے۔ اپنے اردگرد سے لاتعلق رہ کر جڑے رہنے کا چمتکار صرف وہ تین مشہور جاپانی دیو مالائی بندر ہی دکھا سکتے ہیں جنھوں نے اپنی آنکھوں، ہونٹوں اور کانوں پر ہاتھ رکھا ہوا ہے۔ نہ برا سوچو، نہ برا دیکھو، نہ برا جانو۔ مگر یہ بندر اتنے شریف اس لیے ہیں کہ وہ مجسمے کی شکل میں ہیں۔ کیا کسی جیتے جاگتے بندر کو بھی اپنے اردگرد سے لاتعلق رہ کر زندگی گذارتے ہوئے دیکھا ہے؟

اچھائی نہ تو خلا میں پیدا ہوتی ہے نہ ہی برائی؟ یہ کائنات ہی جب تصادم کے سبب وجود میں آئی ہے تو یہاں پنپنے والی زندگی بلا تصادم کیسے آگے بڑھ سکتی ہے۔ زندگی تو ڈیزائن ہی خیر و شر کے تصادم کے ڈرائنگ بورڈ پر ہوئی ہے۔ کبھی غور کیا کہ ہماری دادی یا نانی جو لوک یا دیو مالائی کہانی، پہیلی، یا گیت سناتی تھیں، ان میں عادل بادشاہ، ظالم بادشاہ، آدم خور دیو، پری، کوہ قاف پہنچ کر پری کو آدم خور دیو کی قید سے چھڑانے والا شہزادہ، جری شہزادہ، بزدل بادشاہ، چالاک ملکہ، بے وقوف درباری، عاقل وزیر، یہ سب کردار اور ان کے گرد گھومنے والی کہانیاں اور ان کہانیوں اور گیتوں کے استعارے شاہی فسطائیت کے دور میں تخلیق ہونے والا مزاحمتی ادب اور اپنے دور کی تاریخ نہیں تو اور کیا تھا۔

مثلاً ہندوستان پر جو جو لوگ حملہ آور ہوئے، ان کی ذہنیت اور ان کے حملوں کے نتیجے میں پیدا ہونے والی سیاسی، سماجی و معاشی اتھل پتھل سمجھنے کے لیے بیسیوں کتابیں پڑھ سکتے ہیں۔ مگر یہ محاورہ سننے کے بعد آپ کو کچھ اور پڑھنے کی شاید ضرورت ہی محسوس نہ ہو کہ کھادا پیتا واہے دا، باقی احمد شاہے دا۔ احمد شاہ ابدالی سے آج تک اس ایک ضرب المثل کی مار سے کون سا فاتح ہے جو باہر ہے۔

مجھے کوئی یہ بتائے کہ بلھے شاہ، وارث شاہ، غلام فرید، میر، انیس، غالب سے لے کر حبیب جالب تک کوئی ایک شاعر جو سیاسی نہ ہو، لیکن ہمیں اتنا ہی محبوب ہو جتنے یہ شاعر ہمیں محبوب ہیں۔ گلگامش کے قصے سے لے کر داستانِ امیر حمزہ اور مرزا اطہر بیگ کے غلام باغ تک کوئی ایسی داستان، کہانی، افسانہ یا ناول جو اپنے دور کی سیاست، سماجی تبدیلی اور اقتصادی حالات کے چھینٹوں سے بچ نکلا ہو اور پھر بھی شاہکار کہلانے لائق ہو۔

بات سیدھی سیدھی ہے کہ جس طرح گائے بکری کو جنم نہیں دے سکتی، اسی طرح اگر انسان پولٹیکل اینمل ہے تو لٹریچر بھی پولٹیکل ہی ہوگا۔ صحافی، وقوعہ نویس، مورخ اور تخلیق کار میں اگر کوئی فرق ہے تو بس اتنا کہ

تخلیق کار دیگر تمام وقوعہ نویسوں کی دستیاب معلومات کو بطور خام مال استعمال کر کے اسے مونا لیزا کی خفیف مسکراہٹ، اوتھیلو کے تاریک ذہن اور اقبال کے شکوہ جوابِ شکوہ جیسی فنش پروڈکٹ میں بدل دیتا ہے۔

کبھی سوچا کہ ہمیں نسیم حجازی کیوں حفظ نہیں ہوتا اور یوسفی کی زرگذشت کیسے حفظ ہو جاتی ہے؟ ہمیں صرف غیر درباری شعرا کا بیشتر کلام اور درباری شعرا کے غیر درباری اشعار ہی کیوں یاد رہ جاتے ہیں۔ کیا ذوق کوئی چھوٹا شاعر ہے؟ اس کی وجہ بہت سادہ ہے یعنی جو ہم محسوس کر سکتے ہیں مگر کہہ نہیں پاتے، ہمیں وہی جذبہ اگر سلیقے اور بھرپور نمائندگی کے ساتھ کسی تخلیق کار کی پینٹنگ یا افسانے یا شعر میں دکھائی دے تو ہم اسے محبوبہ کی طرح ازبر کر لیتے ہیں۔ اور اس ازبری کے بعد ہمارے اندر کچھ نہ کچھ شعوری یا لاشعوری ذہنی تبدیلی رونما ہونی شروع ہو جاتی ہے۔ اور یہ تبدیلی ہی رفتہ رفتہ یہ احساس جگاتی ہے کہ ہمارا اندرون تاریک ضرور ہے مگر اس تاریکی کو چھانٹنے کے لیے حرف کی روشنی بھی اندر اتاری جا سکتی ہے۔ ادب کا یہ فرض نہیں کہ وہ عام آدمی کو جواب بتائے بلکہ ادب ایسے سوال اٹھاتا ہے جن سے جوابات کے ممنوعہ خزانوں کا تالا انسان خود کھول سکے۔

صحافی یہ تو بتا سکتا ہے کہ پاکستان میں بے گھری و دربدری کا بحران کتنا سنگین ہے مگر تخلیق کار وہ ہے جو اس ایک خام خبر کو لے کر اسے ماسٹر پیس بنا دے۔ اس سے فرق نہیں پڑتا کہ ہم کیا کیا بیان کر سکتے ہیں۔ فرق اس سے پڑتا ہے کہ ہم کس سلیقے سے بیان کر سکتے ہیں، یعنی تخلیق کاری پریزنٹیو نہیں ہوتا، ری پریزنٹر ہوتا ہے۔

بقول معروف جمیکن رائٹر او لیو سینئر؛ آرٹ کی دو قسمیں ہیں: سرقہ یا پھر اوریجنل۔ اوریجنل آرٹ کبھی جگالی سے پیدا نہیں ہو سکتا۔ ہو سکتا ہے عام انسانوں کو اپنے سیاسی اظہار کے لیے کھلے پن کی فضا درکار ہو۔ مگر آرٹسٹ کو اپنے اظہار کے لیے صرف خیال کی آزادی درکار رہے۔ اپنے ہی دماغ کے سنسر سے آزاد خیال۔

ہر انداز کی آمریت اگر کسی شے سے ڈرتی ہے تو کہانی نویس اور کہانی سنانے والوں سے ڈرتی ہے، چونکہ اسے تو وہ روک نہیں سکتی لہٰذا اس کی کوشش ہوتی ہے کہ وہ گلا گھونٹ دے کہ جس سے آواز نکلتی ہے، وہ آنکھیں پھوڑ دے جو دیکھ سکتی ہیں، وہ ناک مسل دے جو بو اور خوشبو میں تمیز کر سکتی ہے، وہ دماغ مفلوج کر دے جو سوال، خواب اور رنگ اٹھا سکتا ہے۔ اس کے لیے آمریت ڈمی تخلیق اور ڈمی تخلیق کار تخلیق کرتی ہے، پھر بھی ایک دن اپنے فلمی سیٹ کے بوجھ تلے دب جاتی ہے۔

امن قائم کرنا جتنا مشکل ہے اتنا ہی آسان بھی ہے۔ بس ایک جادوئی لفظ آپ کو دونوں انتہاؤں پر لے جا سکتا ہے۔ اور وہ لفظ ہے برداشت۔ جانور خود پر برداشت طاری نہیں کر سکتا مگر انسان برداشت کا فن سیکھ سکتا ہے۔ جس لمحے ایک دوسرے کو جسمانی و ذہنی طور پر برداشت کرنے کا چلن انگڑائی لینا شروع کرتا ہے، اسی لمحے سے تہذیب کا سفر شروع ہو جاتا ہے۔ اور برداشت سے پہلے عدم لگا لو تو تمھارا امن تم سمیت عدم کی جانب روانہ ہو جائے گا۔

بظاہر یہ کوئی راکٹ سائنس نہیں، لیکن یہ سادہ سی بات سمجھنے کے لیے بھی ذہنی بلوغت چاہیے اور ذہنی

بلوغت ایک دن میں اور تکلیف اٹھائے بغیر پیدا نہیں ہوتی۔ البتہ تخلیق کار وہ دائی ہے جو ذہنی بلوغت نامی بچے کی پیدائش کے عمل کو اپنے عمل سے قدرے سہل بنا سکتا ہے۔

(یہ مضمون بے نظیر لٹریری فیسٹول لاہور میں پڑھنے کے لیے لکھا گیا)

[بشکریہ 'ہم سب'، 18 اپریل 2017]

اشعر نجمی کی مرتب کردہ دیگر کتابیں

ادبی مزاحمت کا نیا پیش لفظ

مزاحمتی نظمیں (انتخاب و ترجمہ)

مزاحمتی فکشن (انتخاب و ترجمہ)

فکری مزاحمت کے پہلو

ثقافتی مزاحمت اور معاشرہ

اشعر نجمی کی مرتب کردہ دیگر کتابیں

ہندوستانی سیاست میں مسلمانوں کی حصہ داری

ہندوستان میں مسلمانوں کی معاشی صورت حال

انڈین مسلم پرسنل لاء اور یونیفارم سول کوڈ

آل انڈیا وقف بورڈ اور قومی میراث کا قضیہ

ہندوستان میں مسلم عورتوں کے چیلنجز

اشعر نجمی کی مرتب کردہ دیگر کتابیں

ہندوستانی مسلمان اور اسلام

ہندوستانی مسلمانوں کے نئے عذاب

ہندوستانی مسلمانوں کا مزاج

ہندوستانی مسلمانوں کی آبادی

نیا ہندوستان نیا قانون شہریت

ہندوستانی مسلمانوں کی تعلیمی صورت حال